BASTEI LÜBBE TASCHENBUCH

Weitere Titel der Autorin:

Wellenglitzern
Inselleuchten
Sommerflimmern

Titel auch als E-Book und Hörbuch erhältlich

Über die Autorin:

Marie Merburg wurde am 7.7.1977 in Mühlacker in Süddeutschland geboren. Nach dem Studium in Stuttgart zog sie mit ihrer Familie in die Nähe von Heilbronn, wo sie auch heute noch lebt. Für ihre Romane *Wellenglitzern*, *Inselleuchten*, *Sommerflimmern* und *Ostseeträume* hat sie sich die deutsche Ostseeküste als Schauplatz ausgesucht, weil sie von der Landschaft und den Menschen dort fasziniert ist.
Unter dem Namen Janine Wilk schreibt die Autorin auch erfolgreich Kinder- und Jugendbücher.

Marie Merburg

Ostsee-träume

Roman

BASTEI LÜBBE TASCHENBUCH

BASTEI LÜBBE TASCHENBUCH
Band 17927

Dieser Titel ist auch als Hörbuch und E-Book erschienen

MIX
Papier aus verantwortungsvollen Quellen
FSC® C014496

Originalausgabe

Dieses Werk wurde vermittelt durch die Michael Meller Literary Agency GmbH, München

Textredaktion: Stefanie Kruschandl
Lektorat: Karin Schmidt
Umschlaggestaltung: Kirstin Osenau
Unter Verwendung von Motiven von © shutterstock: schankz | Eisfrei | Sundra | Trutta | titelio und © plainpicture/Elektrons 08
Satz: two-up, Düsseldorf
Gesetzt aus der Garamond
Druck und Verarbeitung: GGP Media GmbH, Pößneck
ISBN 978-3-404-17927-5

1 3 5 4 2

Sie finden uns im Internet unter www.luebbe.de
Bitte beachten Sie auch: www.lesejury.de

1. Kapitel

»Juhu, Constanze!«, rief meine Freundin Monika quer durchs Restaurant und kam zu mir an den Tisch gerauscht. »Sieh mal, wen ich zum Essen mitgebracht habe!«

Ich blickte von meinem Handy auf, mit dem ich mir die Wartezeit vertrieben hatte. Monika kam ständig zu spät, aber daran hatte ich mich mittlerweile gewöhnt. Meine Freundin stach in dem voll besetzten Restaurant aus der Menge heraus wie eine Mohnblüte aus dem Weizenfeld. Heute trug sie ein bodenlanges Kleid mit orientalischem Blütenmuster und ein goldenes Haarband, das ihre hennaroten Locken im Zaum hielt. Wie immer umarmten wir uns zur Begrüßung, und Monikas Patschuli-Duft umhüllte mich.

Beim Blick über ihre Schulter entdeckte ich hinter ihr einen mir unbekannten Mann um die vierzig. Er sah auffallend gut aus. Ein bisschen wie der Fußballspieler Mats Hummels. War das vielleicht ein Bekannter von Monika? Oder ihr neuer Freund? Zwar hatte sie nichts dergleichen erwähnt, aber sie war immer für eine Überraschung gut. Allerdings passte der Typ mit seinem grauen Hemd und der schwarzen Jeans kein bisschen zu Monika. Das lag selbstverständlich nicht an seinem ansprechenden Äußeren, sondern vielmehr an seiner sichtlich gelangweilten Ausstrahlung. Seinen Augen fehlte das Funkeln, und er versprühte so viel Lebensfreude wie eine Betonmauer.

»Darf ich vorstellen? Das ist Dirk.« Strahlend deutete Monika auf mich. »Dirk, das ist meine Freundin Constanze, von der ich dir erzählt habe. Ich habe nicht zu viel versprochen, oder? Sie ist Journalistin, Mitte dreißig, wunderhübsch und Single. Außerdem hat sie zwei ganz bezaubernde Kinder.«

Okay, offenbar war Dirk nicht Monikas neuer Freund! Ich starrte meine Freundin mit geöffnetem Mund an. Sie wollte mich mit dem Mats-Hummels–Double verkuppeln? Wobei … mit so einer Aktion hätte ich wohl rechnen müssen. Vor ein paar Monaten hatte ich Monika gegenüber nämlich die Bemerkung fallen lassen, dass ich so langsam wieder bereit war, über eine neue Beziehung nachzudenken. Der Tod meines Mannes Frank lag nun schon vier Jahre zurück, und die permanente Einsamkeit setzte mir ziemlich zu. Nicht nur auf seelischer, sondern auch auf körperlicher Ebene. Ich empfand ein solch qualvolles Streicheldefizit, dass ich mir kürzlich einen elektrischen Massagearm gekauft hatte, mit dem man sich selbst den Rücken krabbeln konnte. Traurig, oder? Seither drängte Monika mich dazu, endlich mit der Partnersuche anzufangen. Sie meinte, nach so langer Zeit wäre das erste Date am schwierigsten und ich solle es endlich hinter mich bringen – egal, mit welchem Typen. Offenbar hatte Monika die Geduld mit mir verloren und die Sache selbst in die Hand genommen.

»Sieh dir mal Connys lange schlanke Beine an«, fuhr sie fort, mich anzupreisen, wie ein Verkäufer auf dem Viehmarkt seinen Gaul. »Auf die bin ich besonders neidisch. Aber sie hat auch so edel geschnittene Gesichtszüge. Ein bisschen wie Nofretete, findest du nicht auch?«

Mir entfuhr ein Schnauben. Kein Mensch hatte mich je zuvor mit Nofretete verglichen. Abwartend blickte ich Monika an. War sie jetzt fertig, oder sollte ich zum Abschluss noch meine Zähne präsentieren? Die waren gepflegt und in 1A-Zustand. Da würde dieser Dirk wirklich nicht meckern können.

Er streckte mir die Hand hin. »Hallo!«

»Schön, dich kennenzulernen, Dirk!« Ich lächelte etwas gezwungen und ergriff seine Hand.

Wir setzten uns, während ich Monika unauffällig mit wütenden Blicken bombardierte. Wie konnte sie mir so etwas nur antun? Meine Freundin lächelte entschuldigend. Kaum hörbar raunte sie mir zu: »Nur zur Übung, Süße!«

Der Kellner eilte herbei. Heute bediente uns Luigi, der Neffe des Besitzers. Monika und ich trafen uns mindestens zwei Mal im Monat bei unserem Lieblingsitaliener in Heringsdorf, um zu quatschen, Sorgen zu teilen und zum Nachtisch das beste Tiramisu auf Usedom zu verputzen. Außerdem hatte man von unserem Stammplatz am Fenster einen wunderbaren Blick auf den Strand und die Ostsee. Einige Segelschiffe und die letzten Fähren des Tages bevölkerten das Meer. Durch die geöffneten Fenster wehte eine laue Brise ins Restaurant, die den frischen salzhaltigen Duft der Ostsee zu uns trug. Das allgegenwärtige Krächzen der Möwen vervollständigte die maritime Kulisse.

Nachdem wir die Getränke bestellt hatten, erklärte Monika: »Dirk war heute mein letzter Gast im Café und hat mir von seiner gescheiterten Beziehung erzählt. Er ist neuerdings nämlich wieder Single. Da ich zu unserem Treffen musste und das Gespräch nicht abrupt abbrechen wollte, habe ich Dirk einfach gefragt, ob er mitkommen möchte.«

Monika besaß in Krummin ein gemütliches und ziemlich extravagantes Gartencafé, in das sich die unterschiedlichsten Leute verirrten. Im Grunde fand ich es rührend, dass sich meine Freundin um mein Liebesleben sorgte. Ich selbst hätte an meiner Verzögerungstaktik wahrscheinlich noch monatelang festgehalten. Es war nicht einfach, als Witwe und alleinerziehende Mutter wieder auf Partnersuche zu gehen. Vielleicht sollte ich mich auf das Experiment einfach einlassen? Ohne Frage sah Dirk ziemlich gut aus.

Leider hatte Monika offenbar nicht viel Ahnung von dem Mann, den sie zu meinem ersten Datingpartner auserkoren hatte. Das zeigte schon ihre nächste Frage: »Was machst du noch mal beruflich, Dirk?«

»Bürgerbüro«, gab er knapp zur Auskunft.

Dass Dirk Beamter war, erklärte seine fehlende Lebensfreude. Die kam wohl abhanden, wenn man tagtäglich mit der deutschen Bürokratie zu kämpfen hatte. Bestimmt litt Dirk unter nächtlichen Albträumen, in denen er von einer Flut aus Eilanträgen und Ausweisformularen mit hässlichen biometrischen Fotos überrollt wurde. Biometrische Fotos standen Leichenfotos aus der Pathologie in Aussehen und Wirkung schließlich in nichts nach.

»Im Bürgerbüro!«, wiederholte Monika übertrieben enthusiastisch. Sie war wirklich eine grottenschlechte Kupplerin. Subtilität ging ihr völlig ab. »Das ist doch ein großartiger Arbeitsplatz. Dein Job ist bestimmt wahnsinnig … äh … erfüllend. Constanze, du warst doch auch schon im Bürgerbüro, oder?«

Ernsthaft? Ich sah sie mit hochgezogenen Augenbrauen an. »Ja, das ist korrekt«, bestätigte ich. Es gab Momente, da konnte ich meinen Sarkasmus einfach nicht unterdrücken. »An schlechten Tagen rufe ich mir diese freudvollen Besuche im Bürgerbüro gerne ins Gedächtnis zurück, um mich daran zu erinnern, wie schön das Leben doch sein kann.«

Zum Dank für meinen Kommentar erhielt ich von Monika unter dem Tisch einen Tritt. Dirk schien meine ironische Bemerkung glücklicherweise nicht mitbekommen zu haben, denn er studierte mit ungerührter Miene die Speisekarte.

Luigi kam an unseren Tisch zurück, um unsere Essensbestellung aufzunehmen. Als Monika an der Reihe war, schüttelte sie jedoch den Kopf und drückte ihm die Speisekarte in die Hand. »Ich bleibe heute nicht zum Essen, Luigi.« Sie zwinkerte Dirk und mir verschwörerisch zu. »Ihr beiden könnt euch bestimmt besser kennenlernen, wenn ihr unter euch seid, meine Süßen!«

»Aber … aber … aber…«, stammelte ich wenig geistreich. Fassungslos musste ich mit ansehen, wie Monika zügig ihr Wasserglas leerte und mir im Gehen zwei Euro zuschob.

Ich sah meiner Freundin hinterher wie ein verletztes Pferd, das man zum Sterben zurückgelassen hatte. Jedenfalls fühlte ich mich so. Wie konnte sie mir das nur antun? Monika dachte wohl, bei einem Date zu dritt wäre eine Person zu viel anwesend. Grundsätzlich eine korrekte Annahme, die ich aber im Moment nicht teilte.

Nun waren Dirk und ich also allein. Erst jetzt wurde mir die wahre Tragweite der Situation bewusst. Um Himmels willen, ich hatte gerade ein Date! Ich hatte ganz vergessen, wie unangenehm das sein konnte: Man stellte sich dem gnadenlosen Urteil seines Gegenübers, bemühte sich krampfhaft, ein gutes Bild abzugeben, und urteilte selbst gnadenlos über den anderen. Nicht zu vergessen das unbehagliche Schweigen, wenn man sich nichts zu sagen hatte. Wie zum Beispiel jetzt. Seit Monikas Abgang hatte sich dieses Schweigen wie eine Saugglocke über unseren Tisch gelegt. Dirk widmete seine Aufmerksamkeit dem Besteck und richtete es mit kleinen Stößen seines Zeigefingers akkurat im rechten Winkel zur Tischkante aus.

»Sooo …«, sagte ich, um die Stille zu durchbrechen. »Da sind wir also.«

»Ja, da sind wir«, bestätigte Dirk.

Erneutes Schweigen.

Ich trank einen Schluck Wasser. Dann blickte ich aus dem

Fenster auf die Ostsee, die sich heute Abend bis zum Horizont in perfektes Azurblau gekleidet hatte. Ich trank noch einen Schluck Wasser. Meine Güte, wieso fiel mir denn kein Gesprächsthema ein? Mein Hirn war plötzlich wie leer gefegt.

Wohl oder übel musste ich zum schlimmsten Small talk-Thema überhaupt greifen: dem Wetter.

Doch ehe ich den Mund aufmachen konnte, fragte Dirk unvermittelt: »Magst du es, zu filzen? Das ist eines von Jennys Hobbys.«

Irritiert runzelte ich die Stirn. Ich konnte mich nicht erinnern, dass dieser Name schon gefallen war. »Wer ist Jenny?«

»Meine Ex.« Er rümpfte demonstrativ die Nase. »Vor fünf Wochen und drei Tagen haben wir uns getrennt. Jenny hat mich mit unserem Nachbarn betrogen. Er heißt Oli und ist Bananenbootfahrer am Sportstrand in Zinnowitz. Das ist doch ein Skandal, oder? Kann man sich so etwas vorstellen?«

Ich wusste nicht genau, was von beidem er so skandalös fand. Dass er betrogen worden war, oder dass Jenny einen Bananenbootfahrer ihm vorgezogen hatte? Ich ging auf Nummer sicher und nickte zustimmend. Damit konnte ich nichts falsch machen. »Ein Skandal«, bestätigte ich.

Nun kam plötzlich Leben in Dirk. »Als ich sie rausgeworfen habe, ist Jenny einfach gegenüber bei Oli eingezogen. Jedes Mal, wenn ich aus dem Haus gehe, sehe ich ihre doofen Filzblumen an seinem Fenster hängen«, stieß er säuerlich aus und ballte die Hände zu Fäuste. »Ich hasse diese Blumen. Ich hasse Filzen. Ich hasse Bananenboote.«

In mir keimte der Verdacht auf, dass Dirk die Trennung noch nicht gänzlich verarbeitet hatte.

»Jenny trifft sich einmal pro Woche mit ihren Freundinnen zum gemeinsamen Filzen«, fuhr er erbittert fort. »Kurz bevor sie mich verlassen hat, hat sie noch ihre zwei Katzen gefilzt. Ernie und Bert. Guck mal!« Er griff in seine Hosentasche und holte zwei schwarzweiße Filzklumpen hervor, die man nur mit viel Fantasie der Katzengattung zuordnen konnte. Ich hoffte jedenfalls, dass Ernie und Bert nicht in Wirklichkeit derart entstellt waren.

Ein gemeines Funkeln trat in Dirks Augen. »Jenny will die Filzkatzen zurück, aber das kann sie vergessen! Sie wird sie nie wieder zu Gesicht bekommen.«

War es die Möglichkeit? Ein Sorgerechtsstreit um Filzkatzen. Ich enthielt mich lieber eines Kommentars, denn natürlich war mir klar, dass es in Wahrheit um Dirks verletzte Gefühle ging.

Er stieß die Luft aus. »Eigentlich kann ich froh sein, dass Jenny mit ihren haarigen Biestern ausgezogen ist. Ich hasse diese stinkigen Katzenklos. Ich hasse Katzen. Und ganz besonders hasse ich Ernie und Bert.«

»Aha.« Ich wollte zwar nicht vorschnell urteilen, aber mir kam es so vor, als zeichnete sich hier ein gewisses Muster ab.

»Besitzt du Katzen?«, fragte Dirk argwöhnisch.

Ich schüttelte den Kopf. »Unser einziges Haustier ist ein Goldfisch. Er gehört meinem Sohn Tom.«

»Aha.« Zu diesem Thema hatte Dirk offenbar nichts beizutragen. Wahrscheinlich hatte Jenny nicht viel mit Fischen zu tun gehabt.

Ich wollte ihn ein wenig von seinem Kummer ablenken. »Denk nicht so viel über Jenny nach, und konzentriere dich auf die positiven Dinge in deinem Leben!«, riet ich ihm und deutete zum Fenster. »Sieh mal, ist dieser Meerblick zum Beispiel nicht herrlich? Ich liebe es, der Ostsee so nah zu sein. Ich könnte den ganzen Tag hier sitzen und diese unglaubliche Weite genießen.«

»Jenny liebt die Ostsee ebenfalls«, kommentierte Dirk meinen Aufmunterungsversuch in bitterem Tonfall.

Ich konnte mir einen Seufzer nicht verkneifen. »Lass mich raten: Du hasst die Ostsee?«

Irritiert zog er die Augenbrauen in die Höhe. »Selbstverständlich nicht! Wie kann man denn die Ostsee hassen?«

In diesem Augenblick bekam ich eine Nachricht aufs Handy. Sie stammte von meinem Sohn Tom, der gerade fünf Jahre alt geworden war. Er musste sich mein ausrangiertes Handy mit seiner älteren Schwester Hanna teilen. Allerdings benutzte Tom es nicht zum Telefonieren. Er verschickte ausschließlich WhatsApp-Nachrichten, obwohl er noch nicht schreiben konnte. Mein Kleiner war ein wahrer Meister der Emoji-Benutzung. Ich hielt es nicht für ausgeschlossen, dass er als Erwachsener der erste Autor sein würde, der einen kompletten Roman nur mit Emojis verfasste. Seine Nachricht an mich lautete:

👦🎹👧👿💣☢🏠💩🔑👀

Mal sehen … Ich nagte an meiner Unterlippe, während ich die Nachricht zu entschlüsseln versuchte. Der Junge stand für Tom, und er hatte wohl auf Hannas Klavier geklimpert. Das Mädchen in Kombination mit dem Teufelssymbol legte nahe, dass Hanna deshalb wütend geworden war und es zu einem Streit in nuklearem Ausmaß gekommen war. Die folgenden Emojis waren schwieriger zu deuten. Ich vermutete, dass Tom von Hanna irgendwo im Haus eingesperrt worden war und nun »dumm aus der Wäsche schaute«. Zuerst war mir die Bedeutung des Kothaufens unklar, doch schließlich kam ich darauf, dass Tom damit die Gästetoilette meinen musste. Es war in unserer Familie wegen der Geruchsbelästigung nämlich strengstens verboten, im Gemeinschaftsbadezimmer sein großes Geschäft zu erledigen.

Ich starrte grübelnd ins Leere. Tom war somit im Gästeklo eingesperrt. Die gute Nachricht: Er hatte fließend Wasser und konnte seine Notdurft verrichten. Davon abgesehen erfüllte mich das Verhalten meiner Kinder mit Sorge. In letzter Zeit stritten sich die beiden immer häufiger. Das hing wahrscheinlich mit unserem anstehenden Umzug von Usedom nach Rügen zusammen. Man musste kein Kinderpsychologe sein, um zu erkennen, dass Hanna und Tom verunsichert waren und ihren angestauten Gefühlen in exzessivem Geschwistermobbing Luft machten. Zum Glück hatte Tom das Handy in seiner Tasche gehabt!

»Einen Moment, bitte!«, sagte ich mit einem entschuldigenden Lächeln zu Dirk. »Es gibt da etwas Dringendes, das ich klären muss.«

Instinktiv wollte ich meinen Bruder David anrufen und ihn bitten, Tom zu befreien. Wir hatten vor einigen Jahren nämlich eine Familien-WG gegründet: Meine Mutter Astrid, mein Bruder David, Hanna, Tom und ich lebten alle unter einem Dach. Das konnte manchmal recht anstrengend sein, aber im Großen und Ganzen mochte ich unser volles Haus. Jetzt fiel mir allerdings ein, dass David überhaupt nicht daheim war, weil er noch bis morgen seine Freundin Ariane auf Rügen besuchte. Meine Mutter hütete heute Abend allein die Kinder. Das machte die Situation komplizierter, denn meine Mutter litt an Multipler Sklerose und saß im Rollstuhl. Wenn sie nicht gerade unter einem Schub litt, nahm sie trotz ihrer körperlichen Einschränkungen ganz normal am Familienleben teil und verteidigte ihre Selbstständigkeit wie eine Löwin. Wer es wagte, meine Mutter zu bemitleiden, bekam von ihr eins auf den Deckel. Ich hoffte, dass sie die Angelegenheit mit Tom auch ohne meine Hilfe regeln konnte, und rief sie an. Doch unser Festnetztelefon war permanent besetzt. Danach versuchte ich, Tom zu erreichen, doch er hatte wohl keinen Empfang mehr. Das kam nicht überraschend, denn wir wohnten außerhalb von Heringsdorf in einem winzigen Dorf. In unserem alten Bauernhaus gab es Stellen, an denen wir großartigen Handyempfang hatten, an anderen gar nicht und an manchen nur ab und zu. Die Gästetoilette zählte zu letzteren.

Unverrichteter Dinge ließ ich mein Handy sinken. »Entschuldige bitte«, murmelte ich in Dirks Richtung, obwohl ich in Gedanken immer noch bei meinen Kindern war. »Wo waren wir stehen geblieben?«

»Bei meiner Ex-Freundin Jenny«, platzte es sofort aus ihm heraus. »Weißt du, ich verstehe einfach nicht, wieso sie diesen Oli mir vorgezogen hat. Ich meine, ich sehe doch richtig gut aus, oder? Außerdem habe ich einen krisensicheren Job und ein gutes Einkommen. Oli dagegen ist ein Weiberheld und legt alle Frauen flach, die nicht schnell genug von seinem Bananenboot runterkommen. Denkt Jenny etwa, dieser Kerl wird ihr treu sein? Und außerdem ist das doch kein Beruf mit Zukunft, oder?«

Ich nickte zustimmend, was Dirk wohl als Aufforderung verstand, sich weiter über die zum Scheitern verurteilte Beziehung von Jenny und Oli auszulassen. Während er ohne Punkt und Komma redete, trommelte ich nervös mit den Fingern auf der Tischdecke herum. Natürlich bestand die Möglichkeit, dass ich Toms Nachricht falsch interpretiert hatte. Aber was, wenn nicht? Dann saß mein armer Sohn jetzt mutterseelenallein auf der Gästetoilette fest. Ich hatte schon sein verzweifeltes Schluchzen im Ohr. Vielleicht erreichte ich daheim auch niemanden, weil es meiner Mutter schlechter ging? Ihre Krankheit war unberechenbar, und bei einem neuen Schub konnte sich ihr Zustand von einem Moment auf den anderen erheblich verschlechtern. Schreckensvisionen tauchten in meinem Kopf auf, in denen meine Mutter aus dem Rollstuhl gefallen war und sich vor Schmerzen krümmte, während meine Kinder panisch mit dem Rettungsdienst telefonierten.

»… aber ich will sie auf gar keinen Fall zurück, wenn sie am Ende wie ein Häufchen Elend bei mir angekrochen kommt«, erging sich Dirk in rachelüsternen Zukunftsvisionen. »Von mir aus kann Jenny sich draußen im Garten mit Ernie und Bert ein Zelt filzen, aber in meine Wohnung setzt sie keinen Fuß mehr. Ich bin doch kein Idiot, der sich von so einer treulosen Kuh verarschen lässt! Nein, für mich ist ein für alle Mal Schluss.«

Aus den Augenwinkeln sah ich, wie Luigi unseren Tisch mit den bestellten Pizzen ansteuerte. Mein Mutterinstinkt gewann die Oberhand, und ich fällte einen Entschluss. Mir war klar, dass es der Gipfel der Unhöflichkeit war, mein Date noch vor dem Essen sitzen zu lassen, aber ich hatte keine andere Wahl.

»Luigi, kannst du mir meine Pizza bitte zum Mitnehmen einpacken? Ich habe zu Hause einen Notfall.«

Entschuldigend sah ich zu Dirk. »Es tut mir wirklich leid, aber ich muss zu meinem Sohn. Er braucht dringend meine Hilfe.«

»Kein Problem!« entgegnete er schulterzuckend. »Allerdings sollte ich dir sagen, dass ein weiteres Date wenig sinnvoll wäre. Nicht böse sein, Conny, aber du bist nicht ganz mein Fall.«

Dirk war nicht gerade mein Traummann. Trotzdem war es schwer, eine derart deutliche Ablehnung nicht persönlich zu nehmen. Ich schluckte schwer. »Ah ja?«

»Ich stehe nicht auf Brünette. Und Kinder mag ich noch weniger als Katzen. Das verstehst du doch, oder? Aber wenn du

Lust hast …«, er hielt kurz inne, und ein listiges Funkeln trat in seine Augen, »könnten wir noch etwas vor Olis und Jennys Wohnung auf der Straße rumknutschen? Wir hätten bestimmt Spaß. Danach kannst du gleich zu deinem Sohn weiterfahren.«

»Auf gar keinen Fall.« Zwar sehnte ich mich nach menschlicher Nähe, aber so tief gesunken war ich noch lange nicht. Wenn Dirk seine Ex eifersüchtig machen wollte, musste er sich dafür eine andere suchen!

Luigi brachte mir meinen Pizzakarton, ich bezahlte und flüchtete regelrecht aus dem Restaurant. Damit endete mein erstes Date seit Jahren recht abrupt und als Fehlschlag auf der ganzen Linie. Beim nächsten Mal konnte es eigentlich nur noch besser werden, oder?

2. Kapitel

Im Eilschritt verließ ich den Innenstadtbereich Heringsdorfs und lief in Richtung Parkhaus. Eine frische Meeresbrise wehte mir um die Nase. Obwohl es schon Anfang Juli war, hatte sich der Sommer auf Usedom bisher eher wechselhaft gezeigt. Heute war einer der ersten richtig warmen Tage gewesen, aber jetzt am Abend kühlte die Luft wieder deutlich ab. Auf dem Parkdeck musste ich nicht lange nach meinem Auto Ausschau halten, denn der bullige Pick-up in Kanariengelb stach sowohl wegen seiner Größe als auch der Farbe aus der Menge heraus. Eine seltsame Hassliebe verband mich mit diesem Auto. Der Pick-up hatte einen enormen Benzinverbrauch, und das Einparken war der reinste Albtraum. Die riesige Ladefläche hatte ich in all der Zeit auch nur ein oder zwei Mal benötigt. Doch es war das Auto meines verstorbenen Mannes, und ich brachte es einfach nicht über mich, es zu verscherbeln. Mein Bruder David, der selbst einen Oldtimer fuhr und in seiner Freizeit gerne an Autos herumbastelte, hatte meinen Pick-up immer wieder repariert und am Laufen gehalten. Doch kürzlich hatte er mir eröffnet, dass weitere Reparaturkosten den Marktwert überschreiten würden und ich mich nach etwas Neuem umsehen musste. Genau hier lag das Problem. Ich war nun mal nicht besonders offen für Neues. Mein Unterbewusstsein sträubte sich dagegen wie eine Katze gegen ein Vollbad. Für mich war es schon eine Katastrophe, wenn ich im Supermarkt nicht meine übliche Kaffeesorte bekam. Das war wohl auch der Grund, weshalb ich die Sache mit der Partnersuche noch nicht offensiv in die Hand genommen hatte. Dieser doofe Umzug nach Rügen belastete mein Nervenkostüm ohnehin schon bis aufs Äußerste. Wenn ich die Wahl gehabt hätte, wäre ich lieber hiergeblieben. Da konnte Ariane, die Freundin meines Bruders, noch so lange behaupten, dass Usedom und Rügen sich unglaublich ähnlich wären. Angeblich würde ich überhaupt keinen Unterschied bemerken, wenn ich morgens nach dem Aufstehen aus dem Fenster blickte. So ein Blödsinn!

Ich drehte den Schlüssel im Zündschloss und schickte ein Stoßgebet gen Himmel. Doch der Motor tat mir trotzdem nicht den Gefallen anzuspringen.

»Komm schon!«, feuerte ich ihn an. »Komm schon, alter Junge!«

Die Geräusche, die das Auto von sich gab, waren erbärmlich.

Beim dritten Versuch klappte es endlich, der Motor schnurrte, und ich atmete auf. Jetzt konnte ich meinem gefangenen Sohn zu Hilfe eilen! Ich parkte aus, drückte das Gaspedal durch und raste mit quietschenden Reifen los.

Zum Glück lebten wir nicht weit von Heringsdorf entfernt in einem Dorf direkt am Gothensee. Der Ort grenzte an einen verwunschen wirkenden Wald. Er war von grünen Koppeln umgeben, auf denen Pferde und Schafe weideten. Hierher verirrten sich kaum Touristen. Im Morgengrauen schwebte der Frühnebel über den Wiesen, und abends zeigte sich am Firmament ein wahres Sternenmeer. Man hätte meinen können, wir würden weitab jeglicher Zivilisation wohnen und nicht in direkter Nähe des berühmten Kaiserbads. In Heringsdorf fand man exklusive Restaurants, gemütliche Bars, kulturelle Veranstaltungen und natürlich einen herrlichen Sandstrand. Ich liebte es, in der Abenddämmerung über die Strandpromenade zu flanieren und mich beim Betrachten der prachtvoll restaurierten Villen in die Gründerzeit des Ostseebads zu träumen. Unseren Wohnort fand ich perfekt, denn meine Kinder wuchsen in der geschützten Umgebung eines Dorfs auf. Sie konnten im Freien herumtoben und in der friedlichen Landidylle eine sorgenfreie Kindheit erleben. Jedenfalls gefiel mir dieser Gedanke, auch wenn ich wusste, dass die sorgenfreie Kindheit eher eine Wunschvorstellung war. Tom und Hanna hatten schon schlimme Zeiten erlebt, denn Schicksalsschläge machten auch vor Menschen in idyllischen Dörfern nicht halt.

In Rekordzeit kam ich zu Hause an, parkte den Pick-up quer vor dem Bauernhof und stürmte wie ein Sondereinsatzkommando durch die Haustür.

»Tom? Mama? Wo seid ihr? Alles in Ordnung?«

Ich fand meine Mutter und meine Kinder in holder Eintracht im Wohnzimmer auf dem Sofa. Sie hatten sich zu dritt unter eine Decke gekuschelt und sahen fern. Mutters Rollstuhl stand an der Seite. Hanna balancierte auf ihrem Schoß eine riesige Schüssel Popcorn, und im Fernseher lief gerade eine Aufzeichnung ihrer Lieblingssendung *Phineas und Ferb*. Niemand war gegen seinen Willen eingesperrt worden, keiner lag mit schmerzverzerrter Miene auf dem Boden, und ich musste meine Familie auch nicht aus den Fängen eines Schwerverbrechers retten. Alles war in bester Ordnung. Nachdem ich wie eine Irre hierhergehetzt war und sogar einige Verkehrsregeln gebrochen hatte, war das fast ein wenig enttäuschend.

»Du bist schon da?«, fragte meine Mutter überrascht. »Wir haben erst später mit dir gerechnet.«

Auch Tom und Hanna zogen einen Flunsch. Wahrscheinlich ahnten sie, dass der gemütliche Fernsehabend durch mein plötzliches Auftauchen im Nu ein Ende finden würde.

Pflichtgemäß deutete ich in Richtung der antiken Uhr auf dem Kaminsims. »Wisst ihr überhaupt, wie spät es ist? Ihr müsstet schon längst im Bett liegen. Noch sind keine Sommerferien, ihr Mäuse!«

»Aber es sind nur noch ein paar Schultage, und wir machen überhaupt nichts Wichtiges mehr«, beschwerte sich Hanna. Für ihre neun Jahre war sie schon äußerst selbstbewusst. Sie warf ihre glänzenden braunen Haare über die Schulter und blickte mich herausfordernd an.

»Und im Kindergarten auch nicht«, meinte Tom heftig nickend.

»Im Kindergarten macht ihr doch sowieso immer nur unwichtige Babysachen«, gab Hanna zurück.

»Gar nicht!« Tom verschränkte schmollend die Arme vor der Brust.

Ich lächelte meinen Jüngsten an und fuhr ihm über seinen hellbraunen Lockenkopf. »Nächstes Jahr gehst du auch in die Schule!«, tröstete ich ihn.

Ich erinnerte mich an meine eigene Schulzeit zurück. Die Tage vor den Sommerferien waren mir ebenfalls unnötig erschienen. Sowohl Schüler als auch Lehrer waren damit beschäftigt gewesen, die Uhr im Klassenzimmer anzustarren und das langsame Vergehen der Zeit zu beobachten. Deshalb ließ ich es mit dem Zubettgehen fürs Erste auf sich beruhen und fragte stattdessen: »Was war bei euch vorhin eigentlich los?«

Irritiert runzelte meine Mutter die Stirn. »Bei uns? Was meinst du damit?«

Ich zückte mein Handy und zeigte ihr Toms Nachricht. Da meine Mutter wegen ihrer Erkrankung auch Probleme mit den Augen hatte, vergrößerte ich die Symbole, damit sie sie besser entziffern konnte. Sie lachte auf. »Ach, ich verstehe! Und kaum hast du Toms kryptische Nachricht gesehen, ist das besorgte Muttertier in dir erwacht und du bist mal wieder mit fliegenden Fahnen zu einer deiner Rettungsmissionen aufgebrochen.«

»Gar nicht!« Grummelnd ließ ich mich aufs Sofa plumpsen. Okay, es war ein paar Mal vorgekommen, dass ich nach Hause gehetzt war, weil ich mir Sorgen um die Kinder gemacht hatte. Aber so oft auch wieder nicht. Nach Franks Unfall war mein Vertrauen in Gott und das Schicksal nun mal erschüttert.

Immerhin erfuhr ich nun von Tom, dass ich seine Emoji-Nachricht richtig entschlüsselt und Hanna ihn tatsächlich auf der Gästetoilette eingesperrt hatte. Allerdings hatte meine Mutter seine Hilferufe sofort gehört und Hanna gezwungen, ihn wieder freizulassen. Danach hatte meine Mutter mit Oma Trudi telefoniert, und Tom hatte das Handy nach seiner Rettung auf dem Gästeklo vergessen. Kein Wunder, dass ich niemanden erreicht hatte! Bis auf eine Sache hatte sich damit alles aufgeklärt.

»Wieso hast du ihn überhaupt eingesperrt?«, verlangte ich von Hanna zu wissen.

»Ich wollte ihm nur helfen«, verteidigte sich meine Tochter. »Ich habe gelesen, dass Leuchtkäfer eigentlich total hässlich aussehen. Erst im Dunkeln merkt man, wie schön sie sind. Und Tom ist ja auch unglaublich hässlich. Deshalb habe ich ihn ins Gästeklo gesperrt und das Licht ausgemacht. Vielleicht wäre er im Dunkeln auch schöner geworden?«

Ich verdrehte die Augen. Natürlich fand ich meinen Jüngsten ganz und gar nicht hässlich, im Gegenteil. Mit seinen Locken und den Pausbäckchen war Tom zum Abknutschen süß, aber Hanna sah das natürlich anders. Offenbar hatte ich auch mit meiner Theorie falschgelegen, dass die Kinder wegen des Umzugs nach Rügen angespannt und deshalb in Streit geraten waren.

Ich seufzte. »Lass mich raten: Die Fakten über die Leuchtkäfer hast du aus dem Buch, das Onkel David dir geschenkt hat, oder?«

Sie hatte von meinem Bruder kürzlich ein Sachbuch über das Liebesleben der Tiere bekommen. Selbstverständlich war sie damit schon durch. Hanna las alles, was ihr zwischen die Finger kam. Sie wollte später einmal Astronautin werden, und angesichts ihrer Intelligenz traute ich ihr das durchaus zu.

»Du sperrst deinen Bruder nirgendwo mehr ein, ist das klar?«, sagte ich streng.

Sie schob ihre pinkfarbene Brille, die sie seit ein paar Monaten trug, nach oben und nickte gehorsam. »Ist gut, Mama.«

Damit war meine mütterliche Pflicht erfüllt. Jetzt konnte ich mich nur noch der Hoffnung hingeben, dass meine Tochter ihr Versprechen hielt.

Ich nahm mir eine Handvoll Popcorn, obwohl ich eigentlich kein Popcorn-Fan war: Man kaute kurz, schluckte und war die nächste halbe Stunde damit beschäftigt, sich die Überreste unauffällig aus dem Zahnfleisch zu pulen. Meine Pizza hatte ich leider draußen im Auto vergessen, doch ich war zu faul, sie zu holen. Die Zeichentrickserie flimmerte über den Bildschirm, und wir lachten alle gemeinsam, als das kleine Schnabeltier mal wieder den Bösewicht besiegt hatte.

Im Geiste dankte ich meinem Bruder dafür, dass er den Fernseher gekauft hatte. Nachdem unser altes Gerät letztes Jahr kaputtgegangen war, hatten wir nämlich probehalber einige Zeit ohne Flimmerkiste verbracht. Allerdings hatten wir nicht wie erhofft jeden Abend zusammen am prasselnden Kaminfeuer gesessen, in Leder gebundene Bücher gelesen oder Gedichte rezitiert. Ohne Fernseher war unser Familienleben quasi zum Erliegen gekommen, weil sich keiner mehr im Wohnzimmer aufgehalten hatte. Stattdessen hatten sich nach dem Abendessen alle in ihre Zimmer zurückgezogen, um im Internet zu surfen, Lego zu spielen oder Radio zu hören. Ich hatte in der Zeit ausgiebig meiner geheimen Schwäche gefrönt, dem Lesen romantischer Liebesromane. Das war zwar kein Ersatz für die reale Liebe, aber besser als nichts. Wenn ich an das völlig missglückte Date mit Dirk dachte, musste ich mir wohl dringend neuen Lesestoff besorgen. Bei meinem chaotischen Leben konnte es noch ewig dauern, bis ich eine neue Liebe fand.

*

Am nächsten Morgen schaltete sich der Radiowecker Punkt sechs Uhr ein. Geschlagene zehn Minuten später hatte mein Verstand meinen Körper endlich dazu gebracht, aufzustehen und die Kinder aus dem Bett zu holen. Sie kommentierten meinen Weckruf mit einem gequälten Stöhnen.

Ich schlurfte weiter ins Badezimmer, wobei ich im Halbschlaf fast über einen Umzugskarton stolperte. Gestern Abend hatte ich mich noch gegen halb zwölf Uhr an den Schreibtisch gesetzt, um einen Artikel über eine Dorfversammlung, die ich am späten Nachmittag besucht hatte, zu schreiben. Es war um die permanenten Staus auf der B111 gegangen. Mit jedem Sommer, in dem mehr Touristen auf Usedom strömten, nahm das Verkehrschaos zu. Doch leider hatte auch auf der Dorfversammlung niemand eine geniale Lösung parat gehabt.

Da ich mich heute Morgen ganz besonders erschlagen fühlte, wagte ich den Versuch, mich zur Abwechslung mal kalt zu duschen. Das sollte schließlich den Kreislauf ankurbeln, oder? Wagemutig drehte ich die Temperatur herunter und trat unters Wasser. Prompt blieb mir die Luft weg, und meine Kopfhaut zog sich vor Schreck zusammen. Ich kreischte auf und tastete hastig nach dem Regler, um das Wasser abzustellen. Okay, ich war wach! Dieser morgendliche Schockmoment bestärkte mich in meiner Überzeugung, dass Veränderungen nichts Gutes verhießen.

Nachdem ich mich fertig gemacht hatte, fiel mir die verdächtige Ruhe im Haus auf. Meine beiden Mäuse lagen immer noch in ihren Betten. Ich seufzte. Wahrscheinlich hätte ich gestern doch darauf bestehen sollen, den Fernsehabend früher abzubrechen. Okay, jetzt würde die Zeit knapp werden!

Wie ein Tornado fegte ich durch die beiden Kinderzimmer, zog Bettdecken weg, riss Klamotten aus den Kleiderschränken und trieb meine Kinder vehement zur Eile an. Aus pädagogischer Sicht ein großer Fehler, denn selbstverständlich erreichte ich damit das genaue Gegenteil. Mit knirschenden Zähnen sah ich dabei zu, wie Hanna sich im Zeitlupentempo ihre Socken anzog. Währenddessen beschwerte sich Tom in seinem Zimmer lautstark, dass jemand den Reißverschluss seiner Hose geklaut hätte. Das war natürlich nicht der Fall, er hatte seine Jeans lediglich verkehrt herum angezogen. Kurzerhand warf ich meinen Jüngsten aufs Bett, zog ihm mit einem Ruck die Hose aus und wieder richtig herum an. Dann schickte ich ihn in resolutem Tonfall ins Badezimmer und hastete die Treppe nach unten zum Zimmer meiner Mutter.

Vorsichtig klopfte ich an. »Mama, bist du wach?«

Normalerweise kümmerte sich mein Bruder morgens um meine Mutter. Doch da David bei seiner Freundin Ariane auf Rügen übernachtete, musste ich seinen Part übernehmen.

»Ja, Schatz«, drang ihre schwache Stimme durch die Tür.

Ich öffnete und trat ein. Selbst im fahlen Morgenlicht, das durch die Vorhänge hereinfiel, konnte ich erkennen, dass es ihr nicht gut ging. Die Nächte waren am schlimmsten.

Multiple Sklerose hatte eine Vielzahl unterschiedlicher Symptome und verlief bei jedem Betroffenen anders. Sie wurde auch »die Krankheit mit den tausend Gesichtern« genannt. MS war eine entzündliche Erkrankung des zentralen Nervensystems und führte auf Dauer zu Verhärtungen und Vernarbungen im Nervengewebe. Schon vor Jahrzehnten hatte meine Mutter die Diagnose erhalten, doch erst in den letzten Jahren war es richtig schlimm und der Rollstuhl unausweichlich geworden. Sie verlor zunehmend die Kontrolle über ihren Körper. Für kurze Momente konnte sie sich wenigstens noch auf den Beinen halten, sodass sie selbst auf die Toilette gehen oder sich aufs Sofa setzen konnte. Diese Selbstständigkeit war meiner Mutter ungeheuer wichtig.

Ich schob die Vorhänge zurück und kippte das Fenster, um frische Luft hereinzulassen. »Ich bringe dir gleich deinen Tee, Mama«, versprach ich.

Benommen sah sie mich an. »Was hast du gesagt?«

Normalerweise waren David und ich voll und ganz mit Mutters Pflege und unserem Alltag beschäftigt, sodass zum Nachdenken meist keine Zeit blieb. Doch es gab Augenblicke, in denen mich die Realität wie ein Schlag ins Gesicht traf und der Zustand meiner Mutter mir schier das Herz brach. Jetzt war einer dieser Momente. Besonders weil ich wusste, wie sehr die Krankheit sie in ihrem Tun und Denken einschränkte. In ihr steckte eigentlich eine unbeugsame Rebellin, die noch nie etwas auf gesellschaftliche Konventionen gegeben hatte. Sie war als junge Frau mit ihrem zukünftigen Mann, meinem Vater, nach Prag durchgebrannt und hatte mit ihm in einer Art Künstlerkommune gelebt. Dort waren David und ich auch geboren worden und aufgewachsen. Leider war die Ehe meiner Eltern nicht besonders glücklich verlaufen. Mein Vater war nun mal leider ein elender Mistkerl. Er war auch der Grund dafür gewesen, dass meine Mutter sich damals mit meiner Großmutter auf Rügen zerstritten hatte.

Ich beugte mich über meine Mutter und strich ihr zärtlich eine braungrau melierte Haarsträhne aus dem Gesicht. Ihr Körper wirkte zwischen dem Bettzeug so unglaublich dünn und zerbrechlich. »Ich habe gesagt, dass ich dir gleich deinen Tee bringe. Die Wärme wird dir guttun! Jetzt gebe ich dir aber erst einmal deine Medikamente.«

Ihre Mundwinkel hoben sich zu einem Lächeln, und sie tätschelte meine Hand. »Danke, Liebes! Du weißt doch, dass ich morgens meine Anlaufschwierigkeiten habe. In einer Stunde bin ich fit. Mach dir um mich keine Sorgen!«

Anscheinend hatte ich meine Mimik nicht so gut unter Kontrolle, wie ich gedacht hatte. Ich reichte meiner Mutter die Schmerzmittel und ein Glas Wasser.

»Solltest du nicht nach den kleinen Rabauken sehen?« Sie deutete auf die Uhr auf ihrem Nachttisch. »Ihr seid spät dran.«

Ich folgte ihrem Blick und sog scharf die Luft ein. »Ach, du lieber Himmel, ich muss schnell Frühstück machen!«

Ich sprintete in Richtung Küche. Automatisch griff ich nach zwei Schüsseln und der Müslipackung, ehe mir klar wurde, dass dafür die Zeit nicht reichen würde. Schließlich musste ich Mutter auch noch beim Aufstehen helfen. Nachdem ich den Wasserkocher für ihren Tee eingeschaltet hatte, schmierte ich im Rekordtempo zwei Brote mit Birnen-Sanddorn-Marmelade und steckte sie in eine Box. Dann mussten die Kinder eben im Auto frühstücken! Wieder einmal fühlte ich mich wie eine Rabenmutter. Gemäß meiner Idealvorstellung hätte solch ein Morgen komplett anders ablaufen müssen: Ich wäre schon vor über einer Stunde gut gelaunt aus dem Bett gehüpft, um Hanna und Tom

Obstsalat zu schnippeln und Dinkelwaffeln mit Bio-Honig zuzubereiten, um dann meine Engelchen mit einem Küsschen aus dem Reich der Träume zu holen. Ich seufzte. Davon war ich meilenweit entfernt. Ob es anderen alleinerziehenden Müttern genauso ging?

3. Kapitel

An diesem Morgen kam ich leider fünf Minuten zu spät zur Redaktionssitzung. Obwohl es mein letzter Arbeitstag war und nach der Sitzung zu meinem Abschied ein Sektfrühstück stattfinden sollte, ließ es sich mein Chef Karl-Heinz nicht nehmen, mich mit einem finalen Anschiss zu verabschieden.

»Ich bin fast eingeschlafen, als ich deinen Artikel über die Dorfversammlung redigiert habe«, rügte er mich.

»Was soll ich denn machen, wenn dort nichts Interessantes passiert ist?«, verteidigte ich mich.

»Du hättest dich als Vertreterin der Presse ein bisschen einbringen und einen Streit anzetteln können«, schlug Karl-Heinz vor. »Zum Beispiel hättest du auf die Gefahren für Fußgänger durch den Verkehr hinweisen können. Um dann die Verantwortlichen zu fragen, ob sie durch ihre Tatenlosigkeit den Tod eines Kindes verschulden wollen. Da wäre ruckzuck Leben in die Bude gekommen.«

So weit kam es noch! Auch wenn ich nur für eine Regionalzeitung schrieb, sah ich mich als integre Journalistin. Immerhin hatte ich das Studium als eine der Besten meines Jahrgangs abgeschlossen.

»Als ich damals für eine Zeitung in Berlin gearbeitet habe«, fuhr mein Chef fort, »hätte ich mir niemals erlauben dürfen, so einen faden Artikel zu schreiben. Ich habe stets alles getan, um …«

Damit war Karl-Heinz bei seinem Lieblingsthema angelangt.

Im Normalfall dauerten die Monologe über seine großen Tage als Hauptstadtjournalist zehn Minuten oder länger. Mein Kollege Matze und ich sahen uns an und verdrehten gleichzeitig die Augen.

Am Ende der Redaktionssitzung bekam ich den Auftrag, im Laufe des Tages noch zwei Ortstermine zu absolvieren. Das war durchaus machbar, also beschwerte ich mich nicht. Beim anschließenden Sektfrühstück hielt mein Kollege Matze eine bewegende Abschiedsrede. Eigentlich hatte ich mir fest vorgenommen, tapfer zu sein, aber schließlich kamen mir doch die Tränen und ich fiel allen schniefend um den Hals – sogar Karl-Heinz.

*

Später am Tag fuhr ich in Richtung Krummin. Die Straße war zu beiden Seiten von Bäumen eingerahmt, und goldene Sonnenflecken brachen durch das dichte Blätterdach. Gerade kam ich von einer kleinen Bootswerft, die in einer feierlichen Zeremonie ein Nebengebäude eingeweiht hatte. Es war mein offiziell letzter Job für die *Ostsee Nachrichten – Regionalteil Usedom* gewesen. Da ich schon mal in der Nähe war, wollte ich meiner besten Freundin Monika einen Besuch abstatten. Ich fuhr an blühenden Wiesen und sprießenden Weizenfeldern vorbei, der Fahrtwind wirbelte meine Haare umher, und ich atmete genüsslich die frische Luft ein. Es roch nach Gras, Erde und Meer. Herrlich! Viel zu schnell erreichte ich das verschlafene Dörfchen Krummin. Seit ein Kamerateam für eine Reisereportage hier in der kleinen Kirche aus dem 13. Jahrhundert gedreht hatte, hatten sich die Besucherzahlen des Dorfes vervielfacht. Davon profitierte nicht zuletzt meine Freundin Monika, die direkt neben der Kirche ihr Gartencafé betrieb. Mein Pick-up hoppelte über das uralte Kopfsteinpflaster, während eine getigerte Katze in aller Ruhe vor mir über die Straße lief und im Vorgarten eines Reetdachhauses verschwand.

Wenn man in Monikas Gartencafé kam, schien man eine andere Welt zu betreten. Ohne erkennbare Ordnung verteilten sich auf der Rasenfläche bunt blühende Blumenbeete, Obstbäume und Büsche. Sogar an den Ästen der Bäume hingen Blumenkübel, und im Gras fanden sich farbenfrohe Gießkannen, Schilder mit Sinnsprüchen und Kunstwerke aus Ton oder Metall. Gerade plauderte Monika mit drei Gästen, die den Usedomer Kochkuchen probierten. Ich winkte meiner Freundin und setzte mich auf meinen Stammplatz – einen der beiden knallroten Sessel an der Gartenmauer.

Monika kam zu mir. »Wie schön, dass du hier bist! Ich hatte schon befürchtet, du redest nicht mehr mit mir. Wegen Dirk.«

»Das Date war die reinste Katastrophe, Monika!« Ich bemühte mich um einen möglichst vorwurfsvollen Blick. »Er hat nur von seiner Ex geredet. Was hast du dir bloß dabei gedacht?«

Sie kratzte sich verlegen am Hals. »Offen gestanden nicht viel. Ich wollte dir nur einen Stoß in die richtige Richtung geben. Nach so langer Zeit ist das erste Date wie eine unsichtbare Hürde.«

Ich seufzte. »Wahrscheinlich hast du recht.«

»Ganz bestimmt sogar! Was Dates betrifft, habe ich jede Menge Erfahrung.« Sie seufzte leidgeprüft auf. »Die Suche nach dem richtigen Mann ist langwierig, anstrengend und mit jeder Menge Enttäuschungen verbunden. Manchmal zweifle ich, ob ich überhaupt jemals fündig werde. Stell dir vor, ich habe mich vor ein paar Tagen sogar bei so einer Singlebörse im Internet angemeldet!« Sie lachte auf und verdrehte die Augen.

Ehe ich einen Kommentar dazu abgeben konnte, beugte sie

sich zu mir und legte mir mit entschuldigender Miene die Hand auf den Arm. »Darf ich dir als Entschädigung für das schreckliche Date einen Milchkaffee bringen? Und deine Lieblingskekse?«

Ich nickte grinsend, und sie eilte davon. Nur wenige Minuten später kam sie zurück. Während ich einen Keks in meinen Milchkaffee tunkte, ließ sie sich mir gegenüber in den Sessel sinken. Ihr hennaroter Haarschopf leuchtete im Sonnenschein wie Feuer. »Und wie läuft es mit dem Umzug?«

Ich stöhnte. »Stressig. Unglaublich, wie viel Zeug sich über die Jahre hinweg ansammelt! David ist heute von Rügen zurückgekommen und hat zusammen mit den Kindern schon die Betten abgebaut. Hanna und Tom finden es richtig cool, mit den Matratzen auf dem Boden zu schlafen. Ich schätze, für sie ist das alles ein Abenteuer.«

Meine Freundin musterte mich eingehend. »Aber du findest den Umzug immer noch ätzend, oder?« Das war weniger eine Frage als eine Feststellung.

David und meine Mutter hatten mich quasi zum Umzug gezwungen. Beide wollten unbedingt nach Rügen ziehen, und ich war einfach überstimmt worden. Und wer war daran schuld? Davids Freundin! Ursprünglich hatte ich Ariane gemocht, doch dieses ganze Chaos hatte ich im Grunde nur ihr zu verdanken. Denn sie hatte die Versöhnung zwischen meiner Mutter und Großmutter Trudi eingefädelt. Meine Mutter war auf Rügen aufgewachsen. Aber trotz ihres Heimwehs hätte sie bis vor einem Jahr nicht einmal einen Fuß auf die Insel gesetzt, weil sie mit ihrer eigenen Mutter derart zerstritten gewesen war. Über dreißig Jahre hatten die beiden kein Wort miteinander gewechselt. Aber dann war Ariane letztes Jahr auf der Bildfläche erschienen und hatte die zwei zusammengebracht. Seither waren

Mama und Oma Trudi unzertrennlich und wünschten sich, den Rest ihrer Tage gemeinsam unter einem Dach zu verbringen. Natürlich hatte ich überlegt, alleine mit Hanna und Tom auf Usedom zu bleiben. Aber David war inzwischen eine Art Ersatzvater für die Kinder. Tom blickte zu seinem Onkel auf, und Hanna weinte sich an seiner Schulter aus, wenn sie sich von mir unverstanden fühlte. Auch meine Mutter war für die beiden eine wichtige Bezugsperson. Ich war nicht egoistisch genug, meinen Kindern all das wegzunehmen. Außerdem brauchte mich meine Mutter, genau wie David.

Ich stieß geräuschvoll den Atem aus. »Ich dachte, dass sich irgendwann eine Art Vorfreude auf Rügen einstellen würde. Stattdessen reißt der Umzug alte Wunden auf. Beim Ausräumen der Schränke finde ich immer wieder Sachen von Frank. Die meisten Dinge habe ich ja schon vor Jahren weggegeben. Trotzdem stoße ich jetzt immer wieder auf Kleinigkeiten. Und jedes Mal tut es weh.«

Ich musste nicht ins Detail gehen. Monika war die Einzige aus meinem Freundeskreis gewesen, die mir in der schweren Zeit nach Franks Unfall zur Seite gestanden hatte. Frank war meine große Liebe gewesen, mein Seelengefährte, mein Anker, mein Leben. Sein Verlust hatte mir den Boden unter den Füßen weggezogen. In den Wochen und Monaten nach der Beerdigung war ich schon damit überfordert gewesen, morgens aufzustehen und mir die Zähne zu putzen. Zum Glück hatte meine Mutter damals schon bei uns auf dem Hof gelebt, und gesundheitlich war es ihr noch besser gegangen. Sie hatte sich in dieser Zeit rührend um die Kinder und mich gekümmert. Nur durch ihre und Monikas Hilfe war ich schließlich wieder auf die Beine gekommen. Dafür war ich beiden auf ewig dankbar.

Meine Freundin beugte sich zu mir. »Vielleicht solltest du

den Umzug als Chance sehen, endgültig abzuschließen und einen Neuanfang zu wagen! Frank hat dich geliebt, und es wäre sein sehnlichster Wunsch gewesen, dass du wieder glücklich bist. In einer neuen Umgebung fällt dir das bestimmt leichter.«

Ich wusste, dass sie recht hatte. Frank hätte gewollt, dass ich nach vorne sah und mein Glück fand. »Trotzdem ist es schwer, unser Schlafzimmer auszuräumen. Was soll ich mit all den Sachen von Frank denn bloß anstellen?«

Monika nickte verständnisvoll. »Ich komme heute Abend bei euch vorbei und helfe dir«, meinte sie resolut. »Dafür benötigt man seelischen Beistand.«

Gerührt sah ich sie an. »Danke, du bist die Beste!«

In diesem Augenblick winkten zwei Gäste Monika zu sich. Sie erhob sich und ließ mich allein. Ich schloss für einen Moment die Augen und atmete die salzhaltige Brise ein. Krummin lag an einer Ausbuchtung des Peenestroms, und das Gartencafé grenzte an den wunderschönen Naturhafen des Dorfs. Es stimmte mich wehmütig, dass ein Besuch bei Monika in Zukunft nicht mehr so einfach sein würde. Aber daran konnte ich jetzt nichts mehr ändern. Vielleicht sollte ich tatsächlich aufhören, wegen des Umzugs zu schmollen? Ihn als Startpunkt in einen neuen Lebensabschnitt zu sehen erschien mir einleuchtend. Immerhin hatte mir mein Herz schon signalisiert, dass ich bereit für eine neue Partnerschaft war. An manchen Abenden fühlte ich mich so einsam, dass ich mich in den Schlaf weinte. Ich vermisste das Gefühl, in den Armen eines Mannes einzuschlafen und die Geborgenheit und Wärme eines anderen Körpers zu spüren. Ein Ortswechsel würde es mir tatsächlich leichter machen, mich für eine neue Beziehung zu öffnen. Doch wie Monika nur allzu treffend festgestellt hatte, war die Suche nach einem passenden Mann langwierig, anstrengend und mit Enttäuschungen verbunden. Aber hatte sie nicht auch das Stichwort »Singlebörse« fallen lassen? Ich stand der Partnersuche im Internet grundsätzlich offen gegenüber. Einmal hatte ich über die Hochzeit eines Pärchens in Ahlbeck einen Artikel geschrieben: Die beiden hatten nur zwei Straßen voneinander entfernt gelebt, aber sich witzigerweise erst durch eine Singlebörse im Internet kennen- und lieben gelernt. Wieso sollte man so eine Möglichkeit nicht für sich nutzen? Ich mochte mich gegen Neues sträuben, aber wenn ich mich erst einmal zu etwas durchgerungen hatte, dann zog ich es auch durch. Wenn ich in ein neues Leben starten sollte, dann aber richtig: neuer Wohnort, neuer Job, neuer Mann. Vielleicht war es Zeit für eine ganz neue Constanze Varga!

»Deinem Gesichtsausdruck nach zu urteilen, beschäftigen dich wichtige Dinge«, riss Monikas Stimme mich aus meinen Gedanken.

Entschlossen sah ich sie an. »Monika, hol deinen Laptop! Ich melde mich auch bei der Singlebörse an.«

4. Kapitel

Und so kam es, dass ich spontan Mitglied beim Datingportal *Einsame Herzen* wurde. Das Ausfüllen meines Profils war überraschend zeitaufwendig. Auch weil mir Monika immer wieder Schummeleien bei meinen Angaben unterstellte.

»Seit wann bist du denn dunkelblond?« Skeptisch betrachtete Monika mein Haupthaar.

»Es zählen viel mehr Haarfarben zur Kategorie ›blond‹, als man denkt«, verteidigte ich meine Angabe. »Das habe ich auf einer Farbpalette beim Friseur gesehen.«

Doch das ließ Monika nicht gelten. »Im Allgemeinen bezeichnet man deine Haarfarbe als braun«, beharrte sie.

»Kastanienbraun?«, hakte ich voller Hoffnung nach.

»Braun. Ganz normales Straßenköterbraun.«

Manche Fragen zu den eigenen Vorlieben und Abneigungen stellten sich als ziemlich knifflig heraus. Zum Beispiel was beim ersten Date für mich schlimmer wäre: ein Mann mit Schweißgeruch oder einer, der permanent schlechte Witze machte. Eigentlich war beides ein No-Go. Doch gegen den Schweißgeruch ließ sich im schlimmsten Fall etwas unternehmen, gegen schlechten Humor allerdings nicht. Hoffentlich bereute ich diese Entscheidung nicht! Und wie stellte ich mir nun meinen Traummann vor?

»Das Aussehen ist mir nicht so wichtig«, erklärte ich Monika. »Ich möchte einen zuverlässigen, charakterlich gefestigten Mann, der kinderlieb ist und einen soliden Beruf hat.«

Monikas Augenbrauen schossen in die Höhe. »Was ist denn bitte schön ein solider Beruf?«

Ich überlegte kurz. »Zum Beispiel Geschichts- und Deutschlehrer am Gymnasium oder Geschäftsführer einer Sanitätshauskette.«

Sie schnaubte. »Ich finde deinen zukünftigen Mann jetzt schon sterbenslangweilig, dabei kenne ich ihn noch nicht mal.«

Ich nahm Monika nicht übel, dass sie das nicht nachvollziehen konnte. Dazu hätte sie Adam Novak kennen müssen, meinen Vater. Mein zukünftiger Mann sollte auf gar keinen Fall irgendetwas mit ihm gemein haben. Adam war Künstler und bezeichnete sich selbst als Freigeist, Gesellschaftskritiker und Lebemann. David und ich hielten unseren Erzeuger jedoch für einen Egoisten und Narzissten, dem Dinge wie eheliche Treue, Zuverlässigkeit und Loyalität völlig fremd waren. Mein Vater dachte nur an seine Selbstverwirklichung und hatte sich von meiner Mutter jahrelang durchfüttern lassen. Zum Glück lebte er in Prag und ließ uns weitestgehend in Ruhe.

Die Benutzernamen festzulegen stellte sich ebenfalls als Herausforderung dar. Monika hatte sich RedHotMonika68 genannt. Gemäß meiner Absicht, einen seriösen Mann zu finden, entschied ich mich jedoch für den recht nüchternen Nickname ConnyV_1183.

Am Ende fehlte nur noch mein Profilfoto. Beim Durchforsten meines Smartphones fand ich jedoch kein einziges Bild von mir. Es gab nur Fotos von meiner Familie, meinen Kollegen und idyllische Landschaftsaufnahmen der Insel.

Gerade als ich Monika bitten wollte, schnell ein Foto von mir zu machen, war meine Freundin schon auf ihrem Handy fündig geworden. »Oh, guck mal, das Bild von dir ist so toll!«, rief sie begeistert. »Das musst du nehmen, Conny!«

Ich besah mir das besagte Foto, auf dem ich mit zufriedenem Lächeln auf dem roten Sofa in Monikas Wohnzimmer fläzte. »Monika, wie lange sind wir jetzt befreundet? Seit über zehn Jahren? Und du findest kein besseres Foto von mir als das?«

»Dein Lächeln auf dem Bild ist wunderschön!«, meinte Monika. »Deine Locken sehen toll aus, und deine Augen strahlen richtig. Das war letztes Jahr bei meiner Nikolausfeier. Erinnerst du dich noch an den leckeren Eierlikörpunsch? Es war ein richtig schöner Abend.«

Das stimmte, doch Monika hatte anscheinend einige Details übersehen. »Aber auf dem Foto trage ich einen Rentierpullover«, wies ich sie auf das Offensichtliche hin. Ich hielt mir das Display näher vors Gesicht. »Und … ist das auf meiner Nase etwa ein Kleks Eierlikörpunsch?«

»Ich sehe da nix. Bitte nimm das Foto!«, bettelte sie. »Das bist du! Genau so sehe ich dich. Ein wunderbarer Mensch, der nicht nur gut aussehend ist, sondern auch fröhlich, unbeschwert und locker. Mit dir kann man Pferde stehlen! Das auf dem Foto ist eine Frau, mit der man sein Leben verbringen möchte.«

Ihre Lobrede nahm mir den Wind aus den Segeln. Im Grunde war ich ebenfalls kein Fan von künstlichen und bis zur Unkenntlichkeit retuschierten Fotos. »Na schön«, gab ich nach. »Fürs Erste nehme ich es.«

Nach dem Ausfüllen meines Profils war es für mich höchste Zeit, nach Hause zu fahren und nach den Kindern zu sehen. Außerdem würden Monika und ich uns heute Abend ohnehin noch einmal treffen. Vielleicht hatte ich bis dahin schon die ersten Zuschriften erhalten? Ein erwartungsvolles Kribbeln breitete sich in meinem Bauch aus. Himmel, das war so aufregend!

★

Kaum war Monika gegen zwanzig Uhr bei uns eingetrudelt, warfen wir zusammen einen Blick auf mein neues Profil bei *Einsame Herzen*. Das Ergebnis war ziemlich ernüchternd. Bisher hatte ich nur drei Zuschriften erhalten. Zwei der Männer hatten sich bei der Kontaktaufnahme auf ein einziges Wort beschränkt: Der eine auf *»Hey!«*, der andere auf das noch kürzere *»Na?«*. Offenbar hatten sich die Typen nicht mal die Mühe gemacht, mein Profil durchzulesen, um einen gemeinsamen Anknüpfungspunkt zu finden. War ich altmodisch, weil mich das störte? Die dritte Zuschrift kam von SchmusiHasi99 und bestand immerhin aus zusammenhängenden Sätzen: »Hallo Du! Wie geht's? Du bist neu hier, oder? Wäre schön, von dir zu hören!«

Ich überflog sein Profil. SchmusiHasi99 war Ende dreißig, geschieden, von Beruf Bankberater, hatte drei Kinder und liebte es, zu grillen. So war er auf dem Foto auch am Grill zu sehen, mitsamt Kittelschürze »Hier grillt der Chef«. Ebenfalls deutlich zu erkennen war, dass SchmusiHasi99 bei einsfünfundsiebzig Körpergröße ungefähr hundertachtzig Kilo auf die Waage brachte. Er hatte ein überdimensionales Doppelkinn, und die Kniescheiben unterhalb der Grillschürze waren wegen des Übergewichts kaum noch als solche zu erkennen.

»Also?«, fragte Monika. »Wirst du ihm antworten?«

»Ähm …«, sagte ich langgezogen. Ich musste gestehen, dass ich SchmusiHasi99 nicht besonders attraktiv fand.

»Bankberater ist doch ein solider Beruf«, stellte meine Freundin fest, wobei ein fieses Grinsen um ihre Mundwinkel zuckte. »Mit drei Kindern ist auch davon auszugehen, dass er kinderlieb ist. Und hast du nicht im Brustton der Überzeugung behauptet, dass dir das Aussehen nicht wichtig ist?«

Verdammt, sie hatte recht! Mit Schrecken erkannte ich, dass ich als Mitglied einer Singlebörse innerhalb kürzester Zeit genauso oberflächlich geworden war wie alle anderen auch. Doch ich würde mich dagegen zur Wehr setzen! Wenn in SchmusiHasi99 ein ganz bezaubernder, liebenswürdiger Mensch steckte, dann würde ich das herausfinden!

Ich reckte das Kinn. »Ich werde ihm antworten«, verkündete ich. »Nicht sofort, aber im Laufe der nächsten Tage.«

Im krassen Gegensatz zu mir hatte Monika sage und schreibe einundzwanzig Nachrichten erhalten. Aber sie war schließlich auch schon seit einigen Tagen auf *Einsame Herzen* aktiv. Die Zuschrift von Cunnilingi2000 gab jedoch ziemlich treffend die allgemeine Tendenz wieder: »Hey RedHotMonika68! Bist du auch so verklemmt wie die anderen hier? Ich hoffe nicht. Wir könnten viel Spaß zusammen haben. Mein Nickname ist Programm, Süße! Für eine Runde Spaß stehe ich allzeit bereit.«

»Was denken sich solche Typen eigentlich?«, regte ich mich nach der siebten anzüglichen Nachricht auf. Natürlich waren unter den Zuschriften auch anständige dabei gewesen, doch allein Monikas Nickname schien auszureichen, um in manchen Männern die niedersten Instinkte zu wecken. »Keine Frau, die etwas auf sich hält und nach einer festen Beziehung sucht, würde auf so etwas antworten. Manche Männer sind echt …« Ich brach ab, da mir Monika offenbar überhaupt nicht zuhörte.

Sie war gerade in die Nachricht eines gewissen BikerJonny vertieft. Beim Blick über ihre Schulter stellte ich fest, dass sie höflicher und geschmackvoller formuliert war, aber dass BikerJonny meiner Freundin im Grunde das gleiche Angebot offerierte wie Cunnilingi2000. Allerdings musste ich zugeben, dass BikerJonny ein ziemlich heißer Typ war. Auf dem Foto lehnte er sich mit verschränkten Armen an sein Motorrad. Lange Haare, Muskeln, Tattoos, Lederklamotten und all das verbunden mit einer männlich-rauen Ausstrahlung.

»Du wirst ihm zurückschreiben, stimmt's?«, fragte ich seufzend.

Mit ertappter Miene drehte Monika mir den Kopf zu. »Vielleicht«, gestand sie beschämt. »Dieser Typ ist ein Sahneschnittchen, Conny! Ich weiß, du hattest schon seit Ewigkeiten keinen Sex mehr. Deshalb möchte ich mich in deiner Gegenwart auch nicht beschweren.« Sie stieß den Atem aus. »Trotzdem stelle ich hiermit fest, dass ich das zwangszölibatäre Dasein nicht so duldsam ertragen kann wie du. Ich habe körperliche Bedürfnisse, die befriedigt werden wollen.« Sie besah sich noch einmal das Foto von BikerJonny und biss sich verlangend auf die Unterlippe. »Und dieser Mann scheint wie geschaffen dafür, den Job zu übernehmen. Schau dir mal diese muskulösen Oberarme an!«

Tatsächlich konnte ich Monika besser verstehen, als sie ahnte. Doch für solche Treffen fehlte mir der Mut. Ich hielt es für nicht ganz ungefährlich, sich mit einem Mann, den man im Internet kennengelernt hatte, zum Sex zu verabreden. Denn zwangsläufig fand so ein Sex-Date nicht in der sicheren Öffentlichkeit, sondern in einem intimen Rahmen statt. Wie konnte man als Frau denn wissen, dass dieser Mann vertrauenswürdig war? Vielleicht überraschte er einen mit einem Hang zu Bondage-Spielen, und ehe man es sich versah, lag man verschnürt wie eine Wurstpelle bei ihm im Keller und versuchte verzweifelt, sich an das Codewort zu erinnern.

»Sei vorsichtig, mit wem du dich triffst, okay?«, bat ich sie.

»Klar doch! Ich bin doch nicht von vorgestern.« Sie klappte den Laptop zu und klatschte voller Tatendrang in die Hände. »Jetzt sollten wir aber endlich mit dem Packen der Umzugskartons loslegen!«

Wir machten uns ans Werk und räumten die Schlafzimmerschränke, den Schreibtisch, die Kommode im Flur und das Badezimmer aus. Immer wenn wir etwas von Frank fanden, legten wir es in meinem Zimmer auf den Boden. Als wir fertig waren, hatte sich ein ziemlicher Haufen angesammelt. Ratlos sah ich darauf hinab. Einige der Sachen wollte ich für mich selbst als Erinnerung aufbewahren, doch hauptsächlich dachte ich an Hanna und Tom. Die beiden hatten ihren Vater kaum gekannt. Tom war noch ein Baby gewesen, als Frank auf der Ostsee verunglückt war. Für ihn war sein Vater ein völlig Fremder. Hanna konnte sich wenigstens noch an ihn erinnern, da sie bei seinem Tod schon etwas älter gewesen war. Aber genau dieser Umstand hatte in ihrer Seele auch eine größere Narbe hinterlassen. Gerade hielt ich ein altes Fotoalbum mit Franks Kinderfotos in Händen und blätterte es mit schwerem Herzen durch. Wenn Monika nicht hier gewesen wäre, hätte ich jetzt bestimmt angefangen zu weinen. Frank war mein Fels in der Brandung gewesen. Zuverlässig, bodenständig und stets hilfsbereit. Ganz das Gegenteil von meinem Vater.

»Legen wir doch einen Erinnerungskarton für Hanna und Tom an«, schlug meine Freundin vor. »Wenn sie mehr über ihren Papa erfahren wollen, können sie sich die Sachen im Karton ansehen. Stell alles zusammen, von dem du glaubst, dass es für die beiden irgendwann interessant sein könnte. Den Rest spendest du der Diakonie.«

Ich schloss das Fotoalbum, atmete tief durch und nickte Monika dankbar zu. »Das ist eine großartige Idee!«

Auf diese Weise fiel mir das Ausmisten bedeutend leichter.

Wahrscheinlich übertrieb ich beim Zusammenstellen des Erinnerungskartons ein bisschen, denn ich legte auch einen Pullover hinein, Franks Grundschulzeugnisse und ein zerkratztes Jo-Jo, das er selbst als Erinnerung an seine Kindheit aufgehoben hatte. Gerne hätte ich gewusst, weshalb ihm das Jo-Jo so wichtig gewesen war. Leider konnte ich ihn nicht mehr danach fragen, und seine Mutter war schon vor unserer Heirat an Krebs gestorben. Franks Vater lebte zwar noch, aber er war ein wortkarger Eigenbrötler. Für seine Enkelkinder interessierte er sich kaum, und ein Gespräch mit ihm war jedes Mal zäh und anstrengend.

Nachdem alles erledigt war, setzten wir uns erschöpft auf den Boden.

»Danke! Ohne dich hätte ich das nicht geschafft.« Ich legte meinen Kopf auf Monikas Schulter. »Du wirst mir so fehlen.«

»Du mir auch.« Traurig streichelte sie mir über den Arm. »Ganz schrecklich sogar.«

»Wir müssen jeden Tag telefonieren, okay? Und wegen der Singlebörse halten wir uns auch auf dem Laufenden.«

»Selbstverständlich! Ich will jede Neuigkeit von dir erfahren. Besonders natürlich, wenn Mr Right in dein Leben tritt.«

»Falls er in mein Leben tritt«, korrigierte ich sie. Beim Anblick des Erinnerungskartons kam mir ein Gedanke. »Meinst du, Hanna und Tom würden damit klarkommen, wenn ich einen neuen Partner habe?«

»Deine Kinder sind glücklich, wenn du glücklich bist«, entgegnete Monika entschlossen.

In diesem Moment klopfte es, und mein Bruder streckte den Kopf durch den Türspalt. »Hey, ihr beiden! Seid ihr vorangekommen?«

Wir nickten stolz. »Alles fertig.«

David kam herein. An guten Tagen hatte mein Bruder mit seiner lockeren Art und den etwas zu langen Haaren Ähnlichkeit mit Bradley Cooper. Doch leider neigte er zur Verwahrlosung, wenn er mal wieder an einem seiner Romane schrieb oder es allzu stressig bei uns zuging. Dann ließ er sich einen schrecklich struppigen Vollbart wachsen, mit dem er aussah wie ein

Obdachloser. So wie im Augenblick. Aus irgendeinem Grund schien Ariane der Bart nicht weiter zu stören. Offenbar liebte sie David so, wie er war.

David präsentierte uns eine Flasche Wein und drei Pappbecher. »Wie wäre es mit einem kleinen Umtrunk? Ich dachte, zum Abschied sollten wir noch mal gemeinsam anstoßen.«

Manchmal hatte mein großer Bruder genau zur passenden Zeit die richtigen Einfälle. Ich nahm ihm die Becher ab, und er setzt sich zu uns auf den Boden.

»Aber nur ein Glas!«, meinte Monika. »Ich muss noch heimfahren.«

Als David bei uns eingezogen war, um mich bei der Pflege unserer Mutter zu unterstützen, hatte ich versucht, ihn mit Monika zu verkuppeln. Sie wäre meine Traum-Schwägerin gewesen. Zu meinem Leidwesen hatte es zwischen den beiden einfach nicht gefunkt. Aber immerhin waren die beiden Freunde geworden. Ich war unheimlich dankbar, dass mein Bruder Teil unseres Lebens war. Ein Mann im Haus hatte Tom ohne Frage gutgetan. Es hatte mit meinem Jüngsten in der Vergangenheit eine schwierige Phase gegeben, in der er Streitigkeiten im Kindergarten mit den Fäusten hatte regeln wollen. Doch David hatte Tom erklärt, dass ein »echter Mann« in jeder Situation cool blieb und Probleme mit Worten löste. Das hatte Tom sich zu Herzen genommen. Hätte ich als Frau versucht, ihm diese Weisheit zu vermitteln, wäre der Effekt wahrscheinlich gleich null gewesen.

Feierlich erhob David seinen Becher. »Auf die Freundschaft, die Zeit und Entfernung überdauern wird!«

Er sah mich erwartungsvoll an. Ach du lieber Himmel, sollte ich mir jetzt etwa auch einen Trinkspruch einfallen lassen? Leider kannte ich nur einen einzigen. »Wir sitzen hier am runden Tisch und saufen, bis er eckig ist!«, verkündete ich.

Zugegeben, der Spruch war recht unpassend. Zum einen, weil wir überhaupt nicht an einem Tisch saßen, und zum anderen, weil er Davids feierliche Stimmung zerstörte.

Doch Monika wäre nicht meine Freundin gewesen, wenn sie nicht prompt einen Lachanfall bekommen hätte. »Auf euch, ihr beiden Bekloppten!« Sie hob kichernd ihren Becher. »Delirium, Delarium, voll wie ein Aquarium!«

5. Kapitel

Der Umzug war der reinste Horror. Schon seit dem frühen Morgen regnete es in Strömen, und die Möbelpacker trafen erst mit eineinhalb Stunden Verspätung ein. Dabei schienen sie fest entschlossen zu sein, alles mitzunehmen, was nicht niet- und nagelfest war. Ein Wunder, dass sie die Tapete an der Wand ließen! Hanna sorgte sich permanent darum, ob ihr Klavier den Transport gut überstehen würde, und ging mir damit ein klein wenig auf die Nerven. Auf dem Instrument hatte ursprünglich ich gespielt, doch ohne mein Wissen schien das Klavier mittlerweile in ihr alleiniges Eigentum übergegangen zu sein. Meine Mutter kompensierte ihre erzwungene Tatenlosigkeit, indem sie uns allen im Befehlston Anweisungen gab. Dabei stand sie in ihrem Rollstuhl ständig so ungeschickt im Flur herum, dass wir kaum an ihr vorbeikamen. Tom hatte die Aufgabe übertragen bekommen, auf seinen Goldfisch Bob aufzupassen. Wegen des Umzugs musste der Fisch heute in einer durchsichtigen Plastiktüte sein Dasein fristen. Mit seinem Job als Tierpfleger war mein Kleiner jedoch heillos überfordert. Mindestens vier Mal hatte er den Fisch irgendwo »verlegt«, und wir mussten uns panisch auf die Suche nach Bob machen. Zum Glück hatte der Fisch einen überraschend starken Lebenswillen. Er verkraftete mehrere Tage Zwangsdiät genauso gut wie eine panische Überfütterung oder schon leicht trübes Wasser.

Stunden später befand sich endlich unser gesamtes Hab und Gut im Lkw, und wir machten uns auf nach Rügen. David, meine Mutter und die Möbelpacker hatten schon zwanzig Minuten Vorsprung. Ich fuhr mit den Kindern im Pick-up hinterher. Kaum hatten wir Rügen erreicht, ließ der Regen nach, und einige Minuten später blitzte sogar wieder Sonnenschein durch die graue Wolkendecke. Ob das ein gutes Omen war? Die Kinder waren inzwischen eingeschlafen. Nicht nur für mich war dieser Tag anstrengend und aufwühlend.

Wir passierten Glowe und fuhren die Schaabe entlang, eine fast zwölf Kilometer lange Nehrung, die zwischen den Halbinseln Jasmund und Wittow lag. Die Schaabe war einer der schönsten Badestrände Rügens. Bei dem herrlichen Meerblick und dem kilometerlangen Strand aus feinem Sand fühlte man sich direkt ins Paradies versetzt. Durch den Sonnenschein und die vom Wind geformten Kiefern zu beiden Seiten der Straße hatte ich kurz den Eindruck, mich gerade im Urlaub in Südfrankreich zu befinden – und nicht inmitten eines stressigen Umzugs. Nachdem wir die Halbinsel Wittow erreicht hatten, bogen wir nach Breege ab. Gleich waren wir am Ziel!

Die Suche nach einem neuen Zuhause hatte sich als unerwartet schwierig herausgestellt. Da wir mit Oma Trudi und Davids Freundin zwei neue Mitbewohner haben würden, benötigten wir viel Platz. Im Dorf Glowe, in dem Oma Trudi schon seit ihrer Geburt lebte und meine Mutter aufgewachsen war, hatten wir nichts Passendes gefunden. Erst im Nachbardorf Breege hatte David ein schönes und vollständig renoviertes Haus entdeckt, das groß genug für uns alle war. Das hatte gleich zum ersten Drama geführt, denn für Oma Trudi war es eine große Sache, Glowe zu verlassen. Angesichts ihrer Empörung hätte man meinen können, wir verlangten von ihr, ins Ausland zu ziehen. Da sie auf ihre alten Tage jedoch unbedingt bei ihrer Familie sein wollte, hatte sie schließlich zähneknirschend eingewilligt.

Wir erreichten Breege, in dem ich bisher nur einmal zur Hausbesichtigung gewesen war. Das Dörfchen lag idyllisch am Großen Jasmunder Bodden, hatte einen schönen Hafenbereich, verwunschene Gässchen mit Kopfsteinpflaster und alte Häuser mit gepflegten Vorgärten. Hier im Ortskern fühlte man sich in frühere Zeiten zurückversetzt.

»Kinder, wir sind da!«, verkündete ich feierlich. »Unser neues Zuhause wartet auf uns!«

Das längliche zweistöckige Bauernhaus mit der verklinkerten Fassade und den weißen Sprossenfenstern wirkte trotz seiner Größe einladend und gemütlich. Der Eingangsbereich war ein kleiner Vorbau, unter dessen Dachgiebel ein rundes Buntglasfenster eingelassen war. Das Haus war über zweihundert Jahre alt und stand komplett unter Denkmalschutz, auch wenn es im Laufe der Zeit immer wieder erweitert und ausgebaut worden war. Mit der leuchtendgrünen Eingangstür schien unser neues Zuhause alle Besucher willkommen zu heißen. Und im Augenblick wuselten unzählige Menschen hinein und heraus. Meine Mutter beobachtete erneut mit Argusaugen die Arbeit der Möbelpacker, doch jetzt hatte sie auch noch Oma Trudi an ihrer Seite. Die beiden konnten spitzenmäßig Befehle erteilen und anderen sagen, was sie zu tun und zu lassen hatten. Das Zusammenleben mit gleich zwei herrischen älteren Damen würde kein Spaß werden. Ich hoffte nur, dass die beiden ihren Streit dauerhaft hinter sich gelassen hatten! Ich konnte meiner Mutter jedenfalls nicht verübeln, dass sie mehrere Jahrzehnte gebraucht hatte, um Oma Trudi zu vergeben. Meine Großmutter hatte nämlich leider einen besonders stark ausgeprägten Mutterinstinkt. Sie hatte damals in meinem Vater sofort den Nichtsnutz erkannt, der er tatsächlich war. Um die Trennung der beiden Frischverliebten zu erzwingen, hatte sie ihn in einer Art Kurzschlusshandlung bei den Behörden beschuldigt, von Rügen aus die Flucht in den Westen zu planen. Mein Vater war aufgrund der falschen Anschuldigung sogar kurze Zeit im Gefängnis gewesen. Meine Großmutter hatte ihre Tat zwar bitterlich bereut und ihre Tochter um Verzeihung angefleht, aber meine Mutter war hart geblieben. Bis zu ihrer Versöhnung vergangenen Sommer.

Wie aufs Stichwort fiel mein Blick auf Ariane, die mit ihren blonden langen Haaren und der kurvigen Figur gerade in unserem neuen Vorgarten stand. Sie hatte den Kopf in den Nacken gelegt und sah nach oben zum ersten Stock. Dort klemmte in einem geöffneten Fenster Oma Trudis Fernsehsessel, der mit einem Seil umwickelt war. Bei Arianes Anblick zog sich mein Magen krampfhaft zusammen. Rein rational wusste ich natürlich, dass Ariane keine Schuld an dem Umzug hatte, aber … irgendwie eben doch! Auch wenn ich mich entschlossen hatte, unser Leben auf Rügen als positiven Neuanfang zu betrachten, konnte ich meinen Groll auf sie nicht einfach abstellen.

Ariane rief aufgeregt gestikulierend etwas nach oben, woraufhin zwei körperlose Männerhände hinter dem Sessel auftauchten und an dem störrischen Möbelstück zerrten. Vergeblich. Das Ding hatte sich offenbar bombenfest im Fensterrahmen verkeilt.

»Ach du lieber Himmel!«, entfuhr es mir angesichts des herrschenden Chaos.

Mein Blick fiel auf einen Mann im Nachbargarten. Er hatte breite Schultern, trug ein weißes T-Shirt und eine tief sitzende schwarze Jeans. Da er mir den Rücken zuwandte, konnte ich sein Gesicht nicht sehen, aber er hatte etwas an sich, das meine Aufmerksamkeit fesselte. Sein schwarzes Haar glänzte im Sonnenlicht, und die leicht olivenfarbene Haut bildete einen effektvollen Kontrast zu dem weißen T-Shirt. Der Typ betrachtete den Tumult, den meine Familie verursachte, schüttelte den Kopf und verschwand dann im Nachbarhaus. Wie früher auf dem Dorf üblich, standen die beiden Bauernhäuser ziemlich dicht beieinander, als wollten sie sich gegenseitig vor Sturm und Kälte schützen. Unter diesen Umständen war der Nachbar wahrscheinlich nicht sonderlich erfreut, dass jetzt eine lärmende Großfamilie neben ihm einzog.

Ich ließ die Kinder aussteigen, die sofort johlend zu ihrer Oma und Uroma Trudi liefen. Bevor ich den beiden folgte, atmete ich noch einmal tief durch und straffte den Rücken. Unser Leben auf Rügen konnte beginnen.

6. Kapitel

... Er biss leicht in meine Unterlippe. Ein Stöhnen entfuhr mir, und ich vergrub die Finger in seinen Haaren. Aufreizend langsam glitten seine Hände über meinen erhitzten Körper auf der Suche nach meiner empfindsamsten Stelle. Und er fand sie. Unwillkürlich schnappte ich nach Luft, als ich spürte, wie ...

Mit lautem Knall fiel im Haus eine Tür ins Schloss. Ich schlug die Augen auf. Sonnenstrahlen fielen durch die Fensterläden und zeichneten goldene Streifen auf den Dielenboden. Von irgendwoher hörte ich leise Gitarrenmusik. Ich brauchte einen Moment, um mich zu orientieren. Was wahrscheinlich auch an dem Traum lag, den ich gerade gehabt hatte. Himmel! Meine erste Nacht auf Rügen, und ich träumte von einer wilden Fummelei mit einem Mann.

»Böses Unterbewusstsein«, murmelte ich peinlich berührt. »Ganz böses Unterbewusstsein!«

Vielleicht hatte ich in letzter Zeit zu oft in prickelnden Liebesromanen geschmökert? Ich strich mir die Haare aus dem Gesicht und setzte mich auf. Mein neues Zimmer war weitaus größer als mein altes. Wenn erst mal alle Umzugskartons weg waren, konnte ich mir wahrscheinlich noch eine gemütliche Sitzecke einrichten. Am meisten jedoch gefiel mir der Erker am anderen Ende des Raums. Zwei der vier Sprossenfenster zeigten hinaus auf den Garten, und man hatte einen wunderschönen Blick auf den Jasmunder Bodden.

Ich tapste barfuß durchs Zimmer und öffnete eines der Fenster. Die Gitarrenmusik, die ich vorhin schon gehört hatte, wurde lauter, und ich vernahm einzelne Melodiefetzen. Die sanften Klänge passten perfekt zu der morgendlichen Idylle, die sich vor mir ausbreitete. Frühnebel lag über dem Wasser und tastete sich in kleinen Schwaden ans Ufer vor. Unser neuer Garten war auf romantische Art und Weise verwildert. Brombeerbüsche rankten sich am Holzzaun entlang, und an einem Kirschbaum hing eine von der Sonne ausgeblichene Schaukel. Mohnblüten, Klee und Butterblumen schmückten die Wiese. Oma Trudi und meine Mutter hatten schon verkündet, dass sie in der Nähe der Steinterrasse einen Nutzgarten anlegen wollten, um Kräuter und Gemüse anzubauen.

In Gedanken beschäftigten mich schon die kommenden Tage. Wegen der Sommerferien war Toms neuer Kindergarten die nächsten Wochen geschlossen, doch leider musste ich umgehend meine Stelle in der Rügener Redaktion antreten. Es würde nicht leicht werden, während der Sommerferien die Kinder und meinen neuen Job unter einen Hut zu bringen. Ich würde täglich aufs Neue mit Terminen jonglieren müssen, ständig begleitet von dem Gefühl, niemandem wirklich gerecht zu werden. Alle alleinerziehenden Mütter, die berufstätig waren, kannten wohl diese quälenden Selbstzweifel. Hanna hatte ich auch noch versprochen, sie gleich nach dem Wochenende in die Bibliothek nach Bergen zu fahren, da sie dort am Lesesommerclub teilnehmen wollte. Keine Ahnung, wie ich das schaffen sollte. Ohne die Hilfe meiner Mutter, meines Bruders und Oma Trudi würde es in den kommenden Wochen wohl nicht gehen. Obwohl ich immer ein schlechtes Gewissen hatte, wenn ich die drei längerfristig für die Kinderbetreuung einspannen musste.

Es klopfte an der Tür. »Conny? Bist du schon wach?«, fragte Oma Trudi von draußen.

»Ja, du kannst reinkommen!« Ich hatte den Satz noch nicht beendet, da stand sie auch schon im Zimmer. Trudi war klein, ging auf die hundert zu und war für ihr hohes Alter bemerkenswert fit. Ihr kurzes Haar war schlohweiß und ihr Gesicht von tiefen Falten durchzogen.

Im ersten Moment schämte ich mich ein wenig, weil ich lediglich das alte Oversize-T-Shirt trug, in dem ich geschlafen hatte. In einem so knappen Aufzug hatte Trudi mich noch nie gesehen. Wir hatten uns nämlich erst kennengelernt, nachdem sich meine Mutter und Trudi versöhnt hatten. Es war seltsam gewesen, seiner eigenen Großmutter mit Mitte dreißig zum ersten Mal gegenüberzustehen. Doch wir waren uns sofort sympathisch gewesen.

Meine Großmutter musterte mein Outfit. »Schöne Beine«, sagte sie anerkennend. »Die hast du von mir.« Sie hob ihre Kittelschürze an und präsentierte mir grinsend ihre Beine in den beigefarbenen Stützstrümpfen.

Ich lachte. »Jetzt, wo du es sagst, sehe ich es auch.«

Sie trat neben mich und blickte hinaus auf den Jasmunder Bodden. »Ich muss zugeben, dass die Aussicht hier um einiges schöner ist als in dem Mehrfamilienhaus, in dem ich in Glowe gewohnt habe. Trotzdem fühle ich mich wie ein alter Baum, der entwurzelt wurde.«

»Bereust du, dass du nach Breege gezogen bist?«

Oma Trudi schüttelte den Kopf. »Ich bin nur ein bisschen wehmütig.« Sie wandte sich mir zu und lächelte. »Aber gleichzeitig auch glücklich. Jahrzehntelang habe ich mir gewünscht, wieder Teil eures Lebens zu sein.«

Sie griff nach meiner Hand. Unter meinen Fingerspitzen spürte ich die Adern auf ihrem Handrücken, die sich hart unter ihrer weichen Haut abzeichneten. »Als ich letztes Jahr diesen

Herzinfarkt hatte, dachte ich, es wäre vorbei. Doch nun sind wir alle hier zusammen unter einem Dach. Für mich ist das mein ganz persönliches Wunder. Das Leben ist eben immer ein Auf und Ab. Auf große Katastrophen folgt meist auch großes Glück.«

Ich ahnte, dass sie nicht nur von sich sprach, sondern versuchte, mir Mut zu machen.

»Ich denke, ich kann mich auf Rügen ebenfalls wohlfühlen, sobald ich mich eingelebt habe«, entgegnete ich. »Bis auf Ariane kenne ich nur leider niemanden in meinem Alter.«

»Du wirst schneller Anschluss finden, als du denkst.« Trudi grinste auf eine Art und Weise, die mich stutzig werden ließ.

Bevor ich jedoch nachhaken konnte, fragte sie: »Kommst du runter zum Frühstück? David war beim Bäcker. Tom ist fast am Verhungern und versucht gerade, sein Schokocroissant zu inhalieren.«

Lächelnd drückte ich ihre Hand. »Ich ziehe mir schnell was über, dann komme ich!«

Tatsächlich war auch ich dankbar, ab sofort mit ihr zusammenleben zu können. Wenn man seine fast hundertjährige Großmutter erst so spät kennenlernte wie ich, musste man die Zeit, die einem gemeinsam blieb, nutzen.

★

Wir hatten das Frühstück noch nicht beendet, als es an der Haustür klingelte. Ariane sprang sofort auf. »Sie sind da!«, verkündete sie freudestrahlend.

Leider hatte ich keine Ahnung, wen sie so sehnlichst erwartete. Trudi trank schnell ihren Tee aus und erhob sich ebenfalls. Keine zwei Minuten später wurde unsere Küche von fünf Frauen gestürmt, die Putzeimer, Gummihandschuhe und Putztücher in

Händen hielten. Sie waren unterschiedlichsten Alters und redeten vergnügt durcheinander.

Trudi räusperte sich vernehmlich, und es wurde still. »Darf ich euch einander vorstellen?«, fragte sie feierlich. »Das sind meine Tochter Astrid und meine Enkelin Constanze.«

Nun deutete sie auf die fünf Frauen. »Das ist unsere Truppe. Der harte Kern des UGLY-Frauenabends. Hier sind Sophie und Jule, die neusten Mitglieder in unserem Kreis. Sie sind Schwestern und kommen ursprünglich aus Süddeutschland.« Oma Trudi warf mir einen bedauernden Blick zu. »Die beiden haben sich leider schon die zwei begehrtesten Junggesellen in Glowe unter den Nagel gerissen. Da kommst du bedauerlicherweise zu spät, Conny!«

Die beiden Frauen, die wohl fünf bis zehn Jahre älter waren als ich, winkten mir grinsend zu. Für zwei Schwestern sahen sie sich überhaupt nicht ähnlich. Sophie hatte lange glatte Haare und war hochgewachsen, während Jule einen braunen Lockenschopf hatte und deutlich kleiner geraten war.

Trudi zeigte auf eine grauhaarige Frau um die sechzig mit einem warmherzigen Lächeln. »Nane ist eine sehr gute Freundin von mir und daneben …«

»Ich bin Jutta«, unterbrach die Frau mit der flotten Kurzhaarfrisur meine Großmutter und streckte mir die Hand entgegen. »Die ältere Schwester von Ariane. Herzlich willkommen auf Rügen, Conny! Ich darf dich doch Conny nennen, oder?«

Ich ergriff ihre Hand. »Natürlich! Freut mich, Jutta.«

»Ariane und Trudi haben mir schon viel von dir erzählt. Ich habe einen Sohn, der ein bisschen älter ist als Tom. Mein Jonas kann es kaum erwarten, ihn kennenzulernen.«

Jutta war mir auf Anhieb sympathisch. »Schade, dass du ihn nicht mitgebracht hast«, sagte ich. »Tom hätte sich gefreut.«

»Das ist doch schon ein Grund für ein nächstes Treffen, oder?« Jutta zwinkerte mir zu. »Heute sind wir aber zum Arbeiten hier. Trudi und Ariane haben uns herbeordert, um euch beim Putzen und Einräumen der Schränke zu helfen.«

Die letzte Frau, die Trudi offenbar vergessen hatte, hüstelte laut. Sie war ungeschminkt, trug einen hässlichen braunen Kaftan und hatte weißes Haar, das wie bei Albert Einstein zerzaust in alle Richtungen abstand.

Meine Oma seufzte. »Ach ja, und das ist Shanti-Gertrud.«

Besagte Shanti-Gertrud drängte Jutta beiseite und nahm meine Mutter und mich ins Visier. »Ich habe den UGLY-Frauenabend ins Leben gerufen«, erklärte sie uns ungefragt. »Wir wehren uns gegen die völlig utopischen Schönheitsideale, mit denen die Modeindustrie und die Medien Frauen unter Druck setzen. Deshalb versuche ich, Frauen zu helfen, sich dieser absurden Gehirnwäsche zu entziehen. Wir sagen einfach Ja zu unserer vermeintlichen Hässlichkeit und nehmen uns …«

»Lass sie doch mit diesem Käse in Ruhe, Gertrud!«, fiel meine Oma ihr entnervt ins Wort. »Habe ich dich etwa eingeladen, um zu missionieren? Nein! Ihr seid hergekommen, um uns zu helfen. Deine obskuren Theorien kannst du dir fürs nächste Treffen aufheben.«

Shanti-Gertrud zog einen beleidigten Flunsch. Meine Mutter, die die Vorstellungsrunde vom Esstisch aus beobachtet hatte, grinste amüsiert. Offenbar hatte Trudi ihr schon von Shanti-Gertrud erzählt. Beim Anblick der fünf Frauen wusste ich auch, weshalb Trudi vorhin überzeugt gewesen war, dass ich schnell Anschluss finden würde. Meine Oma war ein altes Schlitzohr!

Wir teilten uns auf. Jutta und ich übernahmen zusammen mit meiner Mutter das Einräumen der Küche. Dabei erzählte

Jutta mir einiges über meine neue Heimat, natürlich mit dem Schwerpunkt Glowe. Sie betrieb dort mit ihrem Mann eine kleine Pension. Mit den Gästen und ihren zwei Kindern hatten die beiden offenbar viel um die Ohren. Durch Jutta erfuhr ich auch, wie es dazu gekommen war, dass die Schwestern Sophie und Jule sich die zwei »begehrtesten Junggesellen« des Orts unter den Nagel gerissen hatten. Die beiden Schwestern waren nacheinander nach Rügen gekommen und hatten hier ihr Herz verloren. Sophie an den Segellehrer Ole und Jule an ihren Chef Markus, einen waschechten Schlossbesitzer. Aber sie hatten einige Katastrophen und Hindernisse überwinden müssen, bis die Liebe am Ende siegen konnte. Ich mochte solche Geschichten. Sie halfen mir, den Glauben an das Glück nicht zu verlieren.

»Und was hast du heute Nacht geträumt, Conny?«, fragte mich Jutta, während sie die Trinkgläser aus dem Zeitungspapier packte und mir zum Abspülen reichte.

Umgehend hatte ich wieder die Bilder meines erotischen Traums vor Augen. Ich spürte, wie mir die Hitze in die Wangen stieg. »Wieso?«

»Du weißt doch sicher, dass die Träume in der ersten Nacht im neuen Zuhause wahr werden!«

»Ach so …« Die Hitze in meinen Wangen intensivierte sich. Wenn dieser Traum wirklich wahr werden würde … Uiuiui! Ich tunkte hastig die Gläser ins Spülwasser. »Nichts. Ich habe nichts geträumt.«

»Schade«, meinte Jutta bedauernd.

Da hatten wir uns gerade erst kennengelernt, und ich log Jutta schon an. Aber ich hätte mir lieber die Zunge abgebissen, als über meinen Traum zu sprechen. Vor allem im Beisein meiner Mutter! Allerdings schien meine Mutter ausschließlich auf das Einräumen der Schränke konzentriert zu sein. Für sie war es wichtig, alle Dinge zum Kochen mit dem Rollstuhl bequem erreichen zu können. Die Küche war ihr Reich, denn sie sah es als ihre Aufgabe an, der Familie abends ein leckeres Essen vorzusetzen. Jedenfalls wenn ihre Erkrankung es zuließ. David hatte extra eine Küche einbauen lassen, die auf Mutters Bedürfnisse zugeschnitten war. Es gab auch einen Treppenlifter, mit dem sie in das obere Stockwerk gelangen konnte. Mein Bruder hatte wirklich an alles gedacht, denn oben stand sogar schon ein Ersatzrollstuhl für sie bereit.

Dank so vieler helfender Hände kamen wir gut voran. Der Stapel mit den leeren Umzugskartons wuchs stetig in die Höhe. Ariane und David kümmerten sich in erster Linie um den kleinen Anbau, den sie zusammen bezogen hatten. Früher war es eine Scheune gewesen, die jedoch zur Wohnung umgebaut worden war. So hatten die beiden ihr eigenes Reich.

Am Nachmittag waren das Untergeschoss und die Kinderzimmer schon so weit eingerichtet, dass sich Jutta, Sophie, Jule und Nane verabschieden konnten. Nur Shanti-Gertrud blieb noch ein bisschen, um meiner Mutter Gesellschaft zu leisten.

Ich ging derweil nach oben und widmete mich meinem eigenen Zimmer. Da draußen ein wunderschöner Sommertag war, öffnete ich die Erkerfenster. Ich drehte die Anlage ein bisschen lauter und machte mich summend an die Arbeit. Den Kleiderschrank, das Bücherregal und den Schreibtisch einzuräumen war schnell erledigt. Doch dann kamen die persönlichen Dinge. Den Bilderrahmen mit Franks Foto stellte ich wie gehabt auf meinen Nachttisch. Augenblicklich packten mich Zweifel. Frank sollte immer noch zu meinem Leben gehören, aber es war nicht gut für mich, wenn ich ihn morgens beim Aufstehen gleich als Erstes vor Augen hatte. Nein, sein Foto brauchte einen neuen Platz! Ich wanderte im Zimmer umher und stellte den

Bilderrahmen probehalber auf den Schreibtisch, das Bücherregal, die Kommode und die Fensterbank. Keiner dieser Plätze gefiel mir richtig. Plötzlich bekam ich das schreckliche Gefühl, Frank herzlos aus meinem Leben zu drängen. Dieser Neuanfang war schwieriger, als ich erwartet hatte. Obwohl ich mein neues Zimmer liebte und die Frauen des UGLY-Frauenabends mich so herzlich willkommen geheißen hatten, übermannte mich das Heimweh. Kurzzeitig wünschte ich mich zurück nach Usedom – zu Monika, meinen Freunden und Kollegen. Als hätte sich das Schicksal gegen mich verschworen, lief über meine Playlist nun auch noch ein trauriger Liebessong. Die melancholische Stimme der Sängerin erfüllte mein Zimmer:

»… *Was würd ich dafür geben,*
noch einmal deine Stimme zu hören,
deinen Duft zu atmen,
noch einmal deine Wärme zu spüren.«

Ich schluckte schwer und drückte Franks Foto an meine Brust. Doch dann stutzte ich. Hatte ich etwa gerade ein gequältes männliches Stöhnen gehört? Verdutzt sah ich mich um. Ich war eindeutig allein im Raum, und die Tür war geschlossen. Für einen winzigen Moment blickte ich misstrauisch auf Franks Foto. Dabei glaubte ich eigentlich nicht an Übernatürliches. Litt ich an akustischen Halluzinationen? Höchstwahrscheinlich. Ich konzentrierte mich wieder auf den Song und sang tiefbewegt mit:

»… *Ich vermisse dich, und jeder Schritt*
ohne dich versetzt mir einen Stich
Ich vermisse dich, und jeder Sonnenstrahl
ist ohne dich nur kalt und fahl

Ich vermisse dich, und jeder Melodie
fehlt ohne dich die Harmonie ...«

Da! Schon wieder. Dieses Mal war ich mir sicher. Eine männliche Stimme hatte unüberhörbar gesagt: »Ay, Dios mio! Was für ein schrecklicher Song.«

Ich legte den Bilderrahmen zur Seite und lief zu den geöffneten Erkerfenstern. Bisher war mein Blick immer geradeaus auf den Garten und den Jasmunder Bodden gerichtet gewesen, doch nun wandte ich mich zum linken Fenster, das in Richtung Nachbarhaus zeigte. Tatsächlich! Auf dem Balkon des angrenzenden Hauses befand sich der Mann, den ich gestern kurz auf der Straße gesehen hatte. Unsere Häuser standen so dicht beieinander, dass uns nur wenige Meter voneinander trennten. Der Typ saß auf einer geschmackvollen beigefarbenen Rattansitzecke und beugte sich mit einem Stift in der Hand über einen Stapel Papiere, die auf einem Glastisch lagen. Seine schwarzen Haare fielen ihm locker in die Stirn, er hatte ausdrucksstarke dunkle Augenbrauen und war eindeutig südländischer Herkunft. Er sah unzweifelhaft gut aus, allerdings nicht wie ein männliches Supermodel oder Monikas BikerJonny. Dafür war seine Nase ein wenig zu lang, und die Augen standen zu dicht beieinander. Trotzdem raubte mir sein Anblick kurzzeitig den Atem. Der Typ besaß diese Art von besonderer Ausstrahlung, die jeden unweigerlich in den Bann zog. Wenn er einen Raum betrat, drehten sich bestimmt automatisch alle nach ihm um.

»Iiiiiich vermiiiiisse diiiiiiiiiich«, jaulte es derweil hinter mir aus den Boxen.

»Boah!« Der Typ stöhnte erneut auf und schüttelte den Kopf. Meine Musik schien ihm gewaltig auf die Nerven zu gehen. Mich selbst hatte er offenbar noch nicht bemerkt.

»Haben Sie etwas an meinem Musikgeschmack auszusetzen?«, fragte ich gereizt. Atemberaubende Ausstrahlung hin oder her: Wenn man gerade tiefbewegt ein Liebeslied mitgesungen hatte, konnte man unsensible Kommentare ja mal überhaupt nicht gebrauchen.

Leider zuckte der Typ durch mein plötzliches Auftauchen nicht einmal zusammen. Er sah lässig auf, und unsere Blicke trafen sich. Ich schaute in Augen, die so tiefbraun waren, dass sie fast schwarz wirkten. Eine seltsame Nervosität erfasste mich. Dieser Mann strahlte etwas aus, das die konservative Seite in mir als »gefährlich« bezeichnete. Er war eindeutig nicht der Typ für gemütliche Fernsehabende, Elterngrillfeste im Kindergarten oder sonntägliche Kaffeekränzchen bei den Schwiegereltern. Allerdings würde meine Mutter auch niemals ein sonntägliches Kaffeekränzchen veranstalten.

Mein Nachbar stand auf und schlenderte zur Brüstung. »Wenn Sie mich schon direkt fragen«, sagte er ohne den geringsten Akzent, »dann antworte ich auch ganz direkt: Ja, ich habe etwas an Ihrem Musikgeschmack auszusetzen! Dieses jämmerliche Gejaule verursacht mir Kopfschmerzen, und diese absolut einfallslosen Kadenzen zeugen von wenig musikalischer Kreativität.«

Mein Nachbar schien Ahnung von Musik zu haben. Zum Glück hatte ich in meiner Kindheit Klavierunterricht bekommen und wusste immerhin, was eine Kadenz war. Mit einiger Verzögerung lieferte mir mein Gehirn die Information, dass er damit Akkordfolgen innerhalb einer Tonart meinte.

Mit einem verzweifelt gehauchten »Iiiiiich vermiiiiisse diiiiiiiiich« verklangen hinter mir die letzten Takte des Songs. Gott sei Dank! Wenn ich ehrlich war, hatte das Lied – ganz nüchtern betrachtet – tatsächlich einiges Nervpotenzial. Hastig zog ich mein Handy aus der Tasche, um es am Abspielen weiterer Schnulzen zu hindern.

Mein Nachbar verschränkte provozierend die Arme vor der Brust, wodurch seine durchtrainierten Oberarme zur Geltung kamen. In einem Moment der Schwäche glotzte ich bewundernd hin. Dann – als mir sein wissender Blick und das selbstbewusste Grinsen auffielen – wandte ich meine Aufmerksamkeit sofort dem bröckelnden Putz seiner Hausfassade zu. Eingebildeter Idiot!

»Wer solche Musik gut findet, hat entweder keinen Geschmack oder ist selbstmordgefährdet«, meinte er. »Ich musste jedenfalls schon beim unfreiwilligen Mithören gegen den Impuls ankämpfen, mich vom Balkon zu stürzen.«

Ich schnappte empört nach Luft. »Was bilden Sie sich eigentlich ein? Wenn Sie meine Musik derartig stört, dann … dann … dann gehen Sie doch woanders hin!« Für jemanden mit einem Abschluss in Journalismus war das nicht sonderlich schlagfertig gewesen. Ich war enttäuscht von mir selbst, gab jedoch dem Umzugsstress die Schuld. In ein, zwei Stunden würden mir garantiert einige eloquente und gepfefferte Entgegnungen einfallen. Ob er wohl so lange auf dem Balkon warten konnte?

Ich deutete auf seinen Garten. »Setzen Sie sich doch unten ins Freie! Dort bleiben Sie bestimmt von weiteren akustischen Qualen verschont.« Schließlich war ich ein rücksichtsvoller Mensch und hatte meine Anlage nicht besonders laut gestellt. Das Problem lag lediglich in der direkten Nähe meines Erkers zu seinem Balkon.

Mein Nachbar war offenbar wenig kompromissbereit. »Das könnte ich, aber mir gefällt die Aussicht hier oben deutlich besser.« Er machte eine ausladende Geste, die das Blau des Himmels und die herrliche Weite des Jasmunder Boddens umfasste.

Dann lehnte er sich mit den Ellbogen auf die Brüstung und kam mir damit noch ein wenig näher. Eine Brise vom Bodden trug den Geruch des Meers vermischt mit einem männlich-herben Duft zu mir herüber. Ein verdammt angenehmer Duft. Hätte der Typ nicht nach altem Schweiß riechen können? Das hätte es mir bedeutend einfacher gemacht, ihn abstoßend zu finden. Vielleicht hätte ich im Singleportal *Einsame Herzen* doch lieber Schweißgeruch statt schlechtem Humor als Ausschlusskriterium ankreuzen sollen. Wenn ich von jemandem blöd angepflaumt wurde, schien das meine niederen Brunftinstinkte jedenfalls nicht zu stören.

Er fixierte mich mit seinen dunklen Augen. »Außerdem lasse ich mir von anderen Menschen ungern vorschreiben, wo ich mich aufzuhalten habe«, fügte er in provozierendem Tonfall hinzu.

Ich beugte mich ebenfalls vor und umklammerte wutentbrannt den Fensterrahmen. Wenn ich nicht aufpasste, fiel ich noch runter und landete mit dem Kopf voraus in den verwilderten Brombeerhecken. »Und ich lasse mir von anderen Menschen ungern vorschreiben, welche Musik ich zu hören habe«, fauchte ich. »Wissen Sie was? Ihr musikalisch sensibles Ohr wird sich noch nach der Selbstmörder-Schnulze zurücksehnen. Nämlich dann, wenn ich meine Lieblings-CDs auflege. Alle Ballermann-Hits der Jahre 2006 bis 2018. Gefolgt von den besten Après-Ski-Hits als Party-Edition. In voller Lautstärke. Diese wunderbare Gute-Laune-Musik müsste Ihre Stimmung doch heben, oder?«

In Wahrheit besaß ich keine einzige dieser CDs. Doch ich hatte mein Ziel erreicht, denn mein Nachbar verdrehte die Augen. »Das kann doch nicht Ihr Ernst sein!«, entfuhr es ihm stöhnend.

»Es war mir nie ernster!« Triumphierend sah ich ihn an. »Auf eine wunderbare Nachbarschaft!«

»Ich freue mich schon!«, erwiderte er sarkastisch.

Ich funkelte ihn böse an und warf das Fenster zu. Ab sofort hatte ich einen Erzfeind – und ich kannte nicht einmal seinen Namen.

7. Kapitel

Ich stand in meinem besten Hosenanzug vor der Redaktion der *Ostsee Nachrichten – Regionalteil Rügen* in Bergen und versuchte, meine Nervosität wegzuatmen. *Alles wird gut* – und einatmen! *Sie sind bestimmt alle total nett* – und ausatmen! Mit meiner neuen Chefin hatte ich bisher nur geskypt, aber auf den ersten Blick hatte sie ziemlich nett gewirkt. Gegen sie sprach allerdings, dass sie mit meinem alten Chef Karl-Heinz befreundet war. Jedenfalls hatte er das behauptet.

Ich drückte die Klinke hinunter und betrat meinen neuen Arbeitsplatz. Schon nach zwei Schritten wurde ich jedoch von einem Empfangstresen gestoppt, hinter dem eine Frau Anfang zwanzig saß. Sie trug eine rosafarbene enge Satinbluse und hatte pinkfarbene Strähnen in den blonden Haaren. Ruckartig blickte sie auf, blinzelte mit ihren extralangen Wimpern und sprang dann mit einem strahlenden Lächeln von ihrem Stuhl auf. »Du bist die Neue, oder? Constanze? Es ist so toll, dass wir uns kennenlernen! Ich freu mich echt. Endlich kommt mal frischer Wind in die Redaktion. Bestimmt wird es dir hier gefallen! Ich bin Brigitte.« Sie streckte mir die Hand entgegen.

Ich ergriff sie mit einiger Verzögerung, weil ich mich von der herzlichen Begrüßung überfordert fühlte. »Hallo, freut mich!«

»Ein schrecklicher Name, oder?«, fuhr Brigitte mit ihrem Wortschwall fort. »Alle nennen mich Biggi, aber das ist ja auch nicht viel besser. Sag das fünf Mal hintereinander! *Biggibiggibiggibiggibiggi*. Klingt wie ein Außerirdischer auf Ecstasy, oder?«

Ich war durchaus gewillt, etwas zur Kommunikation beizutragen, doch ich brachte nur ein »Na so …« heraus. Biggi quasselte allerdings schon weiter: »Wir haben noch eine halbe Stunde für uns. Unsere Chefin Natalie kommt immer erst um neun Uhr. Übrigens: Sprich sie bloß nicht an, ehe sie ihren Kaffee getrunken hat! Das ist wichtig. Sie ist absolut kein Morgenmensch, und wenn sie könnte, würde sie erst gegen Nachmittag hier auftauchen. Dafür ruft Natalie uns manchmal auch nachts um zwei Uhr an, weil sie vergisst, dass andere um diese Zeit schlafen. Komm rein, Constanze! Ich zeig dir alles.« Mit diesen Worten klappte Biggi einen Teil des Empfangstresens nach oben, um mich durchzulassen.

Die Redaktionsräume waren nicht viel größer als auf Usedom und schnell besichtigt. Mein neuer Schreibtisch stand am Fenster, und ich hatte einen inspirierenden Ausblick auf die Mülltonnen im Hinterhof. Wie ich von Biggi erfuhr, wurde ich von meiner neuen Chefin sehnlichst erwartet, da sich ein anderer Kollege mit Burn-out für die nächste Zeit krankgemeldet hatte. Ansonsten gab es nur noch freie Mitarbeiter.

»Da ich hier am Telefon die Stellung halte, gib es momentan nur zwei Leute, die als investigative Reporter arbeiten können: nämlich Natalie und dich«, meinte Biggi. »Tut mir leid, aber wahrscheinlich wirst du sofort voll einsteigen müssen. Für eine schonende Eingewöhnungszeit haben wir zu wenig Leute.«

Ich nippte an dem Kaffee, den Biggi mir gebracht hatte. Er schmeckte außergewöhnlich gut. »Im Prinzip macht mir das nichts aus«, sagte ich. »Ich bin schließlich nicht neu in dem Job, und wenn Not am Mann ist, helfe ich gerne.«

Allerdings meldete sich sofort mein schlechtes Gewissen. Schon vollführte ich wieder einen Drahtseilakt, bei dem ich versuchte, meinen Job bestmöglich zu erledigen und meinen

Kindern gleichzeitig eine gute Mutter zu sein. Deshalb fügte ich hinzu: »Nur sind momentan Sommerferien, und ich habe meinen Kindern versprochen, mit ihnen öfter etwas zu unternehmen und unsere neue Heimat zu erkunden.«

»Dazu bleibt euch bestimmt auch noch genügend Zeit«, beruhigte mich Biggi. »So viel passiert bei uns auf der Insel auch wieder nicht, über das man berichten muss. Rügen ist nicht Berlin. Aber es ist super, dass du bereit für die Arbeit bist. Das wird Natalie freuen.«

In diesem Augenblick ging die Tür auf, und eine Frau Mitte vierzig kam herein. Eine Sonnenbrille verdeckte ihr halbes Gesicht, ihre Designerbluse war falsch zugeknöpft, und ihr lässiger Dutt hatte sich fast aufgelöst. Nur mit Mühe erkannte ich in ihr die Frau, mit der ich vor einigen Wochen geskypt hatte. Sofort straffte ich den Rücken, um zu meiner neuen Chefin zu gehen und sie zu begrüßen. Aber Biggi hielt mich am Arm fest und schüttelte den Kopf, ohne Natalie aus den Augen zu lassen.

»Was habe ich dir gesagt?«, raunte sie mir mit eingefrorenem Lächeln zu.

Ach ja, erst der Kaffee! Natalie hob in einer schlaffen Geste die Hand zum Gruß und schlurfte an uns vorbei in Richtung Kaffeeautomat. Geduldig warteten Biggi und ich ab. Erst nach ein paar Schlucken stieß Natalie ein wohliges »Aaaaah« aus und nahm die Sonnenbrille ab.

»Tut mir leid, Leute!« Sie rieb sich die Augen. »Gestern Abend musste ich mir die recht zähe Aufführung eines Laientheaters ansehen, danach bin ich zum Rathaus gehetzt, um noch das Ende der Gemeinderatssitzung mitzubekommen, und im Anschluss habe ich bis drei Uhr Bürokram abgearbeitet. Gott, dieser Job bringt mich noch um!« Sie blickte zu Biggi. »Ich habe dir alles per Mail geschickt.«

»Ich kümmere mich sofort darum«, versprach Biggi kurz und knapp, ganz ohne Wortschwall. Sie schien auf positive Weise Respekt vor Natalie zu haben.

Nun rückte ich in den Fokus meiner neuen Chefin. »Ah, Constanze … Endlich lernen wir uns persönlich kennen!« Obwohl sie nicht der Typ Frau für Umarmungen zu sein schien, wirkte es kurz, als wollte sie mich vor Erleichterung in die Arme schließen. Doch dann beließ sie es bei einem Lächeln und der Information: »Du ahnst gar nicht, wie sehr du hier gebraucht wirst.«

»Biggi hat mich schon vorgewarnt«, erwiderte ich ebenfalls lächelnd. »Ich bin bereit, mich in die Arbeit zu stürzen.«

Wir setzten uns in den Besprechungsraum. Natalie verschaffte mir einen kurzen Überblick über ihre Arbeitsweise und meine Aufgabenbereiche. Zum Beispiel sollte ich eine neue Reihe *Rügens stille Helden* übernehmen, die im Sommer zwei Mal die Woche erscheinen würde. Darin sollte es um Personen gehen, die sich ehrenamtlich für die Insel und ihre Bewohner engagierten. Natalie überreichte mir eine von ihr zusammengestellte Namensliste mit den möglichen Kandidaten, sodass ich nur noch die Interviews vereinbaren und die Artikel schreiben musste. Eine aufwendige Recherchearbeit blieb mir somit erspart. Das wäre auch schwierig geworden, da ich auf Rügen noch nicht über die notwendigen Kontakte verfügte.

Ehe wir fortfahren konnten, klingelte Natalies Handy. »Ja? Aha … aha … aha …«, sagte sie. »Keine Toten? Na, zum Glück. Trotzdem schlimm genug. Ich schicke jemanden hin. Danke, dass du angerufen hast, Thomas!«

Sie legte auf und sah mich an. »Bist du tatsächlich bereit, sofort loszulegen, Conny? Wir haben nämlich einen schweren Autounfall auf der Deutschen Allee. Zwei Schwerverletzte. Könntest du das übernehmen?«, bat sie mich. »Wenn ich am frühen Morgen Blut sehe, wird mir kotzübel und der Tag ist gelaufen.«

Ich war überrascht. Sie fragte mich tatsächlich, ob ich das übernehmen *wollte?* Das war ein ganz anderer Umgangston als bei Karl-Heinz. »Klar, kann ich machen. Mit dem Navi finde ich das bestimmt.«

»Super!« Natalies Gesicht hellte sich auf. »Unser Kontaktmann bei der Polizei ist Thomas. Du erkennst ihn am Schnauzbart, der Halbglatze und seiner Vorliebe für Fischbrötchen mit Zwiebeln.«

»Okay.« Ich ging zu meinem Schreibtisch, packte meine Sachen in die Tasche und schulterte die Kamera.

Natalie hielt mich jedoch noch einmal auf. »Es wäre schön, wenn du unter dem Bericht noch ein paar Sicherheitshinweise für das Fahren in Straßenalleen zusammenstellen könntest«, meinte sie. »Du weißt schon: Sicherheitsabstand einhalten und bei Regen unbedingt langsam fahren, weil der Straßenbelag von den Blüten, Pollen und Blättern rutschig sein kann. Da es auf Rügen so viele Alleen gibt, ist das ein wichtiges Thema. Ach ja, und achte bitte darauf, dass auf den Fotos kein Blut zu sehen ist!«

»Nicht?«, entfuhr es mir erstaunt. »Aber Karl-Heinz wollte immer …«

Natalie verdrehte die Augen. »Karl-Heinz ist ein Idiot!«, unterbrach sie mich. »Ich konnte ihn noch nie leiden. Zum Glück hat seine niveaulose und unseriöse Einstellung nicht auf dich abgefärbt. Deine Bewerbungsmappe und Artikel haben für sich gesprochen. So jemanden wie dich brauchen wir hier.« Jetzt umarmte sie mich tatsächlich. »Willkommen an Bord, Conny!«

Mein Blick fiel über ihre Schulter auf Biggi, die mich angrinste und beide Daumen in die Höhe streckte.

»Danke.« Ich schluckte gerührt. Wieso hatte ich mich bisher eigentlich so gegen Veränderungen gesträubt? Meine neue Kollegin Biggi war sympathisch, meine neue Chefin Natalie großartig, und als Krönung des Ganzen schmeckte der Kaffee in der Redaktion auch noch hervorragend. Das war wahrscheinlich die beste Arbeitsstelle, die ich je gehabt hatte.

★

Ich hatte die Kinder gerade zu Bett gebracht und Tom eine Gutenachtgeschichte vorgelesen. Nun lag ich auf meinem Bett und versuchte angestrengt, in meinem Buch *Der Fremde* von Albert Camus zu lesen. Um weiteren peinlichen Sexträumen entgegenzuwirken. Natürlich wäre es nach meinem ersten Arbeitstag entspannender gewesen, in einem Liebesroman zu schmökern oder eine Serie zu schauen. Bei Letzterem war ich wegen des Suchtfaktors jedoch vorsichtig geworden. Einmal hatte ich mir während eines langen verregneten Osterwochenendes wie ein Junkie sämtliche Staffeln *Downton Abbey* angesehen. Bei der Rückkehr in die Realität hatte sich mein Hirn angefühlt, als hätte ich es zu Brei gestreamt.

Zum wiederholten Mal las ich in meinem Buch den gleichen Absatz, doch es war mir einfach unmöglich, mich auf den Text zu konzentrieren. Das lag vor allen Dingen an der Musik, die an mein Ohr drang. Gerade lief *Dicke Titten, Kartoffelsalat* von Ikke Hüftgold. Ich hatte mir einige Ballermann-Party-Hits heruntergeladen, um meinen musiksensiblen Nachbarn zu ärgern. Seine Kritik und sein arrogantes Gehabe wurmten mich noch immer. Und diese gefährlich dunklen Augen mit den langen Wimpern schienen mich bis in meine Träume zu verfolgen. Das ärgerte mich noch viel mehr. Deshalb hatte ich vorhin meine Erkerfenster aufgerissen, und der wummernde Bass dröhnte nun hinaus in den idyllischen Garten. So langsam fragte ich mich allerdings, ob es das wirklich wert war. Mein grandioser Racheplan hatte nämlich einen erheblichen Nachteil: Egal, an welcher Stelle ich mich in meinem Zimmer aufhielt – ich selbst befand mich immer näher an den Boxen als mein doofer Nachbar. Ohne einen Alkoholpegel von über zwei Promille ließ sich diese Musik kaum ertragen. Ob ich mich vielleicht sinnlos betrinken sollte?

Das Klingeln meines Handys riss mich aus meinen Überlegungen. Es war meine Freundin Monika. »Wie schön, dass du anrufst!«, meldete ich mich. »Wie geht es dir?«

»Abgesehen davon, dass du mir fehlst, geht es mir gut. Ich habe mich gestern mit …« Sie unterbrach sich und fragte entgeistert: »Wo steckst du denn? Und was läuft da für schreckliche Musik?«

Hastig stellte ich die Anlage ab. Herrliche Stille erfüllte den Raum. »Ich bin zu Hause. Die Musik habe ich nur angeschaltet, um mich an meinem Nachbarn zu rächen.«

Seinen Namen hatte ich noch nicht herausfinden können. Wie sich herausgestellt hatte, war ich die Einzige in meiner Familie, die bisher in den Genuss gekommen war, ein Gespräch mit ihm zu führen. Er lebte offenbar recht zurückgezogen. Insgeheim hatte ich ihn Enrique Bohlen getauft. Zum einen, weil er mich mit seinem südländischen Aussehen an Enrique Iglesias erinnerte, und zum anderen, weil er mit altklugen Besserwissersprüchen à la Dieter Bohlen um sich warf.

»Sollte ich Details erfahren?«, hakte Monika nach.

»Nein, nicht so wichtig«, wiegelte ich ab. »Also, was wolltest du mir gerade sagen?«

»Ich habe mich gestern Abend mit BikerJonny getroffen«, verkündete sie enthusiastisch.

Ich richtete mich ruckartig im Bett auf. »Ein Date? So schnell?« Gleich darauf fiel mir jedoch ein, dass Monikas Leben in den vergangenen Tagen lange nicht so ereignisreich und anstrengend verlaufen war wie meines. Deshalb schob ich sofort neugierig hinterher: »Und, wie war es?«

»Bevor du fragst, es war kein Sex-Date! Ich habe mir deinen Rat zu Herzen genommen und wollte ihn erst mal kennenlernen, bevor die Sache intimer wird. Deshalb haben wir uns in einer Bar in Wolgast getroffen. Das musst du dir übrigens merken, Conny: Die wenigsten verabreden sich beim ersten Date zum Essen. Wenn man sich gegenseitig nicht sympathisch findet, kann so ein Abend im Restaurant nämlich sehr lang werden.«

Das leuchtete mir ein. Den Tipp würde ich mir merken.

»BikerJonny heißt eigentlich Johannes und wird von seinen Freunden Jo genannt«, berichtete Monika weiter. »Wie sich herausgestellt hat, ist sein Foto etwas älter. Mittlerweile ist er nicht mehr ganz so durchtrainiert und hat auch weniger Haare. Dafür ist er allerdings viel sympathischer, als ich es bei einem so gut aussehenden Typen erwartet hätte. Er ist leider viel unterwegs auf Montage und hat deshalb kein Interesse an einer festen Beziehung.«

»Dann trefft ihr euch wieder?«

»Ganz sicher sogar.« Monika lachte verschmitzt. »Mindestens noch einmal, wenn du verstehst, was ich meine.«

Natürlich tat ich das. Ich war schließlich nicht doof. »Aber einer festen Partnerschaft bringt dich das auch nicht näher«, bemerkte ich vorsichtig.

»Da hast du natürlich recht«, stimmte Monika mir seufzend zu. »Aber ich habe schließlich auch noch mit anderen Männern bei *Einsame Herzen* Kontakt. Vielleicht ist einer von ihnen der

Richtige? Allerdings ist bisher keiner dabei, den ich wirklich spannend und interessant finde. Die meisten haben so viel Esprit und Humor wie eine Raufasertapete. Und wie ist die Partnersuche bei dir gelaufen?«, erkundigte sie sich.

Seit unserem Umzug war mir dafür kaum Zeit geblieben. Bis jetzt hatte ich auch nur relativ belanglose Nachrichten mit Männern aus dem gesamten Ostseeraum ausgetauscht. Zum Beispiel mit einem achtunddreißigjährigen Versicherungsmakler mit blonden kurz geschorenen Haaren. Er trug den Nickname Toastbrot_81 und hatte mir gestern geschrieben: »Na, wie geht's?«

Daraufhin hatte ich genauso knapp erwidert: »Gut. Und dir?«

Seine Antwort heute Morgen hatte gelautet: »Super! Habe heute ein Meeting mit einem wichtigen Kunden, und heute Abend gehe ich zum Bier-Bowlen mit meinen Kumpels. Was hast du so vor?«

Konnte man dies als vielversprechenden Start werten? Keine Ahnung. Von Bier-Bowling hatte ich auch noch nie gehört. Aber ich vermutete mal, dass man bei jedem Strike ein Bier trinken musste. Oder, wenn die Mannschaft eher schlecht im Bowling war, umgekehrt. Sonst kam man schließlich nicht auf den gewünschten Alkoholpegel.

Mit einem vierzigjährigen Künstler aus Kloster auf Hiddensee tauschte ich mich ebenfalls aus. The_Brain hatte mir auf meine Frage, was er denn so male, ein Foto mit einem seiner Werke geschickt. Mit Schweinsblut hatte er den Spruch »Carpe diem« auf eine weiße Leinwand gepinselt, was seiner Meinung nach die Leere des Lebens und zugleich die allgegenwärtige Präsenz des Todes perfekt symbolisierte, wie er mir in seiner Nachricht erläutert hatte. Außerdem würde das Bild tausenddreihundert Euro kosten, falls ich interessiert wäre. Ein Freundschaftspreis, weil ich auf dem Foto so süß aussehen würde. Seither hatte ich

Zweifel, ob er tatsächlich eine Freundin suchte oder in erster Linie Käufer für seine Bilder.

Daneben schrieb ich noch zwei weiteren Männern, bei denen sich der Austausch ähnlich zäh entwickelte. Alles in allem war meine erste Woche bei *Einsame Herzen* recht unspektakulär verlaufen. Nicht unbedingt das, was ich mir ausgemalt hatte. Eigentlich hatte ich geplant, zu diesem Zeitpunkt schon bis über beide Ohren in meinen Traumtypen verliebt zu sein. Ob mein Foto mit dem Rentierpullover schuld daran war, dass sich der Richtige noch nicht gemeldet hatte? Mein Ego war etwas angeknackst. Wie angekündigt hatte ich sogar dem stark übergewichtigen SchmusiHasi99 zurückgeschrieben. Ich musste gestehen, dass ich innerhalb weniger Stunden eine enthusiastische Antwort von ihm erwartet hatte, aber bisher hatte er sich nicht zurückgemeldet. Noch ein Schlag für mein Selbstwertgefühl. Was stimmte nur nicht mit mir? War ich etwa der letzte Ladenhüter? Ich teilte Monika meine Bedenken mit.

»Quatsch!«, entgegnete sie empört. »Du siehst klasse aus, und der Mann, der dich zur Freundin haben wird, kann sich glücklich schätzen. Außerdem bist du intelligent, witzig, tolerant und liebevoll. Ich kann auch nur Vermutungen anstellen, aber ich denke …«

»Ja?«, hakte ich nach, da sie nicht weitersprach.

»Ich schätze, dass einige Typen sich davon abschrecken lassen, dass du schon zwei Kinder hast. Jedenfalls diejenigen, die noch nie verheiratet waren und keine eigenen Kinder haben. Für die klingt das nach zu viel Verantwortung.«

»Aber ich kann doch meine Kinder nicht aus meinem Profil streichen«, entfuhr es mir fassungslos.

»Das wollte ich damit auch nicht sagen, Conny! Die Typen, die sich von Kindern abschrecken lassen, wären ohnehin nichts für dich. Aber das könnte eine der Ursachen sein. Allerdings könntest du dein Profil auch ein wenig überarbeiten. Ich habe mich mittlerweile im Forum schlaugemacht und erfahren, dass wir ein paar typische Anfängerfehler begangen haben.«

»Ach ja?«, fragte ich hoffnungsvoll. Diese Erklärung gefiel mir bedeutend besser als meine selbst diagnostizierte Ladenhüterversion. Sofort setzte ich mich an den Schreibtisch und klappte den Laptop auf. Dabei fiel mein Blick auf Franks Foto. Schlussendlich hatte ich den Bilderrahmen hier platziert, und inzwischen gefiel mir der Platz sogar. Es hatte sich nur im ersten Moment ungewohnt angefühlt.

»Ich bin auf meinem Profil«, informierte ich Monika. »Also, was soll ich verbessern?«

Gemeinsam mit meiner Freundin arbeitete ich an meiner persönlichen »Verkaufsseite«. Jedenfalls kam es mir so vor, als wäre ich ein Produkt, das man so gut wie möglich an den Mann bringen musste. War die Liebe etwa auch schon zu einem Konsumgut verkommen?

»Und du brauchst unbedingt mehr Bilder!«, merkte Monika abschließend an. »Ein Foto ist viel zu wenig. Ganzer Körper, Gesicht frontal, im Profil, gestylt, leger, mit Freunden, bei deinem Lieblingshobby und so weiter. Ich habe inzwischen sieben Stück von mir drin.«

Wahnsinn, was man alles beachten musste! Internetdating war wohl eine Wissenschaft für sich. »Okay, ich stelle noch mehr Fotos rein«, gelobte ich. »Aber nicht jetzt gleich. Auf meiner Festplatte befinden sich ungefähr fünftausend ungeordnete Fotos. Die muss ich erst mal durchgehen.«

»Anstatt auf Zuschriften zu warten, könnten wir auch selbst Männer anschreiben«, schlug Monika vor. »Dadurch treffen wir die Vorauswahl.«

»Gute Idee.«

Da Monika ebenfalls online war, machten wir uns gemeinsam auf die Suche nach interessanten Männern. Dabei half die Vorauswahl, die *Einsame Herzen* aufgrund unserer Angaben für uns getroffen hatte. Trotzdem dauerte es eine Weile, bis ich mich für einen Mann, dem ich schreiben wollte, entschieden hatte. Beim ersten Mal war das wahrscheinlich immer so. Meine Wahl fiel auf einen geschiedenen Psychologen aus Elmenhorst, der einen achtjährigen Sohn hatte und in seiner Freizeit gerne klassische Konzerte besuchte oder sich Filmklassiker aus den Vierzigern ansah. Das klang doch vielversprechend, oder? Schließlich beendeten Monika und ich unser Telefonat, da es an der Zeit war, dass ich meiner Mutter beim Zubettgehen half.

Als ich eine halbe Stunde später wieder zurück in mein Zimmer kam, fröstelte ich. Die Fenster standen von meiner Ballermann-Beschallungsaktion immer noch weit offen, und vom Jasmunder Bodden zog jetzt am späten Abend eine kühle Brise herein. Wenigstens hatte ich beim Hinausgehen daran gedacht, das Licht an meinem Schreibtisch zu löschen, sodass keine Insektenarmada umherschwirrte. Hastig wollte ich die Fenster schließen, doch dann fiel mir die klassische Gitarrenmusik auf. Es war eine zarte Melodie, die wie ein Gutenachtgruß durch das Dunkel zu mir hereinschwebte. Sofort fiel mein Verdacht auf »Enrique Bohlen«, meinen Nachbarn. Im Schutz der Dunkelheit spähte ich hinüber zu seinem Balkon. Mir entwich ein leiser Laut der Überraschung. Denn er hörte keine Gitarrenmusik, nein, er spielte selbst! Im Schein einer Kerze saß er mit der Gitarre auf dem Rattansofa. Die schwarzen Haare fielen ihm ungebändigt in die Stirn, während seine Finger mit einer unglaublichen Leichtigkeit und Virtuosität über die Saiten flogen. Es klang, als würden zwei Musiker im Duett miteinander musizieren, so viele Töne entlockte er dem Instrument gleichzeitig. Wie konnte ein einzelner Mensch nur so spielen? Natürlich war ich kein Experte, aber ich erkannte, wenn jemand sein Instrument perfekt beherrschte. Obwohl ich mir Sorgen machte, von ihm entdeckt zu werden, konnte ich meinen Blick nicht von ihm abwenden. Mein Nachbar schien mit seiner Gitarre eins zu sein und mit der Musik zu verschmelzen. Gerade stimmte er ein schnelles klassisches Stück an, bei dem ich einen spanischen Komponisten vermutete. Rhythmus und Melodie waren temperamentvoll, feurig, doch dann folgte ein langsamer, melancholischer Part, der mein Herz berührte. Leise setzte ich mich auf die breite Fensterbank am Erkerfenster. Die Kälte war mir mit einem Mal egal. Ich ließ mich einfach von der wunderschönen Musik verzaubern.

8. Kapitel

Am nächsten Morgen wurde ich am Arm gerüttelt und unsanft aus dem Schlaf gerissen.

»Mama«, drang Toms weinerliche Stimme an mein Ohr. »Mama, mir geht es nicht gut.«

Das war der ultimative Weckruf einer Mutter. Sofort schlug ich die Augen auf. Noch ehe ich mich aufgesetzt hatte, lag meine Hand schon auf seiner Stirn.

»Ist dir übel? Heiß? Schwindlig? Oder hast du Durchfall?«, bombardierte ich ihn mit Fragen.

»Beim Schlucken tut mein Hals ganz doll weh«, klagte er. »Und mir ist heiß.«

Ich forderte ihn auf, die Zunge rauszustrecken. Mist! Sogar ohne Spatel konnte ich die angeschwollenen Mandeln erkennen.

»Das ist eine Mandelentzündung. Wir müssen sofort zum Kinderarzt!«

Ich sprang aus dem Bett und suchte mir ein paar Klamotten zusammen. Mit Tom auf dem Arm hastete ich hinunter in die Küche. Die anderen trudelten ebenfalls gerade ein und bereiteten das Frühstück vor. Nur Hanna fehlte noch. Meine Tochter hatte bestimmt wieder die halbe Nacht mit Lesen verbracht.

Sofort bot Ariane mir an, mit Tom zum Arzt zu gehen, da sie ohnehin frei hatte und mit ihrem Neffen Jonas schon öfter beim örtlichen Kinderarzt gewesen war. Ein Angebot, das David umgehend mit der besorgten Frage kommentierte, ob ihr das nicht zu viel werden würde. Da seine Freundin zu den stets hilfsbereiten Gutmenschen zählte, lebte mein Bruder in der ständigen Angst, dass Ariane von seiner chaotischen Familie ausgenutzt werden könnte.

Aber ich hatte ohnehin nicht vor, ihr Angebot anzunehmen. »Nein, danke. Ich gehe selbst mit ihm zum Arzt.« Tom verbarg seine glühend heiße Stirn an meinem Hals, und ich drückte ihn noch etwas näher an mich. Jetzt zur Arbeit zu gehen hätte mein Gewissen nicht verkraftet.

Doch nun mischte sich auch noch Trudi ein. »Meinst du, deine Chefin findet das gut, wenn du gleich am zweiten Tag nicht zur Arbeit erscheinst?« Sie blickte mich mit ihren wässrig blauen Augen fragend an. »Du hast mir selbst erzählt, dass man auf Rügen die Jobs für Journalisten an einer Hand abzählen kann.«

Mit absoluter Sicherheit würde Natalie darüber alles andere als erfreut sein. Verdammt! Ich war hin- und hergerissen, denn ich brauchte diesen Job. Dringend. Schon bald würde ich mir ein neues Auto kaufen müssen, und auch wenn mein Bruder sich vehement dagegen sträubte, wollte ich ihm für unsere Zimmer eine angemessene Miete bezahlen. Auch hatten wir eine gemeinsame Haushaltskasse für Lebensmittel und Getränke. Dazu kam noch der übliche Kram wie Versicherungen, Steuern, Schulsachen und Klamotten für die Kinder. Wenn ich arbeitslos werden würde, wäre das eine Katastrophe.

Ich sah zu Ariane, die mich immer noch erwartungsvoll anlächelte. Doch dann schlang Tom seine kleinen Arme um meinen Hals und wimmerte. »Das Schlucken tut so weh, Mama.«

Mein Herz zog sich zusammen. Nein, es ging einfach nicht! Ich konnte ihn nicht allein lassen.

»Meine Chefin wird das schon verstehen«, wiegelte ich Trudis Einwand ab. »Bestimmt dauert es beim Arzt nicht so lange.«

Ich ließ mir von Ariane die Adresse des Kinderarztes geben.

Bevor wir gingen, schaute ich noch kurz bei Hanna vorbei, um mich zu vergewissern, dass sie sich nicht ebenfalls eine Mandelentzündung eingefangen hatte. Aber sie beschwerte sich nur lautstark, weil ich sie aufgeweckt hatte, und drehte mir demonstrativ den Rücken zu. Der Bücherstapel neben ihrem Bett bestätigte meine Vermutung, dass sie die halbe Nacht gelesen hatte. Musste ich mir eigentlich Sorgen wegen ihrer Lesesucht machen? War das noch normal? Womöglich war es eine Art Realitätsflucht durch den frühen Verlust ihres Vaters. Oder ich kümmerte mich tatsächlich zu wenig … Ach, Quatsch! Ich bremste mich selbst. Da meine Tochter in einem Haushalt mit einem Autor und einer Journalistin aufwuchs, lag ihr die Liebe zum Lesen wohl schlichtweg im Blut.

Im Auto rief ich über die Freisprecheinrichtung in der Redaktion an. Biggi zeigte sofort Mitgefühl. »Natalie ist noch gar nicht hier«, erinnerte sie mich an die Neun-Uhr-Regel. »Ich bringe ihr nachher schonend bei, dass du dich heute um deinen Sohn kümmern musst. Erfahrungsgemäß wird sie zuerst einen panischen Anfall bekommen und behaupten, dass wir das niemals allein schaffen werden. Aber dann fällt ihr ein genialer Notfallplan ein, und irgendwie klappt dann alles. Am besten du rufst gegen zehn Uhr wieder an! Dann dürfte Natalie in einem Zustand sein, in dem sie ruhig und verständnisvoll ist. Ich mach das schon, Conny!«

Ich war beeindruckt. Biggi schien ein Dossier zu Natalies Verhalten erstellt zu haben. Das war wirklich hilfreich. So etwas sollte es für jeden Chef geben!

»Okay, mach ich!«, versprach ich, während ich den Pick-up vor der Praxis in eine Parklücke manövrierte. »Du bist großartig, Biggi, vielen Dank!«

Obwohl die Arztpraxis gerade erst geöffnet hatte, war das

Wartezimmer schon voll besetzt. Die Arzthelferin warf einen mitleidigen Blick auf Tom, der glasige Augen hatte und sich die Hand an den Hals hielt, weil ihm das Schlucken so wehtat. Am liebsten hätte ich mir einen Rezeptblock geschnappt und eigenhändig ein Rezept für Fiebermittel und Antibiotika ausgestellt. Für so eine simple Diagnose musste man schließlich nicht Medizin studiert haben. Doch ich riss mich zusammen.

Der Wartebereich war rundum verglast, in einer Ecke stand ein Aquarium, und fast alle Stühle waren besetzt mit hustenden, schniefenden oder weinenden Kindern inklusive der dazugehörigen Mütter. Ich kam mir in dem verglasten Wartebereich vor wie in einer übergroßen Petrischale, in der gerade ein Supererreger gezüchtet wurde. Sobald man als gesunder Mensch eine Kinderarztpraxis betrat, war man krank – man wusste es nur noch nicht.

Irgendwann schlief Tom auf meinem Schoß ein, und ich zog mein Handy hervor, um mich zu beschäftigen. Monika hatte mir mitten in der Nacht eine Nachricht geschickt. Offenbar hatte sich gestern Abend noch ein vielversprechender Mann bei ihr gemeldet, den sie zuvor angeschrieben hatte. Laut Monika war er supernett, gutaussehend, ein Weltenbummler, und ihre Lieblingsfarbe Rot gefiel ihm ausnehmend gut. Das hatte für Monika wohl den Ausschlag gegeben, sich gleich heute mit ihm zu verabreden. Wow, das ging schnell!

Ich warf einen Blick in mein eigenes Postfach. Sieh an, auch ich hatte einige Nachrichten! Um genau zu sein, waren es sogar zehn Stück. Das Feilen an meinem Internetauftritt zeigte deutliche Erfolge. Interessiert las ich mir die Zuschriften durch. Einige waren von den Männern, mit denen ich schon in Kontakt stand. Zum Beispiel hatte mir The_Brain noch ein Foto eines anderen Kunstwerkes geschickt, inklusive Preisangabe. Bei den neuen Zuschriften stach eine besonders heraus, da sie in Reimen verfasst worden war: »Hast du Töne, du bist aber eine echt Schöne. Ich frage mir, was suchst du hier? …«

So weit war es noch in Ordnung. Die Journalistin in mir wäre auch bereit gewesen, über den Grammatikfehler und die falsche Silbenanzahl hinwegzusehen. Weiter ging es jedoch mit: »…Du wartest auf den Hammer eines Mannes? Schon zuckt freudig in der Hose mein Johannes! Lass es uns miteinander treiben und uns hammermäßig aneinander reiben.«

Der Verfasser dieser hohen Dichtkunst war IngoHammer66 aus Berlin, neununddreißig Jahre alt, von Beruf Dachdecker. Er hatte mir auch einen JPG-Anhang geschickt, aber eine innere Stimme riet mir dazu, ihn lieber nicht zu öffnen. Vor allem nicht im Wartezimmer einer Kinderarztpraxis. Bestimmt war es ein Foto von besagtem Johannes.

Ich klickte mich weiter durch die Zuschriften. Unter ihnen war eine sehr nette Antwort des Psychologen, den ich gestern angeschrieben hatte. Das hob meine Stimmung sofort. Na bitte, ich machte Fortschritte! Auch ein Typ namens DennisTennis_11 wirkte interessant. Er war Geschäftsmann in Binz, leitete seine eigene Firma und spielte – welche Überraschung – in seiner Freizeit gerne Tennis.

Ich öffnete die letzte Nachricht von einem gewissen Sven_ Gropius. Seine Zuschrift war die bisher längste:

»Hallo,
ich bin neu hier, also bitte verzeih mir, wenn ich nicht auf Anhieb die richtigen Worte finde. Mir ist dein Foto sofort ins Auge gefallen, weil auf unserer letzten Weihnachtsfeier ein ähnliches Bild von mir gemacht wurde. Allerdings war mein Pullover weniger dezent, denn mein Rentier hatte auch noch eine blinkende rote Nase (siehe Anhang).«

Ich musste grinsen, obwohl ich den Anhang noch gar nicht geöffnet hatte. Ein Mann, der sich in einem blinkenden Weihnachtspullover ablichten ließ – das sprach für Selbstbewusstsein und einem gesunden Hang zur Selbstironie.

»Meine Teilhaberin Eva hat alle Mitarbeiter dazu genötigt, sich einen derartigen Pullover anzuziehen, weil das angeblich die Stimmung hebt. Leider hatte sie damit auch noch recht. An dieser Stelle muss ich wohl gleich erwähnen, dass Eva auch meine Ex-Frau ist. Trotz unserer Scheidung leiten wir noch zusammen ein Architektenbüro in Stralsund. Allein daran erkennst du vielleicht, dass mein Leben etwas kompliziert ist. Ich hoffe, ich schrecke dich damit nicht ab? Denn ich würde dich gerne näher kennenlernen. Genau wie du interessiere ich mich für Literatur und Musik. Ich bin einundvierzig Jahre alt, habe bedauerlicherweise keine eigenen Kinder und bin von Beruf – wie du dir wohl schon gedacht hast – Architekt. Falls du damit leben kannst, dass ein Mann immer mal wieder vor einem Bauwerk stehen bleibt und versonnen etwas von Kubatur oder Skelettbauweise murmelt, würde ich mich freuen, wenn du dich bei mir meldest!«

Und ob ich mich melden würde! Ich sah mir sein Foto an und musste auflachen, was mir im Wartezimmer einige irritierte Blicke einbrachte. Das Foto zeigte einen dunkelblonden Mann mit Kurzhaarschnitt, Brille und besagtem blinkendem Weihnachtspullover. Er prostete lächelnd mit einer Tasse Eierlikörpunsch in Richtung Kamera. Von hinten hielt ihm jemand ein Bündel Lametta über den Kopf, sodass es aussah, als würde er eine ausgefaserte silbrige Langhaarperücke tragen. Svens Foto kam meinem sowohl in Bezug auf die Szenerie als auch den Peinlichkeitsgrad erstaunlich nahe. Bestimmt hätten sich viele Männer gescheut, sich einer Fremden so unvorteilhaft zu präsentieren. Auch seine

Art zu schreiben und insbesondere sein sympathisches Lächeln gefielen mir. Sven war glatt rasiert, hatte eine markante Kinnpartie, und die Brille mit dem Goldrand gab ihm ein seriöses, intellektuelles Aussehen.

Ein aufgeregtes Kribbeln lief durch meinen Körper. Ich klickte auf Svens Profil. Wie er schon in seiner Nachricht geschrieben hatte, interessierte er sich für Musik und Literatur, aber er war auch sportlich und ging gerne auf Reisen. Wir hatten sogar das gleiche Lieblingsessen, nämlich Ostseelachs mit Pellkartoffeln. War das nicht ein gutes Zeichen? Auch unsere Matching-Punktzahl lag an der oberen Grenze.

Gerade als ich darüber nachdachte, was genau ich ihm zurückschreiben sollte, bat uns die Arzthelferin ins Sprechzimmer. Endlich! Ich strich Tom über die glühend heiße Stirn, um ihn zu wecken.

»Wir sind dran, mein Schatz! Kannst du alleine laufen?«

Als Antwort krächzte Tom nur und schlang seine Hände um meinen Hals. Mein Mutterherz zog sich zusammen. Selbst wenn Natalie mir jetzt kündigte, würde ich meine Entscheidung nicht bereuen. Es gab einfach Dinge im Leben, die wichtiger waren als alles andere!

9. Kapitel

Wie erwartet hatte Tom eine eitrige Mandelentzündung, und der Kinderarzt verschrieb ihm Fieberzäpfchen und Antibiotika. Als wir uns mit den Medikamenten auf den Heimweg machten, rief ich bei Natalie in der Redaktion an. Leider hatte sich Biggis Prophezeiung nicht gänzlich bewahrheitet. Da die Redaktion derart unterbesetzt war, hatte Natalie – trotz Kaffee und Notfallplan – immer noch ziemlich schlechte Laune. Sie machte mir zwar keine direkten Vorwürfe, doch ihr Unmut war deutlich spürbar. Sofort packte mich wieder die Angst, und ich bot ihr hastig an, zu Hause am Laptop ein paar Dinge zu erledigen und sie damit zu entlasten. Damit hatte sie offenbar nicht gerechnet, und am Ende unseres Gesprächs hatte sich Natalies Stimmung etwas gehoben.

Meine Mutter und Trudi hatten zu Hause eine Hühnerbrühe nach altem Familienrezept gekocht. Laut Oma Trudi wirkte sie besser als jede Medizin. Die herrlich duftende Brühe ließ selbst mir das Wasser im Mund zusammenlaufen, und ich brachte Tom dazu, ein wenig davon zu löffeln. Danach verabreichte ich ihm seine Medizin und packte ihn ins Bett.

Meine Mutter berichtete mir, dass David in der Bibliothek etwas für seinen neuen Roman recherchieren musste und Hanna mitgefahren war, um sich neuen Lesestoff zu besorgen. Wahrscheinlich würden sie die Kinder- und Jugendbuchabteilung der Bibliothek schon bald nach Breege verlegen müssen, weil sich sämtliche Bücher bei uns befanden. Auf diese Weise würde Hanna die Lese-Challenge auf jeden Fall gewinnen.

Mama und Oma machten sich zu ihrem Nachmittagsspaziergang bereit, angeblich um frische Luft zu schnappen. In Wahrheit kundschafteten sie jedoch das Dorf aus und integrierten sich in die ortsansässige Klatsch- und Tratsch-Armada. Zwar kannte Trudi als echte Rügenerin natürlich einige Leute in Breege, aber ihrer Meinung nach war es unerlässlich, so viel wie möglich über alle Dorfbewohner in Erfahrung zu bringen. Schließlich musste man wissen, von wem man sich bei Bedarf die beste Heckenschere ausleihen konnte oder an wen man sich wenden musste, wenn man Brennholz oder einen Hobby-Klempner benötigte. Sie erzählten mir stolz, dass sie inzwischen auch ein bisschen mehr über unseren Nachbarn herausgefunden hatten. Er war der Enkel eines schon vor Jahren verstorbenen Rügeners namens Hieronymus Müller. Da seine Mutter einen spanischen Mann geheiratet hatte, war unser Nachbar in Spanien geboren und aufgewachsen. Das erklärte natürlich sein südländisches Aussehen. Seit er vor einigen Monaten in das Haus seines Großvaters gezogen war, lebte er jedoch recht zurückgezogen. Selbst sein Name war ein Geheimnis. Im Dorf waren mehrere Versionen in Umlauf: Javier Müller, Markus Gigolori oder Marc Gorgonzola-Müller. Ich gab Mama und Oma den Tipp, einfach mal auf dem Klingelschild nachzusehen, wenn sie derartig neugierig waren. Die beiden Tratschtanten wiesen diesen Vorwurf entrüstet zurück, gaben jedoch zu, dass sie schon – ganz zufällig – einen Blick auf das Klingelschild geworfen hätten. Dort stand jedoch nur der Name des verstorbenen Großvaters. Ich vermutete, dass »Enrique Bohlen« einfach nur seine Ruhe haben wollte.

Mama und Oma, alias Sherlock Holmes und Doktor Watson, machten sich auf zu ihrem Rundgang durchs Dorf, und ich ging nach oben in mein Zimmer, um am Laptop zu arbeiten. Ich wollte Natalie zeigen, dass sie sich trotz allem auf mich verlassen konnte! Durch den strahlenden Sonnenschein hatte sich mein Zimmer aufgeheizt, und es war unglaublich stickig im Raum. Ich öffnete die Fenster, um frische Luft hereinzulassen. Nur unter größter Anstrengung schaffte ich es, dabei keinen Blick zum Balkon des Nachbarn zu werfen. Selbst wenn er gerade auf seinem Lieblingsplatz saß und zu mir herüberschaute, sollte er merken, dass er mich kein bisschen interessierte! Nur weil er wie ein Gott auf der Gitarre spielen konnte, verzieh ich ihm seine doofen Kommentare zu meinem Musikgeschmack noch lange nicht.

Ich öffnete die Dateien, die mir Natalie zum Überarbeiten geschickt hatte. Doch es fiel mir schwer, mich zu konzentrieren. Sven_Gropius streifte immer wieder meine Gedanken. Zu gerne hätte ich ihm zurückgeschrieben. Aber ich musste Prioritäten setzten, und mein Job ging nun mal vor! Also widmete ich mich der Arbeit.

Ich kam überraschend gut voran, obwohl ich zwischendurch immer wieder mal nach Tom sah. Er schlief nach wie vor tief und fest. Seine Fieberbäckchen waren inzwischen verschwunden, und er sah schon deutlich besser aus als heute Morgen. Erleichtert atmete ich auf.

Nachdem ich mir ein Glas Wasser geholt hatte, wollte ich mich gerade wieder an meinen Schreibtisch setzen, als ich von draußen ein Wimmern hörte. Irritiert hielt ich inne. Es war eindeutig eine Frau, die leise schluchzte. Auf Zehenspitzen pirschte ich mich ans Fenster. Das Weinen kam aus unserem Garten. Vorsichtig beugte ich mich vor. Unter mir auf der Terrasse saß Ariane auf der Holzbank. Sie gab ein Bild des Jammers ab. Die Freundin meines Bruders hatte sich ein Taschentuch vors Gesicht gepresst und weinte mit bebenden Schultern. Ob David mit ihr Schluss gemacht hatte? Nein, das konnte ich mir nicht vorstellen. Heute Morgen waren die beiden noch ein Herz und eine Seele gewesen. Vielleicht hatte Ariane Probleme im Job?

»Wollen Sie nicht nach unten gehen und Ihre Schwester trösten?«, raunte mir eine männliche Stimme von der Seite zu.

Ich zuckte zusammen und hätte um ein Haar einen Schrei ausgestoßen. Mein Nachbar lehnte am Geländer des Balkons und blickte mich fragend an.

Er hatte mich so erschreckt, dass mein Herz wie wild pochte. »Haben Sie eigentlich nichts Besseres zu tun, als andauernd auf Ihrem Balkon herumzuhängen?«, zischte ich leise.

»Nein«, gab er ungerührt zurück. Offenbar wartete er noch auf eine Antwort.

»Sie ist nicht meine Schwester«, stellte ich die Familienverhältnisse im Flüsterton richtig. »Ariane ist die Freundin meines Bruders.«

»Und Sie wollen sie nicht trösten, weil …?«, fragte er mit gesenkter Stimme und blickte mich auffordernd an.

Ich fühlte mich in die Defensive gedrängt. Aus irgendeinem Grund wollte ich nicht, dass er mich für ein herzloses Miststück hielt. »Weil ich mich gerade gefragt habe, wieso sie weint«, antwortete ich wahrheitsgemäß. Ich atmete tief durch und fuhr noch leiser fort: »Mit Trauer und Leid kenne ich mich aus. Ich bin ein Vollprofi im Tränenvergießen. Bei manchen Tränen hilft eine Tasse heiße Schokolade, bei anderen tröstende Worte oder eine liebevolle Umarmung. Aber es gibt auch Tränen, bei denen man allein sein will. Die Art von Schmerz, den man mit niemandem teilen kann und möchte. Schon gar nicht mit den falschen Menschen.« Ich sah kurz auf Ariane hinab. Sie weinte immer noch so heftig, dass sie die geflüsterte Unterhaltung über ihr überhaupt nicht bemerkte. »Und in so einem Fall würde ich zu den falschen Menschen gehören. Ariane und ich stehen uns nicht besonders nahe.« Was in erster Linie an mir lag. Aber das wollte ich ihm nicht auf die Nase binden.

Seiner Miene nach zu urteilen, schien mein Nachbar über meine offenen Worte erstaunt zu sein. Darauf folgte – wie ich an seiner Miene ablesen konnte – die Erkenntnis, dass ich in meinem Leben wohl schon Schlimmes erlebt hatte. Ich erwartete eine der üblichen Reaktionen: Entweder er fragte mich direkt, weshalb ich ein Vollprofi im Tränenvergießen war, oder er versuchte, der unangenehmen Situation so schnell wie möglich zu entkommen. Doch er überraschte mich. Ich glaubte, in seinen dunklen Augen so etwas wie Verständnis aufblitzen zu sehen. Als wüsste er genau, von was ich gesprochen hatte.

»Vielleicht täuschen Sie sich auch«, sagte er mit samtener Stimme. Er machte eine Kopfbewegung in Richtung Ariane. »Vielleicht sind Sie genau der richtige Mensch für diese Art von Tränen.«

Erneut sah ich auf Ariane hinab. Ihr Anblick erweichte mein Herz. »Ja, vielleicht.« Egal, was zwischen Ariane und mir gewesen sein mochte, ich konnte hier nicht einfach tatenlos herumstehen! Also gab ich mir einen Ruck und ging nach unten.

*

Die Wiese im Garten war schon so hoch gewachsen, dass die Gräser über meine Waden streiften, als ich am Rand der Terrasse entlanglief. Die Vögel zwitscherten, und das Schilfgras am Ufer des Boddens wiegte sich rauschend im Wind. Ich gab mir Mühe, geräuschvoll aufzutreten, doch Ariane bemerkte mich erst, als ich mich neben ihr räusperte.

Erschrocken blickte sie auf und blinzelte mich mit tränenverschleierten Augen an. »Conny …«

Ich deutete neben sie. »Darf ich?«

Sie nickte und wischte sich hastig über die feuchten Wangen. »Tut mir leid! Ich dachte, hier draußen hört mich niemand. Ich … ich wollte dich nicht stören.«

Typisch Ariane! Sie entschuldigte sich sogar noch dafür, dass sie weinte.

»Du hast mich nicht gestört«, beruhigte ich sie. »Kann ich dir irgendwie helfen? Möchtest du reden?«

»Ich … ich …«, stammelte sie und biss sich auf die Unterlippe. Sie schien mit sich zu ringen.

Vielleicht war ich doch nicht der richtige Mensch für diese Art von Tränen. Plötzlich kam ich mir aufdringlich und dumm vor.

»Du musst mir natürlich nicht sagen, was dich belastet«, setzte ich hinzu. »Wahrscheinlich hast du Freundinnen, denen du dich anvertrauen kannst. Das verstehe ich, keine Sorge.«

Ariane sagte noch immer nichts und knetete ihre Finger. Meine Güte, war das peinlich! Daran war nur mein doofer Nachbar schuld. Ohne ihn hätte ich mich wahrscheinlich gar nicht erst eingemischt.

»Tja, also …« Ich kratzte mich verlegen am Hals. »Ich lasse dich mal wieder alleine. Hier, ich habe dir Taschentücher mitgebracht! Vielleicht kannst du sie brauchen.«

Ich hielt ihr mit verkrampftem Lächeln die Packung hin, doch Ariane rührte sich nicht. Erneut sammelten sich in ihren blauen Augen Tränen.

Sie fiel mir so abrupt um den Hals, dass ich überrascht zusammenzuckte. »Nein, geh nicht«, schluchzte sie.

Obwohl ich als Mutter Routine im Trösten hatte, fühlte ich mich im ersten Moment seltsam unbeholfen. Dann schloss ich meine Arme um Ariane und strich ihr beruhigend über den Rücken.

»Warum tut es nur so weh?«, stieß sie zwischen zwei Schluchzern hervor. »Ich war mir so sicher, dass es dieses Mal geklappt hat.«

Ich verstand kein Wort. Was hatte denn nicht geklappt? Damit konnten Tausende Dinge gemeint sein. Einige Minuten saßen wir auf diese Weise da, bis Arianes Schluchzen weniger wurde und sie sich etwas gefangen hatte.

»Weinst du wegen David?«, fragte ich schließlich. »Habt ihr Probleme?«

Ariane machte sich von mir los. Sie schüttelte den Kopf und putzte sich geräuschvoll die Nase. »Unsere Beziehung läuft toll. David und ich sind glücklich, jedenfalls fast. Denn wir … wir …« Sie stockte und stieß den Atem aus.

Da ich Ariane zu nichts drängen wollte, saß ich einfach da und wartete geduldig.

»Du musst mir versprechen, niemandem davon zu erzählen!«, bat sie mich mit ernster Miene. »Es ist ein Geheimnis. Keiner weiß davon. Nicht einmal meine Schwester Jutta.«

Reflexartig nickte ich. »Ich schweige wie ein Grab. Von mir erfährt niemand etwas.«

»David und ich wollen ein Baby«, sagte sie so leise, dass ich sie kaum verstand.

»Ihr wollt ein Baby?« Damit hatte ich nicht gerechnet. Vorsichtig wagte ich zu bemerken: »Aber ihr kennt euch doch erst seit knapp einem Jahr. Seid ihr sicher, dass ihr schon so weit seid?«

Sie nickte, wobei sich ihre Wangen röteten. »Offen gestanden versuchen wir es schon länger. Wir lieben uns und wünschen uns eine große Familie. Dafür brauchen David und ich keine Wartezeit, keinen Trauschein oder eine pompöse Hochzeit. Wir gehören zusammen, und daran wird sich nie etwas ändern.«

Die Überzeugung, die aus ihren Worten sprach, verblüffte

mich. Und machte mich etwas neidisch. Ich wusste nicht, ob ich mir bei Frank je derart sicher gewesen war. Vielleicht war ich in solchen Dingen zu rational und kritisch? Eine geborene Zweiflerin? An Arianes Stelle hätte ich wohl auch nicht auf eine Hochzeit verzichtet. Träumte nicht jede Frau davon, dass ihr Freund vor ihr auf die Knie ging und um ihre Hand anhielt? Es beeindruckte mich, dass Ariane so sehr an David und ihre Beziehung glaubte.

»Okay, du hast mich überzeugt.« Ich hob zum Zeichen meiner Kapitulation die Hände. »Jedes Paar muss für sich entscheiden, wann es bereit für den nächsten Schritt ist. Aber wenn ihr euch beide ein Kind wünscht, wo liegt dann das Problem?«

Prompt sank Ariane wieder in sich zusammen, und über ihr Gesicht schien sich ein Schatten zu legen. »Das Problem ist, dass es einfach nicht klappen will. Dabei war ich mir dieses Mal so sicher, dass ich schwanger bin.« Ihr Kinn begann zu zittern. »Irgendwie habe ich mich anders gefühlt, und gestern Morgen war mir auch übel. Als David vorhin mit Hanna in die Bücherei gefahren ist, bin ich gleich los und habe mir einen Test besorgt. Aber ich bin gar nicht dazu gekommen, ihn zu machen, denn meine Periode hat schon vorher eingesetzt.« Über ihre Wange rollte eine Träne.

Ich warf ihr einen mitfühlenden Blick zu. Das musste hart sein. Für mich war schwanger zu werden nie ein Problem gewesen. Zwei Mal hatten Frank und ich beschlossen, dass wir ein Kind haben wollten, und beide Male hatte es sofort geklappt. Aber das erwähnte ich Ariane gegenüber besser nicht.

Sie wischte sich mit zitternden Fingern über die Wange. »Wir verhüten seit einem halben Jahr nicht mehr, und mit Mitte dreißig bin ich doch noch gar nicht so alt. Was stimmt denn nur nicht mit mir?«

»Du weißt doch gar nicht, ob es an dir liegt, Ariane«, sagte ich in beruhigendem Tonfall. »Genauso gut könnte David der Grund dafür sein. Warst du denn schon beim Arzt? Habt ihr euch mal untersuchen lassen?«

Fast trotzig schüttelte sie den Kopf. »Ich war nur bei der normalen Vorsorge. Aber es liegt an mir, das spüre ich! Ich bin schuld, dass wir noch kein Baby haben.«

So emotional, wie Ariane reagierte, verkniff ich mir lieber einen Kommentar. Offenbar hatte ich unterschätzt, wie sehr ihr das zusetzte.

»Conny, ich frage mich die ganze Zeit …« Sie hob den Kopf und sah mich mit großen Augen an. »Was ist, wenn ich nicht schwanger werden kann? Meinst du, dein Bruder verlässt mich dann? Er wünscht sich so sehr eigene Kinder. Ich könnte es ihm nicht verübeln, wenn er sich deswegen von mir trennt. Aber ohne David würde ich …«

»Stopp!«, bremste ich sie. »Für diese Überlegungen ist es viel zu früh. Ich weiß, es ist nicht leicht, aber du musst solche Gedanken beiseiteschieben. Diese Panik schadet dir nur. Ich will dir nichts vorschreiben, Ariane, aber der nächste Schritt wäre erst einmal, einen Spezialisten aufzusuchen.«

Sie wich meinem Blick aus und starrte einen Moment lang mit gerunzelter Stirn über die Gartenwiese hinweg auf die alte Kinderschaukel.

»Du hast recht«, meinte sie schließlich. »Ich steigere mich wirklich zu sehr hinein, oder?« Sie zog eine Grimasse.

»Ein wenig.« Ich konnte mir ein schräges Lächeln nicht verkneifen. »Aber ich schätze, das ist in deiner Situation völlig normal.«

»Normalerweise bin ich nicht so weinerlich und empfindlich.« Sie seufzte und griff nach meiner Hand. »Danke, Conny!

Es hat gutgetan, darüber zu reden. Nachher mache ich gleich einen Termin beim Arzt.«

»Gut!« Ich war ehrlich erleichtert, dass sie meinen Rat befolgen wollte. »Bestimmt kann dir ein Spezialist weiterhelfen, und du wirst schneller schwanger werden, als du denkst.«

»Das wäre schön.« Sie lächelte leicht. »Aber bitte denk daran: Es ist ein Geheimnis. David und ich haben eigentlich ausgemacht, dass wir erst davon erzählen, wenn es geklappt hat.«

»Meine Lippen sind versiegelt!«

Nun, da sich Ariane wieder gefangen hatte und die Situation fürs Erste bereinigt war, machte sich ein unangenehmes Schweigen zwischen uns breit. Bisher waren Ariane und ich nicht oft allein gewesen. Auf die Schnelle fiel mir partout kein Thema ein, über das wir reden konnten.

Ich räusperte mich, um die Stille zu durchbrechen. »Also, dann gehe ich mal wieder hoch und arbeite weiter.«

Schon wollte ich aufstehen, doch Ariane hielt mich zurück.

»Conny, soll ich uns vielleicht einen Kaffee machen?« Sie deutete zum Anbau, den David und sie bezogen hatten. »Ich weiß, dass unser Verhältnis nicht das Beste ist, seit deine Mutter und David sich zum Umzug nach Rügen entschlossen haben. Was für uns ein Grund zur Freude ist, macht dir das Leben schwer. Das muss dir ziemlich egoistisch vorkommen. Es tut mir wirklich leid, dass du Usedom verlassen musstest.« Unsicher sah sie mich an. »Das wollte ich dir schon lange sagen, doch irgendwie schien nie der richtige Moment zu sein. Aber ich würde mich freuen, wenn wir Freundinnen werden könnten. Ich mag dich nämlich.«

»Ähm, das ist … schon okay. Also … danke«, stammelte ich etwas überrumpelt.

Da Ariane ehrlich gewesen war, schuldete ich ihr wohl auch

die Wahrheit. Es wäre unfair gewesen, sie in dem Glauben zu lassen, dass ich wegen des Umzugs noch immer unglücklich war. Ich gab mir einen Ruck. »Anfangs war ich tatsächlich ziemlich sauer. Nicht nur auf Mama und David, sondern auch auf dich. Aber das war unfair. Dafür möchte ich mich entschuldigen«, sagte ich reumütig. »Mittlerweile habe ich mich mit meinem Leben auf Rügen allerdings schon angefreundet. Ich liebe mein neues Zimmer, die Leute hier sind supernett, und meine neue Arbeitsstelle ist perfekt. Vielleicht tut es den Kindern und mir ganz gut, dass wir Usedom und die Vergangenheit hinter uns gelassen haben.«

Ariane wirkte erleichtert. Der Gedanke, dass ihr Glück mir eine Reihe von Problemen beschert hatte, hatte ihr wohl tatsächlich zugesetzt.

Ich stand auf. »Also, was ist? Bekomme ich jetzt einen Kaffee? Eine Besichtigungstour wäre auch nicht schlecht. Mit Möbeln habe ich euer Heim noch gar nicht gesehen.«

Ariane strahlte und erhob sich. »Es ist allerdings noch ein bisschen chaotisch«, warnte sie mich vor. »Wir haben noch nicht alles ausgepackt. Übrigens ist eine deiner Bücherkisten versehentlich bei uns gelandet. Aber keine Sorge, ich habe sie vor David versteckt.«

»Weshalb denn versteckt?«, fragte ich irritiert.

»Auf den Covern sind wahlweise Männer mit nacktem Oberkörper oder gut aussehende Paare, die kurz davor sind, sich zu küssen.«

Ich spürte, wie mir die Hitze in die Wange stieg. »Oh, *diese* Bücherkiste …« Ich wusste gar nicht, wo ich hinschauen sollte. Schon immer hatte ich geahnt, dass mein heimlicher Hang zu schwülstigen Liebesromanen mir zum Verhängnis werden würde. Jetzt war mein guter Ruf als Journalistin und Intellektuelle für immer dahin. Bestimmt lachte mein Bruder zwei Tage am Stück, wenn er davon erfuhr.

»Das muss dir nicht peinlich sein«, meinte Ariane. »Solche Schmöker liebe ich auch. Ich war so frei und habe mir gleich ein Buch ausgeliehen. Ist doch okay, oder?« Sie zwinkerte mir verschwörerisch zu.

Ich grinste. »Klar, natürlich! Du kannst so viele lesen, wie du möchtest.«

Ariane hakte sich bei mir unter, und wir schlenderten zum Anbau. Ihre Vertrautheit und Offenheit waren seltsam entwaffnend. Noch heute Morgen hätte ich es für recht unwahrscheinlich gehalten, dass wir beide plaudernd durch den Garten gingen. Doch nun waren wir hier, und ich war froh, dass Arianes Tränen fürs Erste getrocknet waren.

»Ich habe den Schutzumschlag von *Krieg und Frieden* um den Liebesroman gemacht«, erzählte sie. »Mit einem Bestsellerautor zusammen zu sein, setzt einen ziemlich unter Druck. Man hat das Gefühl, man darf nur noch literarisch wertvolle Bücher lesen.«

»Falls er dich erwischen sollte, erinnere ihn einfach an seine frühe Teenagerzeit«, riet ich ihr. »Da hat der Herr Autor nämlich Lucky-Luke-Comics verschlungen.« Ich hob die Hand mit ausgestrecktem Daumen und Zeigefinger und deutete mit einem Zungenschnalzen das Laden eines Colts an. »Lucky Luke – der Mann, der schneller schießt als sein Schatten«, sagte ich mit verstellter Stimme.

»Ernsthaft?« Ariane, die gerade die Tür zum Anbau öffnen wollte, hielt inne und riss ungläubig die Augen auf. »Lucky-Luke-Comics? David?« Sie gluckste und prustete dann los.

Wenn sie das schon witzig fand, würde sie über einen Vorfall in Davids Leben, der in der Familie nur als »Die Spaghetto-

Affäre« bekannt war, außer sich geraten. »Ich hätte noch weitere peinliche Kindheitserlebnisse und Spleens von David preiszugeben«, bot ich an.

»Bitte mehr davon!«

Bevor ich Ariane ins Innere folgte, warf ich noch einen Blick über die Schulter zum Haus unseres Nachbarn. Doch von hier aus konnte ich seinen Balkon nicht mehr sehen. Eventuell hätte ich ihm ansonsten ein dankbares Lächeln geschenkt.

10. Kapitel

Am nächsten Morgen ging es Tom wieder so gut, dass ich ohne schlechtes Gewissen zur Arbeit gehen konnte. Mein Sohn hüpfte quietschfidel herum, als wäre nichts gewesen. Das Immunsystem von Kindern war wirklich erstaunlich! Es würde meine Mutter und Oma Trudi viel Mühe kosten, Tom dazu zu bringen, sich zu schonen und das Bett zu hüten.

Auf dem Weg in die Redaktion fuhr ich beim Bäcker vorbei, um frische Croissants für Natalie, Biggi und mich zu besorgen. Als kleine Entschuldigung, dass die beiden meinetwegen gestern so viel Stress gehabt hatten. Doch wie sich herausstellte, herrschte inzwischen keine Gewitterstimmung mehr. Meine Chefin war hocherfreut, dass ich heute wieder zur Arbeit erschien.

»Es war so toll, dass du trotz deines kranken Sohns Homeoffice gemacht hast!«, bedankte sich Natalie überschwänglich. »Wenn ich mir deine Augenringe heute Morgen ansehe, fühle ich mich total schuldig, Constanze.«

»Ach, das war gar nicht so dramatisch«, wiegelte ich hastig ab.

Denn eigentlich hatten mich weder Tom noch die Arbeit so lange wach gehalten. Stattdessen hatte ich gestern Abend eine halbe Ewigkeit an meiner Nachricht an Sven_Gropius gefeilt. Ihm eine charmante, sympathische und gewinnende Antwort zu schreiben war eine kleine Herausforderung gewesen. Sollte ich von meinem Tag mit krankem Kind und der Sorge um meinen Job erzählen? Über das nicht ganz leichte Leben einer alleinerziehenden Mutter zu jammern war mir bei der ersten Kontaktaufnahme nicht sonderlich klug erschienen. Eine Erwähnung meiner schwerkranken Mutter hätte wohl auch ziemlich abschreckend gewirkt. Der Unfalltod meines Mannes und mein Dasein als vereinsamte junge Witwe waren ebenfalls tabu. An dieser Stelle hatte ich mich ernsthaft gefragt, was ich eigentlich auf der Pro-Seite zu bieten hatte. Schließlich hatte ich mich für folgende Zeilen entschieden:

»Hallo Sven, herzlichen Dank für deine sympathischen Zeilen! Du meinst, es klingt abschreckend, dass du gemeinsam mit deiner Ex-Frau ein Architekturbüro leitest? Keine Sorge, das kann ich toppen! Allerdings werde ich dir nur peu à peu von den abschreckenden Details meines Lebens berichten und dir mit jeder neuen Nachricht zwei Geständnisse machen. Denn heißt es nicht immer, eine Frau solle sich geheimnisvoll geben?«

Ich fand, das war ein gelungener Einstieg, der neugierig machte. Mit diesem Trick polierte ich die unschönen Fakten meines Lebens wenigstens ein bisschen auf. Oder, um es drastischer auszudrücken: Ich versah meinen persönlichen Misthaufen mit einem schönen Zuckerguss. Da ich Sven jedoch noch nicht kannte und auch nicht wusste, wie groß sein Interesse an mir tatsächlich war, beschloss ich, mit zwei nicht ganz so spektakulären Geständnissen zu beginnen.

»Dass ich zwei Kinder habe und verwitwet bin, konntest du ja schon meinem Profil entnehmen. Gut, dann mal los:

1. Journalistin war schon immer mein Traumberuf. Als Kind war mein großes Vorbild Karla Kolumna, die rasende Reporterin aus der Benjamin-Blümchen-Reihe. Später kamen natürlich noch reale und ernsthafte Vorbilder hinzu, doch tief in meinem Inneren sehe ich mich immer noch als rasende Reporterin, die

Skandale aufdeckt und mit ihrer Arbeit hilft, die Welt zu einem besseren Ort zu machen.

2. Ich und meine Kinder wohnen in einem Haus zusammen mit meiner Mutter, Großmutter, meinem Bruder und seiner Freundin. Bei uns geht es oft zu wie im Irrenhaus, und es spielen sich ständig irgendwelche Dramen ab. Eine Familien-WG zu siebt hat aber auch positive Seiten. Wenn einem langweilig ist, findet man immer jemanden zum Quatschen, Streiten oder Mensch-Ärgere-Dich-Nicht-Spielen. Wir haben sogar die große Brettspielvariante für acht Spieler (es dauert meistens Tage, bis es endlich einen Gewinner gibt).«

Damit hatte ich Sven immerhin einen kleinen Einblick gegeben. Obwohl die Nachricht schon jetzt ziemlich lang war, hätte ich es für unhöflich gehalten, wenn ich nicht auch ein wenig auf sein Leben eingegangen wäre. Deshalb hatte ich noch einen Absatz hinzugefügt:

»Dass du Architekt bist und dir gerne Bauwerke ansiehst, finde ich hochinteressant! Deinem Nickname nach zu urteilen, bist du ein Anhänger des Bauhaus-Stils? Vielleicht kannst du uns mit deiner Fachkenntnis bei der Lösung eines Rätsels behilflich sein: Letzten Sommer wollte mein Sohn eine große Sandburg bauen, doch unser Bauwerk ist einfach in sich zusammengefallen und hat sämtliche Muscheleinwohner inklusive König unter sich begraben. Anbei ein Foto kurz vor dem großen Unglück. Lag es am schlechten Baumaterial? Oder waren unsere statischen Berechnungen fehlerhaft?

Ich würde mich freuen, wieder von dir zu hören!

PS: Deine Lamettaperücke finde ich übrigens sehr adrett. Gibt es die auch in Rot?«

Zugegeben, das war eine enorm lange Nachricht. Danach hatte ich noch pflichtbewusst den anderen Männern, mit denen ich in Kontakt stand, zurückgeschrieben. Deshalb war es auch so spät geworden. Das erwähnte ich Natalie gegenüber aber lieber nicht, denn ich wollte meine Online-Partnersuche nicht an die große Glocke hängen. Womöglich kam meine Chefin sonst auf die Idee, dass ich meine Erfahrungen in einem Artikel verarbeiten könnte. Am besten mit einer passenden Headline wie »Letzter Ausweg Singlebörse!« oder »Bringe dich an den Mann!«.

Nachdem Natalie, Biggi und ich gemeinsam gefrühstückt und die Croissants verputzt hatten, machten wir uns an die Arbeit. Heute stand mein erstes Interview für die Reihe *Rügens stille Helden* auf dem Programm, und ich freute mich schon auf diese Aufgabe.

★

Ich traf mich mit dem etwa fünfzigjährigen Doktor Bloch in Bergen vor dem Krankenhaus.

Er war Kardiologe und betreute unentgeltlich herzkranke Patienten, die zu alt, zu schwach oder einfach nicht mobil genug waren, um zu ihm in die Klinik zu kommen. Auf Rügen gab es viele entlegene kleine Dörfer, in denen nur selten ein Bus vorbeifuhr, und nicht jeder hatte ein Auto zur Verfügung.

»Früher haben die Krankenkassen noch Hausbesuche bezahlt, aber das ist heutzutage nur in Ausnahmefällen möglich«, berichtete Doktor Bloch, während wir uns in seinem Auto auf den Weg zu seiner ersten Patientin machten. »Heute müssen die Patienten zum Arzt kommen, selbst wenn es ihnen schlecht geht. Landärzte gibt es auch immer weniger, was bedeutet, dass die Anreise unter Umständen weit und kompliziert ist.«

Wir passierten eine Bergkuppe und erreichten eine Ansammlung von Bauernhöfen. Es waren so wenige, dass man kaum von einem Dorf sprechen konnte. Doktor Bloch parkte den Wagen auf einem ziemlich heruntergekommenen Hof, der trotz seines Alters landschaftliche Idylle verströmte. Unkraut blühte zwischen den abgewetzten Pflastersteinen, mehrere Hühner liefen umher, und eine getigerte Katze saß auf den Treppenstufen zum Hauseingang. Doktor Bloch bat mich, hier draußen zu warten, bis er seine Patientin untersucht hatte.

Ein wenig verloren ließ ich mich neben der Katze auf der Treppe nieder. Durch das Gespräch während der Autofahrt hatte ich schon jetzt den Artikel im Kopf, und ich war mir sicher, dass er toll werden würde. Allerdings nur, wenn Natalie mir die Freiheit ließ, auch sozialkritische Töne anzuschlagen.

Ich griff nach meinem Handy. Überraschenderweise hatte ich hier draußen sogar Netz. Enttäuscht stellte ich fest, dass Sven_Gropius mir noch nicht geantwortet hatte. Ich stieß frustriert die Luft aus. Im Gegensatz zu Monika war ich noch meilenweit von einem ersten Date entfernt. Ich musste unbedingt etwas unternehmen!

Da sich im Inneren des Hauses nichts regte, beschloss ich, die Zeit zu nutzen und ein schönes Selfie zu machen. Mit ausgestrecktem Arm lief ich im Hof umher und probierte meine ganze Bandbreite an unterschiedlichen Gesichtsausdrücken aus. Unglaublich, auf wie vielen Bildern ich wahlweise hässlich, lächerlich oder unvorteilhaft aussah! Das Ich, das mir täglich im Spiegel entgegenblickte, erschien mir deutlich attraktiver als mein Selfie-Ich. Ich glaubte mich zu erinnern, dass dies psychologische Gründe hatte. Das Phänomen wurde als »Mere-Exposure-Effekt« bezeichnet: Je öfter man etwas sah, umso attraktiver kam es einem vor. Und da man sein eigenes Spiegelbild gewohnt war, fand man sich auf Fotos aus anderen Perspektiven weniger ansprechend. Der Effekt funktionierte allerdings auch umgekehrt. Je öfter man eine Person sah, die einem auf die Nerven ging, umso weniger attraktiv fand man sie. Diese Seite des Effekts war wiederum vielen frustrierten Ehepaaren bekannt.

Wenigstens fand ich bald darauf den perfekten Hintergrund. Am Rand des Hofs gab es eine rustikale Steinmauer, und dahinter breitete sich Rügens malerische Landschaft aus: Eine Weide mit grasenden Schafen lag in strahlendem Sonnenschein, daran grenzte ein goldgelbes Weizenfeld, und dahinter leuchtete der grüne Streifen eines Waldsaums. Am liebsten hätte ich mir einen Liegestuhl geschnappt und den Ausblick für den Rest des Tages genossen. Die Vögel zwitscherten, eine Böe rauschte durch das Weizenfeld, und in der Luft lag der Duft von Wiesenkräutern, Gras und Erde. Herrlich!

Um die Szenerie komplett zu erfassen, musste ich mich für das Selfie allerdings auf die Steinmauer stellen. Aber das traute ich mir zu. Ich hatte mit Hanna zusammen mal einen Slackline-Kurs gemacht, und dabei hatte sich herausgestellt, dass ich ein Naturtalent im Gleichgewichthalten war. Gerade als ich mein schönstes Lächeln aufgesetzt hatte und verführerisch in die Kamera blinzelte, hörte ich eine männliche Stimme.

»Achtung, Frau äh … Frau Dings!«, rief Doktor Bloch warnend aus.

Ich hieß zwar nicht Frau Dings, zuckte aber trotzdem zusammen. Prompt verlor ich das Gleichgewicht und ruderte panisch mit den Armen. Die Schwerkraft gewann. Mit einem Aufschrei fiel ich nach hinten und landete auf der anderen Seite der Mauer. Der Aufprall presste mir die Luft aus den Lungen, und für einen Moment tanzten bunte Sterne vor meinen Augen.

Doktor Blochs besorgtes Gesicht tauchte über der Mauer auf. »Meine Güte, ich wollte Sie noch warnen! Sind Sie verletzt?«

Ich setzte mich ächzend auf und tastete mich ab. Eigentlich

hatte ich das Gleichgewicht nur aufgrund seines Warnrufs verloren, aber ich wollte mich nicht beschweren. »Nein, alles gut.«

Die Schamröte stieg mir ins Gesicht. Ich sammelte mein Handy auf, das den Sturz zum Glück unbeschädigt überstanden hatte. Neugierig besah ich mir das Foto, das Millisekunden vor meinem Sturz entstanden war. Mist! Ich hatte ein »Duckface« gemacht.

Schnell steckte ich das Handy weg. »Entschuldigen Sie, Doktor Bloch! Normalerweise mache ich so etwas nicht während der Arbeitszeit.«

Er winkte ab. »*Ich* muss mich entschuldigen, dass ich Sie so lange habe warten lassen! Wenn ich ehrenamtlich unterwegs bin, nehme ich mir gerne Zeit für meine Patienten. Frau Schröder ist jetzt übrigens bereit für das Interview.«

»Großartig!«

Wir schlugen den Rückweg zum Haus ein. Ich wollte Doktor Bloch mein Verhalten näher erklären. »Wissen Sie, ich habe mich im Internet bei einer Singlebörse angemeldet und wollte gerade ein besseres Foto von mir machen.«

»Eine Singlebörse? Das haben Sie doch nicht nötig – eine schöne junge Frau mit Ihrem Aussehen und Ihrer Intelligenz! Ihnen müssen die Männer doch scharenweise hinterherlaufen.«

Doktor Bloch stellte dies in nüchternem Tonfall fest, ohne irgendwelche Flirtabsichten. Was mich insgeheim erleichterte, denn auch wenn ich ihn sympathisch fand, war er nicht ganz meine Altersgruppe.

»Leider haben sich die Männer bisher eher zurückhaltend gezeigt. Aber Sie ahnen gar nicht, wie gut es tut, dass Sie das sagen.«

Wir erreichten die Haustür. Bevor wir eintraten, berührte Doktor Bloch mich kurz am Arm und senkte die Stimme: »Ganz im Vertrauen: Auch ich war schon auf so einem Dating-Portal unterwegs.«

»Sie auch?«, entfuhr es mir überrascht. »Aber Sie sind doch ein angesehener Arzt. Ihnen müssen die Frauen doch scharenweise hinterherlaufen.«

Er lachte. »Leider ein Trugschluss, genau wie bei Ihnen. Nach meiner Scheidung haben mir einfach die Zeit und die Möglichkeiten gefehlt, mich neu zu orientieren. Da ist die Suche übers Internet eine scheinbar einfache Alternative.«

Ich war baff. Vor dem Problem, einen adäquaten Partner zu finden, standen wohl mehr Menschen, als ich erwartet hatte.

»Und haben Sie die große Liebe gefunden?«, fragte ich neugierig.

»Leider nicht. Ach, ich könnte Ihnen Geschichten erzählen …« Er winkte ab und stieß einen Seufzer aus. »Aber jetzt sollten wir erst einmal zu Frau Schröder gehen. Die alte Dame ist schon ganz aufgeregt, weil sie noch nie in ihrem Leben ein Interview gegeben hat.« Doktor Bloch musste meine Enttäuschung wohl aufgefallen sein. »Aber auf der Rückfahrt kann ich Ihnen gerne ein paar Anekdoten erzählen«, fügte er hinzu.

»Gerne!« Ich nickte erfreut und folgte ihm ins Innere des alten Bauernhauses. Es war doch wirklich erstaunlich, wie viele Menschen ähnliche Probleme hatten wie man selbst. Und auf wie viel Gleichgesinnte man traf, wenn man sich nur traute, mit offenen Karten zu spielen.

11. Kapitel

Nach der Arbeit legte ich auf dem Heimweg einen Zwischenstopp im Supermarkt in Glowe ein, weil ich diese Woche mit Einkaufen dran war. Schon wieder. Irgendwie hatte ich das Gefühl, ich war dauernd dran. Trotzdem war ich allerbester Stimmung. Je mehr Leute ich auf Rügen kennenlernte, umso weniger fremd fühlte ich mich. Die Freundlichkeit, die mir hier entgegenschlug, vermittelte mir schon nach kurzer Zeit ein gewisses Heimatgefühl. Doktor Bloch hatte mir wie versprochen noch einige Anekdoten erzählt und mich davor gewarnt, dass auf solchen Dating-Portalen geschummelt wurde, was das Zeug hielt. Dass es bei ihm mit der Liebe übers Internet nicht geklappt hatte, lag jedoch auch daran, dass er heimlich für eine Arbeitskollegin schwärmte. Als wir uns voneinander verabschiedet hatten, war ich für Doktor Bloch nicht mehr »Frau … Dings«, sondern Conny.

Beschwingt schob ich den Einkaufswagen durch die Supermarktgänge. Meine Mutter hatte mir am Morgen den Einkaufszettel in die Hand gedrückt. Sie und Oma Trudi planten immer gemeinsam, was sie für die Familie kochen wollten. Besser gesagt: Sie stritten sich darüber. Seit wir zusammenlebten, kam es zwischen den beiden immer wieder zu Auseinandersetzungen, weil Oma Trudi ihrer kranken Tochter zu viele Dinge abnehmen wollte. Meine Mutter betrachtete das Kochen für die Familie jedoch als ihre alleinige Aufgabe und brauchte diese Konstante in ihrem Leben. Aber ich konnte Oma Trudi keine Vorwürfe machen. Auch ich hatte lange gebraucht, um zu akzeptieren, dass meine Mutter keine Hilfe wollte – selbst wenn ihr manche Handgriffe schwerfielen. Momentan hatten sich die beiden auf den Kompromiss geeinigt, dass Oma Trudi ihr wenigstens assistieren durfte.

Nach dem Einkauf verfrachtete ich die vollbepackten Taschen auf die Beifahrerseite des Pick-ups. Natürlich hätte ich sie auch auf der Ladefläche verstauen können, doch das war mir zu unsicher. Ich wollte nicht im Rückspiegel beobachten müssen, wie die Lauchstangen im Fahrtwind davonsegelten. Gerade als ich mich umdrehte, um nach der letzten Jutetasche zu greifen, fragte eine männliche Stimme: »Darf ich helfen?«

Eine Hand griff nach meiner Tasche, und ich sah erstaunt auf. Direkt vor mir stand unser Nachbar, der sich nun an mir vorbeischob und die Einkaufstasche neben den Sitz stellte.

Ich war so perplex, ihn hier auf dem Parkplatz des Supermarktes zu sehen, dass ich ihn nur mit geöffnetem Mund anstarrte. Natürlich war es idiotisch zu denken, dass unser Nachbar sich an keinem anderen Ort als seinem Balkon aufhielt. Trotzdem war mein Gehirn offenbar der Meinung, dass hier etwas nicht stimmte. Leider sah mein Nachbar auch von Nahem verdammt gut aus. Das Gegenteil wäre mir lieber gewesen. Es wäre schön gewesen, etwas richtig Abstoßendes an ihm zu entdecken.

Erneut schob er sich mit seinen breiten Schultern an mir vorbei, und ich nahm seinen männlich-herben Duft wahr. Er roch unfassbar gut. Ich ertappte mich dabei, wie ich meinen üblichen Atemrhythmus unterbrach, um noch einen weiteren Zug davon zu erhaschen.

Abwartend blieb er stehen und betrachtete mich mit diesen dunklen geheimnisvollen Augen. Wie üblich trug er eine Jeans und ein legeres T-Shirt. Das war wohl sein Lieblingsoutfit.

Eine seltsame Verunsicherung erfasste mich. Hastig befahl

ich meinem Hirn, etwas zur zwischenmenschlichen Kommunikation beizusteuern. Am besten etwas Nettes und Intelligentes. Witzig wäre auch nicht schlecht!

»Ähm … Danke!«

Nun ja, das war noch ausbaufähig. Anscheinend brauchte ich dringend einen Mann, wenn mich ein gut aussehender Typ mit angenehmem Geruch schon derart aus dem Konzept brachte. Ich riss mich zusammen und zwang mich zu einem Lächeln. »Das war wirklich nett von Ihnen. Sehr gentlemanlike. Ich muss sagen, das überrascht mich bei Ihnen ein wenig.«

Hoppla, diese angefügte Spitze war mir einfach so herausgerutscht!

»Tja, mir wird oft gesagt, dass ich für Überraschungen gut bin.« Er rieb sich über die Wange, auf der sich der Schatten eines Dreitagebarts zeigte. »Hören Sie, ich habe nachgedacht. Bei unserer ersten Begegnung habe ich mich wohl nicht ganz korrekt verhalten. Sie wissen schon … als ich über Ihre Musik gelästert habe. Das war nicht gerade der beste Start in eine gute Nachbarschaft. Ich hatte wohl einen schlechten Tag. Normalerweise ist es nicht meine Art, andere vorschnell zu verurteilen. Tut mir leid!«

Ich wartete automatisch auf eine Relativierung. Oder eine nachgeschobene Beleidigung. Aber es kam nichts. Anscheinend meinte er seine Entschuldigung aufrichtig. Er sah mich mit abwartender Miene an.

»Schon gut, kein Problem!«, entgegnete ich. Schließlich war auch mir an einer harmonischen Nachbarschaft gelegen. »Ich muss mich bei Ihnen ebenfalls entschuldigen. Für die Beschallung mit den Ballermann-Schlagern. Solche Aktionen sind eigentlich nicht *meine* Art. Wenn es Ihnen ein Trost ist: Ich habe ebenfalls darunter gelitten.«

Er grinste. Es war ein äußerst süßes Grinsen mit einem kleinen Grübchen auf der rechten Wange. »Dann haben Sie wohl mehr gelitten als ich, denn ich habe mir einfach Kopfhörer aufgesetzt.«

»Gut zu wissen.« Ich zog eine Grimasse. »Dann kann ich dieses Album ja wieder von meiner Playliste löschen. Offen gestanden höre ich ohnehin viel lieber Ihnen zu. Sie spielen großartig Gitarre!«

Augenblicklich legte sich seine Stirn in Falten. »Sie haben mir zugehört? Als ich gespielt habe?«, fragte er scharf.

»E-entschuldigung«, stammelte ich. »Ich wusste nicht, dass ich das nicht hätte tun sollen. Aber mein Fenster stand offen, und ich konnte ja gar nicht anders …« Ich flüchtete mich in ein hilfloses Lächeln.

Er stemmte die Hände in die Hüften und blickte einen Moment zur Seite. Dann glättete sich seine Stirn, und er stieß kopfschüttelnd die Luft aus. »Sie können natürlich nichts dafür«, lenkte er ein. »Tut mir leid! Selbstverständlich war es meine eigene Schuld, dass Sie mich gehört haben. Ich habe einfach nicht an die neuen Nachbarn gedacht. Seit ich nach Rügen in das Haus meines Großvaters gezogen bin, stand das Nachbarhaus leer.«

Dieses Mal war ich nicht bereit, ihm so einfach zu vergeben. Es war mir schleierhaft, was so schlimm daran sein sollte, dass ich ihm zugehört hatte. Hätte er auf einer Kinder-Melodica die ganze Zeit »Alle meine Entchen« geübt, hätte ich seine Reaktion nachvollziehen können. Aber er hatte mir quasi ein Privatkonzert gegeben. Aber so waren Künstler eben: unberechenbar und sprunghaft. Das kannte ich ja schon von meinem Vater.

»Okay«, sagte ich mit kühler Stimme. Ich presste die Lippen zusammen und schlug die Beifahrertür zu. »Dann fahr ich mal wieder.«

Seine warmen, gepflegten Finger legten sich sanft auf meinen Arm, um mich zurückzuhalten. Obwohl ich es nicht wollte, löste die Berührung ein Kribbeln auf meiner Haut aus.

»Bitte warten Sie! Es ist nur so, dass … Soweit ich mich erinnere, habe ich unter anderem ein paar Songs gespielt, die ich gerade komponiere. Noch nichts Fertiges, Ausgereiftes. In diesem Stadium hat man als Künstler nicht so gerne Zuhörer«, raunte er mir mit tiefer Stimme zu, als würde er mir gerade ein Geheimnis anvertrauen. »Außerdem trete ich nicht mehr vor Publikum auf. Wenn ich auf der Gitarre spiele, ist das für mich inzwischen ein recht intimer Moment. Da gibt es nur mich und die Musik. Deshalb hat mich Ihr Geständnis im ersten Moment kalt erwischt.«

»Aha, ich verstehe«, sagte ich, obwohl ich nur den Teil mit den unausgereiften Kompositionen nachvollziehen konnte. Sofort schossen mir unzählige Fragen durch den Kopf. Bedeutete das nicht, dass er früher vor Publikum gespielt hatte? Warum tat er das jetzt nicht mehr? Bei seinem Talent war das doch eine Vergeudung. Wieso komponierte er dann überhaupt noch Songs?

Doch ich biss mir auf die Zunge. Wahrscheinlich hätte er mir ohnehin keine Antwort gegeben. Zwar sollte man Menschen nicht zu früh in eine Schublade stecken, aber mein Instinkt sagte mir, dass dieser Mann so verschlossen war wie Fort Knox. Das zeigte allein die Tatsache, dass meine Mutter und Oma Trudi noch immer nicht seinen richtigen Namen herausbekommen hatten.

»Wenn ich Ihnen nicht mehr zuhören soll, schließe ich das nächste Mal, wenn Sie spielen, einfach meine Fenster«, bot ich ihm an, obwohl ich dabei Bedauern empfand.

Er dachte kurz nach, dann lächelte er, und sein Grübchen zeigte sich wieder. »Nein, das brauchen Sie nicht. Jedenfalls wenn Sie damit leben können, unfertige Songs anhören zu müssen. Seien Sie ab sofort mein Publikum, Frau …« Er sah mich fragend an.

»Constanze Varga. Aber Sie können mich Conny nennen.«

»Marc Javier Guillermo Goirigolzarri Müller.«

»Wie bitte?«, entfuhr es mir irritiert. Kein Wunder, dass von Marcs Namen mehrere Versionen in Umlauf waren. »Marc Javier …?«

Er winkte lachend ab. »Marc Müller reicht aus. Mein baskischer Nachname ist für Deutsche nicht leicht auszusprechen. Spanische Kinder erhalten automatisch den Nachnamen der Mutter und des Vaters.« Er streckte mir die Hand hin. »Freut mich, Conny.«

»Mich ebenfalls.« Marcs Hand war warm und kräftig. Meine eher helle Haut setzte sich von seiner dunkleren effektvoll ab. Ein Kontrast, der mir auf Anhieb gefiel. Außerdem verspürte ich bei seiner Berührung sofort wieder dieses angenehme Kribbeln. Einen Moment standen wir regungslos da, und sein Blick hielt meinen gefangen.

Wie aus weiter Ferne drang eine weibliche Stimme an mein Ohr: »Conny? Mensch, das ist aber ein Zufall, dass ich dich hier treffe!«

Abrupt ließen Marc und ich einander los. Nicht weit von uns entfernt entdeckte ich Jutta, Arianes Schwester. Sie hatte ihren Sohn dabei, der gerade mit sichtlichem Genuss ein Eis verputzte. Jutta stürmte winkend und mit einem erfreuten Strahlen auf mich zu. Ihrer Wiedersehensfreude nach zu urteilen, hatte sie mich bei unserem ersten Zusammentreffen ebenfalls sympathisch gefunden.

»Hallo, Jutta!« Ich winkte ebenfalls, obwohl sie uns schon fast erreicht hatte.

»Dann verabschiede ich mich mal!«, sagte Marc unvermittelt. »Bis bald, Conny!«

Ich wandte mich wieder zu ihm um, doch er hatte mir schon

den Rücken zugekehrt und lief mit großen Schritten auf ein wuchtiges Motorrad zu.

»Bis bald, Marc!«, rief ich ihm hinterher.

Enttäuschung machte sich in mir breit. Ein Teil von mir wollte nicht, dass unser Gespräch ein so abruptes Ende nahm. Doch daran ließ sich jetzt nichts mehr ändern.

»Bin ich ungelegen gekommen?« Jutta stand neben mir und folgte meinem Blick. Sie stieß einen leisen Pfiff aus. »Was für ein Sahneschnittchen! Entschuldige bitte, ich wollte euch nicht unterbrechen.«

Ich riss mich zusammen. Es war ohnehin besser, wenn ich mich von Marc fernhielt. Schließlich war mein Nachbar ein geheimnisvoller Eigenbrötler, neigte zu Unverschämtheiten und benahm sich – bei allem Wohlwollen – auch ein wenig seltsam. Darüber konnten auch sein Aussehen und seine musikalische Virtuosität nicht hinwegtäuschen.

Ich schenkte Jutta meine ganze Aufmerksamkeit. »Kein Problem! Ich freue mich, dass wir uns treffen. Und noch mal vielen Dank für deine Hilfe beim Einzug.«

Sie winkte ab. »Das habe ich doch gerne gemacht. Wir alle haben euch gerne geholfen.«

Ich beugte mich vor. »Und du musst Jonas sein, stimmt's?«

Er nickte und streckte mir stolz sein Eis hin. »Ich durfte mir im Supermarkt was aussuchen, weil ich diese Woche sechs Sonnen und nur eine Wolke bekommen habe.«

»Sonnen und Wolken?«, fragte ich irritiert.

Peinlich berührt kratzte sich Jutta am Hals. »Das ist ein Tipp aus einem Erziehungsratgeber. Ariane hat mich vergangenes Jahr darauf hingewiesen, dass ich mit Jonas etwas zu lasch umgehe. Seither versuchen wir es mit den Sonnen und Wolken. Funktioniert allerdings ganz gut, muss ich sagen.«

Eine neue Art von Respekt keimte in mir für Ariane auf. Jemandem zu sagen, dass die Erziehung seiner Kinder verbesserungswürdig war, erforderte ungeheuer viel Mut. Selbst wenn es sich um die eigene Schwester handelte.

»Ich freue mich schon darauf, wenn Ariane sich mal an ihren eigenen Kindern die Zähne ausbeißen darf«, fügte Jutta halb säuerlich, halb liebevoll hinzu. »Aber da sie ja gerade erst mit David zusammengezogen ist, werde ich mich wohl noch ein bisschen gedulden müssen.«

Schon wollte ich erwidern, dass es so lange womöglich gar nicht mehr dauern würde. Doch dann fiel mir ein, dass Ariane ihr Geheimnis nur mir anvertraut hatte. Ich durfte mich jetzt auf keinen Fall verplappern!

»Mutter zu sein ist für jede Frau eine gewaltige Herausforderung«, gab ich deshalb recht allgemein zurück.

Zum Glück schien Jutta mein inneres Ringen nicht aufzufallen. »Gut, dass ich dich treffe, denn ich möchte dich zu unserm nächsten UGLY-Frauenabend bei Shanti-Gertrud einladen. Du musst einfach kommen! Wir werden bestimmt viel Spaß haben. Nur der Termin steht leider noch nicht genau fest, da Shanti-Gertrud momentan so viele Yoga-Kurse für Touristen anbietet.«

Zwar freute ich mich über die Einladung, aber ich konnte meine Skepsis nicht ganz verbergen. »Was macht man denn so bei einem UGLY-Frauenabend?«

Jutta lachte. »Keine Sorge, Conny! Es wird dir nichts passieren. Wir Frauen aus dem Dorf sitzen in Gertruds Garten zusammen, trinken, essen und lästern über unsere Männer. Im Prinzip ist es ein normaler Frauenabend.« Kurz zögerte sie. »Jedenfalls ab dem zweiten Mal«, fügte sie kaum hörbar hinzu.

Das ließ mich hellhörig werden. »Und was passiert beim ersten Mal?«

Jutta seufzte. »Dir kann man nichts vormachen, oder? Da kommt die Journalistin in dir durch. Das ist übrigens ein unheimlich interessanter Beruf. Muss man das studieren?«

»Nicht unbedingt.« Ich kniff die Augen zusammen. »Auf alle Fälle lernt man bei der Ausbildung, wie man plumpe Ausweichmanöver seines Interviewpartners erkennt, wenn er die eigentliche Frage nicht beantworten will.«

»Du hast mich ertappt.« Jutta verzog unglücklich das Gesicht. »Aber eigentlich ist der Frauenabend selbst beim ersten Mal nicht wirklich schlimm. Sobald du Shanti-Gertruds Einführungsritual überstanden hast, läuft alles normal ab.«

»Ein Einführungsritual?« Mir schwante Übles. »Werden mir dabei vielleicht die Haare abgeschnitten? Oder muss ich Känguru-Hoden essen, wie bei RTL?«

Jonas hörte sofort auf, an seinem Eis zu lecken und blickte mit schreckgeweiteten Augen zu uns auf. »Känguru-Hoden?«

»Nein, Gott bewahre!« Jutta drückte Jonas an sich. »Niemand isst Känguru-Hoden, mein Schatz! Jedenfalls niemand, der noch normal im Kopf ist.«

Sie wandte sich wieder an mich. »Shanti-Gertrud hat dir ja schon von ihrer Hässlichkeitstheorie erzählt. Diese Theorie erklärt sie dir beim Einführungsritual in aller Ausführlichkeit. Dabei muss man einen kratzigen Mehlsack tragen und ungeschminkt sein. Eben der Mensch, der man wirklich ist. Ohne Make-up und schicke Klamotten.«

»Wenn das alles ist …« Ich atmete auf. »Damit komme ich klar. Wenn ich Zeit habe, komme ich gerne!«

Eigentlich fand ich Shanti-Gertruds Theorien ganz interessant. Ich bewunderte Menschen, die für ihre Überzeugungen eintraten.

»Super!« Jutta freute sich sichtlich. »Deine Mutter ist übrigens auch herzlich eingeladen. Ich soll von Shanti-Gertrud ausrichten, dass sie eine kleine Rollstuhlrampe für die Eingangsstufen an ihrer Kate besorgt hat. Sie hat sich über sich selbst geärgert, weil sie nicht schon längst daran gedacht hat, ihr Haus für Gehbehinderte einzurichten.«

Ich schluckte gerührt. So etwas Nettes hatte bisher noch nie jemand für uns gemacht. »Ich werde meine Mutter fragen«, versprach ich.

In diesem Moment bekam ich eine SMS von Tom. Sie lautete:

👧🛏🤒👅💉

Okay, mal sehen: ein Mädchen, ein Bett, ein Emoji mit Thermometer, eine Zunge und eine Spritze. Was könnte das wohl bedeuten? Das Mädchen stand für Hanna, die im Bett lag. Oh weh, sie hatte Fieber? Und Halsschmerzen. Wahrscheinlich brauchte sie Medikamente!

»Jutta, ich muss dringend heim«, sagte ich alarmiert. »Ich glaube, Hanna hat sich bei Tom angesteckt und ist krank geworden.«

Sie sah mich mitfühlend an. »Oje, die Arme!« Sie umarmte mich kurz zum Abschied. »Ich muss auch los. Schön, dass wir uns getroffen haben, Conny! Und gute Besserung für Hanna!«

»Danke! Macht's gut, ihr beiden«, rief ich, während ich schon ums Auto hastete.

Kaum hatte ich den Motor angelassen und den Rückwärtsgang eingelegt, kam eine zweite Nachricht von Tom:

👧🚽🤮

Ein Mädchen, eine Kloschüssel und ein kotzendes Emoji. Das bedurfte keiner weiteren Interpretation. Hanna hatte auf Fieber schon immer mit Übelkeit reagiert. Ich erlaubte mir einen tiefen Seufzer. Ohne permanente Katastrophen wäre mein Leben wohl langweilig, aber für einige Zeit hätte ich es wenigstens gern mal ausprobiert.

12. Kapitel

Bis ich zu Hause ankam, hatte mein Bruder Hanna schon ins Auto gepackt und war geistesgegenwärtig mit ihr zum Kinderarzt gefahren. Es war nämlich schon kurz vor Ende der Praxissprechzeiten. Dank Antibiotika und Fiebersaft blieb uns damit allen eine schlaflose Nacht erspart.

Ich war David unglaublich dankbar. Einen Bruder wie ihn zu haben war ein großes Glück. In solchen Fällen tat er immer genau das Richtige. Bestimmt würde er ein toller Vater werden.

Als ich am nächsten Morgen nach Hanna sah, war sie zwar immer noch blass, aber sie lächelte mich tapfer an.

Ich setzte mich zu ihr ans Bett und strich ihr eine Haarsträhne aus der Stirn. »Tut mir leid, dass ich gestern nicht rechtzeitig hier war, um mit dir zum Arzt zu fahren.«

»Kein Problem, Mama. Ich weiß doch, dass du arbeiten musst«, entgegnete sie, mit ihren neun Jahren schon ganz erwachsen und verständnisvoll. »Außerdem hat Onkel David sich super um mich gekümmert. Auf der Fahrt zur Praxis durfte ich all meine Lieblingssongs hören. Er meinte, das würde mich von der Übelkeit ablenken.«

Ich musste schmunzeln. Das war bestimmt nicht ganz selbstlos von David gewesen. Immerhin fuhr er einen teuren Oldtimer. »Meine Halsschmerzen sind schon fast weg, Mama, und das Fieber auch. Fährst du mich heute noch zur Bücherei?«

»Nein, du bist krank!« Ich schüttelte entschieden den Kopf. »Du darfst noch nicht aufstehen.«

Sie war regelrecht besessen von dieser Bibliothek. Konnte man etwa abhängig von Büchern werden? Wie von Drogen?

»Aber gestern ging es mir viel schlechter, und da hat mich Onkel David auch durch die Gegend gefahren«, erwiderte Hanna bockig.

»Zum Arzt. Das war etwas anderes.«

»Aber ich will in die Bücherei«, bettelte sie. »Unbedingt. Biiiiitte!«

Doch ich blieb hart. »Nein. Das ist mein letztes Wort!«

»Nein?« In ihrer Miene lagen Empörung und Wut. »Dann frag ich eben David! Der ist nicht so gemein zu mir wie du.«

Für einen Moment verschlug es mir die Sprache. So offen hatte sich Hanna noch nie gegen mich gestellt. Natürlich rebellierten heranwachsende Mädchen oft gegen ihre Mutter und richteten ihre liebevollen Gefühle auf den Vater – oder in unserem Fall auf den Onkel. Aber für den Augenblick war ich mit der Situation überfordert. Wie sollte ich damit umgehen? Es einfach hinnehmen? Oder dagegen ankämpfen?

»Hanna, ich will doch nur dein Bestes!«, griff ich zum Standard-Elternspruch. »Auch David wird heute nicht mit dir in die Bücherei fahren. Weil du erst einmal gesund werden musst!«

Wahrscheinlich hätte ich es dabei belassen sollen, doch ich setzte hinzu: »Außerdem kannst du nicht immer nur lesen. Ich mache mir ernsthaft Sorgen um dich. Seit wir hier wohnen, hast du nichts anderes getan, als dich hinter deinen Büchern zu verstecken. Du übst nicht einmal mehr auf dem Klavier.«

Sie warf mir einen gereizten Blick zu. »Weil es vom Transport total verstimmt ist«, erwiderte sie giftig. »Du hast nämlich immer noch nicht den Klavierstimmer angerufen.«

Oh. Ja, das stimmte leider. Dieser Punkt ging wohl an Hanna.

»Es gibt doch auch andere Dinge, die du machen kannst. Ich

habe gesehen, dass hier ein Ferienprogramm für Kinder angeboten wird. Vielleicht lernst du dort ein paar nette Mädchen kennen und findest Freunde?«

Mit diesem »unverschämten« Vorschlag hatte ich den Bogen wohl endgültig überspannt. »Dahin gehe ich auf gar keinen Fall!«, rief sie empört. »Ich will nicht in so ein Kinderdepot abgeschoben werden, nur weil du wegen deiner Arbeit ein schlechtes Gewissen hast.«

»Kinderdepot?«, wiederholte ich irritiert.

Der Begriff kam mir vage bekannt vor. Erst als mein Blick auf den Bücherstapel neben dem Bett fiel und ich darunter *Momo* von Michael Ende entdeckte, begriff ich. In dem Roman schoben die überarbeiteten Eltern ihre Kinder in Depots ab, damit sie von den Grauen Herren lernen konnten, genau wie ihre Eltern Zeitsparer zu werden. Der Vergleich war natürlich völlig absurd. Trotzdem bohrten sich Hannas Worte direkt in mein Herz. Und zeigten mir gleichzeitig, dass Lesen tatsächlich bildete. Touché, liebe Tochter!

»Lass uns später weiterreden, okay?«, bat ich sie mit sanfter Stimme. »Ich rufe schnell bei meiner Chefin an, um ihr zu sagen, dass ich heute bei dir bleibe.«

Beim Gedanken an das Telefonat zog sich mein Magen zu einem schmerzhaften Knoten zusammen. Jetzt musste ich mir schon wieder freinehmen! Immerhin war Natalie von dem Artikel über Doktor Bloch, den ich gestern noch vor Feierabend abgeliefert hatte, begeistert gewesen. Aber wog diese Begeisterung meine Fehltage auf?

»Das musst du nicht«, zischte Hanna. Sie warf mir einen kalten Blick zu. »Geh arbeiten! Mir ist sowieso lieber, wenn sich die anderen um mich kümmern.«

Ich schluckte schwer. Es hätte mir kaum mehr wehtun können, wenn sie mir eine Ohrfeige versetzt hätte. War Hanna nicht erst gestern das süße kleine Mädchen gewesen, das mich nie ohne Abschiedskuss aus dem Haus gehen ließ? Mit einem Kuss brauchte ich heute jedenfalls nicht zu rechnen. Ich hatte keine Ahnung, wie man sich gegenüber einem bockigen Teenager verhielt. Offenbar musste ich genau wie Jutta einen Blick in einen Erziehungsratgeber werfen – allerdings für angehende Teenager.

Ich wollte Hanna versöhnlich über den Arm streicheln, aber ihre ablehnende Miene ließ mich mitten in der Bewegung innehalten. »Bist du sicher?«, fragte ich leise.

»Ja!«

»Soll ich nicht doch lieber bei dir bleiben?«

»Nein. Ich will jetzt meine Ruhe!«

Ich hasste mich dafür, aber ein Teil von mir atmete erleichtert auf. Mein Job war wichtig für unsere Familie. Trotzdem wartete ich noch einen Augenblick, ob Hanna ihren Starrsinn bereuen und es sich anders überlegen würde. Doch sie strafte mich mit eisernem Schweigen.

»Na schön, dann mache ich mich jetzt fertig.« Seufzend erhob ich mich.

Nach dem Frühstück schaute ich noch mal bei ihr vorbei, um ihr Tee und Zwieback zu bringen. Hannas Laune hatte sich leider kein bisschen gebessert. Demonstrativ drehte sie mir den Rücken zu. Ich war noch immer persona non grata. Also ging ich in die Redaktion.

*

Den ganzen Vormittag über fragte ich mich, ob ich nicht zu Hause hätte bleiben sollen. Vielleicht musste man frühpubertierende Mädchen gegen ihren Willen dazu zwingen, die Anwesenheit ihrer Mutter zu ertragen? Diese Frage spukte mir ständig im Kopf herum, und ich musste mich immer wieder dazu zwingen, mich auf die Arbeit zu konzentrieren.

In der Mittagspause holte ich mir ein Hühnchen-Sandwich vom Bäcker und setzte mich auf eine Bank in die Sonne. Der Park lag direkt neben einer alten Kirche im Herzen von Bergen. Für einen Moment genoss ich die Ruhe, den Frieden und die Natur. Wahrscheinlich nahm ich mir Hannas Launen zu sehr zu Herzen. Ich dachte an meine eigene Teenagerzeit zurück. Meiner Erinnerung nach war ich etwas älter gewesen, als ich zu rebellieren begonnen hatte. Aber auch ich hatte mich zeitweise wie ein abscheuliches Ekelpaket verhalten. Da meine Mutter ein temperamentvoller Mensch war, hatte damals in Prag das ganze Mietshaus unsere Streitereien mitbekommen. Meistens war es um Ausgehzeiten, zu kurze Röcke oder schulische Leistungen gegangen. Einmal hatte sogar unser Nachbar geklingelt und meiner Mutter vorgeschlagen, sie solle mir mal kräftig den Hintern versohlen. Meine Mutter hatte dem Mann gesagt, dass sie von einer Saufnase wie ihm sicherlich keine Erziehungstipps annehmen würde, und hatte ihm die Tür vor der Nase zugeschlagen. Die Erinnerung ließ mich schmunzeln.

Nach dem Essen fühlte ich mich schon etwas besser, und ich beschloss, mich bei Monika zu melden. Sie hatte mich gestern Abend angerufen, um mir von ihrem Date zu berichten, doch wegen Hannas Krankheit hatte ich sie leider abwürgen müssen.

Monika hielt sich gar nicht erst mit einer Begrüßung auf, sondern legte nach dem Abnehmen sofort los: »Endlich rufst du zurück! Ich platze gleich, wenn ich dir nicht endlich von meinem Date erzählen kann.«

»Gut, dann schieß los!«

Das ließ sie sich nicht zweimal sagen. »Es war das pure Grauen! In Rüdigers Profil stand, dass er 1,85 Meter groß wäre, doch als er gestern vor mir stand, hätte ich ihm auf den Kopf spucken können. Dabei hatte ich nicht mal hohe Schuhe an. Ich dachte, ich bin im falschen Film! Der hat wohl seine Wunschgröße angegeben.« Sie stieß einen melodramatischen Seufzer aus. »Wie kann man denn so dumm sein, Conny? Jedem Typen mit Verstand muss doch klar sein, dass so eine Lüge beim ersten Treffen auffliegen wird. Und dann fragt man sich natürlich: Wenn er schon bei der Größe lügt, bei was hat er dann noch gelogen?«

Das erinnerte mich fatal an das, was mir Doktor Bloch erzählt hatte: Auf diesen Portalen wurde gelogen, was das Zeug hielt. Jeder wollte sich im besten Licht darstellen. »Hast du ihn damit konfrontiert? Oder hast du das Date durchgezogen?«

»Ich hätte es sofort abbrechen sollen«, sagte sie bedauernd. »Aber ich wollte nicht oberflächlich rüberkommen. Obwohl mir die Größe eines Mannes eigentlich wichtig ist. Doch ich wollte Rüdiger eine Chance geben. Er hätte schließlich mein Seelenverwandter sein können, oder?«

»War er aber nicht«, riet ich.

»Nein. Während unseres Gesprächs hat er sich als Angeber und Dummschwätzer herausgestellt. Keine Spur mehr von dem netten Mann, mit dem ich telefoniert hatte. Wie kann denn so etwas ein, Conny?«

»Wahrscheinlich wollte er etwas kompensieren«, überlegte ich. »Seine geringe Körpergröße zum Beispiel. Männer verhalten sich oft dumm, wenn sie unsicher sind.«

»Du immer mit deinem Verständnis!«, gab sie vorwurfsvoll zurück. »Aber du hast dir ja auch nicht eineinhalb Stunden lang dieses selbstverliebte Geschwätz anhören müssen. Rüdiger hat mich nicht einmal richtig zu Wort kommen lassen. Die ganze Zeit hat er nur von sich, seinem Erfolg und seinem tollen Leben erzählt. Doch die Krönung kam zum Schluss, als ich gehen wollte. Da sagte er, ich zitiere …« Sie verstellte die Stimme und sprach in männlichem Tonfall weiter: »Es ist dir wahrscheinlich nicht aufgefallen, aber ich habe im Profil nicht meine richtige Körpergröße angegeben. Ich habe nämlich die Größe meines besten Stücks dazu addiert. Wenn du Lust hast, zu mir in mein Loft zu kommen, kannst du dir das mal aus der Nähe ansehen.«

Ich verzog angewidert das Gesicht. »Iiiih!«

»Du sagst es«, pflichtete sie mir bei. »Ich habe entgegnet, dass mir sehr wohl aufgefallen ist, dass er keine 1,85 Meter groß ist, aber ich noch nie von einem Penis gehört habe, der vierzig Zentimeter lang ist.«

Mir entfuhr ein Lachen. »Wie gemein!«

Sie kicherte. »Das war natürlich übertrieben. So klein war Rüdiger auch wieder nicht. Aber die Retourkutsche hatte er wirklich verdient. Hoffentlich läuft mein nächstes Date morgen besser ab!«

»Du hast schon wieder ein Date? Willst du dich von diesem Fehlschlag nicht erst erholen?«

»Im Gegenteil! Gerade wegen dieses Fehlschlags will ich sofort weitermachen. Ich muss wissen, dass es auch besser geht. Außerdem ist Jo alias BikerJonny gerade auf Montage. Mit ihm kann ich mich also nicht treffen.«

Ich bewunderte Monika für ihren ungebremsten Optimismus. Meine Vorfreude auf ein erstes Date war durch ihren Bericht gerade deutlich gesunken. Wollte ich mir das wirklich antun?

»Was ist denn mit dir?«, fragte meine Freundin mich prompt. »Wann triffst du dich mit dem ersten Mann?«

»So weit bin ich noch gar nicht«, gestand ich ihr. »Mein Favorit Sven, der Architekt aus Stralsund, hat bisher nicht auf meine Nachricht geantwortet. Ansonsten habe ich mit zwei, drei Männern lockeren Kontakt. Einer von ihnen schreibt mir recht oft. Toastbrot_81 alias Florian«, berichtete ich. »Allerdings tauschen wir nur Belanglosigkeiten aus. Was wir gerade so machen und welche Pläne wir für den Tag haben. Gestern habe ich ihm zum Beispiel geschrieben, dass meine Tochter krank geworden ist. Er hat geantwortet, dass ihm das leidtue und er ihr gute Besserung wünscht.«

»Das klingt eigentlich ganz nett. Treff dich doch mal mit dem Toastbrot!«

»Ich weiß nicht …« Ich starrte grübelnd auf die Baumkrone über mir, durch deren Blätterdach goldene Sonnenstrahlen fielen. »Auch wenn Florian nett klingt, erwarte ich mir irgendwie mehr. Mein Gefühl sagt mir, dass wir nicht wirklich gut zusammenpassen.«

»Willst du dich erst mit ihm treffen, wenn du bis über beide Ohren verliebt bist und bereit wärst, ihn zu heiraten?«, fragte Monika sarkastisch. »Der alles entscheidende Punkt ist, ob die Chemie zwischen euch stimmt. Und das merkt man erst durch ein persönliches Treffen. Komm, gib dir einen Ruck!«

Ich gab mich geschlagen. »Also gut«, erwiderte ich seufzend. »Ich frage Florian, ob er Lust hat, mit mir einen Kaffee zu trinken. Zufrieden?«

»Jaaa!«, jubelte Monika. »Und ich will keine Ausreden hören, Conny! Du schreibst ihm sofort nach unserem Telefonat. Kneifen gilt nicht!«

Nachdem wir uns voneinander verabschiedet hatten, blieben mir bis zum Ende meiner Mittagspause gerade noch acht Minuten. Die Verlockung war groß, Florian tatsächlich erst später zu schreiben. Allerdings benötigte ich für das Verfassen einer einfachen Frage nicht einmal sechzig Sekunden. Also hielt ich mich an mein Versprechen und schickte meine Nachricht an Florian ab, ehe ich zurück in die Redaktion hetzte.

13. Kapitel

Die Einrichtung des Restaurants war modern, aber eindeutig gehoben. Mein Blick glitt suchend über die anwesenden Gäste hinweg, doch an keinem der Tische konnte ich Florian entdecken. Ich wählte einen freien Platz in Sichtweite der Tür und strich meinen roten Wildlederrock glatt. Weshalb ich mich derart in Schale geworfen hatte, war mir selbst ein Rätsel. Hatte ich Monika nicht versichert, dass ich kein übermäßiges Interesse an Florian hatte? Das stimmte nach wie vor. Trotzdem war es mir wichtig, mich von meiner besten Seite zu präsentieren. Gestern Abend vor dem Schlafengehen hatte ich mich noch einem kompletten Schönheitsprogramm unterzogen, mir die Fußnägel lackiert, eine Haarkur aufgetragen und sämtliche unerwünschte Körperbehaarung entfernt. Dabei hatte ich überhaupt nicht vor, Florian in die Nähe dieser frisch epilierten Körperzonen kommen zu lassen. Doch immerhin hatte ich dafür gesorgt, dass ich so attraktiv wie überhaupt möglich aussah. Wenn ich vor Nervosität gleich tot vom Stuhl fallen sollte, konnten meine Angehörigen mich vom Fleck weg in den Sarg legen und meine Schönheit bewundern. Ach herrje, wo kamen diese morbiden Gedanken denn plötzlich her? Ich wartete auf ein Date, beschäftigte mich aber gedanklich mit meiner Beerdigung. Das war doch nicht normal, oder?

Ein junger Kellner brachte mir den Pfirsichsaft, den ich bestellt hatte. Ich checkte mein Smartphone. Keine Nachricht von Florian. Gleich waren es fünfzehn Minuten nach der vereinbarten Zeit. Versetzte er mich vielleicht? Hatte er mich womöglich von draußen durch das Fenster gesehen und auf der Stelle kehrtgemacht? Dieser Gedanke fühlte sich nicht gut an. Unruhig rutschte ich auf meinem Stuhl hin und her. Heute präsentierte ich mich schließlich als »Constanze Varga in Bestform«. Wenn in diesem Zustand schon die Männer vor mir die Flucht ergriffen, musste es schlimm um mich stehen. Gott, ich war völlig falsch an die Sache herangegangen! Ich hätte Vorsorgemaßnahmen treffen und in meinen allerschlimmsten Klamotten kommen sollen. Dann hätte ich notfalls meiner hässlichen Leopardenleggins die Schuld geben können, dass ich sitzen gelassen worden war.

Eine Viertelstunde später war ich bereit zu gehen. Äußerlich bemühte ich mich um Fassung, doch in mir brodelte eine Mischung aus Wut, Enttäuschung und Demütigung. Hatten die Männer heutzutage denn überhaupt keinen Anstand mehr? Florian hätte mir wenigstens eine Nachricht schicken können oder sich gar nicht erst auf das Treffen einlassen sollen. So ein ungehobelter Blödmann!

Gerade als ich dem Kellner zum Bezahlen winken wollte, ging die Tür auf und ein Mann in knallbunter Rennradler-Kostümierung und aerodynamischem Fahrradhelm kam herein. Einige Gespräche um mich herum verstummten, und zahlreiche Anwesenden inklusive der Kellner musterten den Typen mit hochgezogenen Augenbrauen. Doch das schien ihm nicht aufzufallen. Lässig nahm er Helm und Sonnenbrille ab. O nein, bitte nicht!

Ich sank in mich zusammen und versuchte, mich per Gedankenkraft unsichtbar zu machen. Doch es funktionierte nicht. Florians Blick blieb an mir haften, und er steuerte in o-beinigem Gang meinen Tisch an. »Du bist mein Date, oder? Constanze?«

Ich nickte mechanisch und bemühte mich um ein Lächeln. »Hallo, Florian! Schön, dass du gekommen bist.«

Er setzte sich mir gegenüber, und ein nicht sehr appetitlicher Schweißgeruch stieg mir in die Nase. Seit meiner Anmeldung bei *Einsame Herzen* schien mich das Thema Schweiß richtiggehend zu verfolgen.

»Bin ein wenig zu spät, sorry. Ich hatte Zoff mit so einem bescheuerten Autofahrer, der dachte, die Straße gehört ihm allein.«

»Du bist mit dem Rad gekommen?«, fragte ich, obwohl die Antwort auf der Hand lag. Sein Aufzug wäre ziemlich befremdlich gewesen, wenn er mit dem Auto gefahren wäre.

»Jep! Ich habe feste Trainingszeiten, und lasse keine Fahrt ausfallen.« Florian zückte sein Handy. »Sorry, ich muss mal schnell die Kilometer und meine Zeit in der Trainings-App eingeben.«

»Oh … okay.«

Ich wartete ab, während er eifrig tippte. Das gab mir immerhin Gelegenheit, ihn zu mustern. Genau wie ich hatte Florian auf seinem Profil nur ein einziges Bild hochgeladen, das wohl als Bewerbungsfoto von einem Fotografen aufgenommen worden war. Es zeigte Florian im Anzug mit Krawatte. Ich hatte ihn für weizenblond gehalten, doch eigentlich besaß er rotblonde Haare. Seine Augenbrauen und Wimpern waren so hell, dass sie kaum auszumachen waren. Obwohl er sich durch sein Hobby viel im Freien aufhalten musste, war er tatsächlich so weiß wie eine Scheibe Toastbrot. Bei dieser empfindlichen Haut musste der arme Kerl wahrscheinlich Lichtschutzfaktor hundert benutzen.

»So, ich hab's noch schnell bei Facebook gepostet.« Er lächelte selbstzufrieden. »Meine Kumpels werden Augen machen, was ich heute geschafft habe.«

Ernsthaft? Das interessierte jemanden? Ich würde mir freiwillig nicht einmal den täglichen Trainingsplan eines deutschen Olympioniken ansehen.

Der Kellner kam, um Florians Bestellung aufzunehmen. Da leider kein isotonisches Getränk auf der Karte stand, nahm Florian mit einem stillen Wasser vorlieb.

»Du hast gar keinen Eierpunsch an der Nase«, stellte er fest, als wir wieder unter uns waren.

Aha, er spielte auf mein Profilfoto an! Wollte er mit dieser scherzhaften Einleitung vielleicht das Eis brechen? Allerdings schmunzelte Florian nicht mal.

»Ja, im Hochsommer ist da schwer dranzukommen«, gab ich locker zurück und grinste.

Florian nickte nur. Seine Miene blieb weiterhin ernst. Vielleicht waren seine Mundwinkel vom Fahrtwind eingefroren? Oder er hatte Angst, dass zwischen seinen Zähnen die Gebeine toter Fliegen hingen? Bestimmt verschluckte so ein Rennradfahrer mehrere Dutzend Insekten pro Saison. Aber immerhin hatten sie einen hohen Proteingehalt.

»Ich habe in meiner letzten Nachricht ganz vergessen zu fragen, wie das Bier-Bowling mit deinen Kumpels war«, griff ich ein neues Thema auf. »Hattet ihr Spaß?«

»Ja. Wie immer.« Er machte eine kurze Pause. Wohl um zu überlegen, ob das als Antwort genügte oder er etwas hinzufügen sollte. Schließlich sagte er noch: »Zum Glück bin ich gut im Bowling, deshalb muss ich kaum Bier trinken. Zu viel Alkohol ist schlecht für meine Kondition.«

»Ah ja. Schön für dich.«

Dieses Gespräch entwickelte sich zäher als gedacht. Vielleicht hätten mir Florians Nachrichten, die immer aus maximal zwei Sätzen bestanden hatten, zu denken geben sollen.

»Wie viele Kilometer schaffst du denn so?«, fragte er mich nun.

Verständnislos runzelte ich die Stirn. »Wie bitte?«

»Na, beim Radfahren«, erklärte Florian. »Du hast doch in deinem Profil geschrieben, dass du ebenfalls radelst.«

Natürlich! Wir beide hatten angegeben, dass Radfahren zu unseren Hobbys zählte. Wie sollte ich Florian nur verständlich machen, dass wir trotz der gleichen Bezeichnung von völlig unterschiedlichen Freizeitaktivitäten gesprochen hatten?

»Das war wohl ein Missverständnis. Ich meinte normales Radfahren, nicht wie du …«, ich deutete auf sein Tour-de-France-Outfit, »… im sportlichen Sinne.«

Im Sommer liebte ich es, den Picknickkorb mit Leckereien zu bestücken, mich auf mein altes Rad zu schwingen und mit den Kindern ins Grüne zu fahren.

Florian verdrehte die Augen. »*So eine* Radfahrerin bist du also.« Der abfällige Tonfall war unüberhörbar. Als hätte ich mich für eine professionelle Radrennsportlerin ausgegeben, obwohl ich in Wahrheit nur mit dem Dreirad meines Sohns unterwegs war. »Dann verstehen wir unter Radfahren wohl tatsächlich etwas anderes.«

Nur mit Mühe konnte ich mir eine angesäuerte Bemerkung verkneifen. Seine Intoleranz ärgerte mich.

Der Kellner brachte unsere Getränke. Leider hatte ich mir auch ein Wasser bestellt, obwohl ich mir jetzt wünschte, es wäre etwas Alkoholisches gewesen. Mein Instinkt hatte mich nicht getrogen: Schon anhand unserer Nachrichten hatte ich gespürt, dass Florian und ich nicht wirklich harmonierten.

»Und wie lange bist du schon bei *Einsame Herzen?*«, fragte ich höflich.

»Eineinhalb Jahre. Bisher hat sich aber nix ergeben. Ich glaube, das Portal ist scheiße«, gab er, ohne mit der Wimper zu zucken, zurück. »Normale Frauen müssten sich eigentlich über einen Typen wie mich freuen: gutes Alter, guter Job, gute Wohnung, gut in Form. Treu bin ich auch. Da fragt man sich doch, was mit den Frauen nicht stimmt, wenn sie mich nicht wollen!«

Nun, ich hätte ihm schon ein paar Verbesserungsvorschläge mit auf den Weg geben können. Zum Beispiel hätte es geholfen, wenn Florian mal gelächelt hätte. In anständiger Kleidung zu einem Date zu kommen wäre auch nicht verkehrt gewesen.

Verstohlen blickte ich auf mein Handy. Was hätte ich darum gegeben, dass Tom mir eine seiner Emoji-Nachrichten geschickt hätte! Aber das Schicksal kannte kein Erbarmen.

»Was für ein Rad fährst du denn?«, fragte ich in meiner Not, obwohl mich die Antwort kein bisschen interessierte.

Wie ich befürchtet hatte, reagierte Florian mit Begeisterung. Plötzlich sprudelten die Worte nur so aus ihm heraus, und er hörte mit der Fachsimpelei über Bügellenker, Diamantrahmen, Kompaktkurbeln und Kettenschaltungen gar nicht mehr auf. Irgendwann schaltete ich ab. Ich ließ meinen Blick durch den Raum schweifen. Dann drehte ich auf dem Tisch mehrmals mein leeres Wasserglas zwischen den Händen, während ich an Monika dachte. Sie hatte bereut, bei ihrem Date nicht rechtzeitig eingeschritten zu sein, oder? Ich atmete tief ein und ließ langsam die Luft aus mir herausströmen. Dabei stellte ich mir vor, wie ich die Luft aus Florians Fahrradreifen ließ. Nein, das hatte doch alles keinen Sinn! Ich gab mir einen Ruck.

»… und der hat 1972 mit einem gemufften Stahlrahmen ja einen Weltrekord im …«

»Hör mal, Florian«, fiel ich ihm ins Wort. »Tut mir leid, aber ich glaube, das mit uns beiden funktioniert nicht.«

»Aha.« Für einen Augenblick sagte er nichts. Dann nickte er zustimmend. »Denke ich auch. Das passt irgendwie nicht richtig. War trotzdem nett, dich zu treffen, Conny.«

Ich war perplex. Das war aber erfreulich problemlos abgelaufen! Ehe ich noch etwas erwidern konnte, winkte er schon dem Kellner.

»Super, dann kann ich auf dem Rückweg die größere Tour nehmen!« Zum ersten Mal seit unserem Kennenlernen lächelte Florian.

Ich zahlte ebenfalls meine Getränke, während er die geplante Route sogleich seinen Freunden auf Facebook postete.

Draußen vor dem Lokal verabschiedeten wir uns ohne Umarmung mit einem freundschaftlichen »Tschüss!«.

Am Ende überraschte mich Florian allerdings doch noch. »Ach, Conny?«

Ich drehte mich zu ihm um. »Ja?«

»Eigentlich schade!« Er zuckte bedauernd mit den Schultern und zog seinen Helm auf. »Du bist schon 'ne Hübsche. Viel besser als auf dem Profilfoto.«

»Danke! Lieb von dir, dass du das sagst.« Ich strahlte ihn an, doch er schwang sich schon auf sein heiß geliebtes Rad, ohne sich noch einmal umzuwenden.

»Und viel Glück bei deiner weiteren Suche!«, rief ich ihm hinterher, als er davonradelte. Keine Ahnung, ob er mich noch gehört hatte.

Und so gingen wir unserer Wege. Nachdenklich lief ich zu meinem Auto. Was für ein Resümee konnte ich nun nach diesem Treffen ziehen? Wie erwartet, hatte ich in Florian nicht meinen Traummann gefunden. Dafür hatte ich mein erstes Internet-Date hinter mich gebracht. Ich dachte zurück an Dirk, den Monika damals auf Usedom für mich angeschleppt hatte. Im Gegensatz zu ihm hatte Florian wenigstens keine Ex, der er immer noch nachtrauerte. Trotzdem passten wir nicht zusammen. Und für den unwahrscheinlichen Fall, dass die Tour-de-France-

Route mal über Rügen verlaufen und ich darüber schreiben sollte, konnte ich bei meiner Chefin mit erstaunlichem Profiwissen punkten. Alles in allem war das doch gar nicht so übel, oder?

14. Kapitel

Das Schöne an dem abgebrochenen Date war, dass ich früher daheim war als gedacht. So kam ich noch rechtzeitig zum Abendessen, das ich heute nur ungern verpasst hätte. Meine Mutter hatte eines meiner Lieblingsessen gekocht: Mittsommer-Frikadellen in einer Dill-Senf-Soße. Für die Frikadellen mussten kleingehackter Lachs, Kapern, hart gekochte Eier, Haferflocken und Kartoffelwürfel miteinander vermengt werden. Nachdem man Muskat, Pfeffer, Petersilie und Zitronensaft hinzugefügt hatte, wurden die Frikadellen geformt, in Paniermehl gewendet und knusprig angebraten. Zusammen mit Pellkartoffeln und der Dill-Senfsoße, in die meine Mutter einen großzügigen Schuss Weißwein gab, ein absoluter Hochgenuss.

»Das ist aber kein Familienrezept«, meinte Oma Trudi kritisch, nachdem sie davon gekostet hatte.

Meine Mutter warf ihr einen scharfen Blick zu, und Oma ergänzte hastig: »Sollten wir aber unbedingt in mein Rezeptbuch aufnehmen. Das schmeckt unglaublich gut, Astrid!«

Heute hatten wir zum Abendessen zwei Gäste. Arianes beste Freundin Jule war mit ihrer Tochter Katharina zu Besuch gekommen. Mama hatte darauf bestanden, dass die beiden zum Essen blieben. So saßen wir zu neunt an dem langen Kiefernholztisch, genossen die Mittsommer-Frikadellen, lachten und plauderten.

Jule erzählte uns beim Essen, wie schwer es war, ihre kleine Tochter bei der Arbeit im Schlosshotel im Auge zu behalten.

»Man glaubt ja nicht, wie schnell ein Kind mit eineinhalb Jahren schon ist. Da drehe ich mich einmal kurz um, weil mich ein Hotelgast etwas fragt, und – schwupps – ist Kati auf und davon. Und so ein Schloss kindersicher zu machen ist ein Ding der Unmöglichkeit, sage ich euch. Habt ihr schon mal versucht, ein Treppenschutzgitter für eine drei Meter breite Treppe zu bekommen?«

»Tja, reiche Menschen haben es schwer«, meinte Oma Trudi ohne eine Spur von Mitleid. Schonungslose Offenheit gehörte zu den Charakterzügen, die meine Oma an sich selbst am meisten schätzte. Leute, die ihr am Herzen lagen, kamen besonders oft in den Genuss ihrer Ehrlichkeit.

Jule schüttelte belustigt den Kopf. Offenbar kannte sie Trudis beißende Kommentare schon zur Genüge. »Du weißt genau, dass wir nicht reich sind! Das Hotel war unsere letzte Rettung. Sonst hätte die Bank Markus das Schloss unter dem Hintern weggepfändet, und wir müssten mit unserer Tochter in einem Strandkorb wohnen.«

Kati, die die glänzenden braunen Locken ihrer Mutter geerbt hatte, saß gerade auf Arianes Schoß und lutschte an einer gekochten Kartoffel, die sie in den Händen hielt. Die beiden gaben ein wirklich süßes Bild ab. Unwillkürlich musste ich an Arianes Kinderwunsch denken. Als mein Bruder Ariane liebevoll über den Rücken strich und ihr einen aufmunternden Blick zuwarf, wusste ich, dass er das Gleiche gedacht hatte. Ariane schenkte David zwar ein Lächeln, doch auf mich wirkte es etwas traurig und bemüht. Bei nächster Gelegenheit musste ich sie unbedingt fragen, ob sie sich inzwischen um einen Arzttermin gekümmert hatte.

Nach dem Essen überredeten uns Hanna und Tom, ein paar Runden UNO zu spielen. Vorher mussten wir Trudi allerdings die Regeln erklären. Hanna und Tom versuchten gleichzeitig, ihre Urgroßmutter mit den Grundzügen des Spiels vertraut zu machen, was ein heilloses Durcheinander ergab. Doch schließlich nickte Trudi.

»Es geht also darum, so schnell wie möglich alle Karten loszuwerden?«, fragte sie abschließend.

»Genau!« Ihre beiden Urenkel nickten zufrieden.

Schon das erste Spiel gewann Trudi haushoch. Genau wie alle folgenden. Erst dann fiel uns auf, dass die Anzahl der Karten im Spiel verdächtig geschrumpft war. Wir fanden die verschwundenen Spielkarten allesamt unter Trudis rechtem Oberschenkel. Unsere geschätzte Mutter, Großmutter und Urgroßmutter hatte uns nach Strich und Faden beschissen. Trudi grinste verschmitzt.

»Genau wie früher«, meinte meine Mutter stöhnend. »Ich hätte wissen müssen, dass sie schummelt.«

»Ihr habt doch gesagt, ich muss die Karten so schnell wie möglich loswerden«, verteidigte sich Trudi.

»Aber *beim Spiel*«, meinte Hanna und hob einen Zeigefinger. »Ab sofort pass ich genau auf! Ich zähle deine Karten.«

Mit ihrer kindlichen Entrüstung und den funkelnden grünen Augen sah sie wieder aus wie mein süßes kleines Mädchen – und nicht mehr wie der frühpubertierende Bockgnom, der mich eiskalt aus dem Zimmer geworfen hatte.

»Ich pass auch auf!«, krähte Tom. »Wir lassen uns nicht beschummeln.«

»Na schön!« Trudi lächelte. »Dann auf ein Neues …«

Mit Feuereifer teilte Hanna die Karten aus, während Trudi sich zu mir beugte. »Ein Spiel, bei dem niemand schummelt, wäre doch langweilig«, raunte sie mir verschwörerisch zu.

Ihre Theorie war wohl richtig, denn an unserem Tisch war UNO noch nie mit einer solchen Begeisterung gespielt worden.

Wenn Trudi versuchte, statt vier Karten nur drei aufzunehmen, schrien die Kinder triumphierend auf, und die Erwachsenen schüttelten lachend den Kopf. Und jedes Mal, wenn Oma Trudi gewann, wurde sie von den Kindern von Kopf bis Fuß auf versteckte Karten kontrolliert. Schon lange hatten wir nicht mehr einen so lustigen Abend gehabt.

Nachdem Jule und Kati gegangen waren, brachte ich die Kinder ins Bett und half meiner Mutter, sich ebenfalls hinzulegen. Trotz der Aufregungen des heutigen Tags fühlte ich mich noch nicht müde. Da ich für heute genug vom Internet und der Singlebörse hatte, schnappte ich mir ein Buch und machte es mir auf meinem Bett gemütlich.

Ich hatte erst ein paar Seiten gelesen, als durch das geschlossene Fenster leise Gitarrenmusik zu mir drang. Seit unserem Gespräch auf dem Supermarktparkplatz war es das erste Mal, dass Marc wieder spielte. Die sanften Töne und Melodien schienen mich zu sich zu rufen. Ich konnte einfach nicht widerstehen. Außerdem hatte mich Marc schließlich zu seinem exklusiven Publikum ernannt, oder? Ich öffnete das Fenster und machte es mir mit einem Kissen auf der Fensterbank bequem. Allerdings ließ ich absichtlich die kleine Stehlampe neben mir brennen, damit ich nicht im Dunkeln saß und Marc mich sehen konnte. Wenn ich ihm nicht willkommen war, konnte er sein Konzert jederzeit abbrechen.

Wie schwarze Seide, die mit funkelnden Diamanten bestickt war, erstreckte sich der Nachthimmel über unseren Häusern. Marc saß in einer Strickweste, die eindeutig schon bessere Tage gesehen hatte, auf seinem üblichen Platz. Im Schein des Terrassenlichts spielte er auf der Gitarre und schien völlig in seine Musik versunken zu sein. Sollte ich mich durch ein Hüsteln oder Räuspern bemerkbar machen? Aber ich wollte ihn auch nicht unterbrechen. Also lehnte ich mich an den Fensterrahmen, schloss die Augen und lauschte der Musik.

Zuerst spielte Marc anspruchsvolle klassische Stücke, doch schließlich mischten sich modernere Melodien darunter. Ich erkannte keinen der Songs, doch sie hatten eindeutig einen Blues-Einschlag. Die Kombination gefiel mir. Irgendwann begann Marc zu summen, und schließlich sang er auf Spanisch. Seine raue Stimme ging mir unter die Haut und versetzte mir eine Gänsehaut. Obwohl ich den Sinn der Worte nicht verstehen konnte, erreichten die Musik und seine Stimme mein Herz. Sie erzählten von den dunklen Stunden des Lebens. Von Schmerz, Verlust und Verzweiflung. Es war eine Art von bittersüßer Traurigkeit, die mich tief im Inneren berührte. All das kannte ich nur zu gut. So intensiv und ehrlich konnte nur jemand singen, der diese dunklen Zeiten schon erlebt hatte. Die Emotionen, die Marcs Musik zu mir trug, schienen sich mit meinen zu verbinden.

Mir wurde klar, dass mir diese Tiefe heute bei Florian gefehlt hatte. Natürlich hatte es offensichtliche Differenzen zwischen uns gegeben. Doch der eigentliche Unterschied lag weitaus tiefer. Florian war unverheiratet, kinderlos und hatte somit noch nie Verantwortung für einen anderen Menschen übernehmen müssen. Seine ganze Welt drehte sich um ihn und sein Hobby. Meine Welt war eine völlig andere.

»Tut mir leid, Conny, habe ich dich mit meiner Musik traurig gemacht?«, riss mich Marcs Stimme aus meinen Gedanken.

Ich hatte überhaupt nicht bemerkt, dass er aufgehört hatte zu spielen. Er stand an der Brüstung seines Balkons und musterte mich mit besorgter Miene.

»Das lag nicht an dir«, versicherte ich ihm. »Die Musik war melancholisch, aber wunderschön. Ich war nur gerade in nachdenklicher Stimmung.« Nun, da Marc nicht mehr spielte, war mir etwas unbehaglich zumute. Irgendetwas an diesem Mann ließ mich immer nervös werden. »War es wirklich okay, dass ich dir zugehört habe?«

»Sonst hätte ich es dir nicht angeboten, oder?«, entgegnete er schlicht. »Darf ich fragen, wieso du in nachdenklicher Stimmung warst?«

»Ich hatte heute ein Date, das nicht so toll gelaufen ist.«

Sein Stirnrunzeln vertiefte sich. »Ist der Typ etwa zudringlich geworden?«

Abwehrend hob ich die Hände. »Nein, nein! Er war völlig harmlos«, entgegnete ich hastig. »Mir ist nur klar geworden, dass ich wohl ein noch schwierigerer Fall bin, als ich dachte. Selbst beim Online-Dating mit all den Matching-Punkten und psychologischen Profilen wird es nicht leicht für mich, den passenden Partner zu finden. Meine Ansprüche sind offensichtlich zu hoch.«

Marc zog skeptisch die Augenbrauen in die Höhe. »Du suchst einen Partner übers Internet?«

»Ja, das tue ich.« Ich reckte das Kinn, weil ich mich durch seinen abfälligen Tonfall in die Defensive gedrängt fühlte. »Das machen heutzutage viele Leute. Findest du das etwa merkwürdig?«

Er zog einen Stuhl zum Balkongeländer und setzte sich. »Eine Sache wird nicht dadurch gut, dass alle anderen sie auch machen. Hat dir deine Mutter nicht das Gleichnis von der Brücke erzählt, von der du nicht springen sollst, nur weil es all deine Freunde tun?«

»Hochhaus. Bei meiner Mutter war es ein Hochhaus.«

»Das passt natürlich auch.« Er lachte, und auch ich musste grinsen.

»Und was hast du an Singlebörsen sonst noch auszusetzen?«, hakte ich nach.

Nachdenklich fuhr Marc sich mit der flachen Hand über die Wange. »Es ist wohl eher eine grundsätzliche Sache«, antwortete er. »Wir haben fast unser komplettes Leben ins Internet verlagert. Ich fände es schön, wenn wir wenigstens eine Sache der Realität überlassen würden. Partnersuche online …« Er schien nach Worten zu suchen. »Das ist, als würde man sich ein paar Schuhe bestellen. Das hat so etwas Rationales, fast schon Steriles. Damit beraubt man die Liebe doch ihres Zaubers.«

Tatsächlich hatte er damit nicht unrecht. Beim Surfen auf *Einsame Herzen* hatte ich mich schon häufiger gefühlt, als wäre ich gerade beim Internetshopping. Doch ich hätte mir lieber die Zunge abgebissen, als ihm das zu gestehen.

»Aber was ist, wenn man nicht auf die Liebe warten will?«, entgegnete ich herausfordernd. »Wenn man sich einsam fühlt und nicht mehr allein sein möchte? Einfach nur abzuwarten, bis das Schicksal einem irgendwann den richtigen Partner schickt, kann zermürbend sein. Singlebörsen geben einem wenigstens die Möglichkeit, selbst aktiv zu werden.« Erst als ich es ausgesprochen hatte, fiel mir auf, wie viel ich ihm damit über meinen eigenen Seelenzustand verraten hatte.

»Zugegeben, Einsamkeit ist ein Problem«, lenkte Marc ein. »Ich würde ja sagen, man darf die Hoffnung einfach nicht verlieren, aber ich bin wohl ein Sonderfall. Mir macht das Alleinsein nicht viel aus.«

Das hatte David auch immer behauptet. Und kaum hatte mein Bruder Usedom für ein paar Tage verlassen, hatte er sich Hals über Kopf in Ariane verliebt.

»Das merkt man. Du scheinst nicht gerade viel Besuch zu haben«, bemerkte ich nüchtern.

»Ich wähle eben weise aus, mit wem ich meine Zeit verbringe.« Er zwinkerte mir vielsagend zu.

Himmel, dieser Blick und diese gefährlich dunklen Augen! Wenn ich nicht auf der Hut war, würde mir dieser Mann noch den Kopf verdrehen. Aber das war aus mehreren Gründen eine ganz schlechte Idee.

Ich räusperte mich. »Weißt du, dass du meine Mutter und Oma Trudi fast in den Wahnsinn treibst? Den beiden ist es immer noch nicht gelungen, deinen Namen herauszufinden. Die Leute im Dorf wissen einfach zu wenig über dich.«

Irritiert neigte Marc den Kopf. »Aber ich habe dir doch gesagt, wie ich heiße.«

»Ich habe den beiden nichts von unserem Treffen auf dem Parkplatz erzählt«, gestand ich ihm. »Du hast bestimmt einen Grund dafür, weshalb du dein Klingelschild nicht beschriftet hast. Ich bin kein Freund davon, über das Privatleben anderer zu tratschen.«

Erstaunen zeichnete sich auf seiner Miene ab. »Du bist anders, als ich erwartet habe.«

War das ein Kompliment? Keine Ahnung. Das musste nicht zwangsläufig etwas Positives bedeuten.

»Konntest du die Freundin deines Bruders neulich trösten?«, wechselte er unvermittelt das Thema.

Ich nickte. »Wie sich herausgestellt hat, war ich wohl tatsächlich die Richtige für diese Art der Tränen. Du findest es wahrscheinlich verrückt, dass wir alle zusammen in einem Haus wohnen. Vier Generationen unter einem Dach.«

Marc verströmte Coolness aus allen Poren. Für ihn war es bestimmt undenkbar, mit der ganzen Familie zusammenzuleben.

»Ganz und gar nicht«, widersprach er vehement. Er hatte seine Unterarme auf die Brüstung gelegt und mir interessiert zugehört. »Bei euch wird immer geredet und gelacht, ständig herrscht Trubel. Das erinnert mich an meine Kindheit.«

Ich blickte ihn fragend an, und er erklärte: »Ich bin in Spanien in der Nähe von Pamplona aufgewachsen. Meine Mutter ist Deutsche und mein Vater Spanier. Unsere ganze Verwandtschaft lebt im selben Viertel, und jeden Tag treffen sich alle bei meinen Großeltern in der Küche. Du kannst dir gar nicht vorstellen, was da immer los ist!« Seine Miene hatte einen sehnsüchtigen Ausdruck angenommen. »Als junger Mann hat mich diese Enge jedoch irgendwann gestört. Ich war genervt, weil man nie seine Ruhe hatte und sich alle ständig in mein Leben eingemischt haben. Da habe ich mich zum Studium in Barcelona angemeldet, mir meine Gitarre geschnappt und mich aus dem Staub gemacht.«

»Vielleicht macht dir deswegen das Alleinsein nichts aus? Weil das quasi der Ausgleich für deine familienüberladene Kindheit ist?«, versuchte ich, ihn aufzumuntern.

Er grinste. »So habe ich das noch nie betrachtet. Das könnte gut möglich sein!«

»Und wie hat es dich von Spanien nach Rügen verschlagen?«, fragte ich neugierig.

»Dieses Haus hat dem Vater meiner Mutter gehört«, antwortete er bereitwillig. »Meine Eltern haben es nach seinem Tod jedoch so gut wie nicht genutzt. Für meine Mutter ist Spanien mittlerweile ihre Heimat, und es hat sie nie nach Deutschland zurückgezogen. Deshalb hat sie mich gebeten, nach dem Haus zu sehen und es für den Verkauf herzurichten. Eigentlich wollte ich nur ein paar Wochen bleiben.« Er hob die Schultern. »Doch Rügen hat mich in seinen Bann gezogen. Die Insel ist so grün und voller Leben. Dazu das Meer, der Strand, der Bodden …«

Das erklärte auch, weshalb er das Klingelschild nicht beschriftet hatte. Marc hatte nie vorgehabt, so lange zu bleiben. Er war nur auf der Durchreise. Noch ein Grund, weshalb es nicht ratsam war, sich in seinen dunkelbraunen Augen zu verlieren.

»Ich fühle mich auf Rügen auch viel wohler, als ich erwartet hatte«, sagte ich. »Die Leute, die ich hier bisher kennengelernt habe, sind alle supernett. Ein bisschen verrückt, aber nett.« Ich hob eine Augenbraue und fügte unheilschwanger hinzu: »Na ja, bis auf meinen komischen Nachbarn vielleicht.«

Er nickte ernsthaft. »Vor dem solltest du dich in Acht nehmen. Über den habe ich schon die schlimmsten Geschichten gehört.« Marc deutete ins Dunkel in die ungefähre Richtung, in der das Nachbarhaus zu unserer rechten Seite lag. »Ich glaube, er heißt Hubertus Irgendwas und züchtet Brieftauben. Sehr dubios, wenn du mich fragst.«

Ich legte den Kopf in den Nacken und lachte. »Danke für die Warnung!«

»Was hältst du davon, wenn ich deiner Familie in den nächsten Tagen nach alter deutscher Tradition Brot und Butter vorbeibringe?«, bot er überraschend an. »Um mich offiziell vorzustellen. Nicht dass deine Mutter und deine Großmutter mich für einen Serienkiller halten und nachts nicht mehr schlafen können.«

Das war eine wirklich schöne Idee und würde die zwei sicher freuen. Wahrscheinlich hätte ich Marc das genauso sagen sollen, aber mein Hirn hatte sich leider an einer ganz anderen Sache festgebissen.

»Salz«, korrigierte ich ihn reflexartig. »Man bringt neuen Nachbarn Brot und *Salz* vorbei. Das Brot steht symbolisch für die lebensnotwendigen Dinge und das Salz für die Würze des Lebens, die das Dasein erträglicher machen soll. Nach altem Aberglauben soll es auch Teufel und Dämonen fernhalten.

Damit wünscht man neuen Nachbarn beim Einzug sozusagen Glück auf der ganzen Linie. Wenn man danach gemeinsam die Lebensmittel verspeist, soll das der Grundstein für eine lebenslange Freundschaft bilden. Sozusagen ein Salzbündnis.«

Meine Güte, hatte ich ein Lexikon verschluckt? Wieso quasselte ich denn so viel? Das interessierte Marc bestimmt kein bisschen. In keinem Flirt-Ratgeber der Welt fand man einen Abschnitt mit der Überschrift »Klugscheißer mögen alle«. Wie gut, dass ich überhaupt nicht mit Marc flirten wollte.

»Verzeihung!«, sagte er schmunzelnd. »Brot und Butter harmoniert zwar besser, aber ich kann natürlich auch Brot und Salz bringen. Woher weißt du denn das alles?«

»In unserem Haushalt wird viel gelesen«, erklärte ich. Bestimmt hielt er uns schon für eine Familie von Tratschweibern, Heulsusen und Musikbanausen. Jetzt musste ich ihm auch noch erzählen, dass die Hälfte von uns sogenannte »geeks« waren. »Ein Großteil unserer Umzugskartons bestand aus Büchern, und mein Bruder ist ein angesehener Schriftsteller. Er ist sozusagen der Oberklugscheißer bei uns in der Familie. Danach kommt gleich meine kleine Lesemaus Hanna, die auch gerne mit ihrem Wissen um sich wirft. Die beiden sind definitiv schlimmer als ich. Ich bin nur Journalistin und auch mal für weniger hochintellektuelle Literatur offen.«

Schlagartig erlosch Marcs Lächeln. »Du arbeitest für eine Zeitung?«

Ich stutzte. Normalerweise reagierten die Leute durchweg positiv, wenn ich von meinem Job erzählte. »Für die *Ostsee Nachrichten*, also eine Regionalzeitung«, antwortete ich. »Ich schreibe hauptsächlich über Lokales. Zum Beispiel über Festivitäten, Theaterpremieren und Lokalpolitik.«

Für einen Moment starrte Marc nachdenklich auf den Jasmunder Bodden, auf dessen Wasser sich das Mondlicht spiegelte. Dann wandte er sich wieder mir zu.

»Bestimmt ein interessanter Beruf«, meinte er. »Wenn du morgens zur Arbeit gehst, weißt du nie, was dich erwartet.«

Nun wirkte er wieder völlig normal. Hatte ich mir das gerade vielleicht nur eingebildet?

»Ähm … ja, das stimmt. Obwohl manche Sitzungen und Schulaufführungen durchaus langweilig sein können. Auch die Arbeitszeiten sind oft unberechenbar. Mit meinen Kindern ist es nicht immer leicht, alles unter einen Hut zu bringen. Es gibt Tage, an denen ich das Gefühl habe, ich werde beiden Seiten nicht mal ansatzweise gerecht.«

»Du machst das bestimmt großartig«, erwiderte er mit solcher Überzeugung, dass ich es für einen Augenblick selbst glaubte.

»Danke«, hauchte ich. Entgegen meinem Vorsatz blickte ich nun doch einen Moment zu lange in diese warmen dunkelbraunen Augen und drohte mich in ihnen zu verlieren.

Marc räusperte sich. »Es ist spät geworden«, sagte er mit einem entschuldigenden Lächeln. »Ich gehe besser mal rein.«

Ich blickte auf die Uhr. Himmel, er hatte recht! Auch ich musste dringend ins Bett. Wir hatten uns total verquatscht. Die Zeit war wie im Flug vergangen. Auch wenn Marc aus vielerlei Gründen nicht als Partner für mich infrage kam, war es doch ganz nett, mich mit meinem Nachbarn angefreundet zu haben.

15. Kapitel

Peu à peu wurde auch ich ein Profi im Internet-Dating. Da Sven_Gropius sich nach wie vor nicht zurückgemeldet hatte, widmete ich mich notgedrungen anderen Kandidaten. Zugegeben, Svens indirekte Zurückweisung hatte mich ein wenig verletzt. Aber auch das sang- und klanglose Verschwinden vielversprechender Typen gehörte beim Internet-Dating wohl dazu. Das Treffen mit Florian hatte mir immerhin gezeigt, dass eine reine Online-Kommunikation auf Dauer nicht viel brachte. Auch weil sich nach ungefähr zwei Dutzend Kontaktaufnahmen bei den Nachrichten eine gewisse Routine einstellte. Irgendwann hatte man alle gängigen Fragen schon einmal gestellt bekommen, und die Versuchung war groß, frühere Antworten einfach erneut zu verwenden. Die Copy-and-paste-Funktion wurde zu einem treuen Begleiter.

Telefonate waren da schon besser. Aber auch hier absolvierte man das übliche Frage-und-Antwort-Spiel: »Wo bist du geboren? Magst du Sport? Was ist dein Lieblingsfilm? Welche Musik hörst du?« Solche Informationen erweckten die Illusion, man würde sich tatsächlich kennenlernen. Dazu hätte es jedoch ganz anderer Fragen bedurft: »Hast du Angst im Dunkeln? Was denkst du, wenn du in der Fußgängerzone an einem Obdachlosen vorbeigehst? Hast du als Kind geweint, als E.T. fast gestorben ist?« Manchmal konnte ich mir solche tiefergehenden Fragen nicht verkneifen. Aber meistens irritierte ich die Männer damit nur und bekam keine sinnvollen Antworten.

Zu weiteren Dates kam es nur drei Mal. Zum Beispiel mit dem Psychologen, den ich angeschrieben hatte. Doch bei allen drei Männern hatte es einfach nicht gefunkt. Ich konnte Monikas Dating-Frust so langsam nachvollziehen. Dass sich Liebe und sofortiges Glück übers Internet bestellen ließen, war wohl eine etwas blauäugige Wunschvorstellung gewesen.

*

Ich fuhr nach Sassnitz zu meinem nächsten Interviewtermin. Wieder einmal ging es um meine Reihe *Rügens stille Helden*. Doch ich war aus einem anderen Grund in allerbester Stimmung: Sven hatte mir zurückgeschrieben! Erneut hatte er eine lange und persönliche Nachricht verfasst, die deutlich machte, dass er sich meine Zeilen genau durchgelesen hatte. Zum Beispiel war er darauf eingegangen, dass bei unserem extragroßen Mensch-Ärgere-Dich-Nicht-Brettspiel noch Platz für einen weiteren Mitspieler war und er diese Position bei nächster Gelegenheit gerne übernehmen würde. Offenbar schreckte ihn meine Großfamilie nicht ab. Auch hatte er eine plausible Erklärung geliefert, weshalb er mich so lange auf eine Antwort hatte warten lassen: Er war nach einem Autounfall mit einer ziemlich üblen Kopfwunde, Prellungen und einer Gehirnerschütterung ins Krankenhaus gekommen. Das ließ ich als Entschuldigung gelten. Am meisten gefreut hatte ich mich über Svens Frage, ob ich mir ein Treffen mit ihm vorstellen könnte. Er hatte mir auch seine Handynummer geschickt, falls ich Lust hätte, ihn anzurufen. Natürlich hatte ich! Dazu brauchte ich jedoch etwas Ruhe, und jetzt musste ich erst einmal meinem Broterwerb nachgehen.

Heute würde ich ein ganzes Rettungsteam interviewen, nämlich die Besatzung der *Harro Koebke*. Ich musste im Hafen nicht lange suchen, bis ich den knapp siebenunddreißig Meter langen Seenotkreuzer entdeckte. Tatsächlich wurde ich schon erwartet, und der Vormann Finn Kohlmann begrüßte mich mit kräftigem Handschlag. Wie er mir erklärte, bestand sein Team aus elf fest angestellten und zwölf ehrenamtlichen Seenotrettern, von denen rund um die Uhr fünf einsatzbereit an Bord waren. Nach einer kurzen Führung legte das Schiff ab, und wir fuhren hinaus auf die Ostsee. Wie immer, wenn ich das sichere Festland hinter mir ließ, beschlich mich ein ungutes Gefühl, und in meinem Magen begann es zu rumoren. Aber ich hätte auf See wohl kaum sicherer sein können als auf einem Seenotkreuzer, oder? Ich konzentrierte mich wieder auf meinen Job und fragte Finn Kohlmann, welcher Einsatz ihr letzter gewesen war.

»Zwei Katamaransegler sind bei Juliusruh gekentert und haben rote Leuchtraketen gezündet«, berichtete er. »Das Seenotrettungsboot *Kurt Hoffmann* von der Station Glowe war zuerst vor Ort. Einer der Segler konnte schnell gerettet werden, doch der andere Schiffbrüchige war abgetrieben. Wir mussten einen Rettungshubschrauber anfordern. Die haben ihn schließlich gefunden und mit einer Seilwinde aufgenommen.«

Ich schluckte schwer. Eine ähnliche Geschichte hätte ich ihm ebenfalls erzählen können, allerdings mit negativem Ausgang. Doch ich verdrängte vehement die Erinnerungen, die mich jedes Mal auf dem offenen Meer einzuholen drohten. Jetzt war nicht die Zeit, um an Franks Tod zu denken!

»Das kling dramatisch«, sagte ich mit brüchiger Stimme. »Zum Glück ist alles gut gegangen. Wenn jemand über Bord geht, kann das ein schlimmes Ende nehmen.«

»Die meisten Einsätze verlaufen unspektakulär«, meinte er. »Oft müssen wir Schiffe abschleppen, weil sie manövrierunfähig sind. Aber natürlich gibt es auch Unfälle an Bord, bei denen Menschen schnell ärztliche Versorgung brauchen.«

Ich nickte und machte mir Notizen. Ausgerechnet heute zeigte sich die Ostsee von ihrer rauen Seite, und der Wellengang ließ den Seenotkreuzer hin und her schaukeln. Der diesige Horizont verschwamm mit dem hellen Grau des Meeres zu einem unendlichen Nichts. Das ungute Rumoren in meiner Magengegend verwandelte sich immer mehr in eine handfeste Übelkeit. Während die Besatzung der *Harro Koebke* eine Übung durchführte, um mir die Arbeit auf See zu demonstrieren, klammerte ich mich an der Reling fest und kämpfte damit, mein Frühstück bei mir zu behalten. Trotzdem schaffte ich es, ein paar Fotos zu schießen und den Männern meine Hochachtung auszusprechen.

»Großartig, was Sie hier leisten!«, krächzte ich und zwang mich zu einem Lächeln. »Natürlich werde ich in meinem Artikel auch einen Spendenaufruf machen, damit unsere Leser Ihre Arbeit unterstützen können.«

»Spenden sind immer willkommen!« Einer der Männer klopfte mir jovial auf die Schulter. »Aber seefest sind Sie ja nicht gerade, schöne Frau! Schon von ein paar leichten Wellen so grün im Gesicht zu werden …«

Ich hätte mich gerne bei ihm für das Kompliment bedankt, doch ich hielt meinen Mund lieber geschlossen. Mir war speiübel. Ich war heilfroh, als wir wieder anlegten und ich von Bord gehen konnte. Mit wackligen Beinen steuerte ich das nächstbeste Café im Hafen an, um meinen Magen mit einem warmen Tee zu beruhigen.

Nachdem es mir wieder besser ging, rief ich Monika an, um ihr von Svens Nachricht zu berichten. Doch meine Freundin war davon nicht so begeistert wie ich.

»Dass man im Krankenhaus war, kann ja jeder behaupten!«,

wandte sie skeptisch ein. »Wahrscheinlich hatte Sven eine andere Frau am Start. Doch da es mit der nichts geworden ist, meldet er sich wieder bei dir und erfindet irgendeine Ausrede.«

»Aber Sven hat mir sogar ein Beweisfoto geschickt, auf dem man ihn in einem Krankenhausbett mit Kopfwunde sieht.«

Das überzeugte Monika noch lange nicht. »Hat er dabei eine aktuelle Tageszeitung ins Bild gehalten?«, bohrte sie nach. »Wie auf den Fotos von Entführungsopfern? Die Aufnahme könnte auch von letztem Jahr sein.«

Ich musste schmunzeln. »So misstrauisch kenne ich dich gar nicht! Du scheinst ja in jedem Mann einen Lügner, Betrüger oder Lustmolch zu vermuten.«

»Weil das offenbar auch der Fall ist«, echauffierte sich Monika. »Mittlerweile sehe ich meine Dates in erster Linie als Einnahmequelle.«

»Wie bitte?«

»Ich bin dazu übergegangen, meine Date-Partner zu mir ins Gartencafé zu bestellen«, erklärte sie. »Damit sind sie gleichzeitig zahlende Kundschaft. Die Einnahmen trösten mich wenigstens über all die emotionalen Enttäuschungen hinweg. Das funktioniert aber auch nicht immer. Zum Beispiel hatte ich gestern ein Date mit Meeresbrise47 vereinbart. Doch er hat seinem luftigen Nickname alle Ehre gemacht und ist gar nicht erst zum Treffen erschienen.«

Ich trank einen Schluck Tee, doch mittlerweile war er fast kalt. Mit meinen insgesamt vier Dates lag ich weit hinter Monika zurück. Sie hatte fast jeden zweiten Tag eine Verabredung. »Das ist betriebswirtschaftlich zwar sinnvoll«, musste ich ihr recht geben, »aber es wäre grundsätzlich klüger, wenn du einfach eine bessere Vorauswahl triffst. Jetzt ist genau das passiert, was ich befürchtet habe: Du bist frustriert!«

Für einen Moment schwieg meine Freundin. »Vielleicht sollte ich tatsächlich langsamer machen«, lenkte sie schließlich ein. »Mal für ein paar Tage kein Date vereinbaren und an meiner Auswahltechnik arbeiten.«

»Das ist ein sehr guter Vorsatz!«, begrüßte ich ihre Entscheidung.

»Und was ist nun mit deinem Sven?«, knüpfte Monika wieder an unser ursprüngliches Thema an.

»Er hat mir seine Handynummer geschickt, und heute Abend rufe ich ihn an.« Ohne dass ich es wollte, fügte ich etwas leiser hinzu: »Und mit etwas Glück muss ich dann auch nie wieder an meinen Nachbarn denken.«

Zwar hatten wir uns seit unserem abendlichen Gespräch nicht mehr getroffen, aber das hinderte meine Gedanken leider nicht daran, sich mit Marc Müller zu beschäftigen. Doch jetzt hatte ich wieder Sven, von dem ich träumen konnte!

»Dein Nachbar? Dieser Marc, von dem du erzählt hast?« Monikas schlagartig erwachte Neugier war ihrer Stimme deutlich anzuhören. »Ohoooo!«, stieß sie vielsagend aus.

»Nix *›Ohooo‹!*«, wehrte ich sofort ab. »Zur Erinnerung, Monika: Ich suche einen zuverlässigen, bodenständigen Typen. Mein Traummann muss eine gute Vaterfigur für Hanna und Tom abgeben. Und mein Nachbar ist nichts davon«, erklärte ich ihr. »Marc ist Musiker, ungebunden, lebt in den Tag hinein und hat eine viel zu starke Wirkung auf Frauen. Wenn er mein Freund wäre, müsste ich ihm jedes Mal eine Papiertüte über den Kopf ziehen, wenn er ohne mich das Haus verlässt.« So ein Partner wäre mir auf Dauer wirklich zu anstrengend. Auch schienen wir selten einer Meinung zu sein. Selbst die Wahl des Radiosenders beim Frühstück würde zwischen Marc Müller und mir zu einer erbitterten Grundsatzdiskussion führen. »Wie Marc finanziell über die Runden kommt, ist mir ohnehin ein Rätsel. Für studierte Musiker aus Spanien liegen die Jobs nicht gerade auf der Straße. Außerdem fährt er Motorrad.« Um die Wichtigkeit dieser Aussage zu betonen, wiederholte ich noch einmal überdeutlich: *»Motorrad!«*

»Meine Güte, das geht ja überhaupt nicht!«, entgegnete meine Freundin übertrieben schockiert. »Und Motorradfahrer sind deshalb so schlimm, weil …?«

»Weil solche Männer die Gefahr lieben. Das sind Draufgänger«, erklärte ich ihr meine Theorie. »So jemand passt nicht zu mir. Das Leben ist schon gefährlich genug, da verschwende ich meine Liebe doch nicht an einen Mann, der kurz davorsteht, seine Organe zu spenden.« Ich schüttelte vehement den Kopf. »Ich mag nun mal Regeln, Sicherheit und Konstanz, auch wenn das in deinen Augen konservativ ist.«

»Als ich dich kennengelernt habe, warst du nicht so«, wandte Monika vorsichtig ein.

»Aber *jetzt* bin ich eben so, okay?«, gab ich gereizt zurück. Es war schließlich nicht meine Schuld, dass das Leben mich geprägt hatte.

Ich atmete tief durch und beruhigte mich wieder. »Ich gebe zu, dass ich mich ein wenig von Marc angezogen fühle«, erklärte ich Monika meine unbedachte Bemerkung. »Aber das sind nur meine niederen Brunftinstinkte. Als moderne Frau und Mutter habe ich die jedoch voll und ganz im Griff.«

Monika lachte unverhohlen. »Da wärst du nicht die Erste, die in diesem Punkt einem Irrtum erliegt.«

Darauf ging ich überhaupt nicht ein. Ich war mir meiner moralischen Standhaftigkeit sicher. »Ich konzentriere mich voll und ganz auf Sven, den bodenständigen Architekten! Marc steht nicht zur Diskussion.«

Damit war das Thema für mich endgültig erledigt. Doch es gab noch einen weiteren Grund, weshalb Marc für mich als Partner keine Sekunde lang infrage kam. Einen, der mit meiner Vergangenheit zu tun hatte. Aber dieser Zusammenhang war sehr viel schwieriger zu erklären, und ich ging nicht davon aus, dass Monika mein Problem wirklich nachvollziehen konnte. Dazu hätte sie meinen Vater kennen müssen.

16. Kapitel

Das Freizeichen ertönte. Einmal, zweimal … Oh Gott, mir rutschte gleich das Herz in die Hose! Hätte ich mir vielleicht eine Liste mit möglichen Gesprächsthemen machen sollen? Wenn ich Pech hatte, hatten Sven und ich uns überhaupt nichts zu …

»Sven Westermann«, meldete sich eine männliche Stimme am anderen Ende der Leitung. Sie klang voll und warm.

»Hallo, Sven. Hier ist Conny. Constanze Varga. Von *Einsame Herzen.*«

»Hallo, Conny! Ich habe gehofft, dass du es bist.« Er lachte leise. »Seit ich dir meine Nummer geschickt habe, beschleunigt sich mein Herzschlag jedes Mal, wenn es klingelt. Dieses Mal zum Glück zu Recht.«

Sven hatte auf meinen Anruf gewartet und gab es sogar unumwunden zu. Das nannte ich mal eine schöne Art der Begrüßung! Ich spürte, wie meine Anspannung nachließ.

»Wie geht es dir?«, fragte ich. »Ich meine, nach deinem Unfall.«

Er stieß einen Seufzer aus. »Der Schock sitzt mir ehrlich gesagt noch in den Gliedern. Der Morgen, an dem es passiert ist, begann ganz normal. Ich hatte im Kopf schon den ganzen Tag durchgeplant. Doch von einer Sekunde auf die andere hat sich alles geändert, und plötzlich lag ich im Krankenhaus. Nur weil ein Achtzehnjähriger ausprobieren wollte, wie dicht die Taktung der Ampeln in Stralsund ist.«

»Lass mich raten: Wenn die eine Ampel auf Rot schaltet, springt die andere recht zügig auf Grün?«

»Exakt! Das weiß er nun hoffentlich auch.«

Svens Bericht über den Unfall zerstreute auch meine letzten Zweifel daran, dass seine Geschichte stimmte. Monikas Verdacht, dass alle Männer bei *Einsame Herzen* Lügner und Betrüger waren, traf auf Sven jedenfalls nicht zu.

Er berichtete mir, dass sein Auto ein Totalschaden war, er jedoch noch keinen Ersatzwagen gestellt bekommen hatte. Deshalb war er nun fürs Erste mit dem Taxi unterwegs oder mit dem Fahrrad.

Das Stichwort Fahrrad ließ mich sofort aufhorchen. Nach meinem Erlebnis mit Florian wollte ich diesen Punkt frühzeitig abklären. »Fährst du viel Rad?«

Wie immer bei wichtigen Telefongesprächen stellte sich ein unstillbarer Bewegungsdrang bei mir ein. Mit dem Handy am Ohr lief ich im Zimmer umher.

»Nein, eigentlich nicht«, gab Sven zu. »Auch wenn es für die Umwelt und meine Gesundheit natürlich besser wäre. Ich bin nicht mal ein guter Radfahrer. Vielleicht kann ich ja ein paar Nachhilfestunden bei deinen Kindern nehmen? Die beiden fahren bestimmt gut Rad.«

Ein Teil meiner Anspannung kehrte zurück. Auch wenn Sven das nur locker dahingesagt hatte, gingen mir solche Anspielungen nach einem dreiminütigen Telefongespräch zu weit. Vielleicht war es mein natürlicher Schutzinstinkt als Mutter, der mich etwas kühl antworten ließ: »Mal sehen. Bis zu eurem Kennenlernen wirst du es vielleicht auch allein geschafft haben.«

Für einen Augenblick herrschte eine unangenehme Stille. Ich blieb vor einem der Erkerfenster stehen. Dicke Regentropfen platschten ans Glas und liefen wie Flüsse aus Tränen daran herab. Die grauen Wolken, die ich bei meinem Interview auf hoher See gesehen hatte, hatten Rügen mittlerweile fest im Griff. Kein Wunder, dass bei diesem Wetter der Balkon meines Nachbarn im Dunkeln lag.

»Entschuldige, wenn ich gerade eine Grenze überschritten habe!«, sagte Sven. »Mir ist schon klar, dass du deinen Kindern nicht jeden dahergelaufenen Kerl aus dem Internet umgehend vorstellst. Natürlich sollten wir beide uns erst einmal besser kennenlernen!«

Obwohl er keine eigenen Kinder hatte, schien Sven ein feines Gespür für die Gefühle einer Mutter zu haben. Ich atmete erleichtert auf. »Einverstanden! Wer fängt an?«

»Du«, gab er, ohne zu zögern, zurück. »Erzähl mir von dir! Wolltest du schon immer Journalistin werden?«

Also begann ich, Sven von meinem Leben zu erzählen. Er interessierte sich sehr dafür, dass David und ich in Prag aufgewachsen waren, da mein Vater Tscheche und meine Mutter ihm blind vor Liebe in seine Heimat gefolgt war. Bis heute wartete mein Vater auf seinen großen Durchbruch als Künstler und Bildhauer. Jahrelang hatte meine Mutter mit harter Arbeit für unseren Lebensunterhalt sorgen müssen, während mein Vater das freie Leben eines Künstlers genossen und vom großen Erfolg geträumt hatte. Gekümmert hatte er sich um David und mich nur selten. Dauernd hatte er in unserer kleinen Wohnung Künstlerfreunde beherbergt, und ich war zwischen Wodkagläsern, überfüllten Aschenbechern und philosophischen Gesprächen groß geworden. Keine Ahnung, wie meine Mutter das ausgehalten hatte! Wahrscheinlich fühlte ich deshalb bis heute eine innere Zerrissenheit: Ein Teil von mir sehnte sich nach Normalität und Beständigkeit, ein weitaus kleinerer Teil verlangte nach Freiheit und Rebellion. Als Jahre später die Multiple Sklerose meiner Mutter schlimmer geworden war, hatte sich mein Erzeuger einfach aus dem Staub gemacht. Daher hatte ich meiner Mutter angeboten, zu uns nach Usedom zu ziehen. Seither war mein Vater für mich endgültig gestorben. Er war eben ein Mistkerl durch und durch!

Sven dagegen war ein Einzelkind und in recht konservativen Verhältnissen aufgewachsen. Schon sein Vater war Architekt gewesen, und es stand außer Frage, dass Sven in seine Fußstapfen treten und das Architekturbüro übernehmen würde. Als ich Sven fragte, ob ihm nicht in den Sinn gekommen war, gegen diesen vorgeschriebenen Lebensweg aufzubegehren, gab er sich überrascht. Er war offenbar dankbar gewesen, dass er sich nach dem Abitur nicht mit der Entscheidung hatte quälen müssen, was er mit seinem Leben anstellen sollte. Somit war er nicht gerade ein kreativer Rebell. Aber dafür geradlinig, beständig und zielstrebig. Auch stellte er sich als ein äußerst guter Zuhörer heraus.

Sven scheute nicht davor zurück, mir von seiner gescheiterten Ehe zu berichten. Er hatte seine Frau Eva während des Studiums kennengelernt. Zusammen hatten sie das zwischenzeitlich recht altmodische Architekturbüro von Svens Vater übernommen. Evas Stärke und ihr Hunger nach Erfolg hatten Sven vom ersten Augenblick an fasziniert, und genau diese Eigenschaften verhalfen dem Architekturbüro zu neuer Blüte. Dank professioneller Arbeit und innovativer Entwürfe genoss ihre Firma mittlerweile einen exzellenten Ruf, berichtete Sven. Doch er hatte sich immer mehr nach Kindern gesehnt und wollte mit Eva endlich eine Familie gründen. Sie dagegen war zu dem Entschluss gelangt, dass Kinder nicht in ihr karriereorientiertes Leben passten und sie lieber darauf verzichten wollte. Das Thema war immer mehr zum Streitpunkt zwischen ihnen geworden, bis sie sich schließlich freundschaftlich voneinander getrennt hatten. Freundschaftlich aber mit einer ordentlichen Prise Enttäuschung und Frust, ergänzte Sven zähneknirschend.

Da ich gerne Mutter war und mir ein Leben ohne meine beiden Zwerge nicht vorstellen konnte, fiel es mir nicht schwer, Partei für Sven zu ergreifen. Doch nicht nur in Sachen Familie lagen Sven und ich voll und ganz auf einer Wellenlänge. Wir telefonierten über eine Stunde miteinander und unterhielten uns über unseren Alltag, gemeinsame Interessen und unsere Vergangenheit.

Nachdem wir uns voneinander verabschiedet und aufgelegt hatten, musste ich an mich halten, nicht die Musik aufzudrehen und durchs Zimmer zu tanzen! Sven hatte mich gefragt, ob ich Lust hätte, mich am Sonntagabend mit ihm zu treffen und essen zu gehen. Ich hatte sofort zugesagt, obwohl ich nicht einmal wusste, ob ich einen Babysitter für Hanna und Tom auftreiben konnte. Aber das würde ich schon irgendwie hinbekommen! Da Sven momentan nicht mobil war, würde ich zu ihm nach Stralsund fahren. Wenn er seinem Profilbild auch nur annähernd ähnlich sah, würde es ein fantastisches Date werden!

*

Der Samstagmorgen begann sonnig. Die Regenwolken hatten sich verzogen, und der Sommer war zurückgekehrt. Vergnügt saß ich mit meiner Familie am Frühstückstisch, während die anderen ihre Pläne für den Tag besprachen. Meine Mutter und Oma Trudi wollten sich um den Garten kümmern und endlich ihr geplantes Gemüsebeet anlegen. Sie meinten, dass man jetzt noch sehr gut Feldsalat, Blumenkohl, Bohnen und Winterzwiebeln aussäen konnte.

Die Gelegenheit war günstig, mein Babysitter-Problem für den nächsten Abend anzusprechen. Ich beschloss, mit offenen Karten zu spielen. Es war wohl an der Zeit, die Familie in meine Partnersuche einzuweihen. »Könnte bitte jemand von euch morgen Abend auf Hanna und Tom aufpassen? Ich habe nämlich ein Date in Stralsund.«

Augenblicklich herrschte Stille am Tisch. Meine Mutter war die Erste, die das Wort ergriff. »Ein Date?«, hakte sie nach. »Mit einem Mann?«

Ich verdrehte die Augen. »Natürlich mit einem Mann, Mama! Oder glaubst du, ich stehe urplötzlich auf Frauen?«

»Nein, eigentlich nicht«, räumte sie ein. Gleich darauf hob sie den Zeigefinger. »Aber nur damit du es weißt: Ich hätte kein Problem damit. Jeder wie er will, das ist mein Motto!«

»Gut zu wissen«, murmelte ich. Ihre tolerante Einstellung war zwar löblich, aber ich hatte mir eine etwas andere Reaktion auf meine Offenbarung erhofft.

»Ich finde, das ist eine großartige Idee, Conny«, meinte David. Mein Bruder nickte mir lächelnd zu. »Wenn du mich fragst, war das längst überfällig. Du hast es verdient, einen neuen Partner zu finden und wieder glücklich zu sein. Natürlich kannst du jederzeit auf mich als Babysitter zählen.«

Ich strahlte ihn an. »Lieb von dir, vielen Dank!«

Mit leichter Verunsicherung sah ich zu meinen Kindern. Toms Stirn hatte sich in Falten gelegt, als würde er angestrengt über die Situation nachdenken. »Dann suchst du jetzt einen neuen Papa für uns?«

Vehement schüttelte ich den Kopf. »Nein, keine Sorge. Frank wird immer euer Papa bleiben. Ihn kann und soll niemand ersetzen. Für euch beide wird sich fürs Erste überhaupt nichts ändern.« Mit entschlossenem Blick schaute ich von Tom zu Hanna. »Im Augenblick betrifft das nur mich. Ich möchte einfach nicht mehr so allein sein. Auch Erwachsene brauchen manchmal jemanden, der sie in den Arm nimmt.«

»Ich kann dich in den Arm nehmen, Mama!«, bot Tom sofort an.

Ich grinste. »Ich liebe deine Umarmungen, mein Schatz! Aber manchmal möchte ich eben von einem anderen Erwachsenen in den Arm genommen werden. Das ist wie bei deinem Onkel David. Er war eigentlich glücklich, aber als er letztes Jahr Ariane kennengelernt hat, wurde er noch ein bisschen glücklicher. Genau das wünsche ich mir auch. Und du magst Ariane doch, oder?«

David griff nach Arianes Hand, und die beiden tauschten einen verliebten Blick aus. Der Vergleich schien Tom einzuleuchten. Ich hatte Glück, dass er Ariane letztes Jahr sofort ins Herz geschlossen hatte.

»Okay«, meinte er. »Wenn du einen Mann wie Ariane findest, dann mag ich ihn.«

Alle am Tisch lachten. Doch mir war nicht entgangen, dass Hanna bisher kein Wort gesagt hatte. Auch ihrer Miene war nicht zu entnehmen, was in ihr vorging. »Ist das für dich okay, Hanna?«

Sie schob mit dem Zeigefinger die Brille zurück, die ihr auf die Nasenspitze gerutscht war. Dann zuckte sie mit den Schultern. »Ich glaub schon. Wenn du versprichst, dass du keinen Mann nimmst, den wir nicht leiden können!«

Ich hob die Hand zum Schwur. »Versprochen! Wenn ich jemanden kennenlernen sollte, mit dem es mir ernst ist, stelle ich ihn euch vor, und ihr dürft euch selbst eine Meinung bilden.«

Sie nickte zaghaft, als wäre sie nicht sicher, ob ich mein Versprechen auch wirklich einhalten würde. »Okay.«

»Aber bisher war ich ohnehin nicht sonderlich erfolgreich«, fügte ich hinzu, um sie ein wenig zu beruhigen. »Ich hoffe, das Date morgen Abend wird besser als die davor. In meinem Alter einen passenden Mann zu finden ist gar nicht so einfach.«

Hanna nahm sich mein Problem zu Herzen. »Mach es doch wie die Ameisenigel«, schlug sie vor. »In der Paarungszeit stößt das Weibchen Pheromone aus, und daraufhin folgen ihr alle interessierten Männchen. Wie bei einer Karawane laufen sie dem Weibchen hinterher, manchmal wochenlang. Irgendwann bleibt das Weibchen stehen, und ein Paarungsgraben wird ausgehoben. Dort drin kämpfen die Männchen wie Gladiatoren um das Weibchen, bis ein Sieger ermittelt wird.«

Bestimmt stammte das aus dem Fortpflanzungsbuch von David, das auch schon dazu geführt hatte, dass sie Tom in der Gästetoilette eingesperrt hatte. Für einen kurzen Moment erlaubte ich mir die Vorstellung, wie ich von einer Schar gut aussehender Männer verfolgt wurde, die mit ölig schimmernden Muskeln einen Ringkampf um mich ausfochten. »Leider weiß ich nicht, wie man Pheromone ausstößt«, sagte ich bedauernd. »Meine Männer-Karawane wäre somit relativ kurz.«

»Jetzt sei mal nicht so negativ, Mädchen!«, rügte mich Oma Trudi, die wie immer neben mir saß. »Nur selbstbewusste Frauen wirken attraktiv. Sieh dir mich an!«

Meine Mutter ächzte und verdrehte die Augen. »Herrje, Mama!«

»Vielleicht ist diese Taktik auch nix für Menschen«, räumte Hanna ein. »Der männliche Ameisenigel, der gewonnen hat, steckt sein Geschlechtsteil nämlich in die Kloake.«

Angewidert verzogen alle das Gesicht. Vielleicht war ich etwas verklemmt, aber ich fand es befremdlich, dass meine Tochter so nüchtern und selbstverständlich über Sex sprach – selbst wenn es sich um einen tierischen Geschlechtsakt handelte. Dieses vermaledeite Buch!

»Wieso denn in die Kloake?«, fragte meine Mutter angeekelt.

Hanna seufzte. »So heißt das Geschlechtsteil des weiblichen Ameisenigels.« Sie sah uns nacheinander vorwurfsvoll an. »Wisst ihr denn überhaupt nichts?«

»Also ich habe es gewusst«, verteidigte David seine Ehre als Oberklugscheißer.

Tja, so war das eben, wenn man von belesenen Intellektuellen umgeben war: Sie ließen keine Gelegenheit aus, die anderen dumm dastehen zu lassen. In diesem Moment flog von irgendwoher ein Milchbrötchen an Davids Stirn. Er fluchte und nahm aus mir unerfindlichen Gründen sofort Oma Trudi und mich ins Visier. Wir bemühten uns beide um unschuldige Mienen. Manchmal mussten Großmütter und Enkeltöchter eben zusammenhalten!

★

An diesem Abend veranstalteten wir ein Grillfest im Garten und luden unsere Umzugshelfer dazu ein. Jutta brachte ihren Sohn Jonas und ihren Mann Mattes mit. Mattes war ein freundlicher und bodenständiger Rügener, der uns sofort dabei half, die Bierbänke aus dem Schuppen zu holen und aufzubauen. Sophie kam mit ihrem Mann Ole, der Segellehrer war. Die zwei Männer standen den ganzen Abend über zusammen mit David am Grill und palaverten über Schiffe, Autos und Motorstärken. Sophies Schwester Jule und ihr Mann Markus hatten leider keine Zeit, weil sie eine Veranstaltung im Schlosshotel betreuen mussten. Dafür erschien Shanti-Gertrud, die wieder einen dieser hässlichen Mehlsäcke trug. Sie setzte sich sofort zu meiner

Mutter und berichtete ihr von der Rollstuhlrampe, die sie an ihrem Hauseingang hatte anbringen lassen. Die beiden waren ungefähr im gleichen Alter, und ich fragte mich, ob daraus vielleicht eine Freundschaft entstehen konnte. Meine Mutter war tolerant und weltoffen genug, um sich durch ein schräges Aussehen nicht abschrecken zu lassen. Während des Grillfests ertappte ich mich dabei, wie ich zum Balkon unseres Nachbarn hinaufblickte. Doch von Marc war nichts zu sehen. Ob er ausgegangen war? Immerhin war es Samstagabend, und natürlich hatte er ein Leben, das sich abseits seines Balkons abspielte. Trotzdem war ich ein wenig enttäuscht. Womöglich hätte ich genügend Mut aufgebracht, ihn zu unserem Fest zu bitten?

Ich saß den Abend über zwischen Ariane, Jutta und Sophie und genoss unsere lockere Frauenrunde. Sophie war auf ihren Mann heute nicht besonders gut zu sprechen. »Da dachte ich, ich hätte den besten Mann auf der Welt geheiratet«, beschwerte sie sich gerade. »Und dann muss ich feststellen, dass Ole auch jede Menge Fehler hat.«

»Was ist denn passiert?«, fragte ich neugierig.

»Wir hatten einen Wasserrohrbruch in der Küche, und Ole meinte, wir sollten die Gelegenheit nutzen und endlich renovieren. Also haben wir alles ausgeräumt, und Ole hat mit großer Begeisterung die alte Küche rausgerissen. Samt Wand- und Bodenfliesen.« Sie sah zu ihrem Mann am Grill hinüber und knirschte hörbar mit den Zähnen. »Das war vor *drei* Wochen! Seither ist überhaupt nichts mehr passiert. Wir leben im Dreck und essen jeden Tag bei meiner Schwiegermutter.«

Ihre Geschichte erinnerte mich fatal an einen ähnlichen Vorfall mit meinem Mann Frank. Ich nickte wissend. »Und was ist seine Ausrede?«

»Zu viel andere Arbeit.« Sophie stieß einen tiefen Seufzer aus.

»Eigentlich ist es gar keine Ausrede. Jetzt in der Hochsaison gibt er tatsächlich einen Segelkurs nach dem anderen. Aber dann hätte er eben nicht gleich die ganze Küche rausreißen sollen, Himmel noch mal! Jetzt steht unser Kühlschrank im Wohnzimmer neben dem Sofa, und wenn ich einen Kaffee möchte, muss ich auf die Gästetoilette, weil sich dort unsere Kaffeemaschine befindet.«

Ariane kicherte. »Das ist doch eigentlich praktisch. Beim Fernsehen kann Ole sich im Sitzen das nächste Bier aus dem Kühlschrank holen, und wenn nach dem Morgenkaffee die Verdauung einsetzt, ist man auch schon am richtigen Ort.«

»Ich finde das nur gerecht«, meinte nun auch Jutta. »Eure perfekte überglückliche Beziehung war für unsereins ja kaum noch zu ertragen. Jetzt hast du eben festgestellt, dass dein Ole auch nur ein Normalsterblicher ist. Wieso sollte es dir besser ergehen als uns anderen Frauen?«

»Na danke!« Sophie verschränkte die Arme vor der Brust, doch sie schien nicht wirklich sauer zu sein. Um ihre Mundwinkel zuckte ein Lächeln. »Tolle Freundinnen seid ihr.«

Ich grinste. »Ich würde dir ja gerne meine Hilfe anbieten, aber ich kann keine Fliesen verlegen.«

»Ich auch nicht«, sagte Ariane bedauernd.

Jutta streckte den Rücken durch. »Ich kann Fliesen verlegen, Mädels«, verkündete sie stolz. »Hättet ihr nicht gedacht, oder? Nur leider habe ich keine Zeit.« Sie biss sich auf die Unterlippe und sah Sophie entschuldigend an. »Ich habe dieses Jahr doch die Organisation des Sanddornfests in Glowe übernommen. Das ist mehr Arbeit, als ich gedacht habe.«

Sophie winkte ab. »Kein Problem! Ich wäre ohnehin vor schlechtem Gewissen gestorben, wenn du in unserer Küche auf den Knien herumgerutscht wärst und diese anstrengende Arbeit gemacht hättest. Ole und ich werden das schon irgendwie schaffen! Und zeichnet sich eine gute Beziehung nicht auch dadurch aus, dass man solche Herausforderungen gemeinsam meistert?«

»Das ist die richtige Einstellung«, lobte ich sie.

»Apropos Sanddornfest …« Jutta blickte in die Runde. »Hättet ihr Lust, euch ein wenig für das Dorf zu engagieren? Das Fest ist schon in ein paar Wochen, und ich suche noch dringend Helfer. Besonders am Festwochenende für den Getränkestand. Aber auch jede andere Hilfe ist willkommen.«

Ariane stöhnte auf. »Das war so klar! Als du mir gesagt hast, dass du die Organisation übernimmst, wusste ich schon, dass ich am Ende helfen muss.«

Jutta streckte ihr die Zunge raus. »Ich will nur verhindern, dass du zu viel auf deinem Hintern hockst und träge wirst, Schwesterherz!«

»Also ich mache gern mit«, bot ich Jutta meine Hilfe an.

Sie drückte mich an sich. »Auf dich ist eben Verlass, Conny! Das wusste ich schon vom ersten Moment an. Du bist nicht wie diese zwei treulosen Tomaten auf der anderen Tischseite.«

»Hast du das gehört? Kaum hat sie jemand Neues zum Ausbeuten gefunden, werde *ich* als treulose Tomate bezeichnet«, beschwerte Sophie sich kopfschüttelnd bei Ariane.

»Das macht Jutta mit Absicht. Damit wir uns noch mehr Mühe geben«, erklärte Ariane die Taktik ihrer Schwester.

Schließlich gaben die beiden sich jedoch geschlagen. So kam es, dass ich mich plötzlich zusammen mit einer Gruppe von Freundinnen inmitten der Planung eines Dorffestes wiederfand, obwohl ich gerade erst nach Rügen gezogen war.

17. Kapitel

Die Stadt Stralsund verzauberte mich mit ihrer Schönheit bei jedem Besuch aufs Neue. Mein Auto hatte ich in der Nähe des Ozeaneums abgestellt, und auf meinem Weg passierte ich eine Reihe von Booten, die in den Kanälen angelegt hatten. Sven hatte mich zum Knieperteich bestellt, weshalb ich quer durch die Altstadt laufen musste. Er hatte mir sogar über GoogleMaps die Koordinaten aufs Handy geschickt, damit ich ihn nicht verfehlen konnte. Es war weiter, als ich ursprünglich gedacht hatte, und es wäre wohl klüger gewesen, mir ein näher gelegenes Parkhaus zu suchen. Ich stöckelte in meinen schicken roten Riemchensandalen im Eilschritt vorwärts. Die Schuhe passten perfekt zu meinem knielangen Sommerkleid mit Mohnblumenaufdruck. In aller Eile hatte ich mir vorher noch die Fingernägel in einem ebenfalls passenden Rotton lackiert. Leider war ich nicht besonders gut darin, in hohen Schuhen schnell zu laufen. Zumal ich ständig mit dem Absatz in den Ritzen zwischen dem Kopfsteinpflaster hängenblieb. Das kehrte den gewünschten Effekt von hohen Schuhen ins Gegenteil um. Statt anmutig wie eine Gazelle voranzuschreiten, kippte ich alle paar Meter wie ein besoffener Karnevals-Transvestit zur Seite, warf die Arme in die Höhe und stieß ein panisches »Huch!« aus. Blödes Kopfsteinpflaster!

Mittlerweile war ich schon acht Minuten zu spät. Mehrmals wischte ich mir im Gehen die Hände an meinem Sommerkleid ab, um Sven nicht mit einer klebrig feuchten Handfläche zu begrüßen. Sollte ich ihm überhaupt die Hand geben? War das zu förmlich? Eine herzliche Umarmung fand ich wiederum übertrieben. Schließlich sahen wir uns zum ersten Mal. Oder sollte ich ihm zur Begrüßung lächelnd zunicken? Gott, war diese Dating-Sache kompliziert! Durch die Singlebörse kannte man sich bei der ersten Begegnung irgendwie schon recht gut, war sich aber gleichzeitig auch fremd.

»Conny?«, rief eine männliche Stimme aus einiger Entfernung.

Leider war ich so auf die GoogleMaps-Karte fixiert gewesen, dass ich meine Umgebung überhaupt nicht richtig wahrgenommen hatte. Das grüne, baumbestandene Ufer des Knieperteichs war tatsächlich schon in Sichtweite. Von dort kam ein Mann in dunkelblauen Hosen und weißem Hemd auf mich zu. Sein beigefarbenes Sakko harmonierte perfekt mit der goldumrandeten Brille und den hellen, kurz geschnittenen Haaren. Ich erkannte ihn sofort.

»Sven«, entfuhr es mir perplex. »Mit dir habe ich noch gar nicht gerechnet.«

Er blieb direkt vor mir stehen und betrachtete mich lächelnd. Obwohl ich nicht gerade klein geraten war und hohe Schuhe trug, musste ich zu ihm aufblicken, da er mit seinen 1,96 Metern außergewöhnlich groß war. Auf der rechten Seite seiner Stirn klebte ein Pflaster, was die Geschichte über den Autounfall untermauerte.

»Ich konnte es nicht erwarten und bin dir entgegengelaufen. Bitte entschuldige!« Er gab mir die Hand. »Ich freue mich sehr, dich endlich kennenzulernen, Constanze.«

Er hauchte mir einen kaum spürbaren Kuss auf die Wange. Der angenehme Duft eines erlesenen Aftershaves stieg mir in die Nase. Damit hatte Sven das Problem, wie wir uns begrüßen sollten, souverän gelöst.

»Die Freude ist ganz meinerseits«, gab ich zurück.

Er trat wieder einen Schritt zurück und lächelte mich an. »Ich habe den Tisch im Restaurant erst für zwanzig Uhr reserviert. Wenn es dir recht ist, beginnen wir unseren gemeinsamen Abend mit einem Glas Champagner am Ufer des Knieperteichs?« Er hob demonstrativ einen Picknickkorb in die Höhe.

Ich nickte erfreut. »Gerne!«

Etwas Alkohol in lockerer Atmosphäre konnte nicht schaden, denn genau wie ich wirkte Sven ein wenig angespannt. Bisher erfüllte er meine Erwartungen jedoch voll und ganz, auch optisch. Er hatte schöne Augen, eine markante Kinnpartie und ein sympathisches Lächeln. Mit seiner Körpergröße zählte er eher zu den dünnen, athletischen Typen. Besonders gefiel mir jedoch, dass Sven sich Gedanken um unser Treffen gemacht und den Abend im Voraus geplant hatte.

»Darf ich bitten?« Sven streckte mir seinen freien Arm hin, damit ich mich einhaken konnte.

Wir gelangten in eine Parkanlage, die direkt ans Ufer des weitläufigen Teichs grenzte. Die Wiesen, der alte Baumbestand und das rauschende Schilfgras ließen mich fast vergessen, dass ich mich mitten in der Stadt befand. Zwei romantische weiße Holzbrücken führten über den Teich, und ähnlich wie an der Hamburger Binnenalster gab es eine Wasserfontäne. Sven zauberte eine Decke aus dem Picknickkorb und legte sie über das Gras, damit wir uns setzen konnten. Nachdem er uns zwei Gläser Champagner eingeschenkt hatte, prosteten wir uns zu.

»Auf einen schönen Abend, Conny!«

Ich trank einen Schluck und genoss das leichte Prickeln des Champagners. »Eine wundervolle Idee, Sven. Mir ist bei meinen bisherigen Besuchen gar nicht aufgefallen, dass Stralsund so einen schönen Teich hat. «

»Wir haben sogar mehrere Stadtteiche. Die Altstadt wird von ihnen eingerahmt«, erzählte er. »Die Teiche wurden im 18. Jahrhundert angelegt. Zum Schutz gegen Angreifer und zur besseren Verteidigung. Heutzutage sind sie ein Ort der Erholung. An schönen Sommertagen ist hier mächtig was los.«

Auch heute genossen die Städter das idyllische Plätzchen. Manche lagen entspannt auf der Wiese herum, andere unterhielten sich oder lasen ein Buch. Ich schaute einem jungen Pärchen zu, das sich ein Boot gemietet hatte und in geruhsamem Tempo über den Teich ruderte, dicht gefolgt von einer schnatternden Entenfamilie.

»Hast du schon viele Internetbekanntschaften hierher entführt?«, fragte ich in neckendem Tonfall.

Sven lachte. »Du meinst, ob das meine übliche Tour ist? Nein, in diesem Punkt kann ich dich beruhigen. Du bist tatsächlich mein erstes Date, seit ich mich bei diesem Portal angemeldet habe.« Er neigte fragend den Kopf. »Und wie sieht es bei dir aus? Wahrscheinlich bist du mir schon um einiges voraus.«

»Das würde ich nicht gerade behaupten.« Ich trank noch einen Schluck. »Auf alle Fälle kann ich ohne Übertreibung sagen, dass dies mein bisher bestes Date ist.«

»Das höre ich gerne!« Sven atmete hörbar auf. »Du überlegst also nicht gerade, wie du so schnell wie möglich die Flucht vor mir ergreifen kannst?«

»Das habe ich nicht gesagt.« Ich grinste. »Ich werde einfach abwarten, bis das Pärchen auf dem Boot an uns vorbeirudert, und dann mit ihrer Hilfe auf dem Wasserweg fliehen.«

Sven wandte den Kopf und suchte den Teich nach dem Ruderboot ab. Er winkte ab. »Ach, die sind gerade ziemlich weit weg! Dann bleibt mir noch ein bisschen Zeit, um dich von mir zu überzeugen.«

Seine Antwort zeigte, dass er Ironie verstand. Ein gutes Zeichen! Er beugte sich vor, um mir nachzuschenken. »Darf ich sagen, dass du in der Realität noch bezaubernder bist?«

»Vielen Dank! Das Kompliment gebe ich gern zurück. Ohne die Lametta-Perücke siehst du viel besser aus.«

»Gut, dass ich sie nicht übergezogen habe! Ich war schon in Versuchung.«

So plauderten wir weiter, bis Sven mich fragte, ob ich vor dem Essen noch Lust auf eine Stadtführung hätte. Das hatte ich. Also packten wir zusammen, und er führte mich an den Resten der Stadtmauer vorbei zu den beiden gut erhaltenen Stadttoren. In der Altstadt machten wir an beeindruckenden Gebäuden und aufwendig restaurierten Giebelhäusern halt.

»Im 14. und 15. Jahrhundert zählte Stralsund zu den wichtigsten Hansestädten«, erzählte Sven. »Aus dieser Zeit stammen auch die meisten Sakralbauten und Bürgerhäuser im Stil der Backsteingotik. Aus der späteren Schwedenzeit gibt es auch noch Gebäude, wie das Commandantenhus am Alten Markt.«

Beim Betrachten der Bauten kam seine Leidenschaft für Architektur zum Vorschein. Mit funkelnden Augen wies er mich auf Dinge hin, die mir sonst nie aufgefallen wären. Auch bei unserem letzten Stopp, dem Stralsunder Rathaus. Laut Sven gehörte es zu den schönsten Profanbauten der norddeutschen Backsteingotik.

»Angeblich haben die Lübecker über die Schmuckfassade des Rathauses gelästert: »Dat Strolsunner Rothus is as sine Kinner: hoch hinaus un nix dorhinner!«

Tatsächlich konnte ich im oberen Teil des Gebäudes durch die Fenster keine Zimmer, sondern den Himmel sehen. »Ganz unrecht haben sie ja nicht. Der obere Teil der Fassade ist wie eine wunderschöne Filmkulisse. Mehr Schein als Sein.«

»Zum Glück kann man das von dir nicht behaupten«, meinte Sven und warf mir einen bewundernden Blick zu, sodass eine angenehme Hitze in mir aufstieg.

Ehe ich auf sein Kompliment reagieren konnte, klatschte Sven schon aufbruchslustig in die Hände. »So, jetzt habe ich dich aber genug mit Architektur gelangweilt. Dann gehen wir mal essen!«

Sven hatte ein ziemlich schickes Restaurant ausgesucht. In meinem legeren Sommerkleid fühlte ich mich etwas fehl am Platz. Er hätte mich ruhig vorwarnen können, dass wir in ein gehobenes Etablissement gehen würden! Doch Sven meinte, bei meinem Aussehen und meiner umwerfenden Ausstrahlung würde überhaupt niemand auf mein Kleid achten. Mit Komplimenten ging er offenbar nicht sparsam um. Doch da ich als Witwe und alleinerziehende Mutter in diesem Punkt ein kleines Defizit aufzuweisen hatte, beschwerte ich mich nicht.

Beim Bestellen tat er allerdings etwas, das mir ein wenig missfiel. Bevor ich überhaupt den Mund aufmachen konnte, teilte Sven dem Ober nämlich schon mit, dass wir beide einen Weißwein und zwei Mal die Spezialität des Hauses nehmen würden: gebratenes Filet vom Ostseelachs mit Bohnen im Speckmantel, gerösteten Mandelblättchen und Karamellkartoffeln. Ohne mich vorher gefragt zu haben.

»Sehr wohl!« Der Ober nickte und nahm uns die Speisekarten ab.

Sven wandte sich an mich. »Ich hoffe, das ist in deinem Sinn! In deinem Profil hast du angegeben, dass du das gerne isst. Der Lachs ist hier ein Gedicht.«

»Ähm … Ja. Okay«, gab ich zerknirscht zurück. Beim Studieren der Karte war mir eigentlich der gebackene Kürbis mit Kräuterpesto ins Auge gefallen, und mein Magen hatte umgehend mit einem zustimmenden Knurren reagiert. Leider war ich zu feige, um Sven die Wahrheit zu sagen. Das hätte wahrscheinlich die gute Stimmung zwischen uns ruiniert. Ich musste es positiv sehen: So lief ich wenigstens nicht Gefahr, nach dem Essen Pestostückchen zwischen den Zähnen zu haben. Und hatte ich nicht nach einem Mann gesucht, der stark und entschlossen war?

Der Ostseelachs war in der Tat köstlich. Mit dem Wein hielt ich mich allerdings zurück, da ich noch heimfahren musste. Sven verhielt sich ansonsten tadellos: Er textete mich nicht zu, war aber auch nicht schweigsam und zeigte sich interessiert an meinem Leben. Kein einziges Mal zog er sein Handy hervor, um einen Blick darauf zu werfen. Auch machte er keine zweideutigen Anspielungen, die unsere Unterhaltung in eine sexuelle Richtung gelenkt hätten. Alles war perfekt! Nur einmal kam unser Gespräch etwas ins Stocken, als er mich nach Franks Tod fragte. Ich nahm ihm die Frage nicht übel, aber ich spürte eine Art inneren Widerstand, gleich bei unserem ersten Date darüber zu sprechen. Nach kurzem Zögern antwortete ich deshalb knapp: »Er starb bei einem tragischen Unfall auf See.«

Sven schien den Wink mit dem Zaunpfahl zu verstehen und bohrte nicht weiter nach.

Als er nach dem Essen kurz zur Toilette ging, checkte ich mein Handy. Ich hatte einige Nachrichten bekommen. Größtenteils waren es neugierige Nachfragen, wie mein Date-Abend verlief. Natürlich zuallererst von Monika. Sogar meine Mutter hatte mir geschrieben, obwohl sie eher selten zum Handy griff. Wahrscheinlich hatte sie vorher noch den Staub von ihrem Display gepustet, ehe sie knapp fragte: »Und? Wie ist er?«

Nicht einmal von meinem Bruder war ich verschont geblieben. Er schrieb mir jedoch in Oma Trudis Auftrag. Meine Großmutter hielt den fremden Kerl aus dem Internet offenbar für einen potenziellen Serienkiller und wollte wissen, ob ich noch lebte. Ich antwortete umgehend: »Nein.«

Die letzte WhatsApp-Nachricht, die ich öffnete, stammte von Ariane. »Stell dir vor: Unser Nachbar ist gerade vorbeigekommen – mit Brot, Salz und Butter. Marc meinte, du hättest diese Kombination empfohlen. Wieso hast du uns nichts von ihm erzählt? Bitte entschuldige meine Neugier, aber läuft da was zwischen euch?«

Ich war baff. Marc hatte sich meiner Familie tatsächlich offiziell vorgestellt? Zwar hatte er seinen Besuch mir gegenüber angekündigt, aber irgendwie hatte ich nicht damit gerechnet, dass er sein Vorhaben in die Tat umsetzen würde.

Ariane hatte mir noch weitere Nachrichten geschickt, um mich über die Geschehnisse auf dem Laufenden zu halten: »Gott, ist der süß! Und dann auch noch Musiker. Da bedauert man ja direkt, dass man schon vergeben ist … Kein Wunder, dass du ihn vor uns versteckt hast!«

Ich schnappte nach Luft. Das stimmte doch überhaupt nicht! Ich hatte Marc überhaupt nicht vor ihnen versteckt. Sondern lediglich im Zuge guter Nachbarschaft seine Privatsphäre gewahrt.

Arianes letzte Nachricht war vor etwa zwei Stunden eingetroffen: »Ups! Ich habe wohl etwas zu sehr geschmachtet. David ist tatsächlich eifersüchtig geworden. Er lässt meine Hand gar nicht mehr los – noch nicht mal beim Essen.«

Ein eifersüchtiger David? Offenbar kratzte Marc Müller an seinem Ego. Ich musste grinsen. Moment mal … Wieso denn beim Essen? Bedeutete das etwa, dass Marcs Nachbarschaftsbesuch länger gedauert hatte? Das wollte ich genauer wissen!

Ich sah mich schnell im Restaurant um, ob von Sven schon

etwas zu sehen war, dann schickte ich an Ariane die Frage: »Marc ist zum Essen geblieben?«

Zum Glück schrieb sie mir sofort zurück: »Marc meinte, es sei Brauch, die mitgebrachten Lebensmittel gemeinsam zu essen. Das hättest du ihm erzählt. Er hat ohnehin viel über dich gesprochen. ;-)«

Meine Wangen begannen zu glühen. Die unterschiedlichsten Emotionen wirbelten in meinem Inneren umher. Ich fühlte mich wie auf frischer Tat ertappt. Nur weil ich meiner Familie nichts von Marc erzählt hatte? Als Journalistin sprach ich täglich mit unzähligen Menschen, von denen ich meiner Familie ebenfalls nichts erzählte. Und wieso musste Marc eigentlich ausgerechnet an dem Abend, an dem ich mein Date mit Sven hatte, bei meiner Familie vorbeischauen? Er hatte doch bestimmt bemerkt, dass mein Auto nicht vor dem Haus stand. Mein gelber Pick-up war schließlich nicht zu übersehen. Ging er mir etwa aus dem Weg? Wäre ich daheim gewesen, hätte ich wenigstens sofort einige Dinge richtigstellen können, damit meine Familie nicht gleich allerlei wilde Vermutungen anstellte. Dann gab es noch diesen einen Satz in Arianes Nachricht, der mich nicht losließ und ein leichtes Kribbeln in meinem Bauch verursachte: »Marc hat ohnehin viel über dich gesprochen.«

»Schlechte Nachrichten?« Svens Stimme riss mich aus meinen Gedanken. Er hatte sich wieder zu mir gesetzt und blickte mich besorgt an. »Du starrst so brütend auf dein Handy.«

Erneut fühlte ich mich ertappt, dieses Mal jedoch zu Recht. Schließlich hatte ich an Marc gedacht.

»Nein, nein. Alles okay!« Hastig steckte ich das Handy weg. Am liebsten wäre ich noch länger geblieben, doch es war spät geworden und ich hatte morgen früh einen Interviewtermin. »Sollen wir dann so langsam zahlen?«

Er lächelte. »Schon erledigt. Ich wollte eine unangenehme Situation wegen der Rechnung vermeiden und habe auf dem Rückweg gleich bezahlt. Du bist natürlich eingeladen!«

»Aber das geht doch nicht!« Erschrocken sah ich ihn an. Die Preise in dem schicken Restaurant waren unverschämt hoch. »Du musst wirklich nicht für mich zahlen, Sven. Bitte sag mir, wie viel du von mir bekommst!«

»Ich dulde keinen Widerspruch«, erwiderte er entschlossen. »Und keine Sorge, ich erwarte dafür keine Gegenleistung! Sieh es als kleines Dankeschön, dass ich deine Gesellschaft genießen durfte.«

»Ernsthaft?« Tatsächlich war es mir wichtig gewesen, meine Rechnung selbst zu übernehmen, damit ich ihm nichts »schuldig war«. Manche Typen glaubten leider, eine Essenseinladung gäbe ihnen das Recht, von den Frauen körperliche Gefälligkeiten einzufordern. Erst kürzlich hatte ich im Forum bei *Einsame Herzen* eine Diskussion zu diesem Thema gelesen. Eine Vielzahl der männlichen Kommentare war erschütternd niveaulos gewesen. Doch Sven gehörte offensichtlich nicht zu dieser Art Männer.

»Ernsthaft, Conny!« Er legte seine Hand sanft über meine und hielt meinen Blick mit seinen graublauen Augen fest. »Ich möchte einfach nur Danke sagen, dass ich dich kennenlernen durfte. Ich hoffe inständig, dass dies nicht unser letztes Treffen war.«

Ich erwiderte sein Lächeln. »Ganz bestimmt nicht. Es war ein wunderschöner Abend, Sven!«

18. Kapitel

Am nächsten Tag erzählte ich jedem, der es hören wollte, von meinem Date mit Sven. Nach dem Essen hatte er mich zum Auto gebracht, damit ich nicht allein durch die Dunkelheit laufen musste. Und wenige Minuten nachdem ich zu Hause angekommen war, hatte ich auch schon eine Nachricht von ihm erhalten: Er hatte sich noch mal für den wundervollen Abend bedankt und mir eine gute Nacht gewünscht. Tja, es gab eben noch echte Gentlemen auf dieser Welt!

Sogar in der Redaktion ließ ich meiner Begeisterung heute freien Lauf. Als Natalie am späten Nachmittag das Thema Abonnenten ansprach, warf ich sogleich ein: »Jetzt ratet mal, wer schon seit Jahren Abonnent und ein treuer Fan unserer Zeitung ist?«

Biggi und Natalie seufzten unisono und stießen mit leidgeprüfter Miene aus: »Sven.«

Daraufhin übte ich mich in etwas mehr Zurückhaltung. Dann musste ich mir meine Lobgesänge auf Sven eben für zu Hause aufheben! Zwar hatte ich meiner Familie schon beim Frühstück von meinem Date berichtet, aber womöglich hatte ich ein paar Details vergessen? Das Risiko wollte ich nicht eingehen. Ich fand es einfach erstaunlich, wie viel Sven und ich gemeinsam hatten. Wir hatten beide studiert, einen ähnlichen Humor und liebten Kinder. Sven hatte den Abend akribisch durchgeplant und nichts dem Zufall überlassen. Dieser Wesenszug passte perfekt zu meiner Sehnsucht nach Sicherheit und Beständigkeit. Ich mochte seine ruhige, distinguierte Art genauso wie die Komplimente, mit denen er mich regelrecht überhäufte. Seit ich Letzteres heute Morgen beim Frühstück erwähnt hatte, hielt Oma Trudi ihn übrigens nicht mehr für einen Serienkiller, sondern für einen Heiratsschwindler. Offenbar machte es ihn unglaubwürdig, dass er mich so toll fand. Na danke!

Als ich an diesem Abend in die Küche kam, war meine erwartete Zuhörerschaft jedoch wie vom Erdboden verschluckt. Niemand saß am Tisch, kochte, telefonierte oder durchforstete den Kühlschrank nach Resten von gestern. Wo waren denn alle hin? Von oben hörte ich Stimmen und Gelächter. Tatsächlich entdeckte ich Mamas Rollstuhl am Fuß der Treppe. Offenbar hatte sie den Treppenlifter benutzt. Ich folgte dem Stimmengemurmel und landete in Toms Zimmer. Dort standen Trudi, Mama, Hanna, Ariane, Tom und Marc zusammen und unterhielten sich. Moment mal … Marc? Was machte er hier?

»Ich finde, ein bisschen mehr Grünzeug könnte nicht schaden«, meinte Oma Trudi gerade kritisch.

»Die Pflanzen wachsen wie Unkraut«, gab Marc mit seiner tiefen Stimme zurück. »Das hat jedenfalls der Verkäufer gesagt.«

»Was ist denn hier los?«, entfuhr es mir überrascht.

Alle Köpfe wandten sich zu mir. Ich aber sah allein auf Marc, der mich völlig entspannt anlächelte. Als hätte er jedes Recht der Welt, im Zimmer meines Sohnes zu sein.

»Mamaaaa«, jubelte Tom und stürmte zu mir. »Schau mal, was Marc und ich heute gemacht haben. Ist das nicht toll?«

Er zog mich zwischen den Anwesenden durch zu seinem Regal. Wo heute Morgen noch das bauchige Fischglas gestanden hatte, befand sich nun ein Aquarium. Weißer Kies bedeckte den Boden, einige Grünpflanzen wiegten sich im Strom der Wasserpumpe und dazwischen lag ein versunkenes Piratenschiff.

»Tom hat mir gestern Abend seinen Goldfisch gezeigt«, erklärte Marc. »Und heute ist mir eingefallen, dass ich vor ein paar Wochen auf dem Speicher meines Großvaters ein altes Aquarium gefunden habe. Es war sogar noch dicht. Da habe ich Tom vorgeschlagen, dass sein Fisch darin einziehen könnte. Das ist doch um einiges schöner als ein Goldfischglas. Jetzt hat Bob richtig viel Platz, um sich zu bewegen.«

Ich musste Marc wohl oder übel recht geben. Mir hatte es auch nicht gefallen, dass Bob in diesem winzigen Glas leben musste. Tom hatte ihn vor einem Jahr geschenkt bekommen, und ich hatte in der ständigen Erwartung gelebt, dass der etwas mickrige Fisch den nächsten Tag nicht überleben würde. Doch Bob war ein Überlebenskünstler.

Mein Sohn tippte aufgeregt an die Scheibe. »Sieh mal, Mama! Bob hat jetzt sogar einen Freund. Marc meinte nämlich, dass ein Fisch nicht gerne allein ist. Genau wie du.«

Tatsächlich entdeckte ich einen zweiten Fisch mit rot-weißer Färbung und einer schönen Schwanzflosse. In ruhigen Bahnen schwammen die beiden durch ihr neues Zuhause. Es hatte etwas Entspannendes, den beiden zuzusehen.

»Marc sagt, das ist ein besonderer Goldfisch. Ein Kometenschweif. Mir ist nur noch kein Name eingefallen.« Nachdenklich kratzte Tom sich am Kopf. »Vielleicht Hanna?«

»Untersteh dich!« Hanna hob drohend ihren Zeigefinger, doch sie grinste dabei. Offenbar war auch meine Älteste allerbester Stimmung.

Mit gemischten Gefühlen starrte ich auf das Aquarium. Bis mir die Stille um mich herum auffiel. Offenbar warteten alle darauf, dass ich etwas sagte.

»Schön.« Ich richtete mich wieder auf und zwang mich zu einem Lächeln. »Das ist wirklich … schön.«

»Es ist absolut großartig!«, meinte meine Mutter mit deutlich mehr Begeisterung als ich. Sie wandte sich in ihrem Ersatzrollstuhl Marc zu. »Wirklich nett von Ihnen, dass Sie das für den Jungen gemacht haben. Eine ganz entzückende Überraschung! Nicht wahr, Conny?«

Ich presste die Lippen zusammen. Die Euphorie meiner Mutter konnte ich einfach nicht teilen. Das ging mir alles zu schnell. Da war ich einen Abend nicht da, und plötzlich schien Marc Teil unseres Lebens geworden zu sein. Alle schienen ihn zu lieben. Dabei hatte meine Familie ihn vor vierundzwanzig Stunden noch nicht einmal gekannt. Das war einfach nicht richtig! Dieser Mann schneite hier herein und brachte alles durcheinander. Er gehörte auf seinen Balkon und nicht in das Zimmer meines Sohns!

»Die Mühe hättest du dir wirklich nicht machen müssen«, sagte ich zu Marc. Es lag kein Lächeln auf meinen Lippen, und meine Stimme klang eisig. Ich gab mir Mühe, den unausgesprochenen Subtext zu transportieren: *Du bist hier unerwünscht.*

Und die Botschaft schien anzukommen. Marcs Augenbrauen schnellten überrascht in die Höhe, dann verdunkelte sich seine Miene.

Er räusperte sich. »Gut, dann gehe ich mal wieder. Viel Spaß mit dem Aquarium, Tom!« Er klopfte meinem Sohn freundschaftlich auf die Schulter.

Tom blickte zu ihm auf wie zu einem Superhelden. »Vielen Dank, Marc! Das war ein ganz, ganz tolles Geschenk. Wenn Mama mir Fernsehverbot gibt, ist das gar nicht mehr schlimm, weil ich jetzt ins Aquarium gucken kann.«

Marc zwinkerte Tom verschwörerisch zu. »Pass auf, was du sagst! Sonst bekommst du von ihr auch noch Aquarium-Guck-Verbot.«

Alle lachten. Außer mir natürlich. Ich war ja ganz offensichtlich die Böse.

»Noch einen schönen Abend, Marc!«, kürzte ich das Ganze ab. »Und sag mir, was ich dir für das Aquarium schuldig bin.«

Auf dem Weg zur Tür blieb er kurz neben mir stehen. »Nichts«, sagte er zu mir, in ebenso eisigem Tonfall wie ich vorhin. »Du schuldest mir nichts, Conny.«

Er setzte für die übrigen Anwesenden ein Lächeln auf. »Hasta luego, die Damen!«, rief er in die Runde. »Und keine Sorge, ich finde allein hinaus.«

Damit war Marc verschwunden. Er hinterließ allerdings eine beklemmende Stille. Mama, Oma Trudi, Ariane und meine Kinder sahen mich vorwurfsvoll an.

»Du hast dich diesem netten Mann gegenüber verhalten wie eine blöde Zicke!«, sagte Oma Trudi schließlich.

»Marc hat heute alles für das Aquarium besorgt und stand den ganzen Nachmittag hier im Zimmer, um Tom eine Freude zu machen«, bemerkte meine Mutter tadelnd.

Typisch! Sie übte nie offen Kritik an meinem Verhalten. Meine Mutter legte nur knapp die Fakten dar und vertraute darauf, dass ich die richtigen Schlüsse zog. Auch dieses Mal verfehlten ihre Worte ihre Wirkung nicht. Verdammter Mist! Ich war wohl gerade tatsächlich ziemlich eklig zu Marc gewesen. Er hatte sich Tom zuliebe viel Mühe gemacht, und ich hatte ihn zum Dank wie einen unwillkommenen Eindringling behandelt. Dabei wusste ich nicht einmal genau, weshalb ich so gereizt reagiert hatte.

Ich rieb mir über die Stirn. »Tut mir leid! Ich bin heute wohl etwas durch den Wind. Ich gehe rüber und entschuldige mich bei ihm, okay?«

Ein Teil von mir hatte gehofft, dass mir jemand widersprechen und mich aufhalten würde. Weil es so schlimm auch wieder nicht gewesen war. Doch ich erntete auf meine Ankündigung lediglich heftiges Kopfnicken und zustimmendes Gemurmel. Na toll!

*

Um etwas Zeit zu gewinnen, legte ich auf dem Weg zu Marc einen kurzen Zwischenstopp in unserer Küche ein. Dieses Mal fand ich sie allerdings nicht leer vor, denn mein Bruder war gerade dabei, sich einen Sanddornschnaps einzuschenken.

»Schenk mir auch ein Glas ein!«, bat ich ihn. »Ich muss mir etwas Mut antrinken.«

Wortlos holte David ein zweites Glas und füllte es.

»Ist er noch da?«, brummte er.

Ich lehnte mich neben ihn an den Küchentresen. »Ich nehme an, du meinst Marc? Nein, den habe ich innerhalb von drei Minuten vergrault.«

Damit zauberte ich schlagartig ein Lächeln auf Davids Gesicht. »Das höre ich gerne.«

Offenbar gehörte er nicht zum Marc-Müller-Fanklub, der oben in Toms Zimmer immer noch das Aquarium bewunderte.

Wir prosteten uns zu und kippten den Schnaps herunter. Mir stiegen die Tränen in die Augen, und ich musste husten.

David klopfte mir auf den Rücken. »Ich wusste, auf dich ist Verlass, Schwesterherz. In den letzten Jahren hast du jeden Typen vergrault, der deinen Kindern zu nahe gekommen ist.«

»Echt?«

David hatte wohl recht. Auch Sven gegenüber hatte ich ablehnend reagiert, als er am Telefon scherzhaft von einem Treffen mit Hanna und Tom gesprochen hatte. War mein Beschützerinstinkt vielleicht eine Spur zu stark ausgeprägt? Ein Grund mehr, mich für mein Verhalten bei Marc zu entschuldigen.

Ich stellte mein Glas in die Spüle. »Tut mir leid, aber ich habe Marc nicht dauerhaft vergrault. Ich muss gleich zu ihm gehen. Mir wurde nahegelegt, ihn um Verzeihung zu bitten.«

Davids Augen verengten sich. »Nenn mir deinen Preis!«, verlangte er. »Ich zahle dir viel Geld, wenn du nicht zu ihm gehst. Von mir aus kann dieser Don Juan gerne fortbleiben!«

Ich musste lachen. »Ariane liebt dich über alles, David. Es gibt überhaupt keinen Grund, eifersüchtig zu sein.«

»Eifersüchtig?«, wiederholte er abfällig. »Ich bin nicht eifersüchtig. Doch nicht auf *den*. Nur weil er Spanier, braun gebrannt, muskulös und Musiker ist. So einer ist doch keine Konkurrenz für mich.«

Auf mich wirkte es, als wäre David sich dieser Tatsache nicht zu hundert Prozent sicher. Erst jetzt fiel mir auf, dass sich etwas an ihm verändert hatte. »Hey, du hast dich mal wieder rasiert! Ohne den zottligen Bart siehst du um Längen besser aus.«

David schenkte sich noch einmal nach. »Ich habe mich in letzter Zeit ein bisschen gehen lassen«, räumte er ein. »Wegen des Umzugs und der Arbeit an meinem Roman. Aber das wird nicht mehr passieren! Ariane soll wissen, was sie an mir hat.«

»Das weiß sie auch so. Außerdem …« Ich hielt kurz inne und lauschte. Als ich mir sicher war, dass niemand draußen im Flur herumlief und uns hören konnte, fuhr ich mit gesenkter Stimme fort: »… will sie mit dir eine Familie gründen. Weil du der Mann bist, für den sie sich entschieden hat.«

David blinzelte überrascht. »Sie hat dir von unserem Kinderwunsch erzählt?«

Ich nickte. »Es hat sich … so ergeben. Aber euer Geheimnis ist bei mir sicher. Bist du sauer, weil ich davon weiß?«

Schlagartig erhellte sich sein Gesicht, und er grinste breit. »Ich bin absolut nicht sauer, im Gegenteil. Ich freue mich! Das bedeutet doch, dass ihr euch inzwischen besser versteht, oder?«

Ich nickte. »Auf alle Fälle. Mittlerweile schreiben wir uns sogar Whatsapp-Nachrichten«, berichtete ich. »Ich drücke euch jedenfalls fest die Daumen. Bestimmt klappt es bald!«

»Das denke ich auch«, meinte David voller Zuversicht.

Er machte sich wohl keine Sorgen, weil es mit der Schwangerschaft noch nicht geklappt hatte. Genauso wenig schien er etwas von Arianes Befürchtungen zu ahnen. Doch ich hielt wie versprochen den Mund und verriet ihm nichts, obwohl er mein Bruder war.

»Ich geh jetzt mal rüber zu unserem Nachbarn und bestreue mein Haupt mit Asche.« Ich zog eine Grimasse. Hoffentlich war Marc kein nachtragender Typ. »Wünsch mir Glück!«

»Viel Glück«, sagte David wenig enthusiastisch. Doch dann hielt er mich am Arm zurück. »Hey, kannst du dich noch an unsere spezielle Verabschiedung als Kinder erinnern?«

»Ach du meine Güte! Das haben wir ja schon ewig nicht mehr gemacht.« Ich grinste. »Ob wir es noch können?«

Wir zogen uns gegenseitig kräftig am Ohrläppchen, versetzten dem anderen gleichzeitig einen Tritt ans Schienbein und stießen dann frontal mit der Stirn aneinander. Wie schon zu Kinderzeiten endete unser Geschwistergruß mit zwei unisono ausgestoßenen Schmerzenslauten.

»Du hast eindeutig einen härteren Dickkopf als früher! Der ist ja wie Beton«, beschwerte sich David und rieb sich über die Stirn.

»Gleichfalls! Kein Wunder, dass Mama damals eine Krise bekommen hat, wenn wir das gemacht haben.«

»Aber Papa hat gelacht. Er fand es witzig.« Plötzlich wirkte

David nachdenklich. »Er hat uns immer dazu ermuntert, zu uns selbst zu stehen. Den Mut zu haben, sich nicht um die Meinung der anderen zu scheren. Manchmal frage ich mich, ob wir ihn und unsere Kindheit vielleicht zu negativ sehen.«

Hatte ich mich gerade verhört? David hatte doch nicht ernsthaft Partei für meinen Vater ergriffen? Ich stemmte die Hände in die Taille. »Hast du vergessen, was er Mama alles angetan hat?«

»Nein, natürlich nicht!« Er hob abwehrend die Hände. »Aber sieh es doch mal so: Papa lebt für seine Leidenschaft – sogar jetzt noch im Alter. Als Mama ihn geheiratet hatte, wusste sie genau, was für ein Typ Mann er ist. Und unsere Kindheit war ganz bestimmt nicht konservativ und langweilig.«

»Das stimmt, langweilig war sie nicht«, gab ich zu.

Das letzte Mal hatte sich mein Vater telefonisch vor ein paar Jahren bei mir gemeldet, als er mal wieder pleite gewesen war und sich Geld von mir hatte »leihen« wollen. Nach seinen Enkeln hatte er sich dabei kein einziges Mal erkundigt. Er würde sich niemals ändern. Für ihn gab es immer nur ihn selbst und seine Kunst.

Ich schüttelte die Gedanken an ihn ab und wandte mich zur Tür. »Ich muss gehen! Bevor die anderen nach unten kommen, weil sie das Aquarium ausreichend bewundert haben.«

Ich war schon fast aus der Küche heraus, als David meinte: »Conny, bitte sei nicht böse! Ich wollte damit nur sagen, dass Papa auch ein Teil von uns ist. Ohne diesen Teil hätte ich mich wohl nie getraut, meinen Job hinzuschmeißen und den Traum, Schriftsteller zu werden, zu verwirklichen. Ob es uns gefällt oder nicht, ein bisschen von Papa steckt auch in uns.«

Ich blickte über meine Schulter zu ihm zurück. »Ja, und das ist genau der Teil, den ich nicht an mir mag.«

19. Kapitel

Das Nachbarhaus war deutlich kleiner als unseres, besaß aber seinen eigenen Charme mit den alten Holzfenstern, der mit Efeu umrankten Fassade und einer fast schon antik wirkenden Eichentür.

Ich atmete noch einmal tief durch und klingelte. Doch im Innern des Hauses tat sich nichts. War Marc etwa so eingeschnappt, dass er mir nicht einmal mehr öffnete? Aber so leicht würde ich nicht aufgeben. Mir saßen schließlich meine Mutter und Oma Trudi im Nacken. Bis Marc mir eine Gelegenheit gab, mich zu entschuldigen, würde ich nicht von dieser Fußmatte weichen. Die im Übrigen schon weitaus bessere Tage gesehen hatte und wirkte, als hätte sie schon mehreren Generationen von Hausbewohnern gedient. Ich klingelte Sturm, bis ich von drinnen ein genervtes »Ja, ja, ich komme schon!« hörte.

Die Tür wurde aufgerissen, und Marc stand vor mir. Barfuß und nur mit einer schwarzen Jeans bekleidet. Von seinen Haaren tropfte das Wasser auf seinen muskulösen Oberkörper. Ganz offensichtlich hatte er gerade geduscht.

Ich war ungeheuer stolz auf mich, dass mich sein Anblick wirklich kaum aus der Fassung brachte. Immerhin war ich eine Frau, die keinen gesteigerten Wert auf Äußerlichkeiten legte. Mit geradezu eiserner Willenskraft gelang es mir, nicht auf seine breiten Schultern zu starren, seine Brust, die Bauchmuskeln und die Haarlinie, die sich schwarz wie die Nacht von seinem Bauchnabel nach unten zog.

»Machst du jeder Frau halbnackt die Tür auf?«, fragte ich mit hochgezogenen Augenbrauen.

»Klar!« Er verschränkte die Arme vor der Brust. »Ich dusche mehrmals täglich und lauere dann hinter der Tür, bis endlich jemand klingelt.«

Hätte er das wirklich getan, wäre die Fußmatte aus gutem Grund so abgenutzt, und hinter mir hätte sich eine lange Schlange aus gaffenden Frauen gebildet.

Gegen meinen Willen musste ich grinsen. »Das glaub ich dir aufs Wort«, scherzte ich. »Mein Bruder hält dich ohnehin für einen Don Juan, und sein Ego ist schwer beschädigt, weil du das ganze Östrogen in unserem Haus in Wallung gebracht hast. Bestimmt liebst du es, von Frauen bewundert zu werden.«

»Oh ja!«, knurrte er. »Bewunderung ist jedenfalls angenehmer, als vor den Kopf gestoßen und aus dem Haus geworfen zu werden.«

Äh, richtig! Ich war schließlich hier, weil ich eine Mission zu erfüllen hatte. »Das war absolut nicht in Ordnung von mir. Kann ich mit dir darüber reden?«, bat ich ihn.

»Na schön, komm rein!« Er trat beiseite, um mir Platz zu machen. »Ich ziehe mir noch schnell etwas über. Nicht dass dich der Anblick meines nackten Oberkörpers bei deiner Entschuldigung aus dem Konzept bringt.«

Ich verdrehte stöhnend die Augen, und ein Schmunzeln zuckte um Marcs Mundwinkel. Anscheinend war er nicht ganz so sauer, wie ich befürchtet hatte.

Der Flur war düster und schlauchartig. Die Blumentapete stammte wohl noch aus den Achtzigern, und die Garderobe mit Weinrebenschnitzereien vervollständigte den unmodernen Eindruck. Gerade deshalb blieb mir auch vor Überraschung die Luft weg, als ich ins Wohnzimmer trat. Dieser Raum war völlig anders gestaltet. Die Wände waren in einem hellen Cremeton verputzt, und der Dielenboden war perfekt aufgearbeitet. Die große Fensterfront, die einen wunderbaren Blick auf den Garten und den Jasmunder Bodden bot, sorgte dafür, dass der Raum mit Licht geflutet wurde. Die Einrichtung war modern, aber trotzdem gemütlich gehalten.

»Das Zimmer ist großartig«, sagte ich, als Marc zurückkam. Er hatte ein hellblaues Hemd übergezogen und sich die Haare gekämmt. Zwar hatte er mir schon erzählt, dass er das Haus für den Verkauf herrichtete, aber damit hatte ich nicht gerechnet. »Hast du das alles selbst renoviert?«

Freude und ein klein wenig Stolz zeichneten sich auf seiner Miene ab. »Irgendwie musste ich mich doch in den letzten Monaten beschäftigen. Ich kann schließlich nicht den ganzen Tag auf dem Balkon herumhängen und Songs komponieren.«

Ich entdeckte einen offensichtlich neu installierten Kaminofen in der Nähe des Sofas. Es war bestimmt schön, im Winter auf das prasselnde Feuer zu blicken. »Und da heißt es immer, Musiker hätten beim Handwerken zwei linke Hände.«

»Ehrlich gesagt habe ich das auch gedacht. Aber kaum hatte ich die erste Wand eingerissen, habe ich Blut geleckt. Ich hätte nicht gedacht, dass es mir so viel Spaß macht, mit den Händen zu arbeiten. Es ist befriedigend.«

»Wenn du mit der Renovierung fertig bist, wird deine Mutter sicherlich einen guten Preis für das Haus bekommen. Sie wird bestimmt stolz auf dich sein.«

Ob sie ihn womöglich am Gewinn beteiligte und Marc sich deshalb so viel Mühe gab? Bisher hatte ich mich nicht getraut, ihn zu fragen, von was er überhaupt lebte.

Er setzte sich und bot mir ebenfalls einen Platz an. Ganz offensichtlich war Marc ein perfekter Gastgeber, denn er hatte eine Flasche Rotwein und zwei Gläser mitgebracht. Obwohl ich eigentlich keine freundliche Bewirtung verdient hatte. Während er uns einschenkte, ließ ich mich auf die Kante des Sofas sinken und räusperte mich. Dann mal los!

»Ich möchte mich für mein Verhalten entschuldigen, Marc. Es tut mir leid, dass ich so schroff reagiert habe. Dabei wäre eigentlich ein Dankeschön angebracht gewesen. Du hast Tom mit dem Aquarium eine riesengroße Freude gemacht. Also … danke!«

Er trank einen Schluck und betrachtete mich mit einem so intensiven Blick, dass meine Haut zu kribbeln begann.

»Ich verzeihe dir. Wenn du mir verrätst, wieso deine Reaktion so negativ ausgefallen ist!«

Offenbar wollte Marc es mir nicht so einfach machen. Doch ich sah ein, dass er eine Erklärung verdient hatte. »Ich glaube, ich … ich war einfach überrumpelt.« Nun griff auch ich zu meinem Glas und trank vom Wein. Er schmeckte nach dunklen Beeren und besaß eine fein-würzige Holznote. »Meine Kinder haben dich erst gestern kennengelernt, und wir beide haben uns eigentlich auch nur ein einziges Mal richtig unterhalten. Dich plötzlich inmitten meiner Familie zu sehen kam ziemlich überraschend. Und dann auch noch im Zimmer meines Sohnes.«

Als Erklärung reichte das wohl noch nicht ganz aus, denn Marc hob fragend die Augenbrauen in die Höhe.

Ich holte tief Luft. »Seit dem Tod ihres Vaters fällt es mir schwer, einen fremden Mann in die Nähe meiner Kinder zu lassen. Ich weiß, dieses Misstrauen ist lächerlich. Aber ich mache mir nun mal ständig Sorgen um Hannas und Toms Wohl.« Die Worte sprudelten plötzlich nur so aus mir heraus, als wäre es mir schon lange ein Bedürfnis gewesen, darüber zu sprechen. »Nach Franks tödlichem Unfall hatte ich das Gefühl, als hätte ich zuvor in einer Art Seifenblase gelebt. Natürlich weiß man rein rational, dass einem selbst oder seinen Lieben jederzeit ein schreckliches Unglück widerfahren kann. Aber man *glaubt* es nicht. Als würden die schlimmen Dinge immer nur anderen zustoßen und man selbst wie durch ein Wunder verschont bleiben. Dieser Illusion wurde ich schmerzhaft beraubt.« Ich rieb mir über die Stirn und verzog das Gesicht. »Sorry, das klingt wahrscheinlich total wirr und konfus.«

»Eigentlich nicht«, widersprach Marc. »Du willst deine Kinder beschützen. Das ist verständlich. Ihr musstet einen schweren Schicksalsschlag verkraften. Das hat Wunden hinterlassen. Sowohl bei dir als auch deinen Kindern.«

So viel Feingefühl hatte ich Marc nicht zugetraut. Aber er hatte recht. Franks Tod hatte mich unwiderruflich verändert. Genau wie Monika erst kürzlich bemerkt hatte.

»Hinter uns liegen harte Zeiten«, gab ich zu. »Zum Glück hat mich meine Familie aufgefangen. Ich weiß nicht, wie wir das ohne sie überstanden hätten.«

Trotz des ernsten Themas begann ich mich zu entspannen. Ich lehnte mich zurück und blickte nachdenklich hinaus auf den Garten. Es dämmerte bereits, und die Sonne zauberte spektakuläre Rot- und Orangetöne auf die Wasseroberfläche des Boddens. »Es wäre vielleicht leichter gewesen, wenn Frank an einer Krankheit gestorben wäre. Dann hätten wir uns vorbereiten und Abschied nehmen können. Aber sein Unfall kam so plötzlich und unerwartet. Es hat mich völlig aus der Bahn geworfen.«

»Es fühlt sich an, als würde einem der Boden unter den Füßen weggezogen«, sagte Marc nachdenklich. »Man befindet sich im freien Fall, und es gibt nichts mehr, an dem man sich festhalten kann.«

Nun war ich es, die Marc fragend ansah. Eine tiefe Traurigkeit lag in seinem Blick. »Auch ich habe so einen plötzlichen Verlust erlebt«, erklärte er.

Ich erinnerte mich an die melancholischen Songs, die Marc gespielt hatte. Intuitiv hatte ich gespürt, dass auch er einen Schicksalsschlag erlebt haben musste. Niemand konnte sonst mit solch einer Tiefe und Wahrhaftigkeit singen.

Marc trank einen Schluck. »Wie haben Hanna und Tom den Tod ihres Vaters verkraftet?«

»Tom war gerade erst zur Welt gekommen. Er hat keine Erinnerung an seinen Vater. Hanna war schon im Kindergarten, aber auch ihre Erinnerungen an Frank sind recht blass und bruchstückhaft.« Ich stieß langsam die Luft aus. »Noch heute habe ich ein schlechtes Gewissen, weil ich nach Franks Tod völlig neben mir stand. Es wäre meine Aufgabe gewesen, für Hanna da zu sein. Doch ich lag nur in meinem Bett und habe geweint. Ich glaube, das hat ihr damals noch mehr Angst gemacht. Zum Glück hat meine Mutter sich um sie gekümmert.«

Ich seufzte. Diese Schwäche würde ich mir niemals verzeihen. Es fühlte sich an, als hätte ich meine kleine Tochter im Stich gelassen.

»Machst du dir deshalb etwa Vorwürfe?« Marc beugte sich vor und griff nach meiner Hand. Die Geste hatte etwas Selbstverständliches, als hätten wir schon unzählige Male so ernste Gespräche miteinander geführt. »Conny, du bist zwar Mutter, aber in erster Linie auch ein Mensch. Du musstest den Tod deines Mannes erst einmal selbst verkraften. Schließlich bist du keine Maschine. Wenn Hanna sich kaum an ihren Vater erinnert, wird sich ihr auch die Zeit nach seinem Tod nicht so ins Gedächtnis gebrannt haben wie dir.«

Ich schluckte trocken. Wahrscheinlich hatte ich genau das hören wollen. Aber womöglich trafen seine Worte tatsächlich zu? Vielleicht quälte ich mich völlig unnötig? In diesem Moment traf mich so plötzlich eine Erkenntnis, dass ich um ein Haar aufgelacht hätte. Da mein schlechtes Gewissen überhaupt niemandem half, waren meine Selbstvorwürfe so oder so unnötig. Hanna wäre am meisten damit gedient, wenn ich mir selbst verzieh.

»Abgesehen davon zählt die Gegenwart«, fuhr er fort. »Du und deine Familie gebt den Kindern Geborgenheit und Liebe. Das ist das Wichtigste. Und wie ich gestern beim Abendessen von deiner Familie erfahren habe, machst du genau das.«

Ich atmete tief durch, um meine Fassung zurückzugewinnen. »Für einen kinderlosen Musiker, der seine Nachbarn wegen ihres schlechten Musikgeschmacks anpöbelt, kannst du ziemlich klug und weise sein«, bemerkte ich mit einem Seitenblick auf Marc.

Er schmunzelte. »Ich gebe mir große Mühe, diesen Eindruck zu erwecken.« Er wurde wieder ernst. »Ich weiß nur zu gut, von was du redest. Als ich diesen Verlust verkraften musste, habe ich mich benommen wie ein Kotzbrocken. Im Gegensatz zu dir konnte ich nicht weinen und meine Trauer herauslassen. Es war, als wäre die Verbindung zu meinem Inneren gekappt worden. Stattdessen habe ich viel getrunken und die Menschen, die mir helfen wollten, beschimpft und vergrault. An deren Stelle hätte ich wohl für immer das Weite gesucht.«

Bisher hatte er nicht erwähnt, wen er verloren hatte. Ein Elternteil? Seine große Liebe? Ich wagte nicht, ihn danach zu fragen. Es war ein sensibles Thema, und manchmal war man nicht bereit, darüber zu sprechen. Erst gestern war es mir mit Sven im Restaurant so ergangen.

»Und wie hast du es am Ende geschafft, wieder auf die Beine zu kommen?«, fragte ich stattdessen.

»Die Musik hat mich gerettet.« Er deutete auf das Klavier

und mehrere Gitarren, die zusammen in einer Nische des Raumes standen. Das Klavier sah so alt und abgenutzt aus, dass es wohl schon seinem Großvater gehört hatte. Auf einem Beistelltisch lagen zahlreiche Notenblätter mit musikalischen Notizen. »Auf diese Weise konnte ich meine Trauer schließlich verarbeiten.«

»Das klingt tröstlich und schön«, sagte ich tief berührt. »So etwas ist den wenigsten Menschen möglich. Ein schlimmes Erlebnis so zu verarbeiten, dass etwas Neues und Bewegendes daraus entsteht.«

»Ob meine damaligen Songs wirklich so bewegend sind, kann ich nicht beurteilen«, räumte er mit schiefem Lächeln ein. »Seither bin ich nicht mehr auf die Bühne gegangen. Erst seit Kurzem habe ich wieder eine Zuhörerin.« Er prostete mir zu.

Ich tat es ihm gleich und trank ebenfalls einen Schluck. Für einen Moment herrschte Schweigen, doch es fühlte sich nicht unangenehm an. Die Stille hatte etwas Friedliches und Intimes. Vor den Fenstern senkte sich die Nacht herab und legte sich wie eine sternenbestickte Decke über die Welt.

Und ohne dass ich mich bewusst dazu entschieden hätte, begann ich zu erzählen: »Frank, mein Mann, ist mit seinen Kumpels über ein langes Wochenende mit dem Boot rausgefahren. Angeln, ein bisschen Spaß haben und relaxen. Ich habe ihn sogar noch darin bestärkt, den Ausflug zu machen.« Eine halbe Ewigkeit hatte ich nicht mehr darüber geredet.

Marc saß entspannt auf seinem Platz und hörte mir mit ernster Miene zu. Die Ruhe, die von ihm ausging, half mir weiterzusprechen.

»Doch am zweiten Tag gab es eine Unwetterwarnung. Die drei haben geglaubt, dass es nicht so schlimm werden würde. Da sie an der Ostsee aufgewachsen und schon oft mit dem Boot rausgefahren waren, wollten sie sich von einer ›etwas rauen Brise‹ nicht ihr Wochenende vermiesen lassen.«

Wie jedes Mal bei diesem Thema meldete sich in meinem Kopf eine wütende Stimme zu Wort: Dass es einen längst nicht zum Profi machte, wenn man zwei oder drei Mal im Jahr mit dem Boot unterwegs war. Dass ein wirklich erfahrener Seemann die Unwetterwarnung ernst genommen hätte und zurück an Land gefahren wäre. Dass ihr Verhalten verantwortungslos und dumm gewesen war. *Dumm, dumm, dumm.* Aber hinterher war man immer klüger. Man konnte im Leben nicht ständig auf Nummer sicher gehen, oder? Doch, gab die wütende Stimme in meinem Kopf stur zur Antwort. Doch, das konnte man!

Ich stieß langsam die Luft aus. »Als sie bemerkten, dass es weit mehr als eine ›etwas raue Brise‹ war, schickten sie einen See-Notruf ab. Bei dem schweren Unwetter und mit ihrem relativ kleinen Ausflugsboot war ihnen klar, dass sie in Lebensgefahr schwebten. Sie legten die Schwimmwesten an und schossen Leuchtraketen ab. In der Hoffnung, dass ein größeres Schiff in ihrer Nähe auf sie aufmerksam werden würde. Doch dann rollte ein besonders großer Brecher auf das Boot zu und …« Meine Stimme brach, und ich musste mich räuspern. Es dauerte einen Moment, bis ich fortfahren konnte: »Frank ging über Bord. Seine Freunde haben mir geschworen, dass sie alles getan haben, um ihn zu finden. Sie haben wieder und wieder gerufen und mit ihren Lampen das Wasser abgesucht. Aber die Wellenberge machten es unmöglich, ihn auszumachen. Frank war und blieb verschwunden. Als hätte die See ihn zu sich geholt.«

Das waren die Worte seiner Freunde gewesen. *Als hätte die See ihn zu sich geholt.* Als wäre die Ostsee ein lebendiges Wesen oder eine übernatürliche schicksalshafte Macht. Ich hatte es für eine lächerliche Ausrede gehalten, um ihre Unfähigkeit zu verschleiern. Erst später hatte ich erkannt, dass die beiden sich angesichts der übermächtigen Kraft des Meeres so ohnmächtig und hilflos gefühlt hatten.

Marcs Stimme riss mich aus meinen Gedanken. »Die Freunde deines Manns haben also überlebt?«, fragte er sanft.

Ich nickte. »Sie wurden gerettet. Nach Frank hat man tagelang gesucht. Natürlich hatten wir in der Zeit noch Hoffnung. Man hat schließlich schon die unglaublichsten Geschichten von Schiffbrüchigen gehört. Aber dieses Glück war uns nicht vergönnt.«

Ich leerte mein Glas in einem Zug und kam zum unvermeidlichen Schluss: »Frank wurde schließlich an Land geschwemmt. Wenigstens hatten wir dadurch Gewissheit und konnten ihn beerdigen. Trotzdem weiß ich nicht, was mir lieber gewesen wäre ...« Zaghaft hob ich die Schultern. »Wäre er nicht angespült worden, hätte ich mir einreden können, dass er durch das Unglück nur das Gedächtnis verloren und irgendwo ein neues Leben begonnen hat.«

»Aber wirklich geglaubt hättest du es nicht«, wandte Marc ein.

»Nein, wahrscheinlich nicht.« Ich schüttelte traurig den Kopf. »Aber ist ein Funken Hoffnung manchmal nicht besser, als die schreckliche Gewissheit zu haben?«

Marc beugte sich vor. »Weißt du, ich denke, dass ...«

Ich erfuhr nicht mehr, was er mir sagen wollte, denn in diesem Augenblick klingelte mein Handy. Der schrille Klingelton hatte die Wirkung eines Eimers eiskalten Wassers und zerstörte den Augenblick.

»Entschuldige bitte!«, murmelte ich an Marc gewandt, ehe ich abnahm.

Es war Sven. »Hallo, Constanze! Ich hoffe, ich störe nicht?«

Sein Anruf brachte mich in ungewohnter Weise aus der Fassung. Ich musste meine Gedanken erst wieder ins Hier und Jetzt lenken. Weg von dem ehrlichen und emotionalen Gespräch, das ich soeben mit Marc geführt hatte.

Endlich fand ich meine Sprache wieder. »Hallo, Sven! Nein, natürlich störst du nicht«, beeilte ich mich, ihm zu versichern.

Ich fing Marcs irritierten Blick auf. Meine Wangen begannen zu glühen. Selbstverständlich war Svens Anruf in einem unpassenden Augenblick gekommen. Ohne jede Absicht hatte ich Marc schon wieder beleidigt!

Im gleichen Moment wurde mir bewusst, dass ich einen unverzeihlichen Fehler begangen hatte: Ich hatte das Gespräch über Franks Unfalltod mit dem falschen Mann geführt. Sven gegenüber hätte ich mich auf diese Weise öffnen müssen! Wieso hatte ich nur zugelassen, dass Marc mir so nahekam? Mein Nachbar war ein passionierter Einzelgänger, und ich wurde das Gefühl nicht los, dass er einige Geheimnisse mit sich herumtrug. Außerdem würde er schon bald wieder nach Spanien und aus meinem Leben verschwinden. Sven war meine Zukunft!

Nervös sprang ich vom Sofa auf und ging ein paar Schritte zur Seite. »Ich freue mich, dass du anrufst! Den ganzen Tag über habe ich an unseren schönen Abend gedacht.«

»So geht es mir auch. Ich habe noch nicht einmal einen Grund, weshalb ich dich anrufe.« Sven lachte. »Die Wahrheit ist, dass ich einfach deine bezaubernde Stimme hören wollte, Constanze.«

»Wirklich?« Die Freude in meiner Stimme war nicht zu überhören. Ich musste dieses Gespräch unbedingt an einem ruhigeren Ort weiterführen. Oder besser gesagt: nicht in Marcs Gegenwart. »Sven, kann ich dich vielleicht zurückrufen? Sagen wir in zehn Minuten?«

»Natürlich! Ich rühre mich nicht von der Stelle«, versprach er.

Ich legte auf und wandte mich mit zerknirschter Miene zu Marc um. »Entschuldige bitte! Das war gerade sehr unhöflich von mir. Aber ich musste Sven eine Antwort geben und wollte ihn nicht vor den Kopf stoßen.«

»Deshalb hast du lieber mich vor den Kopf gestoßen«, stellte Marc in ironischem Tonfall fest. Doch er winkte ab. »Kein Ding! Ich nehme an, dass es sich bei Sven um jemand Wichtigen handelt?«

»Ich habe ihn im Internet kennengelernt«, berichtete ich ein wenig verlegen. »Wir haben uns auch schon getroffen und … es könnte etwas Ernstes werden! Sven und ich passen gut zusammen. Glücklicherweise scheint er das genauso zu sehen.«

Marc stand ebenfalls auf und begleitete mich zur Haustür. »Das würde mich für dich freuen, Constanze. Du hast es verdient, wieder glücklich zu sein.«

Er öffnete mir die Tür, und ich blieb neben ihm stehen. »Danke für den guten Wein! Und natürlich auch für unser Gespräch.«

»Gern geschehen. Erinnerst du bitte Tom daran, dass er den Fischen erst morgen Nachmittag Futter geben soll?«

»Mach ich!« Langsam stieg ich die Eingangstreppen hinab. »Ich wünsche dir noch einen schönen Abend.«

Wieso hatte ich eigentlich das Gefühl, mich gerade richtig scheiße zu verhalten? Hätte ich doch lieber bei Marc bleiben und Sven auf morgen vertrösten sollen? Nun ja, jetzt war es ohnehin zu spät.

»Ach, Constanze?«

Ich wandte mich zu Marc um. »Ja?«

Er lehnte mit verschränkten Armen am Türrahmen. »Wenn

du mal wieder Lust hast, dich bei mir zu entschuldigen oder ein Glas Rioja zu trinken, kannst du gerne wieder klingeln.«

»Alles klar, danke!« Ich konnte mir ein Grinsen nicht verkneifen. »Aber nur, wenn du kurz vorher geduscht hast.«

Er lachte. »Ich werde dir meine üblichen Duschzeiten mailen. Sonntags öffne ich üblicherweise in einem knielangen rosafarbenen Bademantel die Tür.«

»Ui, darauf freue ich mich schon!« Ich schloss das Gartentor hinter mir und winkte ihm zum Abschied.

Wieso war es nur so verdammt einfach, sich mit Marc zu unterhalten? Ich musste mich zusammenreißen und mich ab sofort nur noch auf einen Mann konzentrieren – auf Sven.

20. Kapitel

Ariane, meine Mutter, Oma Trudi und ich standen vor Shanti-Gertruds Kate in Glowe. Das Reetdach-Haus mit den Sprossenfenstern war wirklich wunderschön. Die weiß verputzte Fassade wurde von der untergehenden Sonne in ein dramatisches Licht getaucht, und die Rosenbüsche, die in Spalieren an der Hauswand hinaufwuchsen, machten den romantischen Eindruck perfekt. Das Haus lag wie unseres direkt am Bodden, allerdings war weit und breit kein Nachbarhaus zu sehen. Die absolute Idylle!

Ariane zog neben der Haustür mehrmals am Seil einer Glocke. »Der erste Besuch beim UGLY-Frauenabend läuft immer gleich ab«, erklärte sie meiner Mutter und mir. »Zuerst liest Shanti-Gertrud eure Aura, danach müsst ihr euch abschminken und einen kratzigen Mehlsack anziehen. Wenn ihr dann von jeglicher Eitelkeit befreit seid, erklärt sie euch ihre Philosophie. Dass wir Frauen uns so annehmen sollen, wie wir sind. Zum Beispiel müsst ihr das Mantra ›Ich bin hässlich‹ wiederholen, um den schlimmsten Fall zu akzeptieren.«

Gemäß dieser Philosophie war Ariane heute Abend – frei von Eitelkeit und ganz sie selbst – in Jogginghose und Schlabbershirt gekommen.

»Da mach ich nicht mit!«, verkündete meine Mutter. »Ich werde sie darauf hinweisen, dass ich wirklich andere Sorgen habe. Ich sitze nämlich im Rollstuhl und habe Multiple Sklerose! Mein Aussehen ist mir doch pupsegal.«

Ich verkniff mir einen Kommentar. Da ich ihr bei der Pflege half, wusste ich, dass meiner Mutter ihr Aussehen nicht gleichgültig war. Schließlich musste ich einmal die Woche fünf Minuten lang tatenlos auf dem Rand der Badewanne herumsitzen, damit ihre Haarkur einwirken konnte. Außerdem hatte ich ihr kürzlich eine Stoffhose mit Gummibund gekauft, die sich auf der Toilette leichter aus- und anziehen ließ. Doch meine Mutter hatte sich strikt geweigert, so eine »Alte-Oma-Hose« zu tragen.

»Das wird Shanti-Gertrud den Wind aus den Segeln nehmen«, meinte meine Großmutter anerkennend. »Wir beide sind nämlich viel zu dickköpfig, um uns irgendeine Philosophie aufzwingen zu lassen.«

»Wieso kommst du dann überhaupt her?«, fragte ich Oma Trudi.

Sie strich sich über ihre Kittelschürze. Heute trug sie die grüne mit einem Muster aus Bananen, Erdbeeren und Orangen. »Weil es nach dem Einführungsritual ein normales Treffen in schöner Atmosphäre ist«, antwortete sie. »Wann haben wir Frauen vom Dorf sonst die Gelegenheit, entspannt zusammenzusitzen? Diese Treffen stärken den Zusammenhalt.«

In diesem Moment ging die Tür auf. »Hallo, ihr Lieben!«, begrüßte uns Shanti-Gertrud deutlich weniger energiegeladen als sonst. »Herzlich willkommen zum UGLY-Frauenabend.«

Bisher hatte ich sie immer nur lachend und fröhlich erlebt, weshalb ich ihre sauertöpfische Miene befremdlich fand.

Ariane musterte sie besorgt. »Geht es dir nicht gut?«

Shanti-Gertrud ließ die Schultern hängen. »Meine Yoga-Kurse sind unglaublich anstrengend. Die Touristen rennen mir fast die Bude ein. Außerdem habe ich ganz schlecht geschlafen. Schon seit Tagen rauben mir diese doofen Köter den Schlaf.«

»Welche Köter denn?«, fragte Oma Trudi und blickte sich suchend um.

Shanti-Gertrud hob einen Zeigefinger. »Seid mal still!«

Wir lauschten mit angehaltenem Atem. Zuerst hörte man nur Vogelgezwitscher und den Wind, der in den Bäumen rauschte. Doch dann durchschnitt ein einzelnes Bellen die Stille. Sofort setzten andere Hunde mit ein, und im Nu ertönte ein vielstimmiges Konzert aus Kläffen, Knurren und Gebell.

»Ich habe einen neuen Nachbarn.« Shanti-Gertrud deutete nach links. »Dort drüben hinter dem kleinen Waldstück. Im Gegensatz zu den Vorbesitzern lebt der Mann dauerhaft hier und hält auf dem Grundstück sechs Hunde. *Sechs* Stück!« Sie raufte sich die Haare. »Tagsüber geht es noch, aber nachts raubt mir dieses Gekläffe den Schlaf. Gerade döst man weg, und schon legen diese verdammten Mistviecher wieder los.«

»Na, na«, sagte Trudi und hob tadelnd den Zeigefinger. »Sind solche Kraftausdrücke nicht schlecht für dein Karma?«

»Doch!« Shanti-Gertrud war den Tränen nahe. »Ich komme mit dem ganzen Hass in meinem Herzen einfach nicht klar. Dauernd predige ich euch von Frieden und Nächstenliebe. Doch jetzt habe ich plötzlich diese schrecklich negativen Momente. Ich glaube, wenn ich heute Nacht eine Panzerfaust zur Hand gehabt hätte, hätte ich sie abgefeuert. Nur um endlich Ruhe zu haben!« Wie ein Häufchen Elend sah sie in die Runde.

Ariane schloss sie in die Arme. »Das hättest du nicht!« Sie strich ihr tröstend über den Rücken. »Vielleicht will das Universum deine Duldsamkeit prüfen? Wenn das Leben nahezu perfekt ist, ist die Sache mit dem Frieden und der Nächstenliebe schließlich einfach.«

Shanti-Gertrud nickte schniefend. »Womöglich hast du recht! Ich sollte vielleicht mehr meditieren.«

Sie wischte sich über die Augenwinkel, dann blickte sie von meiner Mutter zu mir. »Tut mir leid ihr beiden, aber können wir euer Einführungsritual verschieben? Bestimmt habt ihr euch schon darauf gefreut, aber ich habe heute einfach keine Kraft.«

»Oh, wie … schade.« Ich gab mir Mühe, zerknirscht auszusehen. »Aber das ist kein Problem! Dafür haben wir Verständnis. Nicht wahr, Mama?«

Für einen Moment befürchtete ich, dass ihre Antwort offen und ehrlich ausfallen könnte. Doch sie beließ es bei einem Schulterzucken und einem knappen »Klar«.

»Du könntest dir wenigstens ihre Auren ansehen, Shanti-Gertrud«, meinte Oma Trudi. »Deine Analysen treffen erschreckend oft ins Schwarze. Komm schon, gib dir einen Ruck! Conny ist bestimmt gespannt, was das Leben für sie bereithält.«

»Na schön!«, gab Shanti-Gertrud seufzend nach.

Sie stellte sich vor mich, hob die Arme und fuhr mit ausgestreckten Handflächen meine »Aura« nach. Als sie die Augen schloss, tat ich es ihr gleich. Obwohl ich solchen Dingen höchst skeptisch gegenüberstand.

»Ich sehe, dass du offen, freundlich und mitfühlend bist, aber auch sehr pflichtbewusst. Du klammerst dich an Regeln, weil du dich nach Sicherheit sehnst«, murmelte Shanti-Gertrud. »Das liegt wohl an diesem tiefschwarzen Auraschatten. Da war einmal ein großer Schmerz in deinem Leben. An dem wärst du fast zerbrochen. Aber der Schatten wird von ganz viel Liebe eingerahmt, Conny! Diese Liebe hat den Schatten schon fast überlagert. Deine Familie ist dir unglaublich wichtig. Allerdings würde ich mir etwas mehr Farbe und Abwechslung in deiner Aura wünschen. Ich fühle, dass sie früher anders war. Bunter, wie ein Regenbogen.«

Ich bekam eine Gänsehaut. Alles, was sie gesagt hatte, traf zu.

»Die Zukunft«, drängte Oma Trudi ungeduldig. »Was siehst du in ihrer Zukunft?«

Shanti-Gertrud stieß einen Seufzer aus. Vermutlich fühlte sie sich in ihrer Konzentration gestört. »Na schön, dann also die Zukunft …« Sie räusperte sich. »Ich sehe zwei Männer in deinem Leben. Der eine ist eher langweilig. Der andere Mann … Meine Güte, der ist mal richtig heiß!«

Ich riss die Augen auf. Sprach sie etwa von Sven und Marc? Ich hatte das Gefühl, dass sich jedes einzelne Haar auf meinem Körper aufrichtete.

»Der Traumtyp kommt aus einem warmen Land, oder?«, fragte Shanti-Gertrud.

»Nein … also, ja«, stammelte ich. »Da gibt es einen Mann, der kommt aus Spanien. Aber Traumtyp …? Ich weiß nicht.«

»Er ist sehr nett, fürsorglich, mag Kinder, fährt Motorrad und spielt Gitarre«, fuhr Shanti-Gertrud ungerührt fort. »Genau den musst du nehmen. Er ist der Richtige! Das ist der Mann, der dir vorherbestimmt ist, Constanze.«

Shanti-Gertrud machte die Augen wieder auf.

»Marc ist mir vorherbestimmt?«, hauchte ich fassungslos.

Konnte ich ihn deshalb nicht aus meinem Kopf bekommen? Seit unserem Gespräch in seinem Wohnzimmer verbot ich mir selbst, an ihn zu denken. Doch es war wie die Sache mit dem rosa Elefanten: Je weniger ich an ihn denken wollte, desto mehr tat ich es. Ständig tauchte Marc Müller wieder vor meinem inneren Auge auf. Aber … aber ich wollte nicht mit Marc zusammen sein! Auf gar keinen Fall. Marc war Künstler. Genau wie mein Vater. Deshalb war er von Anfang an nicht für mich infrage gekommen. Ich wollte kein Leben wie meine Mutter führen, mit einem Mann, der nur an sich und seine Selbstverwirklichung dachte. Ein Mann, der unzuverlässig war und den ich durchfüttern musste, weil er keinen Cent verdiente und sich ausschließlich seiner Kunst widmete. Mein Vater war mit Sicherheit kein böser Mensch, und er mochte meine Mutter geliebt haben. Aber im Endeffekt war er ein schlechter Ehemann und ein schlechter Vater gewesen. Egoistisch, unzuverlässig und insbesondere auch untreu. Seine diversen Liebschaften hatte er vor meiner Mutter nicht einmal verheimlicht. Nein, so stellte ich mir eine Beziehung auf gar keinen Fall vor! Aber was, wenn Shanti-Gertrud mit ihrer Prophezeiung tatsächlich recht hatte? Eines stand jedenfalls außer Frage: Ein Mann wie Marc würde ganz sicher mehr Farbe in meine Aura zaubern. Wahrscheinlich war es genau dieses Wissen, das mir Angst machte.

»Das ist ja unfassbar!«, rief ich aufgeregt aus. »Shanti-Gertrud, ich schreibe einen Artikel über dich. Nein, das ist zu wenig! Mit dieser unglaublichen Begabung musst du ins Fernsehen und …« Das Gekicher von meiner Mutter und Oma Trudi ließ mich schlagartig verstummen.

Die beiden grinsten übers ganze Gesicht, und meine Oma wischte sich Lachtränen aus den Augenwinkeln. Lediglich Ariane sah genauso irritiert aus wie ich.

»Entschuldige, Schatz«, sagte meine Mutter. »Wir haben uns einen kleinen Spaß erlaubt. Deine Oma hat vorhin bei Shanti-Gertrud angerufen und sie eingeweiht.«

Oma Trudi hielt ihren Zeigefinger in die Höhe. »Weil deine Mutter und ich nämlich wissen, dass wir recht haben. Marc wäre genau der richtige Mann, um dich aus deinem Schneckenhaus zu holen. Das blöde Internet brauchst du gar nicht, Conny. Das Leben regelt solche Dinge ganz von selbst.«

Ich blinzelte sie fassungslos an. »Das war nur ein Jux?«

Marc war überhaupt nicht der mir vorherbestimmte Mann? »Ihr seid total doof, nur dass ihr es wisst!«

Shanti-Gertrud fasste mich am Arm. »Entschuldige, Conny! Sei uns bitte nicht böse. Wenn ich Trudi nicht einen Gefallen schuldig gewesen wäre, hätte ich bei so etwas überhaupt nicht gemacht. Aber der erste Teil der Aura-Analyse hat gestimmt!«, versicherte sie mir. »Nur das mit den zwei Männern war geschwindelt. Ich kann schließlich nicht in die Zukunft sehen.«

»Schon in Ordnung!« Ich winkte ab. »Ich bin dir nicht böse.«

Zu meiner Mutter und Oma gewandt, sagte ich: »Euch aber schon. Das kriegt ihr zurück!«

Oma Trudi grinste. »Jetzt habe ich aber Angst.«

*

Shanti-Gertrud führte uns durch ihre geschmackvoll eingerichtete Kate hinaus in den liebevoll gepflegten Garten. Ungefähr ein Dutzend Frauen hatten sich hier eingefunden, um miteinander zu quatschen, vom kalten Buffet zu naschen und von Shanti-Gertruds Yogi-Tee zu trinken. Wir gesellten uns zu Jutta, Sophie und Jule, die die Hollywoodschaukel in Beschlag genommen hatten. Die drei begrüßten uns überschwänglich. Sie schienen sich ehrlich zu freuen, dass meine Mutter und ich gekommen waren. Obwohl wir uns noch nicht lange kannten, hatte ich das Gefühl, auf alte Freundinnen zu treffen.

Shanti-Gertrud setzte sich ebenfalls zu uns und hielt mir einen Korb mit Brotscheiben hin. »Ich backe mein Brot neuerdings selbst. Nur mit natürlichen Zutaten. Willst du mal?«

Obwohl Ariane mir hinter Shanti-Gertruds Rücken eindringlich signalisierte, abzulehnen, nickte ich höflich. »Gerne!«

Schon als sich meine Lippen um die Brotscheibe schlossen, merkte ich, dass die Konsistenz ungewöhnlich war. Als hätte ich ein Stück Straßenbeton im Mund. Trotzdem schaffte ich es abzubeißen, ohne mir einen Zahn abzubrechen.

»Und?« Shanti-Gertruds erwartungsvoller Blick lag auf mir.

»Mhm, so etwas bekommt man bei keinem Bäcker!«, kommentierte ich absolut wahrheitsgemäß.

Fürs Erste parkte ich das Brotstück in meiner linken Backentasche. Ich hoffte, dass es essbarer wurde, wenn es ein wenig eingespeichelt war.

»Deinen letzten Artikel der *Rügens stille Helden*-Reihe fand ich übrigens klasse«, sagte Jutta. Sie schob mir verstohlen eine Serviette zu, damit ich den Dinkelstein in meinem Mund loswerden konnte. »Ich lese die Reihe sehr gern.«

»Danke!«, erwiderte ich lächelnd und meinte damit sowohl ihr Lob als auch die Entsorgungsserviette.

»Darf man eigentlich Vorschläge für deine Reihe einreichen?«, fragte sie. »Eine Kindergärtnerin hier im Dorf kämpft nämlich mit aller Kraft dafür, die Schließung unseres Kindergartens zu verhindern. Mit der Gemeinde ist nicht zu reden, und wenn kein Wunder geschieht, wird der Kindergarten am Ende des Sommers dichtgemacht.«

Ich wurde hellhörig. Für eine gute Story war ich immer dankbar. Jutta versorgte mich mit Details, und ich versprach, mit der Kindergärtnerin Isolde Sommer Kontakt aufzunehmen. Tatsächlich hatte ich auch ein privates Interesse daran, der Sache nachzugehen. Tom sollte nämlich genau diesen Kindergarten besuchen. Bei der Anmeldung hatte man mich leider nicht informiert, dass dies womöglich nur eine vorübergehende Lösung war.

Der Abend verging wie im Flug. Als es dunkel wurde, erhellten bunte Lampions und Windlichter den Garten. Da es etwas auffrischte, brachte Shanti-Gertrud meiner Mutter sofort eine Decke, damit es ihr im Rollstuhl nicht kalt wurde. War das nicht einfach liebenswert? Ariane zauberte aus ihrer Tasche zwei Flaschen Wein, damit wir uns auch innerlich aufwärmen konnten. Obwohl Shanti-Gertrud Alkohol normalerweise ablehnte, gönnte sie sich heute ebenfalls einen Schluck. Ihre Nerven waren wegen des Hundegebells wohl wirklich ziemlich angegriffen. So gaben wir ihr zum Abschluss noch einige Tipps, wie sie trotz des Lärms vom Nachbargrundstück einschlafen konnte. Die Vorschläge reichten von Ohrstöpseln, Hörbüchern und warmer Milch mit Honig bis zu duftenden Lavendelkissen.

»Mir hat immer Sex beim Einschlafen geholfen«, warf meine Mutter ein. Sie stieß einen betrübten Seufzer aus. »Leider hatte ich schon ewig keinen mehr.«

Nein, ich wollte mir meine Mutter wirklich nicht bei derlei Aktivitäten vorstellen! Gleichzeitig erweckte ihre traurige Miene aber mein Mitgefühl. Nur weil man das Rentenalter erreicht hatte, bedeutete das schließlich nicht, dass man keine körperlichen Bedürfnisse mehr hatte. Jeder Mensch, egal welchen Alters, sehnte sich nach Nähe und Zärtlichkeit. Diese Sehnsucht musste ich auch meiner Mutter zugestehen.

Shanti-Gertrud nickte zustimmend. »Bei mir ist es auch schon eine Ewigkeit her. Deswegen höre ich mir oft Walgesänge in Dauerschleife an. Zur Ablenkung und körperlichen Entspannung.«

»Und? Hilft's?«, fragte meine Mutter.

»Ein bisschen«. Shanti-Gertrud schwieg einen Moment, dann zog sie eine Grimasse und schüttelte den Kopf. »Nein, ehrlich gesagt nicht. Aber meine neuen Räucherstäbchen sind gut. Davon kriege ich immer Kopfschmerzen.«

Wir nickten wissend. Kopfschmerzen waren der größte Feind sexueller Lustgefühle. Das wusste jeder.

Wir verabschiedeten uns schließlich mit herzlichen Umarmungen. Shanti-Gertrud verteilte unter einigem Gelächter noch an jede ein Paar der besagten Räucherstäbchen. Für den Notfall, wie sie sagte. Ich freute mich schon jetzt auf das nächste Treffen. Selbst wenn meine Mutter und ich dann das seltsame Einführungsritual absolvieren mussten, wusste ich jetzt, dass es das wert war. Wenigstens in diesem Punkt hatte Oma Trudi recht behalten.

21. Kapitel

Für meine Artikelreihe *Rügens stille Helden* wollte ich heute den Vorstand eines Vereins interviewen. Meine Chefin hatte angeordnet, dass ich meinen Gesprächspartner Klaus Wischnewski am Ortsrand von Sagard treffen sollte. Natalie war in diesem Punkt überraschend stur gewesen, hatte sich jedoch geweigert, mir den Grund dafür zu nennen. Sie hatte lediglich ein leicht diabolisches Lächeln aufgesetzt. Das hätte mir zu denken geben sollen!

Der Verein hatte sich zur Aufgabe gemacht, die Insel in ihrem jetzigen Zustand zu erhalten und vor Immobilienspekulanten und internationalen Hotelketten zu bewahren. Ein löbliches Unterfangen! Als ich am vereinbarten Treffpunkt ankam, war mir sofort klar, weshalb Natalie ausgerechnet diesen Ort ausgewählt hatte. So eine fiese Seite hatte ich ihr überhaupt nicht zugetraut! Zwar hatte ich die Insel mittlerweile in mein Herz geschlossen, aber dies hier war mit Abstand die hässlichste Stelle Rügens, die ich bisher zu Gesicht bekommen hatte. Im krassen Gegensatz zu Sagards schönem Ortskern reihte sich am Ortsrand nämlich ein DDR-Plattenbau an den nächsten. Zwar hatte man versucht, die massive Hässlichkeit der Architektur durch farbenfrohe Fassadenanstriche abzumildern, aber es half leider nur geringfügig. Ich griff sofort zum Handy, um mich bei Natalie zu beschweren.

»Wieso tust du mir das an?«, fragte ich fassungslos. »Dieser Klaus Wischnewski wird bestimmt sauer sein, dass ich ihn ausgerechnet hier interviewe. Schließlich will er Rügen erhalten, genau so, wie es ist. Das ist das Motto des Vereins.«

»Natürlich ist Klaus Wischnewskis Einsatz heldenhaft«, meinte Natalie in mildem Tonfall. »Aber das Thema ist nun mal recht langweilig, und der Interviewort dürfte ein wenig Feuer in euer Gespräch bringen. Mal sehen, ob die Initiative auch vorsieht, für den Erhalt der Plattenbauten zu kämpfen.« Sie kicherte.

In diesem Augenblick erinnerte mich Natalie ein wenig an meinen früheren Chef Karl-Heinz. Aber ich verkniff mir einen entsprechenden Kommentar.

Wie sich bald herausstellte, hatten wir uns beide getäuscht. Klaus Wischnewski war ein untersetzter Mann Mitte fünfzig mit Nickelbrille, fröhlichem Lächeln und einem knallgelben T-Shirt mit dem Aufdruck »Rügen gehört den Rügenern!«. Er hatte mit dem provokanten Treffpunkt überhaupt kein Problem, im Gegenteil.

»Wir kämpfen für den Erhalt der ländlichen Infrastruktur und der geschichtsträchtigen Architektur«, erklärte er mir. »Rügen bedeutet nämlich nicht nur Bäderarchitektur und romantische Reetdachhäuser. Auch diese Plattenbauten gehören zur Insel. Sie sind Zeitzeugen, genau wie Prora. Außerdem sucht ihre puristische Eleganz seinesgleichen.«

»Sie finden die Plattenbauten schön?«, hakte ich perplex nach.

»Schönheit liegt im Auge des Betrachters, Frau Varga! Sie müssen das große Ganze sehen«, verlangte Herr Wischnewski. »Genauso vielfältig wie die Natur auf Rügen ist auch unsere Architektur. Hier stehen alte Kirchen und Bauernhöfe neben Neubauten, Mehrfamilienhäusern und Reetdachhäusern. Diese Plattenbauten«, er deutete hinter sich, »sind ebenfalls Teil unserer Geschichte. Generationen von Familien haben hier gewohnt, sich gestritten und geliebt, Weihnachten und Geburtstage gefeiert. Diesen Ort bezeichnen Menschen als ihr Heim, Frau Varga! Und eins dürfen Sie nicht vergessen …« Er hob mahnend den Zeigefinger. »Es ist günstiger Wohnraum, der auf Rügen mittlerweile schwer zu finden ist.«

Seine Argumente waren nicht von der Hand zu weisen. »Tut mir leid, ich war wohl voreingenommen.« Ich machte mir ein paar Notizen. »Sie haben also Bedenken, was die Zukunft der Insel angeht?«

»Das kann man so sagen.« Sorgenfalten zeichneten sich auf seinem Gesicht ab. »Wir wollen nicht, dass Rügen eine Touristeninsel wird wie zum Beispiel Sylt. Dort leben kaum noch Einheimische, und die teuren Reetdachhäuser mit den englischen Rasenflächen sind wie eine Filmkulisse. Dort wird überhaupt nicht mehr richtig gelebt. Aber nicht mit meinem Rügen!« Er ballte kämpferisch die Faust. »Wir dürfen uns nicht verdrängen lassen und einfach akzeptieren, dass die Immobilienpreise mit jedem Jahr steigen.«

Sein Ansinnen war ehrenwert, aber ich besaß nun mal ein ausgeprägtes Realismus-Gen. »Und Sie glauben, dass Ihr Verein tatsächlich etwas ausrichten kann?«

»Selbstverständlich!«, erwiderte er im Brustton der Überzeugung. »Mit Ausdauer und Engagement kann man immer etwas erreichen. Nach der Wende wollten zum Beispiel viele Tourismusverbände und Investoren unsere schönen Kreidefelsen mit Hotels bebauen. Damals war die Halbinsel Jasmund noch kein Weltnaturerbe. Nur den tapferen und engagierten Naturschützern von Rügen ist es zu verdanken, dass die Kreidefelsen noch so aussehen wie damals. Wir sind nämlich seit jeher Rebellen! Wissen Sie, was der Dichter Gotthard Kosegarten über die Rüganer geschrieben hat?«

Ich schüttelte den Kopf, und er zitierte sogleich: »Es war dies Völkchen seit alters her im Ruf der Störrigkeit, Rechthaberey, Prozess- und Zanksucht. Die Leute waren imstande, um einen Pflasterstein, um einen Eckpfosten, um einen Düngepfahl zu hadern, mit einer Wuth und Erbitterung, als gälte es Leib und Leben, Seel und Seeligkeit.«

Aus irgendeinem Grund musste ich bei diesem Zitat sofort an Trudi und meine Mutter denken. Mir entwich ein leidgeprüfter Seufzer.

»Und mit genau dieser Störrigkeit werde ich für mein Rügen kämpfen. Manchmal muss man eben einfach die Arschbacken zusammenkneifen und die Streitaxt schwingen!« Klaus Wischnewski deutete auf mein Notizbuch. »Sie dürfen das gerne so zitieren!«

Ich grinste. »Okay.« Dieser Mann beeindruckte mich mit seiner Leidenschaft und Entschlossenheit.

Am Ende des Interviews versicherte ich ihm, dass ich einen guten Artikel über ihn und seinen Verein schreiben würde, der ihnen hoffentlich ein paar neue Mitglieder einbrachte.

*

Mein nächstes Treffen mit Sven sollte in Putbus stattfinden. Ich hatte von Natalie zwei Karten für eine Theaterpremiere im Theater Putbus erhalten, um darüber zu berichten. Warum nicht das Angenehme mit dem Nützlichen verbinden? Deshalb hatte ich Sven gefragt, ob er Lust hätte, mich zu begleiten. Da er inzwischen einen Mietwagen bekommen hatte, war er zum Glück wieder mobil.

Als ich zum Treffen fuhr, war ich leider schon etwas spät dran. Ich freute mich auf einen schönen Abend in Svens Gesellschaft.

Vielleicht würde es heute sogar zu einem ersten Kuss kommen? Beim Gedanken daran beschleunigte sich mein Herzschlag. Ich hatte schon so lange keinen Mann mehr geküsst, dass ich insgeheim befürchtete, es verlernt zu haben.

Bei meiner Ankunft in Putbus verblasste diese Sorge allerdings, denn die Schönheit der Stadt nahm mich gefangen. Es war das erste Mal, dass ich die »weiße Stadt« mit eigenen Augen sah. In der Ortsmitte reihten sich prunkvolle weiße Häuser im klassizistischen Stil um weite offene Plätze. Fasziniert drehte ich eine Runde um den Circus, den runden Hauptplatz von Putbus. Er hatte beeindruckende Ausmaße, war von Bäumen bewachsen, und in der Mitte ragte ein Obelisk auf. Genau dort wollte ich gleich Sven treffen. Hoffentlich wartete er nicht bereits!

Auf der Suche nach einem Parkplatz fuhr ich die Alleestraße entlang und bog in den Markt. Hier musste das Theater sein! In der Mitte des rechteckigen Platzes, um den sich ebenfalls herrschaftliche weiße Gebäude gruppierten, stand ein Denkmal. Im Vorbeifahren fielen mir die zahlreichen Rosenstöcke ins Auge, die einen wunderbaren Kontrast zum Weiß der Fassaden bildeten. Wurde Putbus nicht auch »die Rosenstadt« genannt? Dieser klassizistische Baustil war so anders als die Bäderarchitektur im Küstenbereich. Ich nahm mir vor, Sven nach dem Grund zu fragen. Als Architekt kannte er sich bestimmt damit aus.

Leider fand ich auch hier keinen freien Parkplatz, der größentechnisch passend war. Verflixter Pick-up! Erst gestern hatte mein Bruder mich daran erinnert, dass ich mich nach einem neuen Auto umsehen musste. Aber mit diesem Problem würde ich mich morgen beschäftigen. Oder übermorgen. Dann würde ich mir ein Auto kaufen, für das man nicht einen Parkplatz in der Größe eines Flugzeughangars benötigte.

Himmelweit entfernt von meinem eigentlichen Ziel fand

ich endlich eine Parkmöglichkeit. So schnell mich meine Stöckelschuhe trugen, eilte ich zurück, vorbei am Schlosspark von Putbus. Die Abendsonne warf goldene Strahlen durch das Blätterdach der hochgewachsenen Bäume, und die Spaziergänger schlenderten entspannt die Wege entlang. Die Einzige, die Stress und Hektik verbreitete, war ich. Als ich endlich am Obelisken ankam, wartete Sven schon auf mich. Heute trug er einen schicken dunklen Anzug und ein weißes Hemd. Tadellos wie immer! Mein schwarzer Bleistiftrock dagegen war durch meinen Sprint unvorteilhaft in die Höhe gerutscht, eine Haarsträhne hatte sich aus meiner Hochsteckfrisur gelöst, und meine rote Bluse warf unschöne Falten. Mit fahrigen Fingern zog ich meinen Rock zurecht und steckte mir die Strähne hinters Ohr.

»Entschuldige die Verspätung«, sagte ich, nachdem Sven und ich uns zur Begrüßung umarmt hatten. »Daheim wollte Tom unbedingt noch eine Gutenachtgeschichte von mir hören, weil ich nachher beim Zubettgehen nicht da sein werde. Und den Klavierstimmer musste ich auch noch bezahlen. Wartest du schon lange?«

Es war Sven nicht anzumerken, ob er verärgert war. Er warf einen Blick auf seine Rolex. »Etwas mehr als dreißig Minuten.«

Ich runzelte die Stirn. »Aber ich bin doch nur fünfzehn Minuten über der Zeit.«

Er strich mir beruhigend über den Arm. »Das ist nicht deine Schuld, Constanze. Aber ich hasse es, wenn ich mich verspäte«, erklärte er. »Deshalb komme ich immer fünfzehn Minuten zu früh zu einem Termin.«

»Immer?« Ich konnte meine Fassungslosigkeit nicht ganz verbergen.

Er nickte. »Immer.«

Svens Neigung, alles zu planen, hatte mir bisher gefallen.

Aber diese Angewohnheit irritierte mich etwas. Damit bildete Sven den exakten Gegenpol zu meiner Freundin Monika. Aber so hatte wohl jeder seine Macken.

Ich erzählte Sven von meiner Begeisterung für die herrschaftlichen Gebäude. »Bestimmt kannst du mir erzählen, wie es dazu kam, dass dieser klassizistische Stil in Putbus vorherrscht, oder?«

Schlagartig hellte sich Svens Gesicht auf. »Natürlich! Wenn du willst, können wir eine kleine Stadtführung machen.«

Ich nickte begeistert. »Gerne.«

Obwohl Sven sich auf die Führung nicht hatte vorbereiten können, war sein Vortrag beeindruckend. Wo hatte er all das Wissen über Architektur und Geschichte nur abgespeichert? Sein Kopfumfang sah jedenfalls völlig normal aus. Ich fragte mich ernsthaft, ob mein Gehirn im Sparmodus lief. Dabei hielt ich mich normalerweise nicht für dumm. Immerhin hatte ich ein abgeschlossenes Studium vorzuweisen. Aber mein Gehirn saugte nicht jede Information auf wie ein Schwamm und speicherte sie bis in alle Ewigkeit ab. Bei Svens Vortrag hätte es zum Beispiel ausgiebig Gelegenheit dazu gehabt, aber meine Gehirnzellen wollten sich nur einen Bruchteil der Infos über Fürst Wilhelm Malte I. merken. Der hatte nämlich die Residenzstadt Putbus im Jahr 1810 gegründet und den ganzen Aufbau akribisch nach seinen Vorstellungen geplant. Ein Schloss hatte es früher auch gegeben, aber das war in den Sechzigern unter der DDR-Regierung abgerissen worden.

Wahrscheinlich konnte ich Svens ausführlichem Bericht nur deshalb nicht die nötige Aufmerksamkeit schenken, weil ich so langsam wirklich Hunger hatte. Eigentlich hatten wir geplant, vor der Aufführung essen zu gehen.

»… gab es 1826 jedoch einen Umbau«, erläuterte Sven gerade, »bei dem die Giebel über die Schmalseiten des Hauses und der

Dreiecksgiebel über dem Säulenportikus gebaut wurden. Erst dadurch bekam das Theater die heutige harmonische Form. Achte mal auf diesen …«

»Entschuldige bitte, Sven«, unterbrach ich ihn. »Aber wir sollten vielleicht zum Restaurant gehen. Wenn wir Pech haben, ist unser Tisch schon weg.«

Sven sah auf die Uhr und sog erschrocken die Luft ein. »Es ist schon so spät? Tut mir leid. Wie du siehst, bin ich ein echter Fachidiot! Wenn es um Architektur geht, komme ich ins Schwafeln. Verzeih mir bitte, Constanze!«

Er sah so erschüttert aus, dass ich ihm ein beruhigendes Lächeln schenkte. »Kein Problem! Du hast mich in deiner allerersten Nachricht schließlich schon vorgewarnt. Ich wusste, auf was ich mich einlasse. Wenn wir uns beeilen, können wir es trotzdem noch rechtzeitig zum Theater schaffen.«

Leider war ich in diesem Punkt etwas zu optimistisch, denn im Restaurant machte man uns keine Hoffnung, dass wir bis zum Beginn der Aufführung fertig sein würden. Der Laden war gerammelt voll. Somit verließen wir unverrichteter Dinge und mit knurrenden Mägen das Restaurant. Sven war sichtlich zerknirscht.

»Es tut mir unglaublich leid, Constanze«, versicherte er mir mehrfach. »Wie kann ich das nur wiedergutmachen?«

»Ich muss mich entschuldigen«, entgegnete ich resolut. »Wenn ich vor der Aufführung nicht noch Interviews führen müsste, hätte uns die Zeit fürs Essen gereicht. Mein Experiment, Privates und Berufliches miteinander zu verbinden, läuft bisher eher suboptimal.«

Um nicht zu verhungern, landeten wir in einem Dönerladen in unmittelbarer Nähe des Theaters. Der gut gelaunte indische Inhaber begrüßte uns überschwänglich und stellte sich uns als

Dilip vor. Seiner Aussage nach war er Hobby-Schauspieler, und während der Zubereitung des Essens machte er sich gleich daran, ein paar Dialoge aus bekannten Filmen zum Besten zu geben. Er tat dies mit solch übertriebener Dramatik, dass ich mir das Lachen nicht verkneifen konnte. Ein Effekt, der von Dilip anscheinend gewünscht war, denn er legte gleich noch eins drauf und gab mit weit ausgebreiteten Armen den »König der Welt« vor dem Dönerspieß. Ich amüsierte mich köstlich. Da konnte man mal sehen, wie schnell sich aus einer verpatzten Abendplanung spontan etwas Positives entwickeln konnte. Irgendwann fing sich auch Sven wieder und lobte Dilip für das leckere Essen.

Während ich meine Interviews mit dem Intendanten des Theaters Vorpommern und dem Regisseur des Stückes führte, wartete Sven geduldig. Danach konnten wir noch ein Glas Sekt zusammen trinken, bevor es Zeit wurde, zu unseren Plätzen zu gehen.

Das Theater war zwar nicht besonders groß, doch das tat seiner glanzvollen Atmosphäre keinen Abbruch. Der Saal erstrahlte im Licht eines Kronleuchters, es gab zahlreiche Stuckverzierungen, und die Emporen besaßen kunstvoll geschmiedete Geländer. Der Vorhang hob sich, und nachdem der Applaus des Publikums verebbt war, griff Sven im Dunkeln nach meiner Hand und hielt sie sanft in seiner.

22. Kapitel

Isolde Sommer erwartete Jutta und mich bereits vor dem *Kindergarten Störtebeker*. Leider kamen wir etwas zu spät, da ich Jutta daheim abgeholt und sie mir voller Stolz ihre Pension gezeigt hatte. Auch wollte sie wegen des Sanddornfests noch einige Dinge mit mir besprechen. Natürlich hatten wir dabei die Zeit vergessen und uns ein wenig verquatscht. Ich entschuldigte mich bei Frau Sommer für unsere Verspätung.

»Sie müssen sich nicht entschuldigen, Frau Varga!« Sie winkte mit einem gutmütigen Lachen ab. Isolde Sommer war eine Kindergärtnerin wie aus dem Bilderbuch: Mitte fünfzig, etwas mollig, mit hellblonden kurzen Locken und einem fröhlichen Funkeln in den Augen. »Ich habe mich in der Zwischenzeit ein bisschen um unseren Garten gekümmert. Während der Sommerpause ist er ziemlich verwildert. Gut, dass es in ein paar Tagen wieder losgeht! Wegen unserer Finanzprobleme hatten wir leider etwas länger geschlossen als normal.«

Ich sah mich um. Neben den üblichen Spielgeräten wie Schaukeln, Drehkarussell und Rutsche gab es auch Blumenhochbeete in Schneckenform, einen Kräutergarten, Bäume zum Klettern und zahlreiche Büsche und Hecken als Versteckmöglichkeiten. Der Kindergarten selbst sah aus wie ein richtiges Piratenschiff. Er war rundum mit Holz verkleidet. Vorne war ein hölzerner Schiffsbug angebaut, hinten ein Heck. Auf dem Dach wehte eine abgeänderte Form der Totenkopfflagge: ein grinsendes weißes Emoji auf schwarzem Grund. Das gefiel Tom garantiert!

»Der Kindergarten sieht wirklich toll aus«, entfuhr es mir begeistert.

»Vielen Dank! Die Kinder lieben ihr ›Piratenschiff‹ auch heiß und innig.«

Isolde Sommer bat uns hinein. Beim Öffnen der Tür folgte die nächste Überraschung. Ein täuschend echter Papagei flog an einer Schnur über unsere Köpfe hinweg und krächzte in echter Piratenmanier: »Willkommen an Bord! Willkommen an Bord!«

Ich grinste. »Eine passende Begrüßung.«

Frau Sommer führte uns herum. Nachdem ich alles gesehen hatte, stand für mich fest, dass Tom in diesen Kindergarten gehen musste. Und zwar nicht nur für ein paar Wochen oder Monate, sondern bis zu seiner Einschulung! Besonders begeistert hatte mich die Entspannungsecke. Von Wand zu Wand spannte sich eine große Hängematte aus zusammengeknüpften Seilen. Bunte Kissen luden zum Hineinkuscheln ein, an der Decke war ein Sternenhimmel aus Lichterketten angebracht, und sanftes Meeresrauschen tönte aus den Lautsprechern. Wie eine Nacht unter freiem Himmel an Bord des Piratenschiffes *Störtebeker*.

Ich war bereit, Isolde Sommer mit all meiner Kraft zu unterstützen! Leider hatte ich jedoch erst einmal keine guten Nachrichten für sie. »Ich habe mit meiner Chefin gesprochen, und sie meinte, dass unsere Zeitung in den vergangenen Monaten schon vier Artikel über den Kindergarten und die drohende Schließung gebracht hat.« Entschuldigend blickte ich von Jutta zu Frau Sommer. »Deshalb kann ich Sie leider nicht in die Reihe *Rügens stille Helden* aufnehmen. Auch wenn unsere Chefredakteurin von Ihrem Engagement wirklich begeistert ist, bitte glauben Sie mir! Aber sie muss auch an unsere Leser denken, und die werden sich für einen fünften Artikel zu diesem Thema kaum interessieren.«

Natalie war in diesem Punkt überraschend hartnäckig geblieben. Aber als Chefredakteurin musste man wohl auch unliebsame Entscheidungen treffen. Die Geschichte über die Schließung des Kindergartens spielte sich in dieser Art leider in zahlreichen Dörfern unseres Landes ab: Es ging um Budgetkürzungen, Einsparungen und das Argument, dass durch die geburtenschwachen Jahrgänge zu wenig Kinder den örtlichen Kindergarten besuchten, um ihn rentabel zu halten. Für die Gemeinden schien es einfacher zu sein, den Eltern und Kindern mehrmals täglich die Fahrt zum nächstgrößeren Kindergarten zuzumuten.

Die Enttäuschung stand Frau Sommer ins Gesicht geschrieben. »Das verstehe ich natürlich.« Sie bemühte sich sichtlich um ein tapferes Lächeln. »Die Aufmerksamkeit, die wir durch die Artikel erhalten haben, hat uns ja auch schon viel gebracht. Dafür sind wir dankbar. Es gab großzügige Spenden von einigen Firmen vor Ort. Auch durch die Spendenbüchsen, die wir beim Bäcker und der Post aufgestellt haben, ist einiges zusammengekommen. Die Eltern sind sogar bereit, eine Erhöhung des Kindergartenbeitrags zu akzeptieren.«

»Und was genau bedeutet das?«, hakte ich nach. »Wie viel Geld fehlt Ihnen noch, um über die Runden zu kommen?«

»So genau wissen wir das leider nicht.« Bedauernd hob Frau Sommer die Schultern. »Denn was die Gemeinde für die Miete der Räumlichkeiten veranschlagen würde, wurde uns bisher nicht mitgeteilt. Dazu kommen natürlich die Gehälter von zweieinhalb Erzieherinnen und die laufenden Festkosten.«

Jutta hatte meine schlechte Nachricht bisher schweigend zur Kenntnis genommen. »Gestern hatte ich eine geniale Idee«, verkündete sie nun. »Damit kriegen wir mit einem Schlag genügend Geld zusammen.« Sie holte tief Luft. »Wir veranstalten ein großes Benefizkonzert!«

Sie blickte uns auffordernd an, als würde sie frenetische Jubelrufe erwarten. Da die gewünschte Reaktion ausblieb, erklärte sie notgedrungen: »Mein Mann spielt in seiner Freizeit in der Band die Fischköppe als Schlagzeuger. Sie treten oft bei Hochzeiten und Firmenfeiern auf. Dank ihnen war beim Tanz in den Mai die Sporthalle in Bergen gerammelt voll. Ein Auftritt der Band würde bestimmt viele zahlende Gäste anlocken. Die *Fischköppe* würden natürlich kostenlos spielen. Das kann ich garantieren, denn ich bin ihre Bandmanagerin.«

Die Idee gefiel mir. In diesem Fall würde Natalie mir bestimmt auch erlauben, einen Artikel über das Event zu schreiben. »Ein gut besuchtes Konzert könnte tatsächlich eine Menge Geld einspielen. Und an welche Location hast du gedacht?«

»Das ist ja das Tolle«, rief Jutta begeistert aus. »Wir machen ein Open-Air-Konzert am Strand, hier in Glowe. Stellt euch mal diese großartige Atmosphäre vor! Nachts unterm Sternenhimmel, der noch warme Sand unter den Füßen, das Mondlicht spiegelt sich auf den Wellen und dazu gute Pop- und Rockmusik. Das wird ein perfekter Abend.«

Alle im Dorf liebten ihren kilometerlangen Sandstrand. Doch genau deshalb sah ich auch einige Schwierigkeiten auf uns zukommen. »Bestimmt benötigt man dafür unzählige Ausnahmegenehmigungen, und wir müssten einen ganzen Katalog an Vorgaben erfüllen«, gab ich zu bedenken.

Doch Jutta hatte bereits an alles gedacht. »Deshalb veranstalten wir das Benefizkonzert am Wochenende des Sanddornfests«, erklärte sie. »Da herrscht im Dorf ohnehin Ausnahmezustand, und es kommen genügend Touristen, die dann auch das Benefizkonzert besuchen werden. Wir gliedern es einfach ins Programm ein! Die notwendigen Genehmigungen kann ich organisieren. Die Vorsitzende des Sanddornfestkomitees«, dabei deutete sie grinsend auf sich, »wird uns auf alle Fälle das Okay geben, denn musikalisch ist das Fest immer ziemlich mau.«

»Das stimmt«, meldete sich Frau Sommer zu Wort. »Sonst spielt immer nur die Feuerwehrkapelle. Jedes Jahr dieselben Lieder. Als ob es sie umbringen würde, mal etwas Neues einzustudieren.«

Schmunzelnd schüttelte ich den Kopf. Ich hatte nicht erwartet, dass Jutta derart ausgefuchst war.

»Allerdings wäre es gut, wenn auch noch andere Künstler spielen könnten«, meinte sie nun. »Je besser das musikalische Programm ist, umso attraktiver wird es für Besucher.«

Frau Sommer tippte sich nachdenklich an die Lippen. »Ich könnte Detlef Huber und seinen Bruder fragen, ob sie mitmachen. Die beiden wohnen auf Hiddensee.«

»Das Akkordeon-Duo?« Juttas Lächeln erschlaffte. »Ich weiß nicht, Isolde. Die spielen doch nur Volksmusik. Das passt überhaupt nicht zu den Songs der *Fischköppe*.«

Die Kindergärtnerin nickte, doch schon einen Moment später schnippte sie mit den Fingern. »Wie wäre es mit *Keuchhusten?*«

»Die Schülerband aus Bergen?« Für diesen Vorschlag konnte Jutta sich offensichtlich begeistern. »Sie wären eine gute Vorgruppe. Meine Tochter Leonie ist mit dem Sänger befreundet. Sie kann ihn fragen, ob sie mitmachen würden. Gute Idee, Isolde! Jetzt brauchen wir noch ein drittes Event.«

Die beiden stellten weitere Überlegungen an. Aber entweder spielte die jeweilige Gruppe die falsche Musikrichtung, die Bandmitglieder waren inselbekannte Suffköpfe, oder die Gruppe hatte sich mittlerweile aufgelöst. Nervös tippte ich mit der Fußspitze auf den Boden. Wie es der Zufall so wollte, kannte ich einen begnadeten Musiker.

»Das ist zum Verzweifeln!« Jutta warf die Hände in die Höhe. »Wir werden doch noch jemanden finden, der bei einem Benefizkonzert auftreten könnte?«

»Also …« Ich räusperte mich. »Ich kenne auch jemanden, der hier lebt und Musiker ist.«

Jutta blickte mich erstaunt an. »Wen denn?«

»Unseren Nachbarn. Marc.«

»Aber natürlich!« Juttas Miene hellte sich auf. »Ariane hat mir schon von ihm erzählt. Oder besser gesagt: vorgeschwärmt. Ist er denn gut?«

Ich nickte eifrig. »Atemberaubend gut! Er spielt Gitarre wie ein Gott. Von klassischer Gitarrenmusik bis zu Rocksongs kann er absolut alles. Singer-Songwriter ist er ebenfalls. In Spanien ist er wohl auch schon aufgetreten.«

Sie musterte mich einen Moment, dann nickte sie zustimmend. »Okay, Marc ist gebucht! Ich vertraue deinem Urteil, Constanze.«

»Nicht so schnell!« Leider musste ich ihre Euphorie ein wenig bremsen. »Ich sollte erst mit Marc darüber reden. Er hat gesagt, dass er eigentlich nicht mehr auf die Bühne geht.«

Obwohl ich diesen radikalen Entschluss nach wie vor nicht nachvollziehen konnte. Schließlich hatte er mir nie erzählt, wie genau sein Trauerfall damit in Verbindung stand. Marc hatte so wahnsinnig viel Talent, und es tat mir im Herzen weh, dass er nur noch für sich allein spielte. War das nicht die reinste Verschwendung?

Jutta stutzte. »Aber er ist doch Musiker, oder?«

»Ja, schon. Er hat sogar Musik studiert.« Ich biss mir auf die Unterlippe. Vielleicht hätte ich doch lieber die Klappe halten sollen? »Na also!«, erwiderte Jutta zufrieden. »Dann wird er auch auftreten. Musiker gehören auf die Bühne! Das ist sozusagen ihr zweites Zuhause. Das weiß doch jeder. Wahrscheinlich ziert er sich nur ein bisschen.« Sie blickte mich voller Zuversicht an. »Du bringst ihn schon dazu, Constanze! Schmeichel ihm ein bisschen. Wickel ihn mit weiblicher Raffinesse um den Finger. Schließlich geht es nicht um einen Auftritt im Berliner Olympiastadion, sondern nur um ein Benefizkonzert im dörflichen Glowe.« Mit einem frechen Grinsen fügte sie hinzu: »Ariane vermutet, dass er ein Auge auf dich geworfen hat. Dann wird er dir diesen kleinen Wunsch schon nicht abschlagen.«

Ich spürte, wie mir die Röte in die Wangen stieg. »Also, das … das stimmt doch überhaupt nicht«, stammelte ich. »Wir sind nur miteinander befreundet. Mir ist ehrlich gesagt auch nicht besonders wohl dabei, Marc unter Druck zu setzen.«

Jutta packte mich an den Schultern und blickte mir fest in die Augen. »Constanze, es hängt an uns, diesen Kindergarten zu retten«, erinnerte sie mich an unsere Mission. »Du willst deinen Sohn doch auch hierherschicken, oder? Außerdem geht es um Isoldes Job.« Sie deutete auf Frau Sommer, die wie aufs Stichwort eine zutiefst bedauernswerte Miene aufsetzte. »Wir zählen auf dich, dass du unseren Jimmy Hendrix von Rügen mit an Bord holst!«

Tatsächlich wollte ich unbedingt, dass Tom den *Kindergarten Störtebeker* besuchte und damit ein kleiner »Pirat« wurde. Ich gab mich seufzend geschlagen. »Okay. Ich werde mein Bestes geben, um Marc zu überzeugen.«

★

Geradezu lahmarschig lief ich Marcs Gartenweg entlang. Ich konnte mich einfach nicht entscheiden, wie ich taktisch vorgehen sollte. Wie wickelte man denn bitte schön einen Mann mit weiblicher Raffinesse um den Finger? Ich hätte Jutta auf ein paar konkrete Tipps festnageln sollen! Am besten ich bat Marc ganz direkt um seine Hilfe und ließ die weibliche Raffinesse einfach weg. Für die war ich mit Jeans, T-Shirt und Flipflops wohl ohnehin falsch angezogen. Bestimmt waren dabei ein kurzer Rock und eine Bluse mit tiefem Ausschnitt unerlässlich. Ich atmete tief durch und drückte die Klingel.

Schneller, als mir lieb war, öffnete Marc die Tür. Als er mich sah, machte er allerdings ein zutiefst erschrockenes Gesicht. »Conny? Himmel, entschuldige bitte! Ich … ich bin überhaupt nicht vorbereitet.« Damit knallte er mir die Tür vor der Nase zu.

Mir blieb der Mund offen stehen. Was war das denn? Wieso sollte er auf meinen Besuch nicht vorbereitet sein? Saß dort drin vielleicht schon eine andere Frau? Der Gedanke gefiel mir nicht besonders. Obwohl ich dazu überhaupt keinen Grund hatte. Schließlich konnte Marc tun und lassen, was er wollte. Selbst wenn da drin ein paar heimatlose Playboy-Bunnys halbnackt herumsprangen, ging mich das … Marc öffnete wieder die Tür und beendete damit meine wilden Spekulationen. Ich riss die Augen auf. Im Gegensatz zu gerade eben präsentierte sich mein Nachbar jetzt oberkörperfrei, nur mit einer tief sitzenden Jeans bekleidet. Der Anblick war mir schon von meinem letzten Besuch vertraut. Es wäre allerdings eine Lüge gewesen zu behaupten, dass ich mich inzwischen daran gewöhnt hatte. Dafür sah ich viel zu selten gut gebaute Männer ohne T-Shirt. Aber dieses Mal blitzte der Schalk aus Marcs Augen. In der Hand hielt er eine Sprühflasche, mit der er sich nun großzügig mit Wasser bespritzte. Die Tropfen perlten an seiner Haut herab.

»Du hast mich leider unvorbereitet erwischt, deshalb musste ich improvisieren.« Ein Grinsen zuckte um seine Mundwinkel. »Hast du dir nicht die Mail zu meinen Duschzeiten durchgelesen? Wie soll ich denn bitte schön halbnackt die Tür öffnen, wenn du dich nicht an die Absprachen hältst!«

So, so. Marc wollte mich offensichtlich ein wenig foppen. Ich legte den Kopf schräg und biss mir auf die Unterlippe. Na schön, Herausforderung angenommen! Ohne großartig darüber nachzudenken, streckte ich die Hand aus und schnappte mir die Sprühflasche.

»Die Mail ist wohl leider in meinem Spam-Ordner gelandet«, bemerkte ich. »Du hast da übrigens eine Kleinigkeit vergessen!« Übermütig hob ich mit den Fingern seinen Hosenbund an und feuerte einen kräftigen Sprühstoß ab.

Marc zuckte sichtlich zusammen. Damit hatte er wohl nicht gerechnet. »Das Wasser ist kalt, Conny!«

Ich grinste. »Die perfekte Abkühlung für dein großes Ego«, entgegnete ich. »Außerdem kann es so schlimm nicht gewesen sein. Mir ist nicht entgangen, dass du noch Boxershorts trägst. *Rosa* Boxershorts.«

Er rümpfte die Nase. »Die waren mal weiß«, knurrte er.

Ich schlug mir die Hand vor den Mund, doch ich konnte ein amüsiertes Prusten nicht unterdrücken.

»Lachst du mich etwa aus?« Er kniff die Augen zusammen.

»Wie könnte ich?«, kicherte ich. »Einen Mann mit verfärbter Unterwäsche muss man unbedingt ernst nehmen.«

Marc fixierte mich und trat einen Schritt auf mich zu. »Ich warne dich, Conny. Spiel nicht mit dem Feuer!«

Seine Stimme klang nach purer Erotik. Tief, samtig und mit einer Vibration, die durch meinen ganzen Körper ging. Ich sah zu ihm auf. In Marcs Augen loderte ein Feuer auf, das meine Knie weich werden ließ und meinen Herzschlag beschleunigte. Mein Körper reagierte instinktiv auf seine Nähe. Ich kam Marc ein winziges Stück entgegen, und meine Lippen teilten sich erwartungsvoll. Für einen Moment wünschte ich mir, Marc würde die letzten Zentimeter zwischen uns überbrücken. Allerdings stand das im krassen Widerspruch zu der rein platonischen Freundschaft, die ich mit meinem Nachbarn im Sinn hatte. Es wäre besser gewesen, wenn ich auf seinen Scherz gar nicht erst eingegangen wäre. Da ich nach wie vor überzeugt war, dass ein Mann wie Marc mich nur unglücklich machen würde, musste ich mich von solchen Aktionen unbedingt distanzieren.

Ich unterbrach unseren Blickkontakt, trat zurück und atmete tief durch. Im Gegensatz zu Monikas Prophezeiung hatte ich meine »niederen Brunftinstinkte« sehr wohl unter Kontrolle. Und für den absoluten Notfall blieben mir immer noch die Migräneräucherstäbchen von Shanti-Gertrud in meiner Handtasche.

»Kann ich kurz reinkommen und mit dir reden?«, bat ich Marc.

Er nickte. »Natürlich.« Falls meine nüchterne Reaktion ihn überraschte, ließ er es sich nicht anmerken. Normalerweise sanken die Frauen bestimmt mit einem sehnsüchtigen Seufzen in seine Arme.

Er trat zur Seite und bedeutete mir hereinzukommen. Ich ging durch den Flur ins Wohnzimmer und blieb überrascht stehen. Im Gegensatz zu meinem letzten Besuch herrschte hier heute das reinste Chaos. Überall lagen Notenblätter und Stifte herum, die beiden Sofas wurden von zwei Gitarren belegt, und auf dem Tisch standen diverse Gläser und ein Pizzakarton.

»Entschuldige bitte das Durcheinander!«, sagte Marc. »Ich bin gerade in einem kreativen Flow und habe nicht mit Besuch gerechnet.«

Das kam mir leider nur allzu bekannt vor. Wenn meine Mutter abends entkräftet und übermüdet von der Arbeit heimgekommen war, hatte sie daheim erst einmal das Chaos meines Vaters beseitigen und den Haushalt machen müssen. Sauberkeit und Ordnung waren Fremdwörter für meinen Vater und seine Künstlerkollegen gewesen. Sobald ich alt genug gewesen war, hatte ich tagsüber hinter ihm hergeräumt, um meine Mutter ein bisschen zu entlasten. Ein siebenjähriges Kind sollte jedoch nicht die vollen Aschenbecher ihres Vaters leeren und die benutzten Wodkagläser seiner Freunde spülen müssen.

Ich vertrieb diese unerfreulichen Erinnerungen aus meinem Kopf. Da Marc und ich nur befreundet waren, konnte mir völlig egal sein, wie er in seinen eigenen vier Wänden hauste. Ich schob eine der Gitarren und einen Stapel Notenblätter zur Seite, um mich setzen zu können. »Komponierst du gerade?«

Er schüttelte den Kopf. »Momentan kämpfe ich mit den passenden Texten. Das Komponieren fällt mir leicht, aber leider besteht ein Song nicht nur aus Musik, sondern benötigt auch eine sprachliche Botschaft.« Marc seufzte so gequält auf, dass ich mir ein Schmunzeln nicht verkneifen konnte.

»Als Jugendliche habe ich auch Songs komponiert, auf dem Klavier«, gestand ich ihm. »Diese Phase habe ich zum Wohle aller jedoch schnell hinter mir gelassen.«

Marc wirkte überrascht. »Darf ich eines deiner Werke mal hören?« Er deutete auf das alte Klavier in der Nische.

»Ganz bestimmt nicht«, gab ich entschieden zurück. »Musikalisch waren meine Songs nicht besonders gut. Aber die Texte fand ich ganz gelungen. Vielleicht zeige ich sie dir mal. Als Inspirationshilfe. Wobei ich dann natürlich auch einen Anteil an deinen Tantiemen verlangen werde«, meinte ich augenzwinkernd. »Verkaufst du deine Songs eigentlich, wenn du momentan nicht mehr selbst auftrittst?«

»Ab und zu. An spanische Bands, wenn sie Interesse haben.«

»Und davon kannst du leben?«, entfuhr es mir stirnrunzelnd. Unverschämt direkte Fragen zu stellen lag mir wohl im Blut. Was die Neugierde betraf, unterschied ich mich anscheinend kein bisschen von Mama und Oma Trudi. Wovon Marc seinen Lebensunterhalt bestritt, hatte ich mich jedoch schon oft gefragt.

»Mir reicht es jedenfalls.« Er zuckte mit den Schultern. »Um Geld mache ich mir nicht großartig Gedanken. Solange ich ein Dach über dem Kopf und etwas zu essen habe, bin ich zufrieden.«

Marc lebte somit in den Tag hinein und machte sich über seine Zukunft nicht allzu viele Gedanken. Mit Anfang zwanzig war so eine Einstellung charmant, aber leider nicht mehr in unserem Alter. Ein Missionierungsdrang erfasste mich, den ich einfach nicht unterdrücken konnte. Marc musste endlich erwachsen werden!

»Du könntest dir vielleicht mal einen richtigen Job mit einem sicheren Einkommen suchen? Ich kann dir auch beim Lebenslauf helfen«, bot ich ihm an. »Wenn du länger auf Rügen bleibst, wäre das doch eine gute Idee, oder? Du könntest dich natürlich auch selbstständig machen. Vielleicht als Gitarrenlehrer?« Diese Idee begeisterte mich sofort. »Genau das ist es! Du hast schließlich Musik studiert und kannst gut mit Kindern …«

Marc hob abwehrend die Hände. »Danke, Conny, doch wie gesagt: Ich bin mit dem zufrieden, was ich habe. Außerdem bin ich nicht sicher, wie lange ich noch hier bin. Aber falls mir bis zu meiner Abreise das Geld ausgehen sollte, weiß ich ja nun, dass ich mich notfalls an dich wenden kann.« Er lächelte.

Ich schwieg irritiert. Wie hatte er das denn gemeint? War das auf meine Hilfe bei seinem Lebenslauf bezogen? Oder wollte er sich im Notfall Geld von mir leihen? Ich war alleinerziehend und hatte zwei Kinder. Offen gestanden wollte ich nicht auch noch einen befreundeten Musiker durchfüttern. Ach, Quatsch! So hatte Marc es bestimmt nicht gemeint. Wahrscheinlich war ich durch meinen arbeitsscheuen Vater in diesem Punkt hypersensibel geworden.

»Du wolltest mich etwas fragen?«, lenkte er meine Aufmerksamkeit wieder auf den Grund meines Besuches.

Ach ja! Jetzt wurde es wohl Zeit für meinen Versuch in weiblicher Raffinesse. Ich warf die Haare zurück und räusperte mich. »Ich habe eine Bitte an dich, Marc. Eine ziemlich große Bitte.«

Seine Augenbrauen schnellten fragend in die Höhe. »Okay, lass hören!«

Nervös rieb ich mit den Händen über meine Jeans. »Toms Kindergarten ist in finanziellen Schwierigkeiten«, begann ich. »Wenn wir keinen Weg finden, ihm zu helfen, muss er geschlossen werden. Sowohl für die Kinder als auch die Angestellten wäre das tragisch. Es ist nämlich ein großartiger Kindergarten. Du solltest ihn mal sehen! Ich wünschte, ich wäre noch mal ein Kind und könnte dorthin gehen.«

»Aha.« Es war Marc anzusehen, dass er keinen Schimmer hatte, auf was dieses Gespräch hinauslaufen sollte. Deshalb erklärte ich ihm in kurzen Zügen die Situation. Als schließlich das Stichwort »Benefizkonzert« fiel, schien es Marc zu dämmern. Als hätte ich damit einen unsichtbaren Schalter umgelegt, wurde seine Miene schlagartig abweisend.

»Ich weiß, dass ich viel von dir verlange!«, beteuerte ich. »Du würdest leider auch keine Gage bekommen. Bitte glaub mir, ich würde dich damit bestimmt nicht belästigen, wenn wir Alternativen hätten! Aber wir brauchen unbedingt noch einen guten Liveact für das Konzert. Und du bist ein großartiger Musiker! Der beste, den ich kenne.« Zwar schmeichelte ich ihm damit, genau wie Jutta es mir aufgetragen hatte, aber ich meinte jedes Wort ernst. Die Wahrheit zu sagen war nicht schwer. Bei Marc schien ich mit Schmeicheleien jedoch nichts zu erreichen.

Er verschränkte die Arme vor der Brust. »Ihr findet sicher auch einen anderen.«

»Eben nicht!«, widersprach ich. »Die Auswahl an Rockmusikern auf Rügen ist nun mal begrenzt. Vom Erfolg dieses Konzerts hängt so viel ab. Kannst du dir nicht vorstellen, wenigstens für ein paar Songs auf die Bühne zu gehen?« Ich warf ihm einen flehentlichen Blick zu. »Bitte!«

»Nein! Auf gar keinen Fall.« Marc drehte den Kopf zur Seite und starrte aus dem Fenster. Ein Muskel in seinem Kiefer zuckte.

Sein Entschluss schien unumstößlich festzustehen. Normalerweise hätte ich die Angelegenheit damit auf sich beruhen lassen, doch ich hatte Jutta ein Versprechen gegeben.

Ich stand auf, setzte mich neben Marc und legte ihm sanft die Hand auf den Arm. »Es ist für einen guten Zweck«, erinnerte ich ihn. »Du könntest so vielen Leuten eine Freude bereiten. Auch dem Publikum. Wenn sie dich spielen hören, werden sie dich lieben. Bitte denk an die Kinder, Marc! Denk an Tom! Tue es für sie. Sie brauchen dich.«

Marc schüttelte meine Hand ab und sprang so abrupt in die Höhe, dass ich zusammenzuckte.

»Ich habe Nein gesagt, Conny!«, donnerte er. In seinen Augen funkelte eine Mischung aus Ablehnung und Wut. »Ist das so schwer zu begreifen? Ich werde nie wieder eine Bühne betreten, hast du gehört? Nie wieder.« Er deutete in Richtung Tür. »Und jetzt lass mich in Ruhe!«

Langsam erhob ich mich. »Du … du wirfst mich raus?«, stammelte ich.

»Ja, genau das tue ich«, sagte er kalt.

Meine Stimme versagte mir ihren Dienst. Ich brachte keinen Ton mehr heraus. Mit seltsam steifen Gliedern lief ich an Marc vorbei zur Haustür. Seine schroffe Reaktion und der Rauswurf trafen mich völlig unerwartet. Ich fühlte mich so gedemütigt, dass Tränen in meinen Augen brannten.

23. Kapitel

Am nächsten Tag machte ich mit den Kindern einen Ausflug ins *Dinosaurierland.* Der große Erlebnispark befand sich direkt bei Glowe, sodass wir nicht weit fahren mussten. Hanna hatte eigentlich zu Hause bleiben wollen, weil sie sich für einen Dino-Park schon viel zu erwachsen fühlte. Doch ausnahmsweise hatte ich mich genauso stur gezeigt wie sie. Ich hatte meine Tochter so lange bequatscht, bis sie schließlich stöhnend nachgegeben hatte. Spontan hatte sich uns auch Ariane angeschlossen, und so schlenderten wir nun zu viert von einer Attraktion zur nächsten. Gerade hatten wir uns Modelle urzeitlicher Fische angesehen, und Hanna hatte ihrem kleinen Bruder die dazugehörige Tafel vorgelesen.

Während die Kinder vor uns aufgeregt weiterliefen, berichtete ich Ariane von Marcs gestrigem Rauswurf. Sie war sichtlich geschockt.

»Er hat dich angeschrien und rausgeschmissen?« Ariane starrte mich mit geöffnetem Mund an. »Das kann ich überhaupt nicht glauben! Marc ist doch so ein netter und liebenswerter Typ. Das hätte ich ihm niemals zugetraut.«

Ich auch nicht. So konnte man sich in den Menschen täuschen. Obwohl Marc eigentlich nicht direkt geschrien hatte. Aber er hatte eindeutig die Stimme erhoben!

»Wenn er partout nicht auftreten will, hätte er das doch ganz normal sagen können«, meinte ich missmutig.

Nun gut, ich musste einräumen, dass Marc anfangs in relativ

normalem Tonfall abgelehnt hatte. Bevor ich angefangen hatte, zu bitten und zu betteln. Trotzdem war sein Verhalten absolut nicht in Ordnung gewesen. »Er hätte mir wenigstens den Grund für seine rigorose Weigerung erklären können. Es war überhaupt nicht nötig, deshalb gleich unfreundlich und wütend zu werden.«

Im Gegensatz zu Marc hatte meine Familie durchweg positiv auf das Benefizkonzert reagiert. Sie fanden Juttas Idee großartig und waren sofort bereit gewesen, bei der Organisation des Konzerts zu helfen. Dagegen wirkte Marcs Reaktion noch unverständlicher und seltsamer.

»Marc ist genau wie mein Vater. Ein gnadenloser Egoist, dem die Bedürfnisse anderer völlig gleichgültig sind. Nein, bei Marc ist es sogar noch eine Spur perfider«, korrigierte ich mich bitter. »Mein Vater hat wenigstens nie so getan, als wäre er nett und liebenswert.«

Wir blieben vor dem Modell eines Tyrannosaurus rex in Originalgröße stehen. Er bewegte seinen Kopf hin und her und brüllte dabei furchterregend. Hanna und Tom starrten beeindruckt nach oben.

»Hast du Jutta schon gesagt, dass Marc nicht auftreten wird?«, fragte Ariane.

Ich seufzte. Damit sprach sie auch schon mein nächstes Problem an. »Deine Schwester ist wirklich hartnäckig«, beschwerte ich mich. »Sie will Marcs Absage einfach nicht akzeptieren. Jutta meinte, ich soll ein paar Tage warten und Marc dann noch einmal fragen. Sie hat mir aufgetragen, nicht locker zu lassen.«

Ariane verdrehte die Augen. »Typisch Jutta!«

»Wenigstens hat sie eingesehen, Marc bei der Werbung für das Benefizkonzert erst einmal nicht zu erwähnen«, berichtete ich. »Auf die Poster will sie jetzt als geplante Liveacts drucken lassen:

›Mit *Keuchhusten, Fischköppe* und special guests‹. Dann gibt es keine Probleme, wenn wir für Marc einen Ersatz finden müssen.«

»Bitte lass dich von Jutta nicht unter Druck setzen!«, sagte Ariane mit besorgter Miene. »Meine Schwester hat einen starken Willen. Manchmal merkt sie einfach nicht, wenn sie andere überfährt. Aber sie meint das nicht böse. Es ist nur nicht immer leicht, sich gegen sie zu behaupten. Ich spreche da aus Erfahrung.«

Ich brachte ein Lächeln zustande. »Gut zu wissen! Dann bin ich damit ja nicht allein.«

Hanna musste Tom gerade zum zweiten Mal die Infotafel zum Tyrannosaurus rex vorlesen. Offenbar saugte mein Kleiner jedes Wort begeistert auf. Ich ahnte schon, dass seine Rittersammlung damit passé war und nun durch Dinosaurier ersetzt werden musste.

»Und was ist mit deinem Architekten?«, wechselte Ariane das Thema. »Läuft es wenigstens mit Sven gut?«

»Eigentlich schon«, gab ich vage zur Antwort. Am Abend unseres gemeinsamen Theaterbesuchs in Putbus hatte Sven mich zum Abschied nicht einmal richtig geküsst – was mich ziemlich enttäuscht hatte. Wir hatten uns zum Abschied umarmt, und voller Erwartung hatte ich zu Sven aufgesehen. Dabei hatte ich mein Bestes gegeben, um so viel Kussbereitschaft wie möglich auszustrahlen: Ich hatte ihm tief in die Augen geblickt, meine Lippen angefeuchtet, und mein Mund hatte sich erwartungsvoll geteilt. Und was hatte Sven gemacht? Sich nach einem kurzen Moment des Zögerns ruckartig vorgebeugt, um mit den Lippen kurz über meine zu streifen. Das Ganze war so schnell vorbei gewesen, dass ich es kaum realisiert hatte. Die Schmetterlinge in meinem Bauch waren gar nicht erst aufgewacht. Keine Ahnung, ob man unter diesen Umständen überhaupt von einem Kuss sprechen konnte. Ich fühlte mich jedenfalls noch ungeküsst. Aber Sven war nun mal ein Gentleman, und wahrscheinlich wollte er es langsam angehen lassen! Bedauerlicherweise hatten wir uns seither nicht mehr gesehen.

»Sven ist ein paar Tage geschäftlich unterwegs, weil er sich in Berlin dringend um eine Baustelle kümmern muss«, erzählte ich Ariane betrübt. »Sie haben dort für einen guten Bekannten den Umbau eines Gebäudes übernommen, doch völlig unerwartet hat es Probleme gegeben. Irgendetwas mit einer eingestürzten Zwischendecke und geplatzten Rohren. Offenbar steht die halbe Baustelle unter Wasser.«

Sven hatte sich vollmundig bei mir entschuldigt und mir versichert, dass er so bald wie möglich zurückkommen würde. Natürlich hatte ich Verständnis für seine Situation, aber gleichzeitig war ich auch ein wenig enttäuscht. »Jetzt bleibt mir nichts anders übrig, als abzuwarten, bis Sven wieder Zeit für mich hat. Ich habe das Gefühl, bei mir läuft im Moment überhaupt nichts so, wie ich es mir wünsche.«

Ariane lächelte mir aufmunternd zu. »Lass den Kopf nicht hängen, Conny! Das ist nur eine Phase. In ein paar Tagen sieht bestimmt alles wieder besser aus.«

»Du Optimistin.« Ich erwiderte ihr Lächeln, dann wandte ich mich den Kindern zu. »Kommt ihr beiden, wir gehen weiter! Glaub mir, Tom, es gibt auch noch andere interessante Dinosaurier.«

Tom winkte dem Tyrannosaurus rex zum Abschied zu wie einem guten Freund. Ich bezweifelte, dass er das auch getan hätte, wenn er tatsächlich echt gewesen wäre.

Wir folgten weiter dem Rundgang. Beim Gehen rieb ich mir gedankenverloren über den rechten Oberschenkel, da er sich heute mal wieder zickig zeigte. Ich hatte mir als junge Frau einen komplizierten Bruch zugezogen, und manchmal ziepte es noch heute. Der Unfall war allein meine Schuld gewesen. Wie war ich damals nur auf die doofe Idee gekommen, mich vom Dach der Universität abzuseilen? Als Mitorganisatorin eines Studentenstreiks hatte ich unbedingt ein riesiges Banner mit unseren Forderungen vor dem Haupteingang anbringen wollen. Heute wusste ich nicht einmal mehr genau, gegen was wir demonstriert hatten, aber mein Oberschenkelknochen erinnerte sich leider noch deutlich an jenen Tag.

Ariane war plötzlich ungewöhnlich schweigsam. Ich warf ihr einen fragenden Seitenblick zu. »Hast du etwas auf dem Herzen?«

Sie nickte zaghaft. »Ich habe dir doch erzählt, dass ich bei einem Fertilitätsspezialisten in Stralsund angerufen habe.« Sie seufzte. »Morgen Nachmittag ist endlich der Termin.«

»Das ist doch gut! Du musstest schließlich lange genug darauf warten. Begleitet David dich?«

Sie schüttelte den Kopf. »Ich will es erst einmal für mich allein abklären. Wenn ich tatsächlich diejenige bin, die schuld daran ist, dass wir kein Baby …« Ihre Stimme brach.

Ich blieb stehen und wollte sie in den Arm nehmen, doch sie wich mir hastig aus und winkte ab. »Bitte nicht! Sonst fange ich tatsächlich an zu weinen. In einem Dinosaurierpark wäre das ziemlich peinlich.« Sie zog eine Grimasse und atmete tief durch. Mit festerer Stimme fuhr sie fort: »David denkt, ich habe einen ganz normalen Arzttermin. Ich will erst danach mit ihm reden. Sobald ich Gewissheit habe.«

»Das ist deine Entscheidung«, erwiderte ich neutral wie die Schweiz, obwohl ich ihre Sturheit nicht nachvollziehen konnte. Glaubte sie denn wirklich, mein Bruder würde sie weniger lieben, wenn sie keine Kinder bekommen konnte?

»Eigentlich wollte ich dich mit dem Termin überhaupt nicht belästigen, aber meine Anspannung wird immer schlimmer.« Ariane warf mir einen entschuldigenden Blick zu, als wäre ihre Nervosität etwas Kindisches. Doch ich konnte sie verstehen. Für sie und David hing viel von der Diagnose ab.

»Könntest du mich vielleicht begleiten, Conny?«, bat sie mich dann zu meiner Überraschung. »Ich weiß, das ist sehr kurzfristig. Tut mir leid!«

»Ähm …« Ich ging in Gedanken meine morgigen Termine durch. Tatsächlich würde es nicht leicht werden, mir den Nachmittag freizuschaufeln.

Ariane bemerkte mein Zögern. »Wenn es nicht geht oder du nicht willst, ist das absolut kein Problem!«, versicherte sie mir, obwohl ihr die Enttäuschung ins Gesicht geschrieben stand. »Irgendwie schaffe ich das schon. Zur Not kann ich auch Jutta fragen. Nur ist meine Schwester leider ganz schlecht darin, ein Geheimnis zu bewahren.«

Ich schüttelte entschlossen den Kopf. »Nein, ich krieg das schon hin! Natürlich begleite ich dich.« Ich lächelte sie an. »Wir gehen diesen Weg zusammen, Ariane. Du wirst sehen, dass alles gut werden wird.«

Sie schluckte schwer. »Hoffentlich!«

*

Am nächsten Nachmittag saßen wir in einer ungeheuer schicken Arztpraxis in Stralsund. Gedämpfte Meditationsklänge erfüllten das Wartezimmer, und Orchideen waren dekorativ arrangiert. Wie bei exklusiven Arztpraxen üblich, herrschte auch kein dichtes Gedränge. Wir waren die einzigen Patienten im Wartezimmer.

»Mir ist schlecht!« Ariane war kalkweiß im Gesicht. »Ich glaube, ich muss mich übergeben.«

Ich rückte näher an sie heran. »Das ist nur die Aufregung und völlig normal«, redete ich beruhigend auf sie ein und strich ihr über den Rücken. »Denk einfach mal an etwas anderes. Stell dir vor, du bist in Glowe am Strand und blickst aufs weite Meer hinaus! Atme langsam durch die Nase ein und durch den Mund wieder aus.«

Ariane kam jedoch gerade mal dazu, tief einzuatmen, da betrat auch schon ein älterer Herr im weißen Kittel den Raum. Er blickte uns über seine Brille hinweg mit freundlichem Lächeln an. »Guten Tag, die Damen! Ich bin Doktor Niemeyer und möchte meine nächste Patientin abholen. Wer von Ihnen ist Ariane Hildebrandt?«

»Ich.« Sie sprang hastig auf.

Doktor Niemeyer berührte Ariane sanft am Arm. »Ganz ruhig, Frau Hildebrandt! Sie sind hier in guten Händen. Wir werden alles tun, um Ihnen zu helfen.« Er strahlte so viel Kompetenz und ärztliche Autorität aus, dass Ariane tatsächlich ein wenig entspannter wirkte.

Ehe sie Doktor Niemeyer ins Sprechzimmer folgte, warf sie mir noch einen schnellen Blick über die Schulter zu. »Bis später«, hauchte sie.

»Keine Sorge, ich rühre mich nicht von der Stelle!«, versicherte ich ihr.

Als ich allein war, checkte ich erst einmal mein Handy. Etwas enttäuscht stellte ich fest, dass Sven mir noch nicht geantwortet hatte. Gestern Abend hatte ich ihm eine Nachricht geschickt, in der ich ihn gefragt hatte, wie lange er noch weg sein würde. Außerdem hatte ich geschrieben, dass ich ihn vermisste und mich auf seine Rückkehr freute. Dass er sich noch nicht zurückgemeldet hatte, versetzte mir einen kleinen schmerzhaften Stich. Aber wahrscheinlich hatte er einfach zu viel um die Ohren.

Notgedrungen klappte ich meinen Laptop auf, da ich Natalie versprochen hatte, unterwegs einige Dinge abzuarbeiten. Doch nachdem ich alles erledigt hatte, war Ariane immer noch bei Doktor Niemeyer. Ob das ein Grund zur Sorge war? Ich steckte den Laptop weg und blätterte einige Zeitschriften durch. Gerade als ich mich in den Artikel *Die ultimative Checkliste – So erkennen Sie Ihren Traummann!* vertieft hatte, kam die nächste Patientin ins Wartezimmer.

»Hallo, Conny! Das ist aber eine Überraschung.«

Erschrocken sah ich auf. »Jule?«

»Zufälle gibt's!« Sie lächelte mich erstaunt an. »Ich hätte niemals damit gerechnet, hier jemanden zu treffen, den ich kenne. Was machst du denn bei einem Fertilitätsspezialisten?«

Gute Frage. Dummerweise hatte ich Ariane hoch und heilig versprochen, ihr Geheimnis für mich zu behalten. Aber wie sollte ich dann meine Anwesenheit hier plausibel erklären? Sollte ich etwa behaupten, dass ich und mein unsichtbarer Freund eine künstliche Befruchtung in Betracht zogen?

»Ähm, nun ja … Was macht man schon bei einem Fertilitätsspezialisten?«, entgegnete ich mit verkrampftem Lächeln und ging zum Gegenangriff über. »Du und Markus wollt also auch noch ein Kind?«

Jule setzte sich neben mich. Ihre Wangen überzogen sich mit einer leichten Röte. »Wir wünschen uns noch einen Jungen. Aber natürlich würden wir uns auch sehr über ein zweites Mädchen freuen. Nur scheint es leider nicht so leicht zu klappen wie beim ersten Mal.« Sie senkte verschwörerisch die Stimme. »Katharina war eigentlich nicht geplant. Ein Schuss, ein Treffer, wie man so schön sagt. Keine Ahnung, weshalb wir jetzt plötzlich

Schwierigkeiten haben. Aber mittlerweile bin ich auch schon über vierzig.«

Meine Güte, wollte sich hier eigentlich jeder fortpflanzen? Zum Glück hatte ich dieses Thema schon hinter mir. Obwohl … Mir war nie in den Sinn gekommen, dass ein neuer Partner vielleicht noch ein Kind mit mir haben wollte. Mein Gehirn versuchte spontan, sich ein gemeinsames Kind mit Sven vorzustellen, scheiterte dabei jedoch kläglich.

Ich räusperte mich. »Nun, dann kann euch Doktor Niemeyer bestimmt weiterhelfen.«

Jule nickte. »Er soll eine Koryphäe auf seinem Gebiet sein und wahre Wunder bewirken können.«

Während ich Jule zulächelte, versuchte ich, möglichst unauffällig eine Handynachricht an Ariane zu schreiben: »Achtung! Jule ist hier. Seil dich am besten durchs Fenster ab! Oder versteck dich auf der Patiententoilette, bis ich dich hole.«

Mein Rettungsversuch schlug leider fehl. Wenige Minuten später kam Ariane in Begleitung von Doktor Niemeyer ins Wartezimmer zurück.

»Aaaah«, stieß Jule neben mir einen Laut des Verstehens aus.

Wenn überhaupt möglich, war Arianes Gesicht noch bleicher als zuvor. Während Doktor Niemeyer eine äußerst zufriedene Miene aufgesetzt hatte.

»Und?«, platzte es aus mir heraus.

Ariane sah kurz zu Dr. Niemeyer, der ihr aufmunternd zunickte. Sie knetete nervös ihre Finger. »Ich bin schwanger.«

Mir fiel fast die Kinnlade herab. Verdutzt starrte ich zuerst auf Ariane, dann auf Doktor Niemeyer. »Meine Güte, sind Sie gut!«, entfuhr es mir.

Er lachte amüsiert. »Damit habe ich leider nichts zu tun. Frau Hildebrandt hätte die Schwangerschaft in den nächsten Tagen bestimmt selbst bemerkt. Sie steht noch ganz am Anfang.« Er wandte sich an Ariane. »Noch einmal herzlichen Glückwunsch, Frau Hildebrandt! Machen Sie einfach alles so wie abgesprochen. Und, bitte, seien Sie nicht besorgt! Es sieht alles völlig normal aus.«

Arianes Miene blieb skeptisch. Im Gegensatz zu Doktor Niemeyer schien sie nicht das geringste Vertrauen in ihren Körper zu haben. »Wenn Sie meinen …«, sagte sie unsicher.

Der Arzt wandte sich an Jule. »Frau von Kronlitz, nehme ich an? Ich hole Sie gleich. Einen Moment noch, bitte.«

Damit verließ er das Wartezimmer, und wir waren allein. Jule war die Erste, die ihre Fassung wiederfand. Sie stand auf und fiel Ariane um den Hals. »Das ist so schön, toll und absolut großartig! Ariane, du wirst Mutter!«

»Und ich … ich werde Tante!«, stammelte ich. Tief bewegt schloss ich Ariane ebenfalls in die Arme. »David wird sich so sehr freuen. Und der Rest der Familie ebenfalls. Das sind wundervolle Neuigkeiten!«

Endlich schien Ariane sich aus ihrer Schockstarre zu lösen. »Als ich in das Behandlungszimmer gegangen bin, dachte ich noch, dass ich nie … Und jetzt plötzlich …« Sie stockte. Die Ereignisse überforderten sie sichtlich. Mit weit aufgerissenen Augen blickte sie uns an. »David und ich bekommen tatsächlich ein Kind, oder?«

Jule und ich nickten grinsend.

Eine Träne kullerte Arianes Wange hinab. »Oh Gott, es hat wirklich geklappt!« Endlich überzog ein Strahlen ihr Gesicht. »Ich bin schwanger.«

Wir hielten uns lachend in den Armen und hüpften wie drei kleine Mädchen auf und ab.

24. Kapitel

Dass in wenigen Monaten ein neues Mitglied in unsere Familien-WG einziehen würde, versetzte alle im Haus in Hochstimmung. Ganz besonders natürlich David und Ariane. Noch nie hatte ich meinen Bruder so glücklich erlebt. Ständig streichelte er liebevoll über Arianes Bauch. Als könne er das Baby allein durch seine Berührungen dazu bringen, schneller zu wachsen. Also wirklich! An Arianes Stelle wäre ich genervt gewesen, doch sie schenkte ihm jedes Mal ein überglückliches Lächeln.

Ich dagegen war schon einen Schritt weiter und dachte bereits an die Zeit nach der Geburt. Schließlich benötigte meine Nichte oder mein Neffe einen Platz in einem tollen Kindergarten. Damit war die Rettung des Kindergartens noch wichtiger für mich geworden. Ich machte mich zu einer Geheimmission auf und nahm als Vertreterin der Presse an der nächsten öffentlichen Gemeinderatssitzung teil. Da ich keine Ahnung hatte, ob mein Plan funktionieren würde, hatte ich Jutta und Frau Sommer lieber nicht eingeweiht. Auch meiner Chefin hatte ich nichts davon erzählt. Ich konnte nur hoffen, dass mir das keinen Ärger einbringen würde!

Wie erwartet war die Sitzung gähnend langweilig. Leider durfte ich mich erst am Ende zu Wort melden und mein Anliegen vorbringen. Das gab mir Gelegenheit, über mein derzeitiges Liebesleben nachzudenken. Sven kam leider erst in vier Tagen zurück. Inzwischen hatte er wenigstens mal angerufen, doch es war ein recht seltsames Telefonat gewesen. Zum einen hatte er mich plötzlich »Schnucki-Hasi« genannt. Das fand ich etwas befremdlich. Für mein Empfinden hatten wir eigentlich noch nicht das Stadium erreicht, in dem wir uns gegenseitig Kosenamen gaben. Und dann auch noch Schnucki-Hasi? Ernsthaft? Ich hatte sogleich im Spiegel meine Vorderzähne auf einen abnormen Größenzuwachs kontrolliert, aber zum Glück nichts dergleichen feststellen können. Zum anderen hatte Sven auch noch recht merkwürdige Andeutungen gemacht. Er hatte gesagt, dass wir uns bei seiner Rückkehr langsam Gedanken über unsere gemeinsame Zukunft machen sollten. Seiner Meinung nach war es an der Zeit, »ernsthaft über konkrete Pläne zu reden«. Leider hatte er wegen der Arbeit auf der Baustelle unser Gespräch an dieser Stelle abbrechen müssen, ohne dass ich ihn hatte fragen können, was genau das bedeutete. Konkrete Pläne für unsere gemeinsame Zukunft? Das klang ungeheuer bedeutungsvoll. Auf alle Fälle hatte Sven nicht das gesagt, was ich mir insgeheim gewünscht hatte. Nämlich dass er mich ebenfalls vermisste und sich freute, mich wiederzusehen. Er hatte nicht einmal gefragt, wie es mir ging.

Ich rutschte auf dem harten Stuhl herum und versuchte, eine bequemere Sitzposition zu finden. Gerade wurde im Gemeinderat über die Ausweisung eines Baugebietes diskutiert. Meine Gedanken schweiften wieder ab. Dieses Mal zu meinem Nachbarn. Gestern Abend hatte Marc auf seinem Balkon auf der Gitarre gespielt und schließlich mit seiner tiefen, sanften Stimme auch noch gesungen. Ganz deutlich hatte ich gehört, wie er einen Song mit dem Refrain »perdón« gespielt hatte. Doch ich war standhaft geblieben und hatte Marc ignoriert, weil ich noch sauer auf ihn war. Schließlich konnte der Refrain auch bloßer Zufall gewesen sein, und er bereute sein Verhalten mir gegenüber womöglich gar nicht. Dann wäre es ziemlich peinlich gewesen, das Fenster aufzureißen und begeistert auszurufen: »Ist gut, ich verzeihe dir!«

Nichtsdestotrotz war es ein wirklich schöner Song gewesen, das musste ich zugeben. Leider lag Jutta mir weiter damit in den Ohren, dass ich mit Marc noch mal über das Benefizkonzert sprechen sollte. Bisher hatte sie keinen Ersatz für ihn finden können, denn ohne Gage in einem Dorf wie Glowe aufzutreten fanden die meisten Künstler offenbar wenig verlockend. Langsam wurde die Zeit knapp, und bis zum Sanddornfest war es nicht mehr lange hin.

Endlich war der offizielle Teil der Gemeinderatssitzung abgeschlossen. Jetzt durfte ich mein Anliegen vortragen. Mit klopfendem Herzen stand ich auf.

»Constanze Varga von den *Ostsee Nachrichten*«, stellte ich mich vor. »Aus meiner Feder stammt beispielsweise die beliebte Reihe *Rügens stille Helden*.«

Sofort kam Bewegung in die Herren und zwei Damen vom Gemeinderat. Sie nahmen auf ihren Stühlen umgehend Haltung an und schenkten mir ihre volle Aufmerksamkeit. Wahrscheinlich sah sich jeder von ihnen schon mit einem werbewirksamen Foto in der Zeitung abgelichtet. Genau diesen Effekt hatte ich mir gewünscht.

»Ich möchte über den *Kindergarten Störtebeker* mit Ihnen sprechen.«

Der Bürgermeister, der seine Brust gerade noch wie ein Gockel herausgestreckt hatte, sackte mit unglücklicher Miene in sich zusammen. »Das Thema ist leider abgeschlossen, Frau Varga. Wir haben uns die Entscheidung nicht leicht gemacht. Aber der Beschluss, den Kindergarten zu schließen, ist schon seit Langem gefallen.«

»Das ist mir bekannt! Ich will mit Ihnen daher über das Gebäude sprechen, in dem sich der Kindergarten befindet«, informierte ich ihn. »Soviel ich weiß, ist es im Besitz der Gemeinde, und ich wollte wissen, ob Sie schon Pläne damit haben?«

»Pläne für das Gebäude?« Der Bürgermeister wechselte ratlose Blicke mit seinen Vertrauten. »Damit haben wir uns offen gestanden noch nicht beschäftigt, Frau Varga.«

»Das kann ich mir denken. Sie hoffen wahrscheinlich, dass die Spendenaufrufe Erfolg haben und der Kindergarten unter privater Führung weitermachen kann«, entgegnete ich spitz. »Doch nehmen wir mal an, das wäre nicht der Fall und der Kindergarten müsste tatsächlich schließen. Die potenziellen Mieter für ein so außergewöhnliches Gebäude würden bestimmt nicht gerade Schlange stehen, oder?«

»Nein, wohl eher nicht«, räumte er ein.

»Von der Piratenschiffoptik mal abgesehen, ist auch der Innenausbau recht speziell. Die sanitären Anlagen in Kindergröße sind für Erwachsene zum Beispiel völlig unbrauchbar.«

»Da muss ich Ihnen wohl oder übel zustimmen.« Er räusperte sich. »Worauf wollen Sie hinaus, Frau Varga?«

Ich schenkte ihm ein zuckersüßes Lächeln. »So wie ich die Sache sehe, gibt es nur einen einzigen Interessenten für das Objekt. Nämlich Frau Sommer und das Team des Kindergartens. Ist das so weit korrekt?«

So langsam schien ihm zu dämmern, worauf ich hinauswollte. »Es geht Ihnen um die Miete, nicht wahr?«, fragte er seufzend. »Die wird an den ortsüblichen Mietspiegel angepasst. Da haben wir wenig Spielraum.«

Davon ging auch Isolde Sommer aus. In ihren Berechnungen für die private Finanzierung schlug die Miete deshalb empfindlich zu Buche.

»Das sehe ich anders«, widersprach ich resolut. »Es geht hier nicht um irgendwelche Mieter, sondern um Menschen, die die Interessen des Dorfs vertreten. Isolde Sommer will unseren Kindergarten erhalten, Herr Bürgermeister! Und wie gesagt: Es gibt nur einen einzigen Interessenten. Angebot und Nachfrage sind die Gesetze des Markts. Das muss ich Ihnen wohl nicht erklären, oder? Eine Mietsenkung wäre somit völlig gerechtfertigt.«

Ich breitete in einer allumfassenden Geste die Arme aus. »Davon abgesehen sollten Sie das große Ganze sehen. Für Ihre Wähler war es eine herbe Enttäuschung, dass der Gemeinderat beschlossen hat, den Kindergarten zu schließen. Ich denke jedoch, dass Sie wieder Sympathiepunkte sammeln könnten, wenn Sie sich bei der Miete entgegenkommend zeigen.«

»Sympathiepunkte?«, echote er argwöhnisch.

Mein Herzschlag beschleunigte sich noch etwas mehr. Jetzt musste ich mit Fingerspitzengefühl vorgehen und klug meine Karten ausspielen. »Es könnte beispielsweise ein Zeitungsartikel erscheinen, in dem Sie und der Gemeinderat als strahlende Retter in der Not gezeigt werden. Weil Sie in nicht unerheblichem Maß dazu beigetragen haben, den Kindergarten im Dorf zu erhalten. Das würde den Wählern zeigen, dass Sie bürgernah und verständnisvoll sind. Trotz der unangenehmen Entscheidungen, die Sie manchmal treffen müssen. Und dass Sie das Herz auf dem rechten Fleck haben. Im Hinblick auf die kommenden Wahlen wäre so ein Artikel vermutlich Gold wert …«

Einen Moment herrschte Totenstille.

Der Bürgermeister funkelte mich wütend an. »Aber es könnte auch ein ganz anderer Artikel erscheinen, nicht wahr?«, knurrte er. »In dem ein deutlich negativeres Bild von uns gezeichnet wird, weil wir Frau Sommer nicht geholfen haben?«

Ich kannte meine Grenzen. Meine Chefin würde eine Erpressung seitens der Presse absolut nicht gutheißen. Wenn

Natalie von dieser Sache erfuhr, würde sie mir mit Sicherheit eine ordentliche Standpauke halten – oder mich gleich rauswerfen. Auch für meine Begriffe befand ich mich haarscharf an der Grenze dessen, was in meinem Beruf erlaubt war. Nur die Verzweiflung und meine Überzeugung, für das Gute zu kämpfen, hatten mich so weit gebracht. Trotzdem konnte ich nicht schamlos mit einem negativen Artikel drohen, den es niemals geben würde. Es kam lediglich darauf an, die Anwesenden an diese Option glauben zu lassen. Deshalb antwortete ich nicht auf seine Frage und lächelte nur kryptisch.

Erneut wechselte der Bürgermeister einige bedeutungsvolle Blicke mit seinen Vertrauten. Unruhiges Gemurmel entstand unter den Gemeinderatsmitgliedern. Nach einigen geflüsterten Diskussionen wandte sich der Bürgermeister wieder mir zu.

»An welchen Umfang hatten Sie denn bei der Mietsenkung gedacht, Frau Varga?«, fragte er säuerlich.

Na bitte! Beim Gedanken an die freudestrahlenden Gesichter von Frau Sommer, Jutta und den Kindern konnte ich mir ein zufriedenes Grinsen nur schwer verkneifen.

»Das überlasse ich ganz Ihnen! Wissen Sie, ich bin wirklich gut in dem, was ich tue«, versicherte ich ihm. »Ich kann ungeheuer positive Artikel über sympathische Politiker schreiben, die sich selbstlos für das Wohl von Kindern und ihren Eltern einsetzen.«

»Das hoffe ich doch …«, murmelte er halblaut.

Ach, ich liebte meinen Job!

*

Es war heiß geworden. Richtig heiß. Bei den hochsommerlichen Temperaturen war die Arbeit die reinste Qual. Zum Glück schien es Natalie genauso zu gehen. Sie hatte Biggi und mich heute früher heimgeschickt. Auch deshalb, weil heute einer der seltenen Tage war, in denen auf Rügen absolut nichts Aufregendes passiert war. So nutzte ich den späten Nachmittag, um mit meiner Familie im Garten auf unseren Liegestühlen zu faulenzen. Bis auf David, der an seinem neusten Roman schrieb, gaben sich alle dem süßen Nichtstun hin. Tom plantschte in seinem aufblasbaren Pool, und Hanna las im Schatten in einem Buch. Oma Trudi hatte sich sogar die rosa Watte aus den Ohren genommen. Sie litt unter chronischer Mittelohrentzündung und stopfte sich die Watte jeden Tag zum Schutz vor dem Rügener Wind in die Ohren. Außer wenn es richtig heiß war – so wie heute. Genau das bereitete meiner Mutter jedoch Sorgen.

»Letztes Jahr hast du bei der Hitze den Herzinfarkt bekommen«, meinte sie und musterte Oma Trudi stirnrunzelnd.

Doch meine Großmutter winkte ab. »An dem Tag war es komplett windstill. Es war kaum zu ertragen.« Sie deutete auf das Schilfgras am Ufer, das sich in einer sanften Brise wiegte. »Guck, so schlimm ist es noch nicht!«

Ein wenig absurd war es schon: Meine MS-kranke Mutter sorgte sich um meine betagte Großmutter, die sich wiederum um ihre Tochter sorgte. Und ich sorgte mich – völlig zu Recht – um beide.

»Constanze?«, rief in diesem Moment eine männliche Stimme von oben.

Ich zuckte zusammen. Es war vielleicht etwas blauäugig gewesen, aber mit Marcs Auftauchen hatte ich nicht gerechnet. Bisher war er schließlich ein recht zurückhaltender Nachbar gewesen. Mit einem unguten Gefühl in der Magengegend schielte ich zu seinem Balkon hinauf.

Marc lehnte mit den Ellbogen auf der Brüstung und sah lächelnd auf uns herab. Bestimmt gaben wir ein kurioses Bild ab: ein kleiner Junge und fünf Frauen auf Liegestühlen im Alter von neun bis knapp hundert. Marc hatte wirklich Glück, dass Oma Trudi darauf verzichtet hatte, sich einen Bikini anzuziehen.

»Hallo, die Damen!«, grüßte er. »Hallo, Tom! Wie geht's den Fischen?«

»Super.« Tom strahlte. »Willst du das Aquarium mal sehen? Die Pflanzen sind richtig gewachsen. Kommst du uns ganz bald besuchen?«

Für den Bruchteil einer Sekunde zögerte Marc. Er warf mir einen kurzen Blick zu, doch ich reagierte nicht und ließ ihn noch etwas schmoren. Schließlich nickte er Tom lächelnd zu. »Gerne! Vielleicht schaue ich in den nächsten Tagen kurz bei euch rein, okay?«

»Au ja!«, rief Tom begeistert.

Marc wandte seine Aufmerksamkeit wieder mir zu. »Conny, kann ich bitte mit dir reden?«

»Wieso?«, entgegnete ich so schroff wie möglich.

»Es tut mir leid, wie ich mich verhalten habe«, antwortete er offen heraus. »Das war nicht in Ordnung, und ich würde gerne mit dir darüber sprechen.«

Er wollte sich entschuldigen? Vielleicht war der Song *Perdón*, den er gesungen hatte, tatsächlich für mich bestimmt gewesen? Trotzdem zögerte ich.

»Komm doch kurz rüber«, bat er. »Ich mache uns auch einen Café con leche, okay?«

Ich verschränkte die Arme vor meinem Bauch. »Ich muss eigentlich gleich noch … ähm …« Ich stockte und durchforstete mein Hirn fieberhaft nach einer Ausrede. Hilfesuchend blickte ich zu Ariane, die jedoch ratlos mit den Schultern zuckte. »Also, ich … muss noch … etwas erledigen«, murmelte ich schließlich vage.

Leider fiel mir Oma Trudi in den Rücken. »Das erledige ich für dich, Conny«, meinte sie kurzerhand.

»Ah ja?«, knurrte ich. Da ich selbst nicht wusste, was ich hatte erledigen wollen, war das schon bemerkenswert.

»Ja, ich mach das schon«, versicherte mir Trudi mit einem zutiefst zufriedenen Lächeln. Die Verkupplungsversuche meiner Großmutter waren wirklich alles andere als subtil. »Geh ruhig zu Marc!«

Er nickte erfreut. »Super! Die Tür ist offen, komm einfach rein.«

Zähneknirschend stand ich auf, schlüpfte in meine Flipflops und zog mir mein Strandshirt über, das ich auf der Lehne der Liege abgelegt hatte. Falls Marc mich erneut hinauswerfen sollte, wollte ich ein bisschen mehr als einen Bikini tragen.

25. Kapitel

Zehn Minuten später saß ich auf Marcs Balkon vor einem Café con leche. Der attraktive Spanier mir gegenüber, die Hitze und der intensive Kaffeeduft erinnerten an einen sonnigen Urlaubstraum. Dem lief allerdings die etwas angespannte Stimmung zwischen Marc und mir zuwider. Ich wartete auf eine Erklärung.

»Wie geht es dir, Conny?«, wollte Marc jedoch zuerst wissen.

»Mir ist warm«, gab ich pragmatisch zur Auskunft. Es wäre wahrscheinlich ein Zeichen von Coolness und Abgeklärtheit gewesen, wenn ich es dabei belassen hätte. Aber ich konnte mir mal wieder nicht auf die Zunge beißen. »Außerdem bin ich gespannt auf die gute Entschuldigung, die nötig sein wird, damit ich dir verzeihe. Ich hatte dich nur gebeten, ein Benefizkonzert zu unterstützen, Marc!«

»Ich weiß.« Gequält verzog er die Mundwinkel. »Du fackelst anscheinend nicht lange und gehst die Dinge lieber direkt an, oder?«

Da dies eine eher rhetorische Frage war, beschränkte ich mich auf ein Nicken und abwartendes Schweigen.

»Na schön! Dann also die Wahrheit.« Marc atmete tief ein und stieß langsam die Luft aus. »Zuerst möchte ich mich noch mal in aller Form bei dir entschuldigen. Seit unserem Streit mache ich mir große Vorwürfe, und ich habe mir den Kopf darüber zerbrochen, wie ich es wiedergutmachen kann. Der Grund, weshalb ich so unhöflich reagiert habe, liegt in meiner Vergangenheit.« Marc stockte kurz und blickte aufs Wasser hinaus. Es fiel ihm anscheinend nicht leicht, darüber zu reden. »Du erinnerst dich bestimmt an den Todesfall, den ich schon einmal erwähnt habe. Er hat damit zu tun, dass ich nie wieder auf die Bühne gehen möchte.«

Endlich wagte ich die Frage zu stellen, die mir seit jenem Gespräch auf der Seele brannte. »Wen hast du verloren, Marc?«

»Meinen jüngeren Bruder Pedro«, antwortete er nach kurzem Zögern. Dann begann er zu erzählen: »Kurz nach meinem Studium habe ich mit ein paar Kumpels eine Band gegründet. Wir haben vom großen Erfolg geträumt, doch der wollte sich partout nicht einstellen. Obwohl wir uns wirklich reingekniet haben, hat die viele Arbeit fast nichts abgeworfen. Oft sind wir Hunderte Kilometer gefahren, nur um für eine warme Mahlzeit und Freigetränke zu spielen. Geschlafen haben wir auf Campingplätzen oder im Auto.« Er warf mir einen kurzen Seitenblick zu. »Frauen haben für so etwas nur in begrenztem Ausmaß Verständnis. Eine feste Beziehung unter diesen Umständen war eigentlich unmöglich.«

Das konnte ich nachvollziehen. Welche Frau wollte schon dauerhaft hintenanstehen? Die Wochenenden in einem versifften Campingbus zu verbringen war auch keine besonders verlockende Vorstellung. Marc wusste es zwar nicht, aber damit bestätigte er meine Vorurteile. Er hatte seine Berufung und Leidenschaft in der Musik gefunden, doch diese Art von Leben harmonierte nun mal nicht mit Dingen wie Familie oder einer festen Beziehung. Ich griff nach der Tasse und trank einen Schluck. Der Café con leche schmeckte unglaublich lecker und tatsächlich wie im Spanienurlaub.

»Irgendwann lief es etwas besser, und wir verdienten mit unseren Auftritten endlich Geld«, berichtete Marc. »Doch ausgerechnet zu dem Zeitpunkt sprang unser Bassist ab. Da habe ich meinen Bruder Pedro überredet, bei uns einzusteigen. Er war ein talentierter Bassist und gerade arbeitslos. Ich musste meiner Mutter damals hoch und heilig versprechen, gut auf ihren Jüngsten aufzupassen.« Marc beugte sich vor und fuhr sich durch die Haare. »Am Anfang hat alles wunderbar geklappt, und wir tingelten mit der Band durch Spanien. Es war ein Leben in absoluter Freiheit. Es gab nur die Jungs, unseren alten Tourbus und unsere Musik. Doch ich habe nicht gesehen, dass dieses unstete Leben nichts für Pedro war. Er hat den Halt verloren. Zuerst war es der Alkohol, später kamen Drogen hinzu.«

Marc schwieg einen Moment, und ich wartete geduldig, bis er bereit war, mit seiner Erzählung fortzufahren. Aus eigener Erfahrung wusste ich, dass eine Pause manchmal nötig war. Weil zu viele Gefühle an die Oberfläche gespült wurden und Worte nicht ausreichten, um den zahlreichen Erinnerungen Herr zu werden. Ich stand auf und setzte mich neben Marc auf das Sofa, um ihm zu zeigen, dass er nicht allein war. Er hob den Kopf und lächelte mich traurig an.

»Pedro ist im Verlauf der Jahre immer weiter abgerutscht. Je erfolgreicher die Band wurde, desto schlimmer wurde sein Zustand«, fuhr er schließlich fort. »Ich wusste einfach nicht, wie ich ihn auffangen sollte. Ihm ins Gewissen zu reden half nichts. Er meinte, er hätte alles im Griff und ich solle mich aus seinem Leben heraushalten. Tatsächlich hatte er im Gegensatz zu mir immerhin geheiratet und war Vater von zwei kleinen Kindern.« Er schüttelte verständnislos den Kopf. »Ich konnte nicht begreifen, weshalb Pedro sich nicht wenigstens den Kindern zuliebe zusammenriss. Obwohl ich nur der Patenonkel von Alejandro und Sara bin, habe ich mich mehr um sie gekümmert als er.« Bei der Erwähnung der beiden Kinder schwang Wärme in seiner Stimme mit. Er musste sie sehr gernhaben.

»Drogen können einen Menschen verändern und das Schlechteste in ihm zutage fördern«, sagte ich vorsichtig.

Marc nickte. »Pedro war irgendwann nicht mehr der Bruder, den ich aus unserer Kindheit und Jugend kannte. Wir haben uns nur noch gestritten. Ich habe gedroht, ihn aus der Band zu werfen, wenn er nicht endlich eine Entziehungskur macht. Er ist so wütend geworden, dass er auf mich losgegangen ist und mir ein blaues Auge verpasst hat.« Marc lachte bitter. Reflexartig fuhr er sich mit der Hand über das Augenlid, als könnte er dort noch den Bluterguss spüren. »Und dann … hat man Pedro kurz vor einem Auftritt auf der Toilette leblos aufgefunden. Er hatte sich zu viele unterschiedliche Dinge eingeworfen, und sein Herz hat den Drogencocktail nicht verkraftet.« Er schluckte schwer. »Pedro war erst einunddreißig Jahre alt.«

Einige Augenblicke herrschte Stille. Marc griff nach meiner Hand und hielt sie ganz fest. Ein warmes Gefühl breitete sich in meiner Brust aus.

»Du machst dir wegen seines Tods Vorwürfe«, stellte ich leise fest. Man musste kein Hellseher sein, um das zu bemerken.

Marc hielt meinem fragenden Blick stand. »Ohne mich wäre er wahrscheinlich noch am Leben. Ich war für ihn verantwortlich, Constanze! Er war mein kleiner Bruder, ich habe ihn in die Band geholt.«

Das sah ich etwas anders. »Er war kein Kind mehr, sondern ein erwachsener Mann. Er war für sich selbst verantwortlich, Marc! Du wolltest ihm helfen, doch er hat dich weggestoßen. Das war allein seine Entscheidung.«

Er stieß die Luft aus. »Und wieso fühle ich mich dann so schuldig?«

Hilflos hob ich die Schultern. »Weil sein Tod sinnlos und vermeidbar gewesen wäre«, vermutete ich. »Doch da Pedro nicht mehr da ist, zerfleischst du dich mit Selbstvorwürfen. Dummerweise fühlt es sich nämlich falsch und herzlos an, auf einen Toten wütend zu sein. Besonders wenn man ihn geliebt hat.«

Leider hatte ich damit ebenfalls Erfahrung. Wahrscheinlich würde ich Frank niemals verzeihen können, dass er und seine Kumpels die Unwetterwarnung ignoriert hatten. Doch im Gegensatz zu Marc konnte ich mir diese Gefühle mittlerweile eingestehen.

»Wahrscheinlich hast du recht«, meinte Marc. Er fuhr sich über das Gesicht. »Nach Pedros Tod bin ich zuerst in ein tiefes Loch gefallen und habe versucht, meine Trauer in Alkohol zu ertränken. Bis ich erkannt habe, dass ich auf dem besten Weg war, genauso abzustürzen wie er. Schon allein Pedro zuliebe musste ich mich zusammenreißen. Denn trotz allem weiß ich, dass er mich geliebt hat, und ich will Pedro so in Erinnerung behalten, wie er wirklich war. Früher, bevor ihn die Drogen zu einem anderen Menschen gemacht haben. Und natürlich will ich seinen Kindern ein guter Patenonkel sein.«

Ich lächelte. »Das ist ein guter Vorsatz.«

»Mittlerweile sind meine Anfälle akuter Schuldgefühle auch weniger geworden«, räumte er ein. »Nach Rügen zu kommen war die richtige Entscheidung. Obwohl es sich zuerst wie eine feige Flucht angefühlt hat. Doch hier, im Haus meines Großvaters, habe ich wieder zu mir selbst gefunden – und zur Musik.«

Offenbar hatte es die Insel geschafft, sowohl Marcs als auch meine alten Wunden heilen zu lassen. »Das freut mich für dich.«

Auch wenn er so offen und ehrlich über seine Vergangenheit geredet hatte, gab es noch eine Sache, die ich nicht ganz nachvollziehen konnte. »Aber wie kam es nun zu deinem Entschluss, nicht mehr auf die Bühne zu gehen?«, kam ich zum Anfang unseres Gesprächs zurück. »Was hat der Tod deines Bruders damit zu tun?«

Prompt bereute ich meine Frage. Gerade hatte Marc wieder gelöster und optimistischer gewirkt, doch nun verfinsterte sich seine Miene erneut.

Er stand auf und trat an das Geländer des Balkons. »Auf Pedros Beerdigung wollten die Band und ich ihm zu Ehren einen Song spielen, den er komponiert hatte. Pedro hatte mal gesagt, dass er diesen Song gerne als Letztes hören würde. Alles war bereit, alle warteten. Ich ging nach vorne zur Band, nahm meine Gitarre und stellte mich vors Mikro.« Marcs Stimme klang gepresst. »Aber plötzlich war ich wie gelähmt. Bei unseren Auftritten stand Pedro immer links neben mir. Doch plötzlich war diese Stelle leer. Ich konnte nichts anderes tun, als dorthin zu starren.« Marc umklammerte das Geländer, sodass seine Fingerknöchel weiß hervortraten.

Ich trat neben ihn und legte meine Hand über seine. Mir fiel auf, dass aus unserem Garten kein Laut mehr zu hören war. Tatsächlich waren die Liegestühle mittlerweile verwaist, und meine Familie hatte sich ins Haus zurückgezogen. Ich vermutete, dass sie mit den Vorbereitungen fürs Abendessen beschäftigt waren.

»Ich habe es nicht geschafft, meinem Bruder diesen letzten Wunsch zu erfüllen«, stieß Marc bitter aus. »Keine Ahnung, wie lange ich wie eingefroren da vorne stand. Schließlich kam mein Vater zu mir, nahm mir die Gitarre ab und führte mich zu meinem Platz zurück. Seither trete ich nicht mehr auf.«

Nun wurde mir so einiges klar. Der Schock über den Tod seines Bruders, Marcs Schuldgefühle, der verpatzte Auftritt bei der Beerdigung … Alles fügte sich zu einem Bild zusammen. Jetzt konnte ich nachvollziehen, wieso er beim Thema Benefizkonzert derart aufbrausend reagiert hatte. Besonders als ich nicht lockergelassen hatte. Aber war es denn ein Wunder, dass Marcs Nerven bei der Beerdigung versagt hatten? Er hatte sich schließlich in einer absoluten Ausnahmesituation befunden. »Hältst du dich eigentlich für einen Übermenschen?«, fragte ich ihn kopfschüttelnd. »Ich bin zwar keine professionelle Musikerin, aber dass du unter diesen Umständen nicht auftreten konntest, ist absolut verständlich. Du bist schließlich kein Roboter, Himmel noch mal! Bei Franks Beerdigung wäre ich auf keinen Fall imstande gewesen, etwas zu singen oder eine Rede zu halten. Als Angehöriger ist man vor Trauer wie gelähmt, das ist normal. Daraus den Schluss zu ziehen, dass du nie wieder öffentlich auftreten kannst, ist völlig überzogen und …«, ich wedelte mit der Hand in der Luft herum und suchte nach den richtigen Worten, »… und saudoof. Wenn du Gitarre spielst, könnte ich dir stundenlang zuhören. Die Musik ist deine Leidenschaft und deine Berufung. Du hast so wahnsinnig viel Talent. Verdammt, das darf man doch nicht einfach wegwerfen!«

Mit dieser Reaktion hatte Marc anscheinend nicht gerechnet. Erstaunt zog er die Augenbrauen nach oben. »Fluchst du immer so viel, wenn du jemand zurechtstutzt?«

Unwillkürlich musste ich grinsen. »Nur wenn es sein muss.« Ich wurde wieder ernst. »Hör bitte auf, dich selbst zu quälen! Das hast du nicht verdient. Du bist ein intelligenter, gutherziger und liebenswerter Mann. Du hast die Herzen meiner Familie im Sturm erobert, mit Tom hast du dieses tolle Aquarium angelegt, und ich mag dich, obwohl ich mir fest vorgenommen habe, dich nicht zu mögen«, sprudelte es aus mir heraus. »Mit dir zu reden fühlt sich so unglaublich leicht an, und ich habe dir Dinge anvertraut, über die ich sonst mit niemandem rede. Bitte verzeih dir selbst, dass du wie ein normaler Mensch reagiert hast!«

Ich hatte keine Ahnung, woher diese Worte plötzlich gekommen waren. Oh mein Gott, das hatte fast wie eine Liebeserklärung geklungen! Dabei hatte ich Marc zuvor ständig mit meinem Vater verglichen. Aber hatte mir dieses Gespräch nicht gezeigt, dass ich auf dem Holzweg gewesen war? Es gab jedenfalls einige Dinge, die ich völlig falsch interpretiert hatte. Marc übernahm Verantwortung für sich und sein Handeln. Ganz im Gegensatz zu meinem Vater. Während meinem Erzeuger seine eigenen Kinder relativ gleichgültig gewesen waren, lagen Marc sogar die Kinder seines verstorbenen Bruders am Herzen.

Auch Marc musterte mich überrascht, doch dann blitzte in seinen tiefbraunen Augen etwas anderes auf. Etwas, das mir den Atem raubte und mein Herz zum Flattern brachte. Marc ließ das Geländer los und wandte sich mir zu. Plötzlich waren wir uns unglaublich nah, und unsere Oberkörper berührten sich fast. Überdeutlich wurde mir bewusst, dass ich bis auf einen Bikini und das kurze Strandshirt kaum etwas anhatte.

»Ich habe mir in den vergangenen Tagen wirklich den Kopf darüber zerbrochen, wie ich den Rauswurf wiedergutmachen kann, Constanze! Natürlich ist mir dabei auch in den Sinn gekommen, dem Kindergarten zu helfen und beim Benefizkonzert aufzutreten.« Er hob die Hand und spielte gedankenverloren mit einer meiner Haarsträhnen.

Mein Herzschlag kam ins Stolpern. »Und zu welchem Schluss bist du gekommen?«, fragte ich atemlos.

»Bisher zu gar keinem«, gab er offen zu. »Der überschaubare Rahmen wäre nach meiner Pause für einen ersten Auftritt eigentlich perfekt. Außerdem geht es um einen guten Zweck, da ist einem das Publikum meist wohlgesonnen.«

»Du wärst sozusagen ein regionaler Held«, versicherte ich ihm. Leider konnte ich nicht aufhören, dabei auf seine Lippen zu starren. Wie es sich wohl anfühlen würde, Marc zu küssen?

»Aber was ist, wenn die Erinnerungen an Pedro zurückkommen?« Die Zweifel standen Marc ins Gesicht geschrieben. »Wenn ich es nicht schaffe, auf die Bühne zu gehen?«

Wenigstens für einen kurzen Moment gelang es mir, mich wieder auf unser Gespräch zu konzentrieren und einen konstruktiven Vorschlag zu machen. »Bisher haben wir keinen Ersatz für dich gefunden. Deshalb haben wir überall mit einem geheimnisvollen ›special guest‹ geworben. Dabei könnten wir bleiben«, bot ich ihm an. »Wir erwähnen deinen Namen überhaupt nicht. Falls du es dir kurzfristig anders überlegst und spürst, dass der Zeitpunkt noch nicht gekommen ist, blamierst du dich vor niemandem. Zur Not können die *Fischköppe* dann vielleicht ein paar Songs mehr spielen. Damit das Konzert nicht zu kurz und das Publikum nicht allzu enttäuscht ist.«

In Marc schien es zu arbeiten. »Mein Name wird auf keinem Plakat und in keinem Artikel auftauchen?«

Ich spürte förmlich, wie sein Widerstand zu bröckeln begann. Feierlich hob ich meine Hand zum Schwur. »Indianerehrenwort! Dein Name wird nicht genannt. Da dich auf Rügen kaum jemand kennt, ist das marketingtechnisch nicht dramatisch. Das wird selbst Jutta einsehen.«

Er nickte. »Und ich kann jederzeit abspringen? Ohne dass mich jemand einen ›unzuverlässigen herzlosen Schuft‹ nennt, der kleine Kinder im Stich lässt?«

»Keiner wird dir Vorwürfe machen«, gelobte ich. Wenn es tatsächlich so weit kommen sollte, würde ich schon dafür sorgen. Selbst wenn ich Jutta dafür in den Schwitzkasten nehmen musste.

Da kam mir noch eine andere Idee. »Vielleicht kannst du ein paar Songs zusammen mit *Fischköppe* einstudieren?«, schlug ich vor. »Damit du nicht allein auf der Bühne stehen musst. Das wäre gegen das Lampenfieber bestimmt auch hilfreich.«

Marc rieb sich über das Kinn. »Ein Schlagzeuger und ein Bassist wären tatsächlich nicht schlecht«, meinte er nachdenklich. »Schon allein aus musikalischer Sicht ist das eine gute Idee.«

»Alsooo?«, fragte ich erwartungsvoll.

Er stieß einen Seufzer aus, dann lächelte er. »Na schön, ich mach's. Dir zuliebe.«

Ich quiekte auf vor Begeisterung und fiel ihm um den Hals.

»Nicht so stürmisch!«, sagte Marc lachend.

»Du bist großartig, weißt du das?«

»Natürlich weiß ich das«, erklärte er schmunzelnd. »Aber von dir höre ich es besonders gern.«

Wir sahen uns in die Augen. Unsere Gesichter waren nur noch Zentimeter voneinander entfernt. Plötzlich schien die Luft zwischen uns förmlich zu knistern. Marcs Hand lag warm und schwer, auf meinem Rücken. Hitze breitete sich in mir aus, die absolut nichts mit den sommerlichen Temperaturen zu tun hatte. Ich atmete schwer und wie von selbst pressten sich meine Brüste an seinen Oberkörper.

Marc beugte sich leicht zu mir. Ich spürte meinen wild pochenden Herzschlag im ganzen Körper, und ein leichter Schwindel erfasste mich. Doch kurz bevor sich unsere Lippen berührten, hielt Marc inne. Wir waren uns so nah wie nie zuvor, teilten denselben Atem. Marc schien die Spannung und das Kribbeln bis zum letzten Moment auskosten zu wollen. Schließlich hielt ich es nicht mehr länger aus und kam ihm entgegen. Meine Lippen legten sich weich auf seine. Ein warmes Glücksgefühl rauschte durch meine Adern, ließ mich erschaudern, abheben, schweben. Himmel, genauso sollte sich ein erster Kuss nach vier Jahren anfühlen! Ich vergrub meine Finger in Marcs Haaren und zog ihn näher an mich. Meine Lippen teilten sich, bereit, ihn einzulassen. Sobald seine Zunge meine berührte, schoss Begehren durch mich hindurch. Jeder Nerv meines Körpers schien zu vibrieren, während Marc mit leichten, neckenden Zungenschlägen meinen Mund eroberte. Meine Güte, konnte dieser Mann küssen! Seine Hand strich meinen Rücken hinab und blieb über meinem Hintern liegen. Seine Finger übten einen sanften Druck aus, sodass sich mein Becken gegen seines presste. Oh Gott, wusste er eigentlich, was er damit bei mir auslöste?

»Conny? Marc?«, ertönte plötzlich Arianes Stimme.

Marc und ich fuhren erschrocken auseinander. Mit glühenden Wangen drehte ich mich um und blickte vom Balkon hinab. Ariane stand in unserem Garten und hielt sich demonstrativ mit der Hand die Augen zu. »Ich habe nichts gesehen«, versicherte sie uns. »Überhaupt nichts.«

Ich räusperte mich. »Gut. Das ist gut.«

»Ich bin nur hier, weil es gleich Abendessen gibt.« Sie schob zwei Finger auseinander und lugte durch den Spalt. »Marc, ich soll dir sagen, dass du auch herzlich eingeladen bist!«

»Vielen Dank! Ich komme gerne.« Ihm schien es ganz und gar nicht peinlich zu sein, dass wir in flagranti erwischt worden waren.

»Super! Astrid und Oma Trudi meinten, ihr sollt in fünfzehn Minuten rüberkommen.« Ariane ließ die Hand sinken. Sie grinste von einem Ohr zum anderen. »Bis dahin könnt ihr mit dem weitermachen, von dem ich nix gesehen habe.«

»Danke, machen wir«, entgegnete Marc schmunzelnd, ehe Ariane wieder im Haus verschwand.

Das würden wir natürlich nicht machen! Unser Kuss war nur ein kurzer Augenblick der Schwäche gewesen. Weil ich Shanti-Gertruds Migräneräucherstäbchen nicht zur Hand gehabt hatte. Aber jetzt würde ich … Huch! Marc drehte mich kurzerhand wieder zu sich herum, und ehe ich die vielen guten Gründe vorbringen konnte, weshalb wir uns nicht mehr küssen sollten, strichen seine Lippen schon über meine. Das war gemein! Meiner subjektiven Meinung nach war es nämlich praktisch unmöglich, diesen Küssen zu widerstehen. Marcs Finger glitten langsam mein nacktes Bein hinauf bis zum Saum meines Strandshirts. Diese hauchzarte Berührung reichte schon aus, um mir ein lustvolles Seufzen zu entlocken.

Marc unterbrach unseren Kuss für einen Moment. »Weißt du, dass du wunderschön bist, Constanze?«, flüsterte er, ohne mich aus den Augen zu lassen.

Bei jedem anderen Mann hätte ich dieses Kompliment für einen platten Versuch gehalten, mich ins Bett zu kriegen. Doch aufgrund der Art und Weise, wie Marc mich ansah, wusste ich, dass es sein voller Ernst war. »Seit wir uns kennengelernt haben, bekomme ich dich nicht mehr aus dem Kopf. Eine Frau wie dich habe ich noch nie getroffen. Du bist einfach perfekt – sowohl von außen als auch innen.«

»D-danke«, stammelte ich. Und ohne dass ich es wollte, breitete sich die Wärme in mir noch ein wenig weiter aus und schob sich in Richtung meines Herzens.

26. Kapitel

»Du hast *was?*«, kreischte Monika einige Stunden später am Telefon. Meine beste Freundin war völlig aus dem Häuschen. »Das hätte ich nicht für möglich gehalten! Die tugendhafte rationale Constanze Varga knutscht hemmungslos mit einem Musiker auf einem Balkon herum, während Schnucki-Hasi in Berlin hockt und eure gemeinsame Zukunft plant. Wie konntest du nur?« Seltsamerweise wirkte Monika eher begeistert als ehrlich entrüstet.

Mit einem gequälten Stöhnen schlug ich mir die Hand vors Gesicht. »Ich weiß nicht, wie es dazu kommen konnte«, jammerte ich. »So bin ich doch überhaupt nicht.«

Ich saß im Stockdunkeln in meinem Zimmer, weil ich mich nicht traute, das Licht anzuknipsen. Schließlich bestand die Gefahr, dass ich damit Marc auf mich aufmerksam machte. Womöglich würde er dann Steinchen an mein Fenster werfen, weil er mit mir reden wollte? Genau das wollte ich jedoch auf gar keinen Fall. Zuerst musste ich mir über ein paar grundlegende Dinge klar werden. Im Moment herrschte in mir das reinste Gefühlschaos.

»Und dann? Also nach dem Kuss? Habt ihr miteinander …?« Monika ließ das Satzende offen.

»Nein, dazu hatten wir zum Glück gar keine Zeit«, berichtete ich. »Wir haben mit meiner Familie zu Abend gegessen und danach zusammen Karten gespielt. Später hat Marc noch seine Gitarre geholt, um Hanna auf dem Klavier zu begleiten. Meine

Kleine war total begeistert, weil sie vorher noch nie mit jemandem im Duett gespielt hat. Damit hat Marc sich auch in Hannas Herz endgültig einen Platz erobert. Als er schließlich gegangen ist, haben wir uns ganz normal voneinander verabschiedet. Schließlich war meine komplette Familie anwesend.«

»Und jetzt?«, bohrte Monika weiter. »Wie geht es mit euch weiter?«

»Keine Ahnung!«, rief ich eine Spur zu laut. Sofort schielte ich nervös zum geschlossenen Fenster und fuhr deutlich leiser fort: »Ich bin total verwirrt. Natürlich war da dieses Kribbeln im Bauch, als Marc mich geküsst hat. Aber vielleicht ist das nur eine vorübergehende Verliebtheit? Oder simple Leidenschaft? Womöglich hat mir mein verletzter Stolz auch nur einen Streich gespielt, weil ich mich von Sven zu wenig beachtet fühle?«

»Hast du nicht gesagt, dass Marcs Kuss atemberaubend war?«, hakte Monika skeptisch nach. »Wenn ich mich recht erinnere, hast du die Worte ›fantastisch‹, ›unbeschreiblich‹, ›fundamental‹ und ›überwältigend‹ benutzt. Für mich klingt das nach etwas mehr als einer vorübergehenden Verliebtheit.«

»Schreibst du eigentlich alles mit, was ich so von mir gebe?«, erwiderte ich spitz. Ich stieß die Luft aus und besann mich auf die Fakten. »Seien wir doch mal realistisch! Es hat überhaupt keinen Sinn, mich in die Sache mit Marc hineinzusteigern. Er ist nur vorübergehend auf Rügen und wird wieder nach Spanien zurückkehren. Sven dagegen kommt aus Stralsund, hat einen seriösen Beruf, ein geregeltes Einkommen, ist ein bodenständiger Typ und wünscht sich unbedingt eine Familie. Er weiß, was er will! Ich habe dir von Anfang gesagt, dass ich einen Partner suche, der mir Sicherheit und Beständigkeit gibt – und da ist Sven genau der Richtige.«

»Wenn du meinst«, sagte Monika in einem Tonfall, der deutlich machte, dass sie anderer Meinung war. »Für mich hört es sich so an, als würde dein Verstand gerade mit aller Macht versuchen, wieder das Ruder an sich zu reißen.«

Diesen Vorwurf überhörte ich großzügig. »Sven muss einfach wieder zurückkommen, und schon bei unserem nächsten Date werden all meine Zweifel wie weggewischt sein«, verkündete ich mit neuer Zuversicht. »Wir haben eine reelle Chance auf eine stabile harmonische Beziehung. Nur wegen dieses kleinen Ausrutschers werde ich Sven nicht einfach abservieren. Das wäre auch ihm gegenüber nicht fair. Schließlich hat er nichts falsch gemacht.«

»Und wie fair ist dein Verhalten dann Marc gegenüber?« Dieses Mal klang Monika tatsächlich entrüstet.

Ach, verdammt! Sie hatte vollkommen recht. In was für eine Situation hatte ich mich da nur hineinmanövriert? Als zölibatärer Single hatte ich deutlich weniger Probleme gehabt. Ich starrte brütend in die Dunkelheit hinaus. So wie es aussah, hatte ich einen Mann zu viel in meinem Leben.

*

Meine Verwirrung war auch am nächsten Tag nicht weniger geworden. Inzwischen wusste ich natürlich, dass ich so schnell wie möglich klare Fronten schaffen musste. Unklar war nur, auf welche Weise. Mein Verstand war sich sicher, dass Sven die richtige Wahl war und ich mich für ihn entscheiden musste. Und was die Resonanz von meinem Gefühlszentrum betraf … Tja, die war leider etwas wirr. Ich konnte Marc und unseren Kuss nicht so leicht aus meinem Kopf verbannen, wie ich es gern getan hätte. Die Vorstellung, ihn für immer aus meinem Leben zu streichen, fühlte sich nicht besonders gut an. Auch mein Timing war denkbar ungünstig. Ausgerechnet jetzt, wo er mir zuliebe am Benefizkonzert teilnahm. Aber selbstverständlich konnte das mit uns niemals etwas werden. Also musste ich ihm das sagen. Vielleicht nahm Marc es ja besser auf, als ich erwartete? Dann konnten wir womöglich miteinander befreundet bleiben.

Um mich abzulenken, stürzte ich mich in die Arbeit, und Natalie war hocherfreut, wie viel ich bis Feierabend erledigt bekam. Doch schließlich musste ich wohl oder übel den Heimweg antreten. Am liebsten wäre ich meiner feigen Linie treu geblieben und Marc weiterhin aus dem Weg gegangen. Doch das war nicht möglich. Ariane hatte Jutta nämlich gleich heute Morgen die frohe Botschaft mitgeteilt, dass Marc nun doch beim Benefizkonzert spielen würde. Als engagierte Bandmanagerin hatte Jutta sofort für heute Abend in ihrer Scheune eine Bandprobe mit einem Teil der *Fischköppe* angesetzt. Da sie gleichzeitig auch die Mitglieder des UGLY-Frauenabends für Vorbereitungen fürs Benefizkonzert zu sich beordert hatte, würden Ariane, Marc und ich heute Abend gemeinsam nach Glowe fahren. Meine Mutter und Oma Trudi würden zu Hause bleiben, um sich um die Kinder zu kümmern.

Als wir vor Marcs Haustür standen, um ihn abzuholen, stellte ich mich wohlweislich hinter Ariane. Um einer körperlichen Begrüßung jedweder Art – von einer möglichen Umarmung bis zu heißblütigen Küssen – zu entgehen. Sicherheitshalber. Ich wollte nicht riskieren, wieder schwach zu werden. Marc öffnete uns die Tür. Sofort beschleunigte sich mein Herzschlag. Dieser Mann hatte einfach etwas an sich, das meine Knie weich werden ließ. Mein Entschluss, mich ab sofort von ihm fernzuhalten, geriet noch etwas mehr ins Wanken. Marc kam bepackt mit zwei Gitarren, einem Verstärker und einer Tasche aus dem Haus und grüßte uns mit einem freundlichen Lächeln. Er unternahm nicht einmal den Versuch, mir näherzukommen. Mit angehaltenem Atem wartete ich auf ein vieldeutiges Augenzwinkern, ein Grinsen oder einen verschwörerischen Blick in meine Richtung. Aber da kam nichts. Als hätte es die atemberaubenden, fantastischen und überwältigenden Küsse zwischen uns überhaupt nicht gegeben. Was sollte das denn? Nun blieb Marc immerhin kurz neben mir stehen. Allerdings nur, um mir eine der Gitarren in die Hand zu drücken. Dann ging er mit Ariane einfach weiter.

Überrumpelt folgte ich den beiden zu Arianes Auto. Die zwei plauderten miteinander, und Marc nahm wie selbstverständlich auf der Beifahrerseite Platz, sodass ich mit der Rückbank vorliebnehmen musste. Zusammen mit dem ganzen anderen Kram. Neben Marcs Zeug lag nämlich auch noch ein Teil von Arianes selbstgemachten Seifen im Auto, die sie mit ihrem Online-Versandhandel verschickte. Der schwere Duft von Lavendel, Kräutern, Wiesenblumen und Orangen erfüllte den Innenraum. Aber immerhin sprang ihr Auto im Gegensatz zu meinem zuverlässig an.

Während der Fahrt starrte ich brütend aus dem Fenster. Eigentlich hätte mich Marcs neutrale Reaktion überglücklich machen müssen. Schließlich entband mich das von einem Dilemma, für das ich auch nach knapp vierundzwanzig Stunden keine Lösung gefunden hatte. Aber wie konnte er einfach so tun, als wäre nichts passiert? Vielleicht hatte ich mir unsere Küsse nur eingebildet? Das musste es sein! Womöglich war ich bei dem gestrigen Gespräch auf Marcs Balkon kurz weggeratzt und hatte lediglich intensiv geträumt? So wie bei meinem Sextraum in unserer ersten Nacht im neuen Haus. Ich stieß einen Seufzer aus. Nur hatten die Küsse für einen Traum leider viel zu süß und verlockend geschmeckt. Verdammt!

Während Marc und die Jungs in Juttas Scheune die ersten

Songs probten, bastelte ich mit den Mädels des UGLY-Frauenabends Eintrittsbänder für das Benefizkonzert. Da der Strandbereich nicht von allen Seiten abgesperrt werden konnte, hatten wir uns dazu entschlossen, statt Eintrittstickets rote Armbänder an die Besucher zu verteilen. So konnte man leicht erkennen, wer tatsächlich bezahlt hatte. Außerdem waren die schönen geflochtenen Bänder eine kleine Entschädigung für das saftige Eintrittsgeld, das dem Kindergarten zugutekommen sollte. Der Vorverkauf war bisher so gut angelaufen, dass wir nun noch zusätzliche Armbänder basteln mussten.

Wir saßen alle zusammen an einem langen Tisch im Garten der Pension. Die Rosen, Gladiolen, Lilien und Clematis standen in voller Blüte und verströmten einen herrlichen Duft. Die letzten Bienen und Hummeln des Tages flogen umher, und Jutta hatte für die Helfer Apfelkuchen gebacken. Alle plauderten und lachten miteinander bei der Arbeit. Nur ich beteiligte mich nicht an den Gesprächen. Ich war wütend auf mich selbst, weil ich mich so ganz und gar nicht erleichtert und glücklich fühlte. Dabei hatte ich doch ein Problem weniger, oder? Was stimmte nur nicht mit mir?

»Conny, mach mal hinne!«, ermahnte mich Jutta. »Bei deinem Tempo könnte man meinen, du bist eingeschlafen.«

»Ja, ja«, murmelte ich tonlos.

Wenigstens war ich nicht die Einzige, die nicht bei der Sache war. Auch Sophie war immer wieder abgelenkt, da sie nebenher in ihrem Ratgeber blätterte *Selbst ist die Frau – Fliesen legen leicht gemacht*. Offenbar hatte sie vor, die Renovierung ihrer Küche selbst in die Hand zu nehmen.

»Sag mal, was ist denn jetzt mit Marc und dir?«, fragte mich Ariane leise.

Es wunderte mich nicht, dass sie irritiert war. Gestern hatte sie Marc und mich noch beim Knutschen erwischt, und heute beachteten wir uns kaum.

Vage hob ich die Schultern. »Das war nichts Ernstes.« Ich riss mich zusammen und lächelte sie an. »Es ist besser, wenn wir nur miteinander befreundet sind, glaub mir! Das gestern war nur ein Ausrutscher und wird nie wieder vorkommen.« So schien es jedenfalls auch Marc zu sehen. Anders konnte ich mir sein Verhalten nicht erklären.

Ariane zog skeptisch die Augenbrauen in die Höhe, ließ das Thema jedoch zum Glück auf sich beruhen. Im Gegensatz zum Rest meiner Familie akzeptierte sie, wenn jemand nicht weiter über eine Sache sprechen wollte.

Ich verfiel wieder in brütendes Schweigen. Ständig wanderte mein Blick zu meinem Handy. Gerade jetzt wäre ich äußerst dankbar für einen Anruf oder wenigstens eine kurze Nachricht von Sven gewesen. Doch auch heute schien ihm nicht der Sinn danach zu stehen, sich bei mir zu melden. Während ich gestern geglaubt hatte, einen Mann zu viel in meinem Leben zu haben, fühlte es sich heute so an, als hätte ich überhaupt keinen mehr.

27. Kapitel

Für Tom hatten die faulen Sommertage ein Ende, da der *Kindergarten Störtebeker* wieder seine Tore öffnete. Als Mutter befürchtete ich natürlich, dass meinem Jungen die Eingewöhnung schwerfallen könnte, und ich nahm mir extra den Vormittag frei, um ihn hinzubringen. Isolde Sommer nahm uns herzlich in Empfang und zeigte Tom alles. An Toms leuchtenden Augen erkannte ich, wie sehr es ihm hier im »Piratenschiff« gefiel. Aber würde er auch neue Freunde finden?

Kaum war die Führung beendet, trat schon ein Junge in Toms Alter zu uns. Er hatte hellblonde Locken und große sanfte Rehaugen. »Ich bin Hannes«, stellte er sich vor. »Du bist neu, oder?«

»Ja. Ich heiße Tom.«

»Wollen wir Dinosaurier gegen Mutantenautos spielen?«

Ich hatte von dem Spiel noch nie gehört, aber Tom nickte begeistert. »Super!«

Ohne ein Wort des Abschieds ließ mich Tom stehen und sauste mit Hannes davon. »Tschüss, mein Schatz! Ich hole dich später wieder ab, ja?«, rief ich ihm noch hinterher. Selbst ich konnte den weidwunden Ton in meiner Stimme vernehmen.

Frau Sommer tätschelte meine Schulter. »Da haben sich wohl zwei gefunden«, meinte sie lächelnd. »Manchmal fällt es Kindern leichter, sich abzunabeln, als uns lieb ist.«

Ich schluckte schwer und riss mich zusammen. »Ich freue mich, dass es ihm hier so gut gefällt«, versicherte ich Frau Sommer. »Was mich darin bestätigt, dass wir für den Kindergarten kämpfen müssen.«

Immerhin hatte Toms rasanter Abnabelungsprozess zur Folge, dass ich früher als angekündigt in der Redaktion sein konnte. So hatte ich ausreichend Zeit, den Artikel über das anstehende Benefizkonzert zu schreiben. Wie versprochen erwähnte ich Marc nicht namentlich und beließ es bei dem geheimnisvollen »special guest«. Da nach wie vor Funkstille zwischen uns herrschte, hatte ich leider keine Ahnung, ob diese Vorsichtsmaßnahme überhaupt nötig war. Ob Marc sein Lampenfieber wohl im Griff hatte? Oder war es womöglich sogar schlimmer geworden? Falls ja, hätte ich ihm gerne zur Seite gestanden und ihm Mut gemacht. Irgendwie vermisste ich ihn und unsere Gespräche. Auf alle Fälle gab ich mir mit dem Artikel große Mühe und hoffte, dass er noch einige zusätzliche Besucher zum Konzert locken würde.

Marc probte nun jeden Abend mit dem Schlagzeuger und dem Bassisten der *Fischköppe*, und sein Balkon wirkte seltsam verwaist. Wenigstens war Sven wieder aus Berlin zurück, und wir hatten uns heute Abend zu einem Date in Stralsund verabredet. Leider war schon das Telefonat zu unserem Treffen etwas disharmonisch verlaufen. Denn Sven hatte angekündigt, dass er den Abend bereits perfekt durchgeplant hatte.

»Dieses Mal bitte keine Pläne, Sven!«, hatte ich entgegnet. »Lass uns einfach in eine Bar oder ein Café gehen und einen schönen Abend miteinander verbringen, ja?«

»Ich möchte aber, dass der Abend mehr als schön wird, Conny. Keine Widerrede, vertrau mir einfach! Ich habe schon ein paar ganz tolle Ideen, die wir zusammen …«

»Kein teures Restaurant, keine Überraschungen, keine Pläne«, hatte ich ihn entschieden unterbrochen. Ich musste mich endlich mal gegen ihn behaupten! Das hätte ich schon tun sollen, als er, ohne mich zu fragen, das Essen für mich bestellt hatte. »Diesen ganzen Schnickschnack brauche ich nicht, Sven! Ich möchte mich einfach nur bei einem Glas Wein entspannt mit dir unterhalten. Wie zwei normale Menschen. Ich möchte, dass wir uns besser kennenlernen, ganz ohne Ablenkung. Bitte, versprich es mir!«

Als Antwort hatte ich ein deutlich entnervtes Schnauben erhalten. »Na schön«, hatte Sven schließlich nachgegeben. »Bis dann, Hasi!«

Ehe ich etwas erwidern konnte, hatte Sven schon aufgelegt. Jetzt war ich auch noch symbolträchtig zum einfachen »Hasi« degradiert worden. Nur weil ich nach einem Treffen ohne Gedöns und Firlefanz verlangt hatte. Davon abgesehen fand ich den Kosenamen schrecklich, egal ob mit »Schnucki« oder ohne.

Wegen des Dates mit Sven half ich meiner Mutter heute früher als üblich bei der Pflege. Sie saß im Badezimmer vor mir im Rollstuhl, und ich frisierte ihr die Haare, die ich gerade trocken geföhnt hatte.

Meine Mutter warf mir im Spiegel einen prüfenden Blick zu. »Dafür, dass du heute ein Date mit deinem Traummann hast, siehst du nicht besonders glücklich aus.«

Meine Hand mit der Bürste verharrte einen kurzen Moment, dann fuhr ich mit meiner Arbeit fort. »Alles gut, Mama!« Ich lächelte sie über den Spiegel an. Nicht einmal auf mich wirkte mein Lächeln überzeugend. »Sven und ich haben nur ein paar Startschwierigkeiten. Aber das wird bestimmt noch.«

Meine Mutter betrachtete mich schweigend. Dann sagte sie aus heiterem Himmel: »Du tust Marc unrecht, wenn du ihn mit deinem Vater vergleichst.«

Erschrocken sah ich sie an. Manchmal machte mir meine

Mutter Angst. Konnte sie Gedanken lesen? Oder war ich so schlecht darin, meine Gefühle vor ihr zu verbergen?

Ich ließ meine Hände sinken. »Ich weiß.«

Immerhin in diesem Punkt war ich mir mittlerweile sicher. Marc war nicht mal ansatzweise der gnadenlose Egoist, den ich zeitweise in ihm vermutet hatte.

Meine Mutter drehte sich im Rollstuhl zu mir um. »Was ist dann dein Problem mit ihm?«

Ich ließ mich auf den Rand der Badewanne sinken. »Was Marcs Charakter betrifft, habe ich mich vielleicht getäuscht. Aber trotzdem führt er das unstete Leben eines Künstlers. Er macht sich heute noch keine Gedanken darüber, von was er morgen leben wird. Ihn kümmert es nicht, wenn die Wohnung im Chaos versinkt.« Seufzend schüttelte ich den Kopf. »Ich will nicht in einer Beziehung enden, in der ich allein die Erwachsene sein muss. In der ich für alle die Verantwortung tragen und schuften muss, um die Familie durchzubringen. Ich will nicht so enden wie ...« Ich biss mir auf die Zunge.

»Du willst nicht so enden wie ich«, beendete meine Mutter für mich den Satz. »Das wolltest du doch sagen, nicht wahr?«

Hitze stieg mir in die Wangen. »Das ... das war nicht so gemeint«, stammelte ich.

Sie schüttelte den Kopf. »Doch, genauso hast du es gemeint«, widersprach sie. »Du denkst, dein Vater hätte mich ausgenutzt. Mir seine Art zu leben aufgezwungen und mich damit unglücklich gemacht.«

Normalerweise vermied ich es, über meinen Vater zu reden. Aber vielleicht war der Moment gekommen, einige Dinge offen anzusprechen. »Hat er das denn nicht?«, fragte ich frei heraus.

Stumm schüttelte sie den Kopf. In einer kraftlosen Geste fuhr sie sich über das Gesicht.

»Ich wusste, dass eure Kindheit nicht ganz der Norm entsprochen hat«, murmelte sie. »Aber ich hatte die Hoffnung, dass David und du sie ohne allzu großen Knacks überstanden hat. Vielleicht habe ich mich getäuscht. Wenn das so ist, tut es mir leid.«

Schockiert sah ich sie an. »Mama, mach dir bitte keine Vorwürfe! Du warst die beste Mutter, die ich mir hätte wünschen können. Dich trifft keine Schuld. Es war allein Papa, der …«

»Nein«, fiel sie mir scharf ins Wort. »Es war eben nicht allein dein Vater, Constanze. Hätte ich es gewollt, hätte ich ihn jederzeit verlassen können. Ich habe das Leben mit ihm freiwillig gewählt, und ich habe mich jeden Tag aufs Neue dafür entschieden. Denn ich habe ihn geliebt. Und ich liebe ihn noch heute.«

Wie konnte sie so etwas nur sagen? Wie konnte sie einen Mann lieben, der ihr so oft wehgetan und sie verletzt hatte? Verständnislos schüttelte ich den Kopf. »Das kann doch keine Liebe sein, wenn der eine nur gibt und der andere nur nimmt«, stellte ich bitter fest.

»Ach du lieber Himmel!« Zu meiner Überraschung lachte meine Mutter auf. »Dein Vater hat mir unendlich viel gegeben, Conny! Auch wenn es für dich vielleicht nicht den Anschein hatte. Wir haben uns oft gestritten, manchmal gehasst, aber immer wieder versöhnt, gelacht und geliebt.« Sie blickte angestrengt zur Seite, doch ich konnte Tränen in ihren Augen glitzern sehen. »Mit deinem Vater war kein Tag wie der andere. Immer sprühte er vor Ideen und verrückten Einfällen. Niemals habe ich mich mit ihm gelangweilt. Er hat so eine besondere Sicht auf das Leben und die Menschen. Conny, dein Vater hat mein Leben bereichert.« Sie seufzte schwer. »Es ist wohl diese Leidenschaft, die in einem Künstler brennt. Sie hat eine enorme Anziehungskraft – wie das Licht für Motten.«

»Und wenn man so einem Menschen zu nahekommt, verbrennt man sich«, murmelte ich.

Meine Mutter griff nach meiner Hand. »Nein, Conny. Vor allen Dingen hat dein Vater für mich Licht in die Dunkelheit gebracht.«

Mein Herz wurde schwer. Mir war nie klar gewesen, wie sehr sie ihn vermisste. Genau das machte mir Angst.

»Ich will überhaupt nicht bestreiten, dass dein Vater auch viele schlechte Seiten hat«, fuhr sie fort. »Aber die haben nichts mit seinem Leben als Künstler zu tun, Conny. Zum Beispiel hätte er Rücksicht darauf nehmen müssen, dass ich seine Einstellung in punkto freier Liebe nicht teile. Er hätte mich nicht verlassen dürfen, als ihm meine Krankheit zu viel wurde.« Bedauernd tippte sie mit ihrem Finger auf die Lehne des Rollstuhls. »Das kann ich ihm bis heute nicht verzeihen. Aber auch ich habe deinem Vater etwas vorgemacht. Ich war nicht einmal ansatzweise die Rebellin, die ich als junge Frau gerne gewesen wäre. Man kann nicht aus seiner Haut, Conny! Egal, wohin man auch flieht. In Wahrheit war ich längst nicht so frei im Denken wie dein Vater. Als ich mit ihm nach Prag durchgebrannt bin, wollte ich unbedingt jemand sein, der ich nicht war. Das kannst du ihm nicht zum Vorwurf machen.«

Langsam begann ich die Beziehung meiner Eltern besser zu verstehen. Hatte David vor Kurzem bei unserem Gespräch in der Küche recht gehabt? Waren wir womöglich zu hart mit unserem Vater ins Gericht gegangen? Der Gedanke fühlte sich nicht gut an.

»Ich hätte es damals nie offen zugegeben, aber ich konnte deine Großmutter und Glowe einfach nicht aus meinem Kopf kriegen«, meinte meine Mutter und verzog verdrießlich das Gesicht. »Ich bin nun mal ein echtes Dorfmädchen. Zum Beispiel wollte ich unsere Wohnung immer pikobello sauber haben. Dabei hätte es niemand geschadet, wenn das dreckige Geschirr mal einen Tag stehen geblieben wäre. Leider habe ich dir diesen Ordnungsfimmel wohl vererbt.«

Aber ich hatte nur wegen ihr damit angefangen, hinter meinem Vater herzuräumen! Um sie zu entlasten. Ich stützte die Ellbogen auf die Knie und fuhr mir stöhnend übers Gesicht. Womöglich war meine Mutter in ihrer Ehe nicht so schwach und naiv gewesen, wie ich immer geglaubt hatte. Vielleicht waren meine Eltern einfach nur zu unterschiedlich?

Da fiel mir jedoch noch etwas anderes ein. »Aber Papa hatte in all den Jahren nie einen Job. Du musstest putzen gehen, um uns über Wasser zu halten. War das etwa fair von ihm?«

»Es gab einige Momente, in denen mich das ebenfalls wütend gemacht hat«, räumte sie ein. »Über das mangelnde Geld haben wir uns oft gestritten. Aber tatsächlich wollte ich, dass dein Vater an seiner Kunst arbeitet. Er hat wirklich Talent, Conny! Ich habe immer an ihn geglaubt. Bis heute hoffe ich, dass ihm der Durchbruch noch gelingen wird und er die Anerkennung als Künstler erhält, die er verdient.« Sie legte den Kopf schräg. »Wusstest du, dass Vincent van Gogh zu seinen Lebzeiten kaum ein Bild verkauft hat?«

Ich verkniff mir eine Antwort. Mit van Gogh würde ich die Werke meines Vaters nicht unbedingt vergleichen. Aber ich war auch keine Kunstexpertin.

»Du siehst also, dass ich mit deinem Vater nicht so unglücklich war, wie du gedacht hast.« Ein verschmitztes Grinsen überzog ihr Gesicht. »Vielleicht sollte ich auch noch erwähnen, dass unser Liebesleben wirklich absolut …«

»Himmel, Mama, nein!«, fiel ich ihr entsetzt ins Wort. »So etwas will ich nicht hören.«

Sie lachte amüsiert.

Ich hob die Hände in die Höhe und kapitulierte. »Na schön, ich sehe ein, dass ich zu einseitig über eure Ehe geurteilt habe. Aber was ist, wenn so ein Leben trotzdem nichts für mich ist? Wenn ich jetzt schon weiß, dass ich zu konservativ dafür bin?«

»Wie kommst du denn auf die Schnapsidee, dass du konservativ bist?« Irritiert runzelte meine Mutter die Stirn. »Dafür steckt viel zu viel von deinem Vater in dir. Muss ich dich daran erinnern, wie viel Nerven du mich früher gekostet hast? Sobald du eine Teenagerin warst, wolltest du keine Regeln mehr befolgen. Wir haben so laut gestritten, dass es das ganze Mietshaus mitbekommen hat. Du hast dich mir jeden Tag widersetzt, deinen Lehrern widersprochen, hattest gefährliche Hobbys, und schon in der ersten Woche an der Universität hast du einen Streik angezettelt, weil du eine Frauenquote bei den überwiegend männlichen Professoren durchsetzen wolltest.«

Ach ja, darum war es bei dem Streik gegangen, bei dem ich mir den Oberschenkel gebrochen hatte! Verlegen kratzte ich mich am Hals. So schlimm hatte ich mich überhaupt nicht in Erinnerung. Über Hannas vorpubertäres Verhalten durfte ich mich wohl nicht zu laut beschweren. »Aber heute bin ich nicht mehr so«, stellte ich nüchtern fest.

»Natürlich bist du nicht mehr so wild und aufmüpfig wie früher«, stimmte meine Mutter mir zu. »Du bist vernünftiger und verantwortungsvoller, seit du Mutter geworden bist. Aber die Rebellin steckt noch immer in dir. Du willst sie nur nicht rauslassen. Besonders seit Franks Tod.« Sie beugte sich vor und strich mir liebevoll über die Wange. »Du bist nicht konservativ, Conny, und du willst auch keinen konservativen Mann. Du sehnst dich nur nach der Geborgenheit, die du vor Franks Unfall empfunden hast. Das ist etwas völlig anderes. Aber das

Leben ist nun mal unberechenbar. Schlimme Dinge können jederzeit passieren. Diese Erkenntnis ist nicht schön und kann einem Angst einjagen, aber das ändert nichts daran, dass sie wahr ist.«

Ich wich ihrem Blick aus und starrte zu Boden. Verdammt, sie hatte recht! Durch Franks plötzlichen Tod hatte ich erfahren müssen, wie grausam und ungerecht das Schicksal sein konnte. Die Illusion eines sicheren Lebens würde ich jedoch nie zurückholen können. Egal, welcher Mann an meiner Seite war. Selbst wenn Sven unsere Beziehung bis zur Rente vorausplanen würde, konnte mich das vor einem weiteren Schicksalsschlag nicht schützen. Ich biss mir auf die Unterlippe und blickte meine Mutter unsicher an. »Und jetzt?«

Sie setzte ein nachsichtiges Lächeln auf. »Die Lösung ist, das Leben einfach zu leben, Conny! Es mutig anzupacken und in vollen Zügen zu genießen. Versteck dich nicht davor! Du bist eine starke, selbstbewusste Frau. Viele wären an dem, was du durchmachen musstest, zerbrochen. Doch du hast es geschafft und dich wieder aufgerappelt. Ich bin unglaublich stolz auf dich.«

Ihre Worte berührten mich tief in meinem Innern, und Tränen schossen mir in die Augen. »Ohne dich und David hätte ich das nicht geschafft, Mama«, schniefte ich. »Dafür bin ich euch unendlich dankbar.«

»Das musst du nicht. Das war selbstverständlich. Wir sind eine Familie, mein Schatz!« Sie schloss mich in die Arme.

Da heute beim Baden ihr Haarkurtag gewesen war, hüllte meine Mutter ein herrlicher Duft nach Vanille und Pfirsich ein. Ich atmete tief ein und drückte sie noch etwas mehr an mich.

»Marc ist nicht wie dein Vater«, betonte sie noch einmal. »Er ist viel gesetzter, aufmerksamer und liebevoller. Du hättest mit ihm eine völlig andere Beziehung als dein Vater und ich. Sie wäre viel *konservativer*, wenn dich das beruhigt.«

Gegen meinen Willen musste ich lachen. »Das beruhigt mich tatsächlich.«

Sie machte sich von mir los und hob den Zeigefinger. »Und vergiss nicht, dass David Schriftsteller und somit ebenfalls ein Künstler ist. Doch auf deinen Bruder ist immer Verlass, und du liebst ihn.«

Nun ja, Schriftsteller waren meiner Meinung nach nicht so wirklich Künstler. Schließlich hockte David den ganzen Tag nur mutterseelenallein in seinem Arbeitszimmer, tippte sich die Finger wund und saß sich den Hintern platt. Schnarchlangweilig, wenn man mich fragte.

Ich gab mir einen Ruck. »Nehmen wir mal an, ich hätte den Mut, ins kalte Wasser zu springen und eine Beziehung mit Marc in Betracht zu ziehen«, wagte ich mich vor. »Dann habe ich immer noch das Problem, dass er mich wie Luft behandelt. Er hat heute nicht mal den Versuch unternommen, mit mir über unseren Kuss zu reden.«

Meine Mutter grinste. »Ich denke, das tut er, weil er bemerkenswert clever ist.«

Meine rührselige Stimmung war plötzlich wie weggewischt. Offenbar schien meine Mutter etwas zu wissen, das mir bisher entgangen war. »Wieso clever?«

Sie hob vage die Schultern. »Weil ich glaube, dass er sich aus gutem Grund dir gegenüber so verhält. Er hat einen Plan, vermute ich.«

Einen Plan? Jetzt also auch Marc? Ich presste die Lippen zusammen. So langsam hatte ich wirklich genug von Männern mit Plänen. Kein Schimmer, wieso ich das mal gut gefunden hatte! Meine innere Verwirrung und Verzagtheit löste sich auf wie Morgennebel im Sonnenschein. Ich wollte Marc nicht mehr länger aus dem Weg gehen, im Gegenteil. Wir hatten etwas zu klären!

»Ich sollte mit ihm darüber reden«, sagte ich entschlossen und warf einen Blick auf die Uhr. Die abendliche Bandprobe fing meist erst später an, allerdings stand heute die Generalprobe auf dem Programm. »Er könnte zu Hause sein. Bis ich nach Stralsund fahren muss, habe ich noch ein bisschen Zeit.«

So wie die Dinge lagen, würde das Treffen mit Sven allerdings völlig anders verlaufen, als ich geglaubt hatte. Ich würde ein ziemlich unangenehmes Gespräch mit ihm führen müssen, in dem ich ihm klarmachte, dass es keine gemeinsame Zukunft gab, die geplant werden musste. Selbst wenn Marc und ich nicht zusammenfanden, war Sven einfach nicht der Richtige für mich.

Zufrieden tätschelte meine Mutter meine Hand. »Das halte ich für eine gute Idee! Du hast deine Entscheidung längst gefällt, Constanze. Dein Verstand kann nämlich nicht entscheiden, wen du liebst. Das Herz will, was das Herz will.«

Ich zog eine Grimasse. »Hast du noch mehr solche altklugen Sprüche auf Lager?«

»Jede Menge.« Sie lachte. »Aber jetzt geh, bevor er weg ist!«

28. Kapitel

Wieder einmal stand ich vor Marcs Haustür und wartete ungeduldig darauf, dass er mir öffnete. Seit sich sein musikalisches Equipment in Juttas Scheune befand, fuhr er immer mit dem Motorrad zur Probe. Leider stellte er die Maschine meist in der Garage ab, sodass ich nicht sehen konnte, ob er noch zu Hause war oder nicht. Nervös zupfte ich am Ausschnitt meiner roten Bluse herum, die ich zu einem knielangen schwingenden Rock und neuen Riemchensandalen trug. Gerade als ich ein letztes Mal klingeln wollte, öffnete Marc die Tür. Dieses Mal vollständig bekleidet, ohne eine Sprühflasche mit Wasser und leider auch ohne schalkhaftes Grinsen im Gesicht. Er musterte mich fragend.

Ich räusperte mich. »Hallo, Marc!«

Verflixt! Ich hatte es so eilig gehabt, mit ihm zu reden, dass ich keinen Gedanken daran verschwendet hatte, wie ich das Gespräch am besten beginnen sollte. Dabei war die Situation zwischen uns ziemlich verfahren.

»Hallo, Conny!«, entgegnete er ebenso höflich und musterte mein Outfit. »Gehst du heute noch aus?«

Ich nickte. »Ich habe gleich ein Date mit Sven.«

Marcs Miene verdüsterte sich schlagartig. Zugegeben, das war als Gesprächseinstieg von meiner Seite nicht besonders clever gewesen. Eine ausweichende Notlüge oder ein schlichtes Ja wären in diesem Fall wohl angebrachter gewesen. Marc verschränkte die Arme vor der Brust, und ein Muskel in seinem Kiefer zuckte.

Unsicher lächelte ich ihn an. »Äh ... Ich wollte fragen, wie es dir so geht.«

Misstrauisch kniff er die Augen zusammen. »In Bezug auf was?«

Ich zuckte mit den Schultern. »Einfach so, ganz allgemein. Darf ich nicht mal vorbeikommen und dich fragen, wie es dir geht? Wir sind schließlich Nachbarn. Und Freunde.« Ich gab mir einen Ruck und fügte hinzu: »Und wir haben uns geküsst.«

Marc hob erstaunt die Augenbrauen. »Ach, du kannst dich noch an unseren Kuss erinnern? Ich dachte, du hättest womöglich ein mysteriöses Blackout.«

»Natürlich kann ich mich noch an den Kuss erinnern. Wir hatten schließlich überhaupt keinen Alkohol getrunken.«

»Das ist ja das Mysteriöse an deinem Blackout«, entgegnete er trocken.

Ich stieß ein genervtes Schnauben aus. Marc wollte es mir offenbar nicht leichtmachen. Ich reckte trotzig das Kinn. »Diese vorwurfsvolle Tour kannst du dir sparen. Du hast schließlich auch so getan, als ob nichts passiert wäre.«

Er lehnte sich lässig an den Türrahmen. »Das habe ich aus gutem Grund getan.«

Offenbar hatte meine Mutter tatsächlich recht: Marc hatte sich absichtlich so merkwürdig verhalten. »Und dieser Grund wäre?«

Er schüttelte seufzend den Kopf. »Constanze, du bist nicht so undurchschaubar, wie du vielleicht denkst. Ich habe dir nach unserem ersten Kuss gesagt, dass du mir nicht mehr aus dem Kopf gehst und dass du die perfekte Frau für mich bist. Erinnerst du dich, wie du darauf reagiert hast?«

Hitze stieg mir in die Wangen. »Ich habe mich höflich bedankt«, murmelte ich peinlich berührt.

Er nickte. »Und danach hast du kaum noch ein Wort von dir gegeben. Beim Abendessen mit deiner Familie hast du dich so weit wie möglich von mir weggesetzt, und als ich mich verabschiedet habe, hast du dich wohlweislich hinter den Rollstuhl deiner Mutter gestellt. Mir war klar, dass dir das mit uns zu schnell geht. Ich habe es für klüger gehalten, dich nicht zu bedrängen und dir damit eine Entscheidung aufzuzwingen. Ich wollte dir Zeit lassen und abwarten. Momentan bist du dir über deine Gefühle für mich jedenfalls nicht im Klaren.«

Anscheinend las Marc in mir wie in einem Buch. Denn er hatte tatsächlich recht. Hätte er mich gleich am nächsten Tag mit dem Kuss konfrontiert, hätte ich mich in die Ecke gedrängt gefühlt und notgedrungen mit ihm Schluss gemacht. Das war schließlich der Plan gewesen, zu dem ich mich schweren Herzens durchgerungen hatte.

Ich schluckte schwer und zwang mich, ihm in die Augen zu sehen. »War«, korrigierte ich ihn. »Ich war mir über meine Gefühle für dich nicht im Klaren.« Ich stockte kurz und korrigierte mich erneut: »Nein, eigentlich war ich mir über meine Gefühle sehr wohl im Klaren. Ich wollte sie nur nicht wahrhaben.«

Er richtete sich auf und trat einen Schritt auf mich zu, bevor er stehen blieb. »Und jetzt?«

Ich sah zu ihm auf. Mein Herz schlug mir bis zum Hals. »Jetzt habe ich erkannt, dass ich einen ganz besonderen Mann kennengelernt habe. Einen Mann, der mir von Anfang an nicht mehr aus dem Kopf gegangen ist. Weil er für mich perfekt ist, sowohl von innen als von außen. Aber ich hatte Vorurteile, die völlig ungerechtfertigt waren. Womöglich hatte ich auch ein wenig Angst. Aber das war dumm. Jetzt macht mir der Gedanke viel mehr Angst, dass ich die Liebe an mir vorüberziehen lasse, ohne ihr eine Chance gegeben zu haben.«

Er hob die Hand und strich mir mit dem Daumen liebevoll über die Wange. »Verrätst du mir auch den Namen des Mannes, der dir nicht mehr aus dem Kopf geht? Ich hoffe doch sehr, du redest nicht gerade von Sven.«

Sein Blick hielt meinen gefangen. Marcs verführerische Nähe ließ mein Herz rasen und machte mich ganz benommen. »Sein Name ist Marc Javier Irgendwas Dingsbums Müller«, antwortete ich mit heiserer Stimme.

Er lachte leise. »So ungefähr. An deinem Spanisch müssen wir wohl noch etwas arbeiten.«

Verunsichert biss ich mir auf die Unterlippe. »Ich weiß, ich habe mich dämlich verhalten. Gibst du uns trotzdem noch eine …« Ich kam nicht weiter.

Ehe ich es mich versah, hatte Marc mich zu sich ins Haus gezogen. Die Tür fiel hinter mir ins Schloss. Schon lag ich in Marcs Armen, und sein durchtrainierter Oberkörper presste sich gegen meine Brüste. Ich vergrub die Hände in seinen Haaren, zog seinen Kopf zu mir herab und wollte ihn küssen. Doch Marc hielt mich zurück.

»Willst du das wirklich?«, fragte er mit ernster Miene. »Ich kann dir keine Garantie geben, wohin das mit uns führen wird.«

»Mir egal!«, entfuhr es mir. »Versuchen wir es einfach.«

Hatte ich das gerade wirklich gesagt? Mein Verstand schien sich anscheinend beleidigt aus dem Staub gemacht zu haben.

Ich kam Marc ungeduldig entgegen. Seit unserem letzten wundervollen Kuss war viel zu viel Zeit vergangen. Aber er umfasste mein Gesicht und zwang mich, ihm in die Augen zu sehen. »Willst du das wirklich?«, fragte er noch einmal.

Endlich begriff ich. Er wollte sichergehen, dass ich nicht gleich morgen wieder einen Rückzieher machte. Marc hatte eine unglaublich schwere Zeit hinter sich. Der tragische Tod seines

Bruders, die Schuldgefühle, der Alkoholabsturz, die Selbstzweifel. Die Wunden an seiner Seele waren gerade erst verheilt. Wenn ich ihn nicht verletzen wollte, musste ich mir über meine Gefühle im Klaren sein.

Er wartete auf eine Antwort. Diesmal hörte ich allein auf mein Herz. Ohne zu zögern erwiderte ich Marcs ernsten Blick. »Ja, das will ich.«

Für einen Moment zeigte sich Erleichterung auf seiner Miene. Dann wechselte schlagartig sein Gesichtsausdruck. Marc war Spanier, wenigstens zur Hälfte. Ein Feuer und eine Leidenschaft, die er bisher wohl im Zaum gehalten hatte, loderten in seinen dunklen Augen auf. Mit einem Mal kamen Zweifel in mir auf, ob ich dem tatsächlich gewachsen war. Doch ich beruhigte mich selbst: Zwar war ich keine Südländerin, aber in mir hatte sich die Leidenschaft von vier Singlejahren und an die zweihundert Liebesromanen angestaut. Wenn hier jemand Angst haben musste vor dem, was passieren konnte, dann war es Marc!

Endlich beugte er sich über mich und küsste mich mit einer Intensität, die mich alles andere vergessen ließ.

29. Kapitel

Ich bog in eine Seitengasse der Stralsunder Altstadt ein. Meine Bluse klebte unangenehm am Rücken, und meine neuen Riemchensandalen scheuerten an den Fersen. Trotzdem beschleunigte ich meine Schritte, denn ich war fast zwanzig Minuten zu spät. Nach Marcs leidenschaftlichen Küssen war das kein Wunder! Wieder einmal war aus Zeitgründen nicht mehr zwischen uns passiert, denn Marc musste zur Generalprobe und ich nach Stralsund. Doch ich war froh darüber. Bevor ich die Beziehung zu Marc vertiefte, wollte ich zuerst das klärende Gespräch mit Sven führen und einen klaren Schlussstrich ziehen. Marc war nicht gerade glücklich darüber gewesen, dass ich mich unbedingt noch mal mit »dem Architekten« treffen wollte. Doch ich schuldete Sven eine persönliche Aussprache. Ich war niemand, der übers Handy Schluss machte, das hatte ich auch Marc klargemacht. So etwas fand ich unhöflich und feige.

Vor dem Café entdeckte ich einen Mann mit dem größten Rosenstrauß, den ich je gesehen hatte. Es war in jedweder Hinsicht ein Monsterstrauß: zu gewaltig, zu übertrieben, zu teuer, zu protzig. Eine ungute Vorahnung machte sich in mir breit. War das etwa Sven? Da der Oberkörper komplett von dem Rosentsunami verdeckt wurde, konnte ich von dem Mann bis auf die beigefarbenen Hosenbeine leider nichts erkennen. »Sven?«

Die langstieligen Rosen senkten sich ein wenig herab, und Svens Kopf kam zum Vorschein. »Hallo, Schnucki-Hasi! Da bist du ja endlich. Ich warte schon eine Ewigkeit auf dich.«

Oh, natürlich! Ich hatte ganz vergessen, dass Sven als Pünktlichkeitsfanatiker immer eine Viertelstunde vorher zu einem Treffen erschien. Somit stand er hier schon seit über einer halben Stunde. Mein schlechtes Gewissen wurde noch etwas größer. »Es tut mir wirklich leid, dass ich mich verspätet habe. Bitte entschuldige, Sven.«

Er ging nicht auf meine Entschuldigung ein und drückte mir ohne weitere Umschweife die Rosen in die Arme. »Hier, für dich!«

Meine Güte, war der Strauß schwer. Leider waren auch nicht alle Dornen entfernt worden. Autsch!

Ich konnte mir eine säuerliche Bemerkung nicht verkneifen. »Du hast es mir versprochen, Sven«, platzte es aus mir heraus. »Keine Überraschungen, hatte ich gesagt. Keine Pläne, kein teures Essen. Ich hatte dich inständig darum gebeten. Alles, was ich wollte, war ein einfaches Treffen im Café.«

»Normalerweise freuen sich Frauen über Blumen.« Sven blickte mich gereizt an. »Hast du überhaupt eine Ahnung, wie teuer diese langstieligen Rosen sind?«

Ich atmete tief durch, um meine Fassung zurückzugewinnen. »Vielen Dank«, sagte ich bemüht höflich. »Das wäre – wie gesagt – nicht nötig gewesen.«

Ich machte eine Kopfbewegung in Richtung Café. »Lass uns reingehen, okay?«

Ich steuerte auf die Tür zu, doch Sven hielt mich zurück. »Moment, Conny! Kleine Planänderung«, verkündete er. »Ich möchte dir gerne etwas zeigen. Folge mir einfach!«

»Wie? Was?« Irritiert drehte ich mich um.

Sven marschierte entschlossen in Richtung Marktplatz. Ich vergeudete noch ein paar wertvolle Sekunden mit der Frage, ob ich ihm tatsächlich folgen sollte. Immerhin hatte ich ihm meine Wünsche deutlich mitgeteilt, und er ignorierte sie zum wiederholten Mal. Da ich eine Aussprache jedoch kaum ohne Sven über die Bühne bringen konnte, lief ich ihm notgedrungen hinterher.

»Sven, nicht so schnell!«

Die langstieligen Rosen waren nicht nur schwer, sondern erwiesen sich auch als äußerst hinderlich beim Laufen. Mein Sichtfeld war stark eingeschränkt. Um ein Haar hätte ich ein kleines Kind über den Haufen gerannt, und in der Fußgängerzone knallte ich mit dem Knie frontal gegen einen Mülleimer. Unmut keimte in mir auf. Am liebsten hätte ich den doofen Strauß in einer dramatischen Geste auf den Boden gepfeffert. Aber meine Armmuskeln waren dafür schon viel zu schlapp. Sven dagegen hatte die Hände in die Hosentaschen gesteckt und drehte sich nur einmal zu mir um, weil er mich zur Eile antreiben wollte. Nicht gerade das Verhalten eines Gentlemans. Oder tat er das mit Absicht? Um mich für meine Verspätung und meine mangelnde Dankbarkeit zu bestrafen?

Wir erreichten den Hafenbereich, und endlich hielt Sven vor einem schicken Neubau an. »Hier ist es!«

»Gott sei Dank«, murmelte ich entkräftet. Schweiß perlte über meine Stirn direkt in mein linkes Auge. Es brannte wie Feuer. Hätte ich doch nur eine Hand frei gehabt!

»Ich und meine Ex-Frau Eva haben das Gebäude entworfen«, erklärte er stolz, als er die Tür öffnete. »Bis auf das Loft sind schon alle Wohnungen verkauft. Die Lage ist hervorragend, und die Wohnungen wurden von einem französischen Innenarchitekten eingerichtet. Alles vom Feinsten, Luxus pur! Von der Klimaanlage bis zum Kühlschrank kann alles per App gesteuert werden. Es gibt Marmorfußböden, Designerarmaturen, schallisolierte Fenster und so weiter.«

»Toll!«, erwiderte ich höflich, obwohl ich eigentlich kein Fan hochgestylter Luxuswohnungen war. Ich mochte es lieber gemütlich, und es machte mir auch nichts aus, zu Fuß zum Lichtschalter oder Heizungsregler zu gehen. Wenn der Menschheit schon der Gang vom Sofa zum Lichtschalter zu viel wurde, war alles verloren.

Ich vermutete, dass Sven mir die Früchte seiner Arbeit präsentieren wollte. Wir konnten natürlich auch in besagtem Loft das klärende Gespräch führen. Also folgte ich ihm brav nach oben. Das Gebäude besaß keinen Aufzug, was ich in meiner derzeitigen Situation als großes Manko einstufte. Als ich mit dem Monsterstrauß endlich im vierten Stock ankam, war ich so erleichtert, dass ich die Engel im Himmel an der Harfe zupfen hörte. Wie angewurzelt blieb ich im Eingangsbereich der Wohnung stehen. Kleine Korrektur: Es waren nicht die Engel im Himmel, sondern ein männlicher Harfenist Mitte zwanzig, der bei unserem Eintreten zu spielen begonnen hatte.

»Gehört der auch zur Luxusausstattung?«, entfuhr es mir entgeistert.

Sven lachte jovial. »Nein, die musikalische Untermalung habe ich für unser heutiges Date besorgt. Als kleine Überraschung. Komm mit in die Küche!«

Keine Überraschungen! Genau das hatte ich zu Sven gesagt. Gab es an dieser klaren Aussage irgendetwas falsch zu verstehen? Ich lächelte dem Harfenisten freundlich zu, während ich mich an ihm vorbeischob. Er konnte schließlich nichts dafür, dass Sven sich nicht an Abmachungen hielt. Soweit ich das beurteilen konnte, zupfte der junge Mann auch ganz hervorragend.

»Na, ist das nicht wunderschön, Conny?«, fragte Sven und deutete um sich. »Das nenne ich echten Stil.«

»Mhm.«

Der französische Innenarchitekt schien eine klare Vorliebe für Weiß zu haben. Sofas, Stühle, Tische, Vasen, Anrichten – alles weiß. Bis ich hinter Sven in die Küche trat, war ich quasi schneeblind geworden. Ich konnte seine Begeisterung nicht ganz teilen. Auf mich wirkte die Wohnung unpraktisch, kalt und unpersönlich. Vor allen Dingen war sie für Kinder gänzlich ungeeignet. Tom hätte ich an der Eingangstür mit angelegten Armen in Frischhaltefolie einpacken und in eine Ecke stellen müssen, damit er nichts schmutzig machte. Mir gefiel unser Hof auf Rügen mit den alten Holzbalken und dem polierten Dielenboden bedeutend besser.

Mit einem Seufzer der Erleichterung ließ ich den Strauß in die Spüle fallen, verschloss den Abfluss und ließ kaltes Wasser einlaufen. Erst dann wandte ich mich Sven zu, der auf einige Einkaufstüten und einen Korb mit Töpfen und Geschirr deutete.

»Da ich kein teures Essen bestellen durfte, habe ich alles für ein dreigängiges Menü eingekauft. Das Kochen musst du jedoch übernehmen. Hast du schon mal Entrecote an Pfeffersauce gemacht?«

Fassungslos starrte ich ihn an. »Ich soll dich jetzt bekochen? Ist das dein Ernst?«

»Meine Ex-Frau Eva hat es geliebt, für mich zu kochen.« Seine Miene bekam einen sehnsüchtigen Ausdruck. »Jeden Sonntag hat sie ein Feinschmeckermenü auf den Tisch gebracht. Es war stets absolut köstlich. Ich habe zum Ausgleich das Abspülen und Aufräumen der Küche übernommen. Danach haben wir lange Spaziergänge gemacht oder sind ins Museum gegangen. Nur wir beide …« Sven schluckte schwer. Dann wandte er seine Aufmerksamkeit wieder mir zu. »Ich dachte, beim Kochen kannst du dich mit unserer Wohnung schon ein bisschen vertraut machen und …«

Ich hob die Hand. »Stopp!«, fiel ich ihm ins Wort. »Hast du gerade ›*unsere* Wohnung‹ gesagt?«

»Ich wollte mit dir doch heute über unsere Zukunft sprechen.« Sven strahlte über das ganze Gesicht. »Ich habe ein Vorkaufsrecht. Deine Kinder müssten sich zwar ein Zimmer teilen, aber die Wohnung wäre perfekt für uns. Dein Bruder kann sich auf Rügen bestimmt auch allein um deine Mutter und deine Großmutter kümmern. Oder er stellt eine Pflegekraft ein. Als Bestsellerautor kann er sich das doch locker leisten. Natürlich ist das Loft ziemlich teuer, aber die Finanzierung bekommen wir bestimmt geregelt. In der Nähe gibt es sogar eine Privatschule für Hanna und Tim. Was sagst du dazu?«

Es kam nicht oft vor, dass ich sprachlos war, aber dies war einer dieser seltenen Momente. Für eine Weile war nur das unregelmäßige Tropfen des Luxuswasserhahns und entfernte Harfenklänge zu hören. Sven wollte, dass ich Rügen verließ, um mit ihm zusammenzuziehen? Nachdem meine Kinder sich dort gerade erst eingelebt hatten? Und ich sollte meine komplette Familie im Stich lassen?

»Tom«, stieß ich schließlich hervor. »Mein Sohn heißt Tom.«

»Entschuldige, Tom.« Sven zuckte mit den Schultern, als wäre es das Natürlichste der Welt, den Namen meines Sohnes zu verwechseln. Dabei hatte er gerade die Absicht verkündet, mit ihm und Hanna zusammenzuleben. Das war einfach zu viel …

»Was stimmt denn eigentlich nicht mit dir?« platzte es aus mir heraus. »Zuerst meldest du dich tagelang nicht, und dann machst du mir so einen völlig überstürzten Vorschlag! Dabei kennen wir uns kaum, und zwischen uns ist nicht mehr passiert als ein flüchtiger Ein-Sekunden-Kuss.« Ich schüttelte verständnislos den Kopf. »David und ich kümmern uns um unsere Mutter, weil wir sie lieben, Sven! Ich würde sie niemals im Stich lassen. Allein der Gedanke, dass sich eine Pflegekraft um sie kümmert, fühlt sich falsch an. Ich will mit ihr jeden guten Tag, der ihr noch bleibt, genießen. Und die schlechten Tage stehen wir gemeinsam durch. Denn das bedeutet es, eine Familie zu sein. In dem Haus, in dem ich wohne, gibt es zwar keine App, die die Heizung regelt, aber wir sind alle füreinander da. Jeder steht für den anderen ein. Wenn du mich auch nur ansatzweise kennen würdest, wüsstest du, dass mir meine Familie wichtig ist.«

Die Harfenmusik im Hintergrund brach abrupt ab. Doch ich hatte mich in Rage geredet. »Wir beide wissen so gut wie nichts voneinander, Sven! Bisher hast du meine Kinder nicht einmal kennengelernt. Aber trotzdem planst du schon ein gemeinsames Leben. Du legst ein Tempo vor, bei dem keine Frau mithalten kann. Hältst du das ernsthaft für eine gute Idee?«

»Nun ja, ich dachte, dass …« Er stockte. Unsicherheit zeigte sich in seiner Miene. »Wir sind uns doch einig, also, ich meine … Wir sind beide allein und suchen etwas Festes. Was nützt es da, lange zu warten? Ich … ich wollte die Sache tatkräftig in die Hand nehmen«, stammelte er. »Männer tun doch so etwas, oder? Ich hatte den Eindruck, dir gefällt das.«

Ich atmete tief durch, um mich wieder zu beruhigen. Er hatte recht. Ich hatte durchaus meinen Teil zu der heutigen Katastrophe beigetragen. »Es tut mir leid, Sven, aber Tatsache ist, dass mir das nicht gefällt. Jedenfalls nicht auf diese Weise.«

Ich rieb mir über die Stirn. Ein klärendes Gespräch war in der Theorie bedeutend leichter als in der Praxis. Zum Beispiel blieb mir jetzt nicht verborgen, dass Sven blass um die Nasenspitze geworden war. Ich war ihm eine Erklärung schuldig. »Seit Franks Tod habe ich mich nach Beständigkeit, Sicherheit und Regeln gesehnt. Die letzten vier Jahre als alleinerziehende Mutter und

Witwe waren nicht leicht. Der Gedanke hat sich verlockend angefühlt, sich an einen Mann zu lehnen und die Last der Verantwortung zu teilen. Aber in Wahrheit könnte ich es in einer Beziehung mit einem sehr dominanten Partner niemals aushalten. Denn ich bin selbst stark. Ich will keinen Mann, der mein Leben für mich plant. Das hier …« Ich deutete in Richtung des weißen Designerwohnzimmers. »… ist nichts für mich, Sven. Mir ist wichtig, dass ein Mann meine Wünsche respektiert. Zum Beispiel, wenn ich ihm sage, dass ich ein Date ohne Pläne und Überraschungen haben möchte.« Ich legte ihm mitfühlend die Hand auf den Arm. »Es tut mir leid, dass mir das nicht schon früher klar geworden ist. Aber wir beide passen einfach nicht zusammen.«

Ich hatte das Gefühl, als hätte sich in meinem Inneren ein Knoten gelöst. Nach meiner langen Zeit als Einzelkämpferin hatte ich erst die Bevormundung eines Mannes benötigt, um mir meiner inneren Stärke bewusst zu werden. Ich hatte mich stets auf meine Fehler konzentriert und mich für meine schwachen Phasen verurteilt. Doch meine Mutter hatte recht: Ich war mit so vielem fertig geworden. Obwohl ich manchmal geglaubt hatte, an allem zu zerbrechen, hatte ich mich immer wieder aufgerappelt und weitergekämpft. Und meine Familie und Monika waren für mich da gewesen. Ich hatte großes Glück, denn ich wusste Menschen an meiner Seite, die mir auch in den dunkelsten Zeiten beistanden. Natürlich sehnte ich mich immer noch nach einem Mann, an den ich mich anlehnen konnte. Jemand, der mich ab und zu vor der Welt beschützte. Aber eben nur in den Augenblicken, in denen ich mich schwach fühlte. In meinem Internetprofil bei *Einsame Herzen* wäre auf die Frage »Was suchen Sie?« wohl die richtige Antwort gewesen: Einfach nur Liebe.

Meine Erklärung schien Sven stärker aus der Fassung gebracht zu haben, als ich befürchtet hatte. Seine Unterlippe zitterte verdächtig. »Ich … also ich bin überhaupt kein starker, entschlossener Mann, Constanze. Ich habe nur so getan. Weil in den Beziehungsratgebern stand, dass Frauen das anziehend finden.«

Verwirrt sah ich ihn an. »Wie bitte?«

Er rang einen Moment mit sich, dann brach es aus ihm heraus: »Eva war immer diejenige, die in unserer Ehe die Entscheidungen getroffen hat, und ich hatte absolut nichts dagegen. Es hat mir sogar gefallen. Jetzt ist sie weg, und ich habe nichts mehr, an dem ich mich festhalten kann. Es fühlt sich an, als hätte ich meine Identität verloren. Ohne Eva weiß ich überhaupt nicht mehr, wer ich bin.« Tränen funkelten in seinen Augen. »Sie fehlt mir so schrecklich.«

Seltsamerweise überraschte mich Svens Geständnis nicht. Wie bei einem Puzzle fügten sich damit die Teile zusammen. Mitleid wallte in mir auf. »Sven, das tut mir so leid!« Ich breitete die Arme aus, und er stürzte sich in meine Umarmung.

Während er sich an meiner Schulter ausweinte, tauchte der Harfenist im Türrahmen auf und blickte mich fragend an. Über Svens Schulter hinweg gab ich ihm zu verstehen, dass er gehen konnte.

Irgendwann brachte ich Sven dazu, sich mit mir ins Wohnzimmer zu setzen. Nachdem er ein Glas Wasser getrunken und sich beruhigt hatte, schüttete er mir sein Herz aus. Wie ich mir bereits gedacht hatte, war er nicht einmal ansatzweise über seine gescheiterte Ehe hinweg. Seine Ex-Frau war seine große Liebe, und sie sahen sich immer noch jeden Tag bei der Arbeit. Es war unmöglich für Sven, sie zu vergessen. Eva hatte in ihrer Ehe bestimmt, wo es langging, und nur ein einziges Mal hatte Sven energisch Einspruch erhoben. Nämlich bei Evas Entschluss, keine Kinder zu bekommen. Bei den daraus resultierenden Streitigkeiten hatte Sven nicht bemerkt, dass er das zu verlieren drohte, was er noch mehr liebte als seine hypothetischen Kinder – nämlich Eva. Nun waren sie geschieden, und er fühlte sich so einsam wie nie zuvor. Deshalb wollte er die Lücke, die Eva sowohl in seinem Leben als auch in seinem Herzen hinterlassen hatte, schließen. Indem er sich so schnell wie möglich in eine neue Beziehung stürzte.

Es kostete mich etwas Mühe, Sven davon zu überzeugen, dass dies nicht der richtige Weg war, um über eine verlorene Liebe hinwegzukommen. Mit mir und meinen Kindern zusammenzuziehen hätte zwar das Problem seiner Einsamkeit gelöst und auf einen Schlag seinen Traum von einer Familie verwirklicht, doch ich war nun mal nicht Eva.

»Als du in Berlin warst, hast du mich tatsächlich kein bisschen vermisst, oder?«, fragte ich, obwohl ich die Antwort schon kannte. »Sonst hättest du dich nämlich deutlich häufiger bei mir gemeldet. Deine Gedanken und dein Herz gehören Eva.«

Er nickte unglücklich. »Auch als ich den Autounfall hatte«, gestand er dann leise, »lag es an Eva, dass ich dir nicht zurückgeschrieben habe. Sie hat sich plötzlich wieder Sorgen um mich gemacht, mich im Krankenhaus besucht und sich rührend um mich gekümmert. Ich hatte Hoffnung, dass alles wird wie früher. Doch nachdem ich entlassen worden war, hat sie sich wieder zurückgezogen.«

Da ich zu dem Zeitpunkt sehnlichst auf Svens Nachricht gewartet hatte, versetzte mir sein Geständnis einen kleinen Stich. Das war nicht gerade fair von ihm gewesen. »Keine Frau hat es verdient, nur der Ersatz für deine Traumfrau zu sein, Sven!«

»Das stimmt.« Er schluckte schwer. »Meinst du, ich habe

bei Eva noch eine Chance? Wenn ich ihr sage, dass ich unseren Streit bereue und sie einfach nur zurückhaben will?«

»Das kann ich dir nicht sagen.« Bedauernd hob ich die Schultern. »Aber es lohnt sich allemal, mit ihr über deine Gefühle zu sprechen. Was hast du zu verlieren? Manchmal muss man es einfach wagen und ins kalte Wasser springen. Das habe ich heute erst gelernt.«

Er kratzte sich am Kinn. »Spontan zu sein ist nicht meine Stärke, Constanze. Ich mache gerne Pläne.«

Ich konnte mir ein Grinsen nicht verkneifen. »Das ist mir aufgefallen. Aber mit einem monströsen Rosenstrauß und romantischer Harfenmusik würdest du Eva wahrscheinlich nur in die Flucht treiben. Rede einfach offen und ehrlich mit ihr. Trau dich, und sei endlich mal du selbst!«

Er schaute so gequält drein, als hätte ich von ihm verlangt, über glühende Kohlen zu laufen. Doch schließlich nickte Sven. »Ich werde es versuchen«, versprach er.

Bis weit nach Mitternacht saßen wir zusammen und redeten. Nach all den Nachrichten und Dates lernte ich Sven von einer ganz anderen Seite kennen, und eigentlich war er ein richtig netter Kerl. Schließlich waren wir uns einig, dass es zwischen uns zwar nicht für die große Liebe gereicht hatte, aber für eine Freundschaft allemal.

30. Kapitel

Am Tag des Konzerts schien ganz Glowe auf den Beinen zu sein. Sogar meine Mutter und Oma Trudi halfen beim Aufbau. Allerdings beschränkten sich die beiden hauptsächlich darauf, uns Anweisungen zuzurufen oder ungefragt Ratschläge zu erteilen. Der Tag verging wie im Flug. Auch Marc war permanent beschäftigt, doch immer wenn wir uns beim Aufbau über den Weg liefen, nahm er sich Zeit für einen Kuss. Jedes Mal vollführten die Schmetterlinge in meinem Bauch einen wahren Freudentanz, und ich schwebte auf Wolke sieben zurück zur Arbeit. Dafür nahm ich auch gerne die lieb gemeinten Frotzeleien und Kommentare meiner Familie und Freunde in Kauf. Alle schienen sich ehrlich darüber zu freuen, dass wir endlich zueinandergefunden hatten.

Vielleicht würden Marc und ich uns nach dem Konzert noch ein wenig näherkommen? Wenn wir mal keinen Zeitdruck hatten? Schon allein wenn ich daran dachte, stieg Hitze in mir auf, und mein Herzschlag beschleunigte sich. Doch bevor ich mich in leidenschaftliche Fantasien hineinsteigerte, musste erst einmal das Konzert ein Erfolg werden! Marc hatte mir mehrfach versichert, dass er sich auf den Auftritt freute. Tatsächlich hatte er heute ein fast schon fiebriges Leuchten in den Augen. Beim Aufbau der Bühne und dem anschließenden Soundcheck unterhielt er sich auch locker und ungezwungen mit seinen Bandkollegen und den anderen Helfern. Vielleicht war Marc einfach ein guter Schauspieler, aber ich konnte an ihm keine wachsende Anspannung wahrnehmen. Ich hoffte und betete, dass ihm heute unliebsame Erinnerungen an den Tod seines Bruders erspart bleiben würden.

Da in Glowe zeitgleich auch das Sanddornfest stattfand, herrschte schon am frühen Nachmittag dichtes Gedränge zwischen den Essens-, Tombola- und Süßigkeitenständen. Das Dorf schien aus allen Nähten zu platzen. Hanna und Tom investierten ihr halbes Taschengeld in Lose, sodass wir uns bepackt mit zwei hässlichen Grünpflanzen, einem Brandmalkolbenset und zwei Plüschtieren durch die Menge kämpfen mussten. Später halfen die beiden meiner Mutter und Oma Trudi am Kuchenstand, während ich zusammen mit David, Ariane und zwei anderen Eltern des Kindergartens eine Schicht am Getränkestand absolvierte. Jutta als Organisatorin des Fests hatte es perfekt verstanden, so viele Menschen wie möglich ehrenamtlich einzuspannen.

Als ich abgelöst wurde, dämmerte es bereits, und ich eilte in Richtung Strand. Dort hatte sich schon eine beachtliche Menge an Zuhörern vor der Bühne eingefunden. Die Schülerband *Keuchhusten* hatte ihre Instrumente bereits auf der Bühne aufgebaut, und der Bassist zupfte testweise an seinen Saiten. Bald würde es losgehen!

Ich blieb einen Augenblick stehen, um die Kulisse in mich aufzunehmen. Jutta hatte recht behalten: Der Strand war für ein Open-Air-Konzert perfekt. Die Bühne und der Zuschauerbereich befanden sich genau zwischen dem Meer und dem angrenzenden Kiefernwäldchen. Am Himmel funkelten schon die ersten Sterne, und einige Zuhörer hatten es sich mit ihren Getränken im warmen Sand bequem gemacht. Zum Glück war die Schaabe nicht nur ein sehr langer, sondern auch ein ausreichend breiter Strand. Natürlich galt es, unzählige Vorschriften einzuhalten, und auch die Stromzufuhr hatte sich als schwierig herausgestellt. Ich bewunderte Jutta und das Team des UGLY-Frauenabends dafür, dass sie das alles so schnell auf die Beine gestellt hatten. Wenigstens hatte ich auch einen kleinen Beitrag dazu leisten können.

Auf dem Weg zum Backstage-Bereich traf ich auf Jutta, die einen ziemlich großen Becher Weißwein in den Händen hielt. Sie hatte sich bereit erklärt, durch den Abend zu führen, die Bands anzukündigen und die Zuschauer zu weiteren Spenden für den Kindergarten zu animieren. Passend zum Rockkonzert trug sie jetzt eine Lederjacke und hatte sich schwarzen Glitter in ihre schicke Kurzhaarfrisur gesprüht.

»Willst du den ganzen Wein allein trinken?«, fragte ich sie stirnrunzelnd.

Sie sah mich mit weit aufgerissenen Augen an. Panik lag in ihrer Miene. »Das ist mein Plan. Ich habe nämlich ganz schlimmes Lampenfieber.« Sie trank einen Schluck. »Wenn ich nüchtern bleibe, wird es eine Katastrophe. Glaub mir, Conny! Mit Alkohol kann es nur besser werden.«

»Damit wird überhaupt nichts besser!« Ich schüttelte den Kopf und nahm ihr kurzerhand den Becher weg. »Wenn du das alles trinkst, torkelst du höchstens auf die Bühne.«

Sie warf verzweifelt die Hände in die Luft. »Wieso tue ich mir das immer an?«, jammerte sie. »Ich hasse es, dort oben zu stehen. Eigentlich hatte ich mir geschworen, nie mehr ein Mikrofon in die Hand zu nehmen. Aber bis vor einer Stunde war ich noch davon überzeugt gewesen, dass ich es dieses Mal besser hinbekomme. Warum nur? Warum?«

O weh! Das war ein heftiger Fall von Lampenfieber. Ich musste Jutta und Marc unbedingt voneinander fernhalten. Nicht dass das ansteckend war! Leider war ich in solchen Dingen kein besonders hilfreicher Ratgeber. Außer Plattitüden wie »Du schaffst das!« oder »Ich glaube an dich!« hatte ich nicht viel zu bieten.

»Jutta? Kommst du mal?«, drang Isolde Sommers Stimme zu uns. Wir wandten uns um. Die Kindergärtnerin stand neben ein paar Gemeinderatsmitgliedern und dem Bürgermeister, der sich sichtlich in der allgemeinen Aufmerksamkeit sonnte. Alle zwei Minuten blieb jemand stehen, um ihm die Hand zu schütteln oder auf die Schulter zu klopfen. Passend zum Konzert war nämlich heute mein Artikel erschienen, in dem ich über die Mietminderung für den Kindergarten vonseiten der Gemeinde berichtet hatte. Wie versprochen, hatte ich mit Lob nicht gegeizt. Im Artikel hatte ich den Bürgermeister derart beweihräuchert, dass meine Chefin Natalie sofort misstrauisch geworden war. Sie hatte sogar die Vermutung angestellt, dass ich geschmiert worden war und als Artikel getarnte Wahlkampftexte für den Bürgermeister schrieb. Deshalb hatte ich ihr schweren Herzens von meiner Aktion bei der Gemeinderatssitzung berichten müssen. Erwartungsgemäß war Natalie darüber nicht begeistert gewesen. Letztendlich war ich mit der Ermahnung davongekommen, so etwas nie, nie, nie wieder zu machen. Es hatte wohl ihr Herz erweicht, dass ich lediglich für das Gute gekämpft hatte. Natalie war wirklich klasse.

»Bin gleich bei euch!«, rief Jutta der Kindergärtnerin zu.

Ich strich meiner Freundin aufmunternd über den Rücken. »Bleib einfach locker! Sobald du oben auf der Bühne stehst, läuft es wie von selbst. Du machst das bestimmt klasse!«

»Du hast leicht reden.« Jutta verzog unglücklich das Gesicht. »Du bist ohnehin die Heldin des Tages. Schließlich hast du den Kindergarten quasi im Alleingang gerettet.«

Obwohl ich mit Lob und Anerkennung heute schon überhäuft worden war, stieg mir Hitze in die Wangen. »Ach, das war doch keine große Sache«, wiegelte ich ab.

»Spinnst du? Eine symbolische Miete von einem Euro nennst du keine große Sache?« Sie deutete auf die stetig wachsende Menschenmenge. »Mit den Einnahmen des Konzerts und den restlichen Spenden muss sich der Kindergarten für lange Zeit keine Sorgen mehr um seine Finanzen machen.«

»Diese drastische Mietminderung war eine Entscheidung des Bürgermeisters«, stellte ich richtig. »Ihm gebührt der Dank.«

Damit hatte er mich positiv überrascht. Offenbar war mit ihm ein Mann auf dem Posten, der sich tatsächlich für die Belange der Bürger einsetzte.

»Wir wissen genau, wem wir das zu verdanken haben, Conny!«, widersprach mir Jutta. »Du hast zur richtigen Zeit den Anstoß gegeben.« Sie grinste. »Hey, soll ich dich zum Dank vielleicht auf die Bühne holen? Dann wäre ich dort oben wenigstens nicht alleine.«

»Ich? Auf die Bühne? Auf keinen Fall!« Drohend hob ich den Zeigefinger. »Wenn du das machst, schreibe ich einen Artikel über eure Pension und behaupte, dass ihr dort Swinger-Abende veranstaltet.«

Gespielt schockiert schlug sie sich die Hand an die Brust. »Du weißt von den Partys? Meine Güte, in diesem Dorf kann man auch nichts geheim halten.«

Wir lachten ausgelassen. Wenigstens hatte ich Jutta ein bisschen von ihrem Lampenfieber abgelenkt! Sie ging zu Isolde Sommer, die gerade stocksteif und mit bleicher Miene auf einen jungen Mann mit Mikrofon starrte. Offenbar wurden sie und der Bürgermeister von einem regionalen Radiosender interviewt.

Ich ging an der Bühne vorbei zum Backstage-Bereich, der aus zwei großen Pavillons bestand. Sophies Mann Ole, der hier im

Dorf angeblich der Fachmann für Pavillons war, hatte sie heute Morgen aufgebaut. Allerdings hatte Ole die ganze Zeit über geflucht wie ein Kesselflicker und verkündet, dass er nie wieder einen Pavillon aufbauen würde. Jetzt standen sie perfekt und hätten vermutlich sogar einen Sturm überstanden. Zum Glück hatte die Wettervorhersage uns jedoch einen lauen, windstillen Sommerabend prophezeit.

Ich musste nicht lange nach Marc suchen. Er saß gleich neben dem Eingang auf einem Stuhl und hatte Tom auf seinen Knien. Im Hintergrund alberten die anderen Bandmitglieder herum und tranken Bier. Überrascht blieb ich stehen. Mein Sohn hatte Marcs Gitarre vor sich und versuchte gerade, mit seinen kleinen Fingern einen Akkord zu greifen. Er bemühte sich so konzentriert, Marcs Anweisungen umzusetzen, dass er seine Zunge zwischen den Lippen eingeklemmt hatte.

»Der Zeigefinger muss eine Saite höher«, sagte Marc geduldig und half ihm, die richtige Stelle zu finden. »Genau hier! Schade, dass wir keine Kindergitarre haben. Dann wäre es leichter für dich.«

Hanna saß im Schneidersitz auf dem Boden im Sand und hielt ebenfalls eine Gitarre vor sich. »Ich glaube, ich hab's!« Sie schlug mit der rechten Hand die Saiten an, und ein Akkord erklang. »Das ist gar nicht so schwer.«

»Sehr gut«, lobte Marc sie. »Perfekt!«

Hanna lächelte stolz. Die drei waren so vertieft in ihre Gitarrenstunde, dass sie mich nicht bemerkten. Wärme breitete sich in meiner Brust aus. Dieser Anblick berührte etwas in mir.

Ich räusperte mich. »Was macht ihr zwei denn im Backstage-Bereich? Ich dachte, ihr wolltet Oma am Kuchenstand helfen.«

Die drei sahen auf. Als Marc mich anlächelte, intensivierte sich die Wärme in meiner Brust gleich noch etwas mehr.

»Mama, krieg ich eine Kindergitarre?«, platzte es sofort aus Tom heraus.

»Mama, guck mal, was ich kann!«, verlangte Hanna gleichzeitig. Sie spielte wieder ihren Akkord.

Ich strich ihr liebevoll über den Kopf. »Wow! Du bist wohl ein Naturtalent.«

»Kindergitarre, Kindergitarre!«, krähte Tom.

Ich lächelte. »Darüber reden wir später, okay?«

Schuldbewusst wandte ich mich an Marc. »Tut mir leid, du hast vor dem Auftritt bestimmt Besseres zu tun, als dich um die Kinder zu kümmern.«

»Nein, es macht mir Spaß«, widersprach er gut gelaunt. »Ich habe Hanna und Tom mitgenommen, als ich mir vorhin ein Stück Kuchen geholt habe. Den beiden war langweilig, und deine Mutter hatte nichts dagegen. Sie meinte, ihre Enkel hätten ohnehin mehr Kuchen gegessen als verkauft.«

Ich lachte. »Das kann ich mir vorstellen.«

Leider musste ich den Gitarrenunterricht vorzeitig beenden, denn es war an der Zeit, die Kinder, Mama und Oma Trudi nach Hause zu fahren. Den Anfang des Konzerts würde ich dadurch zwar verpassen, aber zum Glück würde Marc erst zum Schluss auftreten. Bis dahin wollte ich unbedingt wieder zurück sein. Natürlich fanden meine Kinder es zutiefst ungerecht, dass sie nicht hierbleiben durften. Ihr Gemaule war dementsprechend groß.

»Ich werde ganz vorne stehen«, versprach ich Marc, als wir uns zum Abschied umarmten. »Wenn du auf die Bühne kommst, bin ich da. Sieh mir einfach in die Augen, falls die Erinnerungen zurückkommen sollten!«

»Danke!« Er strich mir liebevoll eine Haarsträhne aus dem Gesicht. »Es ist schön zu wissen, dass jemand da sein wird, der auf meiner Seite ist.«

»Das bin ich«, versicherte ich ihm. »Wenn du meine Hilfe brauchst, stürme ich auf die Bühne und mache etwas total Peinliches, um von dir abzulenken. Versprochen!«

Er schmunzelte. »Und an was hast du da so gedacht?«

Ich zuckte mit den Schultern. »Da improvisiere ich einfach. Die peinlichen Sachen mache ich grundsätzlich spontan und aus dem Bauch heraus.«

Seine Augen funkelten amüsiert. »Jetzt bin ich neugierig geworden! Aber so kann ich mich selbst im schlimmsten Fall auf etwas freuen.« Er gab mir einen züchtigen Kuss auf die Stirn. Immerhin waren die Kinder anwesend. »Beeil dich! Sonst verpasst du noch das Beste.«

Ich zog die Augenbrauen in die Höhe. »An Selbstbewusstsein fehlt es dir offenbar nicht.« Nur widerstrebend gelang es mir, mich von ihm loszumachen.

»Los geht's, ihr beiden!« Ich scheuchte Hanna und Tom vor mir aus dem Zelt.

»Conny?«, hielt Marc mich noch einmal zurück.

Ich blickte ihn über meine Schulter fragend an. Er stand am Eingang des Pavillons. Der Dreitagebart ließ ihn noch mehr wie einen richtigen Rockstar aussehen. Mit seinen breiten Schultern und der schwarzen Jeans, die genau an den richtigen Stellen eng anlag, würde er dem weiblichen Publikum nachher sicher den Kopf verdrehen. Mir inklusive. Doch im Augenblick lag ein ungewohnt ernsthafter Ausdruck in seiner Miene. Der eindringliche Blick, den er mir zuwarf, verursachte ein Kribbeln in meiner Magengegend.

»Ich habe endlich gefunden, wonach ich so lange gesucht habe. Und ich habe nicht vor, dich so schnell wieder gehen zu lassen.«

»Das deckt sich ganz gut mit meinen Plänen«, sagte ich mit

derselben Entschlossenheit. »Du wirst nämlich überrascht sein, wie anhänglich ich sein kann. Und wenn es nachher irgendeine Tussi wagt, dir ihre sexy Unterwäsche an den Kopf zu werfen, erdrossle ich sie im Publikum mit meinem Büstenhalter.«

Marc grinste. Er tippte sich zum Abschied mit den Fingern an die Stirn und sagte in lässigem Tonfall: »Okay, Baby, ich warte dann am Ausgang fluchtbereit mit dem Motorrad auf dich!«

Ich konnte nur hoffen, dass es nicht wirklich so weit kam. Lieber würde ich auf einem Tretroller vor der Polizei flüchten, als auf Marcs Höllenmaschine zu steigen!

*

Als wir Mama und Oma Trudi am Kuchenstand einsammelten, schloss sich uns eine ziemlich blasse Ariane an. Die »Nebenwirkungen« der Schwangerschaft hatten mit voller Wucht bei ihr eingesetzt. Sie äußersten sich in einem fast schon übermenschlichen Geruchssinn und ständiger Übelkeit. Sogar von ihren selbst gemachten Seifen wurde Ariane schlecht.

»Wo steckt denn David?« Ich sah mich suchend nach meinem Bruder um. Im allgegenwärtigen Getümmel war kaum noch zu unterscheiden, welche Leute das Sanddornfest besuchten und wer sich in letzter Minute zum Konzert durchkämpfte.

»Jemand ist beim Getränkestand ausgefallen, und jetzt macht er eine Doppelschicht mit Ole und Markus«, erklärte Ariane mit matter Stimme. »Die drei haben sogar Spaß bei der Arbeit.«

Entrüstet runzelte ich die Stirn. »Obwohl dir so übel ist, hat David Spaß?«

Eine Frau mit einer Portion Pommes lief an uns vorbei. Ariane verzog das Gesicht. »Ich habe ihm nichts davon gesagt. Er denkt, ich gehe heim, weil ich müde bin.«

»Dauerübelkeit bedeutet, es wird ein Mädchen«, diagnostizierte Oma Trudi. »Bei Astrid war mir auch permanent schlecht.«

»Du kannst doch nicht immer von dir auf andere schließen!«, widersprach meine Mutter kopfschüttelnd. »Solche Verallgemeinerungen sind unrealistisch und dumm.«

»Und zwar«, ergänzte Oma Trudi ungerührt, »wird es ein störrisches und rechthaberisches Mädchen, das dir bis ins hohe Alter permanent widerspricht und dich damit zur Weißglut treibt.«

Meine Mutter lächelte süßlich und sagte an Ariane gewandt: »Und du wirst Gott für dieses wunderbare Geschenk täglich dankbar sein. Genau wie meine Mutter.«

Ich trieb die Truppe zur Eile an. »Los, ab mit euch zum Auto! Ich hoffe, ihr habt heute nicht so viel gegessen, denn zu sechst könnte es ziemlich eng werden. Hoffentlich hält uns die Polizei nicht an!«

In diesem Moment pochte jemand ans Mikrofon und übertönte das allgemeine Stimmengewirr mit einem »Test, Test. Hallo? Kann man mich hören?«. Jutta war auf die Bühne getreten, um das Konzert zu eröffnen. Wir waren zu weit entfernt, um Details zu erkennen, aber ihre Körperhaltung wirkte ziemlich verkrampft.

»Herzlich willkommen beim Benefischkonzert!«, rief sie der Menge euphorisch zu. Einige Lacher aus dem Publikum wurden laut.

»Benefizkonzert«, verbesserte Jutta sich hastig. »Ich wollte sagen Benefizkonzert … äh … Ich freue mich, dass ich heute gekommen bin und ihr mich so zahlreich begrüßen dürft … äh …«

Ich schluckte schwer. Ach du lieber Himmel!

Ariane neben mir stöhnte ebenfalls gequält auf. »Nicht schon wieder!«, murmelte sie.

Nach dem missratenen Start fing Jutta sich zum Glück jedoch wieder. Ohne weitere Versprecher erzählte sie von den heutigen Bands und vom *Kindergarten Störtebeker*. Außerdem bat sie um einen stürmischen Extra-Applaus für die großzügige Entscheidung des Bürgermeisters. Da es uns nicht möglich gewesen war, den Strand und das Kiefernwäldchen von allen Seiten abzusperren, appellierte sie auch an das Gewissen derjenigen, die sich heimlich auf das Konzert geschlichen hatten. Sie konnten sich noch bis zum offiziellen Ende am Zugang zur Düne ein rotes Spendenarmband kaufen.

Als sie geendet hatte, applaudierte Ariane begeistert. »Das lief viel besser als beim letzten Mal.«

»Im Ernst?«

Sie nickte eifrig. »Oh ja! Heute hat sie noch die Kurve gekriegt. Bei Juttas schlimmem Lampenfieber ist das ein riesiger Fortschritt.«

Unwillkürlich dachte ich an Marc. Hoffentlich war das ein gutes Omen, und diese Bühne würde auch ihm Glück bringen!

31. Kapitel

Es verging weit über eine Stunde, bis ich die Kinder zu Bett gebracht, meiner Mutter bei der Pflege geholfen und Ariane einen Pfefferminztee gegen die Übelkeit gekocht hatte. Panik machte sich in mir breit. Jetzt ärgerte ich mich, dass ich nicht darauf bestanden hatte, das Fest früher zu verlassen. Ich hetzte zurück zum Auto, doch der Pick-up verweigerte mir urplötzlich seinen Dienst. Erst als ich ihm gut zugeredet und liebevoll das Armaturenbrett gestreichelt hatte, sprang er endlich an. Ich musste mich dringend um ein neues Auto kümmern!

Bei meiner Rückkehr war die Stimmung auf dem Benefizkonzert überwältigend. Die *Fischköppe* spielten gerade einen Song von *Queen*, und die Menge sang grölend mit. Ich atmete erleichtert auf. Marc war noch nicht an der Reihe, zum Glück!

Ich hatte mich mit Monika in der ersten Reihe direkt vor der Bühne verabredet. Meine beste Freundin hatte es sich nicht nehmen lassen, zu diesem besonderen Anlass nach Rügen zu fahren. Natürlich wollte sie auch unbedingt »meinen« Marc aus der Nähe begutachten. Ich freute mich schon darauf, sie wiederzusehen und in die Arme zu schließen! Bis ich mich jedoch zur ersten Reihe vorgekämpft hatte, vergingen weitere zwanzig Minuten, und die *Fischköppe* spielten schon ihren letzten offiziellen Song. Gleich musste Marc auf die Bühne! Endlich entdeckte ich Monika in der Menge, doch zu meiner Überraschung war sie nicht allein gekommen. Ich fand sie in inniger Umarmung mit einem Typen vor, der mir vage bekannt erschien. Moment mal, war das nicht BikerJonny von *Einsame Herzen?* Der gut aussehende Kerl, mit dem sich Monika eigentlich nur zu einem Sex-Date hatte verabreden wollen? Die beiden standen eng zusammen, lauschten dem Konzert und wirkten … unglaublich verliebt. Hatte Monika etwa versäumt, mir etwas mitzuteilen? Ich tippte ihr auf die Schulter, und strahlend vor Glück stellte sie mir Jo vor. Genau wie Monika nach ihrem ersten Date in Wolgast fand ich Jo auf Anhieb sympathisch. Rückblickend betrachtet war er tatsächlich der einzige Mann, von dem sie sofort begeistert gewesen war. Wegen der Lautstärke war ein richtiges Gespräch jedoch leider nicht möglich. Einen fragenden Blick in Monikas Richtung konnte ich mir allerdings nicht verkneifen. Sie nickte zur Bestätigung und tippte wortlos auf ihr Herz. Offenbar hatte Amor zugeschlagen, obwohl Jo und Monika nur eine lockere Affäre im Sinn gehabt hatten. Ich grinste. Dann war unsere Mitgliedschaft bei *Einsame Herzen* wohl doch nicht umsonst gewesen.

Ich richtete meine Aufmerksamkeit auf die Bühne. Die *Fischköppe* spielten eine letzte Zugabe. Meine Nervosität stieg ins Unerträgliche. Unentwegt knetete ich meine Finger, und mein Mund war wie ausgetrocknet. Es waren so unglaublich viele Leute zum Konzert gekommen. War es vielleicht doch ein Fehler gewesen, Marc zu dieser Sache zu überreden? Das war alles andere als ein kleiner, intimer Auftritt.

Gerade als Jutta wieder auf die Bühne trat, um den geheimnisvollen »special guest« anzukündigen, stießen auch Jule und Sophie zu uns.

»Bist du schon aufgeregt?«, fragte Jule mich atemlos. »Wenn Markus einen so großen Auftritt hätte, würde ich wahrscheinlich in Ohnmacht fallen.«

Ich nickte wortlos, nicht imstande zu antworten.

»Leute, ich übertreibe nicht, wenn ich ihn als unseren Jimmy Hendrix von Rügen bezeichne«, sagte Jutta gerade. Mittlerweile wirkte sie dort oben völlig entspannt. »Dieser Typ ist heiß, und er hat den Rock im Blut. Zusammen mit Lukas Sörensen am Bass und Mattes Plümer am Schlagzeug wird er euch zum Abschluss noch einmal ordentlich einheizen. Begrüßt mit mir Marc Müller und Band!«

Offenbar hatte Jutta mit Marc abgesprochen, es bei seinem deutschen Namen zu belassen. Dank ihrer vollmundigen Ankündigung brandete tosender Applaus auf. Die drei Männer traten auf die Bühne, winkten dem Publikum zu und nahmen ihre Plätze ein. Genau wie Jule gesagt hatte, fühlte ich mich einer Ohnmacht nahe. Mit angehaltenem Atem starrte ich auf Marc. Wie er dort oben mit seiner Gitarre locker vor dem Mikro stand, wirkte er wie ein völlig anderer Mensch. Ich hätte es kaum für möglich gehalten, aber er wirkte plötzlich noch selbstbewusster und männlicher. Seine Selbstsicherheit haute mich fast um. Nun bekam ich es tatsächlich mit der Angst zu tun, dass er heute Abend mit sexy Dessous beworfen wurde. Die Menge wartete gespannt. Doch dann wandte Marc seinen Kopf nach links. Sein Blick klebte förmlich an der Stelle, an der sein Bruder Pedro immer auf der Bühne gestanden hatte. Seine Miene wirkte mit einem Mal wie versteinert. Mein Herz setzte für einen Schlag aus, um dann im Eiltempo weiterzurasen.

»Marc, sieh zu mir!«, flüsterte ich, wohlwissend, dass er mich unmöglich hören konnte.

Ein junger Mann schräg hinter uns rief ungeduldig: »Geht's jetzt endlich los, oder was?«

Ich gab meine Zurückhaltung auf, fuchtelte mit den Armen und rief so laut ich konnte: »Marc? Marc, hier bin ich!«

Sollten mich die Leute doch für einen durchgeknallten Fan

halten. Das war mir gleichgültig. Ich musste ein Versprechen einhalten. »Maaarc!«

»Bist du jetzt übergeschnappt?«, zischte Monika mir zu.

Hatte er mich tatsächlich gehört? Marc löste sich aus seiner Erstarrung. Sein Blick glitt suchend über die Menge, bis er mich vorne in der ersten Reihe entdeckte. Ich hätte ihn zuversichtlich angrinsen, ihm den hochgestreckten Daumen zeigen oder ihn anfeuern können. Doch ich tat nichts dergleichen. Unsere Blicke hielten einander fest, und ich lächelte ihm zu. Ich war da; ich war an seiner Seite. Egal, was auch geschehen mochte. Und dann formte ich mit den Lippen lautlos drei Worte, die direkt aus meinem Herzen zu strömen schienen: »Ich liebe dich.«

Die Anspannung wich aus seiner Miene, und er erwiderte mein Lächeln. »Ich dich auch«, antwortete er lautlos.

Er hob die Hand, mit der er das Plektrum hielt, zum Mund und schickte einen Kuss in meine Richtung. Irgendwie schaffte er es, dass diese romantische Geste auch noch verdammt cool aussah.

Dann gab er den Jungs ein Zeichen, und es ging los.

Während des ganzen ersten Songs sah Marc mich an, und ich hatte das Gefühl, dass er für mich allein sang. Als würde er auf seinem Balkon sitzen und ich an meinem Fenster. Seine raue, tiefe Stimme versetzte mir eine Gänsehaut. Spätestens nach seinem ersten Gitarrensolo hatte er das Publikum fest im Griff. Er spielte mit der Menge, feuerte sie an, ließ sie im Rhythmus klatschen oder Textzeilen mitsingen. Jutta hatte recht gehabt: Ein Musiker gehörte auf die Bühne, dort war sein zweites Zuhause. Marc strahlte eine unglaubliche Souveränität aus, die auf mich so anziehend wirkte wie ein Hochleistungsmagnet. Natürlich hätte ich mir lieber die Zunge abgebissen, als das vor irgendjemand zu zugeben. Mal ehrlich, nur weil ein Mann auf der

Bühne stand und wie ein Gott auf der Gitarre spielte, machte ihn das doch noch lange nicht … wahnsinnig und unglaublich sexy. Ich schmolz bei seinem Anblick förmlich dahin. Oh Gott, ich war zu einem Groupie mutiert! Genau wie alle anderen genoss ich das Konzert und die fantastische Atmosphäre in vollen Zügen. Wie versprochen zückte ich auch mein Handy, um für Hanna und Tom ein Video und ein paar Fotos zu machen. Es war einer dieser Abende, bei denen man sich wünschte, sie würden niemals enden.

★

Schon kurz nach dem Konzert verabschiedeten sich Monika und Jo, um zurück nach Usedom zu fahren. Oder ins nächste Hotel. Jedenfalls ließen die beiden nicht mal für fünf Minuten die Finger voneinander. Ich umarmte die zwei zum Abschied, und wir gelobten, uns so bald wie möglich in Ruhe zu treffen.

Ach, war die Welt nicht schön? Ich fühlte mich so euphorisch, dass ich nicht aufhören konnte zu grinsen. Marcs Auftritt war großartig gelaufen, er hatte die Geister der Vergangenheit abgeschüttelt, und die finanzielle Zukunft des Kindergartens war erst einmal gesichert. Was konnte ich mir mehr wünschen?

Ich ließ mich mit Sophie und Jule von der abziehenden Zuschauermenge in Richtung Strandpromenade treiben. Unterwegs stießen wir auf ihre Ehemänner Ole und Markus, die ihre Schicht am Getränkestand inzwischen absolviert hatten. Mein Bruder war wohl schon zu Ariane heimgefahren, denn ich konnte David nirgends entdecken.

Sophie sah Ole entschuldigend an und wedelte sich übertrieben Luft zu. »Tut mir leid, Schatz, aber ich muss dir sagen, dass Marc mir ein wenig den Kopf verdreht hat.«

»Mir auch«, gab Jule ungeniert zu.

Als Marcs Freundin hätte mich das vielleicht stören müssen, aber insgeheim war ich erleichtert, dass es offenbar nicht nur mir so ergangen war. Außerdem kannte ich Jule und Sophie inzwischen gut genug, um zu wissen, dass sie in erster Linie ihre Männer aufziehen wollten.

»Was haben Musiker nur an sich, dass Frauen so auf sie abfahren?« Ole seufzte betrübt. »Mit einem coolen Auftritt kann ich zwar nicht dienen, Schatz, aber ich könnte meine alte Gitarre vom Speicher holen. Ein paar Takte von *Smoke on the Water* kann ich spielen.«

Sophie musterte ihn gespielt kritisch. »Sonst hast du nichts zu bieten?«

»Ich könnte bei meiner Vorführung nichts tragen außer der Gitarre, wenn du das möchtest«, bot Ole grinsend an.

Sophie biss sich lächelnd auf die Unterlippe. »Die Vorstellung gefällt mir.«

Markus kniff sich mit einem gequälten Seufzen in den Nasenrücken. »Ey, Alter, kannst du diese Anspielungen nicht endlich mal sein lassen! Dieses Bild von dir und der Gitarre habe ich jetzt für den Rest der Nacht im Kopf.«

Lachend schnappte Sophie sich Oles Hand und zog ihn mit sich. »Sorry, Leute, wir haben noch was vor! Euch noch einen schönen Abend.«

Offenbar hatten die beiden es tatsächlich geschafft, dass sich die verzögerte Renovierung der Küche nicht auf ihre Beziehung auswirkte. Ich musste Sophie demnächst unbedingt mal fragen, wie das Fliesenlegen geklappt hatte.

Jule wandte sich an Markus. »Kannst du auch etwas auf der Gitarre spielen?«

»Nein, aber dafür kann ich den schwarzen Ritter spielen, dich über meine Schulter werfen und auf mein Schloss entführen«, bot er an.

»Schon wieder?« Jule verdrehte die Augen, doch sie kicherte dabei. »Na schön, böser schwarzer Ritter, dann mal los!«

Das ließ Markus sich nicht zweimal sagen. Er schnappte sich Jule und warf sie sich über die Schulter. Seine Frau quiekte empört. »Das habe ich doch nicht wörtlich gemeint. Hey, lass mich sofort wieder runter!«

Markus zwinkerte mir verschwörerisch zu. »Wenn die Polizei dich fragt: Du hast nichts gesehen, okay?«

Ich lachte. »Okay! Aber vielleicht schreibe ich in der Dorfgazette darüber: Böser Unhold entführt anmutige Jungfer.«

Jule strampelte mit den Beinen, doch Markus ignorierte es einfach. »Böser Unhold?« Er nickte mir zu. »Das klingt so verwegen. Du könntest auch noch erwähnen, dass ich sehr attraktiv bin und die edle Maid verzückt in meinen Armen dahinsank.«

Jule gab ihren Widerstand auf und stellte das Zappeln ein. »Dreh mich noch mal zu Conny um!«, befahl sie ihrem Gatten stattdessen. »Ich muss mich verabschieden.«

Er tat wie geheißen, und von Markus' Schulter herabhängend umarmte mich Jule. »Ich wünsch dir noch einen schönen Abend. Schnapp dir Marc, bevor er von einem Trupp weiblicher Fans entführt wird!«

»Ich gebe mein Bestes!«

Die beiden zogen von dannen, und ich machte mich auf zum Backstage-Bereich. Ich hatte erwartet, dass es noch eine Ewigkeit dauern würde, bis wir aufbrechen konnten, doch Marc schien auf mich gewartet zu haben.

»Da bist du ja endlich!« Er zog mich an sich und gab mir einen leidenschaftlichen Kuss. Ohne mich aus den Armen zu lassen, sah er mich liebevoll an. »Hat dir das Konzert gefallen?«

Ich legte den Kopf schräg. »Willst du jetzt von mir hören, wie großartig du warst?«

»Eigentlich hatte ich ja gehofft, du würdest voller Enthusiasmus über mich herfallen.« Er grinste. »Aber vollmundige Komplimente wären immerhin ein Anfang.«

Ich versetzte ihm einen spielerischen Hieb gegen die Brust. »Das Publikum hat euch frenetisch zugejubelt, applaudiert und wollte euch selbst nach der fünften Zugabe nicht von der Bühne lassen. Bei so viel positiver Rückmeldung brauchst du nicht auch noch mich, um dein Ego zu streicheln.«

Er wurde ernst. »Und wenn du von all den Leuten die Einzige bist, deren Meinung mich interessiert?«

Mir wurde warm ums Herz. In diesem Fall war es wohl zulässig, dass ich sein Ego doch ein wenig streichelte. Ich legte die Arme auf seine Schultern und strich mit den Fingern über den Haarflaum in seinem Nacken. »Du warst fantastisch! Und ich bin wahnsinnig stolz auf dich. Aber es gefällt mir noch besser, wenn du nur für mich allein spielst.« Prompt kam mir Oles Angebot an Sophie in den Sinn. Ich grinste. »Gerne auch mit nichts bekleidet als deiner Gitarre.«

Er lachte auf. »Das lässt sich machen.« Verlangen trat in seine Augen. Marcs Hände, die bisher brav auf meiner Taille geruht hatten, glitten ein Stück tiefer. Mein Körper reagierte sofort mit einem erwartungsvollen Prickeln.

Er beugte sich vor und raunte mir ins Ohr. »Wie wäre es mit jetzt sofort?«

»Okay«, gab ich atemlos zurück. Sofort ergriff mich eine ungewohnte Anspannung, die jede Faser meines Körpers zu elektrisieren schien.

Zum Glück hatte ich vorsorglich meine »gute Unterwäsche« angezogen. Die Art von sexy Dessous, die zwickten, kratzten und an genau den falschen Stellen total unbequem waren. Zu der prickelnden Vorfreude gesellte sich nun aber auch ein Quäntchen Unsicherheit. Mein letztes Mal war schon so unglaublich lange her. Vielleicht hatte ich es verlernt? Oder ich stellte mich unglaublich dämlich an?

Marc griff nach seinem Gitarrenkoffer und winkte den anderen Bandmitgliedern zum Abschied zu. Erst jetzt entdeckte ich Jutta, die am anderen Ende des Zelts auf dem Schoß ihres Manns saß und mich breit angrinste. Offenbar war sie mit dem Verlauf des Benefizkonzerts extrem zufrieden.

Ich ließ mich von Marc nach draußen ziehen. »Musst du nicht noch zusammenpacken?«

»Schon erledigt.« Er deutete mit dem Kopf auf seinen Gitarrenkoffer. »Das restliche Equipment lassen wir über Nacht im Kleinbus der Jungs. Morgen müssen wir uns ohnehin zum Abbau treffen.«

»Aber muss man als Musiker nicht irgendwelche Post-Auftritts-Rituale abhalten? Sich gegenseitig auf die Schulter klopfen, Bier trinken oder Sauflieder grölen?«

Wir traten vom Dünenzugang auf die Strandpromenade. Mittlerweile waren die Stände geschlossen, und die meisten Besucher hatten den Heimweg angetreten. Nur ein paar Hartgesottene saßen noch auf den Bänken und hielten sich an ihrem letzten Bier fest.

»Erstens grölen wir keine Sauflieder, wir singen sie a cappella voller Anmut und in perfekter Harmonie. Und zweitens befolge ich durchaus streng das Post-Auftritts-Ritual eines Musikers.« Im Schein der Laternen warf Marc mir einen amüsierten Blick zu. »Ich schnappe mir das süßeste Mädchen des Abends und nehme sie mit nach Hause.«

»Wohl nur in Ermangelung weiterer Angebote«, stellte ich

nüchtern fest. »Immerhin war ich die einzig verfügbare Frau im Backstage-Bereich.«

»Das stimmt nicht ganz«, widersprach Marc. »Als ich von der Bühne gekommen bin, hat mich im Zelt eine spärlich bekleidete Frau namens Meike erwartet und mir eindeutige Avancen gemacht. Sie meinte, sie sei Erotikschriftstellerin und kenne aufgrund ihres Berufs einige abgefahrene Sexpraktiken, die sie mir gerne zeigen würde.«

Mein Mund wurde trocken. »Und was hast du dann gemacht?«

»Ich habe ihr freundlich, aber bestimmt mitgeteilt, dass ich nicht interessiert bin. Weil mein Herz schon einer anderen Frau gehört. Außerdem bin ich zuversichtlich, dass uns beiden ganz bestimmt nicht so schnell langweilig werden wird.«

Leider gelang es mir nicht, Marcs Grinsen zu erwidern. Hoffentlich erwartete er nicht zu viel von mir. Ich kannte nämlich ganz bestimmt keine abgefahrenen Sexpraktiken. Was genau sollte das überhaupt sein? Vielleicht irgendwas mit heißem Wachs, einem Andreaskreuz oder Bondagespielen, bei denen man den Partner wie eine Salami verschnüren musste? Mein Wissen beschränkte sich eher auf das normale Repertoire. Womöglich würde uns schneller langweilig werden, als Marc erwartete. *Aber nur kein Druck, Constanze, nur kein Druck …*

32. Kapitel

Bis wir bei Marc zu Hause ankamen, war meine Anspannung kein bisschen kleiner geworden, im Gegenteil. Während Marc uns in der Küche ein Glas Rioja einschenkte, saß ich auf der Kante des Sofas, und mein Knie wippte nervös auf und ab. Dieses Mal war das Wohnzimmer wieder perfekt aufgeräumt, und alles lag an seinem Platz. Offenbar hatte Marc sein kreatives Chaos von allein beseitigt. Vielleicht sollte ich ihn bitten, mir lieber einen Schnaps zu bringen? Oder am besten gleich die ganze Flasche! Wieso war ich nur so aufgeregt? Ich vertraute Marc, wir waren uns emotional nahe, und sogar meine Kinder mochten ihn. Er war mir unglaublich wichtig. Vielleicht lag gerade hier mein Problem? Ich wollte es einfach nicht vermasseln. Davon abgesehen bestand die Möglichkeit, dass wir im Bett einfach nicht miteinander harmonierten. Solche Paare sollte es geben, oder? Bei denen der Sex trotz guten Willens und viel Engagements grottenschlecht war.

»Kann es sein, dass du nervös bist, Conny?«

Ich schreckte auf. Marc stand vor mir und blickte mich fragend an.

»Ich? Nein, nein.« Ich zwang mich zu einem Lächeln. »Nein, überhaupt nicht. Kein bisschen. Wieso auch?«

»Das waren ziemlich viele Verneinungen.« Er stellte die Weingläser auf dem Tisch ab, griff nach meinen Händen und zog mich zu sich. »Ich könnte es verstehen, wenn du nervös bist. Denn ich bin es auch.«

»Du?«, entfuhr es mir ungläubig. »Das glaube ich keine Sekunde lang.«

»Es ist aber so.« Er strich mir zärtlich eine Haarsträhne hinter das Ohr. »Denn falls wir heute Nacht tatsächlich miteinander schlafen, wird es mein erstes Mal mit dir sein. Ich möchte, dass du dich wohlfühlst. Dass es schön wird. Ich will keine Fehler machen oder dich zu etwas drängen, zu dem du noch nicht bereit bist. Deshalb bin auch ich nervös.«

Seine Offenheit sorgte dafür, dass ich mich wieder ein wenig entspannte. »Es tut gut, das zu wissen. Es ist nämlich so …« Ich spürte, wie mir Hitze in die Wangen stieg. »Seit Franks Tod habe ich mit keinem Mann mehr geschlafen. Es ist also schon ziemlich lange her, und ich habe Angst, dass ich aus der Übung bin.«

Marc sah mich nachdenklich an. »Schließen wir einen Pakt?«

»Einen Pakt?«, fragte ich irritiert.

»Lass es uns ganz locker und entspannt angehen, Conny! Du kannst jederzeit Stopp sagen, wenn du möchtest. Sobald du dich irgendwie unwohl fühlst, sagst du es mir bitte, okay? Außerdem ist keiner von uns beiden Hellseher, oder?«

Ich schüttelte amüsiert den Kopf. »Nicht dass ich wüsste.«

»Dann lass uns ganz offen miteinander sein. So müssen wir nicht erst mühsam herausfinden, was dem anderen gefällt. Womöglich hat einer von uns ganz andere erogene Zonen als der Rest der Menschheit? Vielleicht ist es das Schlüsselbein oder der kleine Zeh? Wir sagen uns einfach gegenseitig, was wir gut finden. Dann kann niemand von uns einen Fehler machen.«

Mir war klar, dass er mir damit die Angst und Unsicherheit nehmen wollte. Dafür hätte ich ihn küssen können.

»Das klingt nach einem guten Plan«, stimmte ich erleichtert zu. Irgendwie schaffte Marc es immer, die richtigen Worte zu finden und mein Gedankenkarussell zum Anhalten zu bringen.

Ich grinste. »Dann lass uns gleich anfangen! Wo sind *deine* erogenen Zonen?«

Marc seufzte übertrieben gequält auf. »War ja klar, dass ich anfangen muss.« Er zog mich mit einem Schmunzeln näher an sich. »Abgesehen von der bei einem Mann hinlänglich bekannten Stelle sind es die Brustwarzen. Schon eine leichte Berührung reicht aus, damit ich erregt werde.«

Ich konnte nicht anders. Die Verlockung war zu groß. Ich strich mit der Hand über sein T-Shirt, bis ich darunter die leichte Erhebung seiner Brustwarzen spürte. Dann ließ ich meine Fingerspitzen darum kreisen, bis sie hart wurden und sich deutlich unter dem Stoff abzeichneten. Marc erschauderte. Seine Hände wanderten verlangend meinen Rücken hinab bis zu meinem Hintern. Er drückte mein Becken gegen seine Hüften. Oh ja, ich konnte deutlich fühlen, dass diese erogene Zone bei Marc funktionierte!

»Jetzt bin ich dran.« Er beugte den Kopf zu mir, und sein Atem streifte warm über mein Ohr. »Magst du es lieber zärtlich oder hart?«

Da musste ich nicht lange überlegen. Allerdings lenkten mich Marcs federleichte Küsse an meinen Nacken etwas vom Sprechen ab. Ich seufzte genießerisch.

»Am Anfang zärtlich«, gestand ich ihm. »Doch dann mag ich es auch hart. Leidenschaftlich. Heiß. Hungrig.« Bilder tauchten in meinem Kopf auf. Wie sich unsere nackten Körper aneinanderpressten, wie ich meine Schenkel um seine Hüften schlang und wir uns im selben Rhythmus bewegten. »Ich will dich so tief wie möglich in mir spüren«, entfuhr es mir atemlos. Ich hatte gar nicht gewusst, dass mich solche Sexgespräche derart anmachten. Vielleicht lag es aber auch daran, dass Marc gerade an meinem Ohrläppchen knabberte – eine *meiner* erogenen Zonen.

Marc stöhnte erneut, obwohl ich dieses Mal seine Brustwarzen nicht berührt hatte. Er drückte mich noch fester an sich. »Gott, Conny, ich wusste, du bist die perfekte Frau für mich.«

Endlich küsste er mich. Ich öffnete meine Lippen, und seine Zunge eroberte meinen Mund. Seine Küsse schienen eine direkte Verbindung zu meinem Unterleib herzustellen. Hitze breitete sich zwischen meinen Schenkeln aus, und mit jedem Zungenschlag verstärkte sich das verlangende Pulsieren. All die Ängste, die ich gehabt hatte, waren mit einem Mal vergessen. Ich konnte es nicht erwarten, Marcs Haut zu spüren und zu schmecken. Doch als ich meine Hände unter sein T-Shirt schieben wollte, hielt er sie fest. Ich blinzelte irritiert, als er sich von mir losmachte und mich von sich wegschob. »Stimmt etwas nicht?«

»Bevor wir weitermachen, will ich unter die Dusche«, erklärte er. »Nach dem Konzert dufte ich bestimmt nicht nach Meer und frischen Tannennadeln.«

Für mich roch er fantastisch. Doch zu widersprechen hatte wohl wenig Sinn. Anscheinend hatte Marc auch nicht vor, mich im Wohnzimmer allein zu lassen. Er zog mich mit sich ins Badezimmer. Auch hier hatte er schon renoviert, und die neue großzügige Dusche bot genügend Platz für zwei.

Marc beugte sich hinein, stellte die richtige Temperatur ein und begann, sich auszuziehen. Mit angehaltenem Atem verfolgte ich seine Bewegungen. Wie selbstverständlich streifte er nach seinem T-Shirt und den Socken auch die Hose ab. Am Ende folgten die Boxershorts. Ich war nicht imstande, irgendetwas zu tun, außer Marc anzustarren. Wow! Sein Körper war perfekt. Für meinen Geschmack eine Spur zu perfekt. Denn daraus ergab sich leider ein Problem.

»Willst du nur gucken, oder kommst du mit?«, neckte Marc mich schmunzelnd.

Ich räusperte mich, um meine Stimme wiederzufinden. »Ich muss dir leider sagen, dass ich nicht vorhabe, in deiner Gegenwart ein Kleidungsstück abzulegen«, teilte ich ihm unumwunden mit. »Ich bewege mich viel, aber trotzdem renne ich nicht jeden Tag ins Fitnessstudio, um meinen Body bis zur Perfektion zu stählen. Dafür habe ich gar nicht die Zeit. Außerdem bin ich im Vergleich zu deiner Bräune so käsig wie ein Nacktmull. Ich sehe nur eine einzige Lösung: Wenn wir Sex haben, behalte ich meine Klamotten an.«

»O nein, Constanze, das wirst du garantiert nicht!« Er kam mit der gefährlichen Anmut eines Raubtiers auf mich zu.

Allein sein Blick bewirkte, dass sich mein Herzschlag beschleunigte. Direkt vor mir blieb Marc stehen. Mit einem provozierenden Lächeln knöpfte er meine Bluse auf.

»Finger weg!«, befahl ich, obwohl es meiner Stimme deutlich an Überzeugungskraft mangelte. »Das ist mein voller Ernst.«

Er hielt inne. »Und wie sollen wir uns näherkommen, wenn du nichts ausziehen willst?«

Ich überlegte kurz. »Ich werde an den wichtigsten Stellen Gucklöcher in meine Kleider schneiden.« Ich deutete auf meine Brust. »Hier zwei Gucklöcher direkt über meinen Brustwarzen und – wenn ich keinen Rock trage – auch unten an meinen Hosen. Oh, halt, das brauche ich gar nicht! Ich habe eine Jeans, die neulich im Schritt eingerissen ist, als ich mich gebückt habe. Das wird dann ab sofort meine Sex-Jeans. Ich gehe mal schnell rüber und ziehe sie an, damit wir …«

»Eine Sex-Jeans? Du bist so herrlich verrückt!« Lachend hielt er mich an der Taille fest. »Ich möchte deine Haut spüren und jeden Zentimeter deines wundervollen Körpers erkunden, Conny! Dass du so schlecht von ihm denkst, finde ich nicht gut.«

»Ah ja?«

Marc lief rückwärts auf die Dusche zu und zog mich mit sich. Überdeutlich war mir jede Stelle bewusst, an der sich sein nackter Körper an meine Kleidung drückte. »Du bist wahnsinnig sexy! Und dass du dir dessen nicht bewusst bist, macht es nur noch schlimmer. Ich bin verrückt nach deinen Kurven, deinem Hintern und deinen vollen Lippen.«

Mit dieser Feststellung hob er mich hoch und stellte mich einfach unter den Wasserstrahl. Obwohl die Temperatur angenehm warm war, schnappte ich erschrocken nach Luft. In null Komma nichts war meine Kleidung durchnässt.

»Jetzt hast du leider keine Wahl mehr«, meinte Marc höchst zufrieden. »Ich helfe dir mal, die nassen Sachen auszuziehen! Sonst erkältest du dich noch. Die nächsten Stunden musst du wohl leider nackt bleiben.«

Amüsiert schüttelte ich den Kopf. »Du bist ganz schön durchtrieben, weißt du das?«

Er lächelte und widmete sich erneut dem Aufknöpfen meiner Bluse. »Aber nur, wenn es zu deinem Besten ist, Schatz.«

In diesem Fall war ich mir sicher, dass es absolut zu meinem Besten war. Denn nachdem Marc meine Bluse abgestreift hatte, bedeckte er meine Haut mit zärtlichen Küssen und arbeitete sich langsam meinen Oberkörper hinab. Ich legte den Kopf in den Nacken und stöhnte auf. Oh Gott, das fühlte sich fantastisch an! Damit konnte nun wirklich kein Liebesroman der Welt mithalten.

*

In dieser Nacht machten wir kaum ein Auge zu. Als am nächsten Morgen die Sonne aufging, saßen wir auf Marcs Balkon, kuschelten uns unter eine Decke und tranken einen Café con leche. Diese spanische Variante des Milchkaffees versetzte mich immer ein wenig in Urlaubsstimmung. Marc hatte mir erklärt, dass die Röstung der Kaffeebohnen dunkler war als in Deutschland üblich und die doppelte Menge eines Cortado verwendet wurde. Cortado wiederum wurde eine spanische Kaffeespezialität genannt, die aus einem Espresso mit einem Schuss heißer aufgeschäumter Milch bestand.

Er zog mich in seinen Arm. »Müde?«

»Ein bisschen. Aber gleichzeitig auch aufgekratzt.«

»Und glücklich?«, hakte er nach.

Ich sah zu ihm auf. »Ja, sehr. Und du?«

Er grinste. »Du siehst in das Gesicht eines äußerst glücklichen Mannes!«

Ich versetzte ihm lachend einen Stoß. »Das will ich doch hoffen. Dann habe ich dich immerhin nicht umsonst vom Schlafen abgehalten.«

»Hm, ich dachte eigentlich, es wäre umgekehrt gewesen.« Marc streichelte mit den Fingerspitzen zärtlich über meinen Arm. »Seit du in mein Leben getreten bist, hat sich irgendwie alles zum Guten gewendet.«

»Das liegt bestimmt daran, dass ich nebenberuflich als Glücksbringer tätig bin«, witzelte ich. »Wusstest du das nicht?«

»Nein, im Ernst!«, beharrte Marc. »Du und unsere offenen Gespräche haben mir geholfen, einiges zu verarbeiten, das noch in mir schwelte. Außerdem hast du mir beim Auftritt im entscheidenden Moment geholfen und warst an meiner Seite. Keine Ahnung, was ohne dich passiert wäre. Das Konzert war für mich wie ein Befreiungsschlag, und ich bin froh, dass ich mich von dir dazu habe überreden lassen. Vielleicht wäre ich sonst nie mehr auf die Bühne gegangen. Danke für alles, Conny!«

»Ich habe doch versprochen, dir zu helfen. Außerdem hättest du es bestimmt auch ohne mich geschafft.«

»Viele Menschen geben Versprechen. Aber nur wenige halten sie auch.« Er hob meine Hand zum Mund und küsste nacheinander meine Finger. »Ich bin froh, dass du ein Mensch bist, dem Versprechen wichtig sind.« An meinem Ringfinger hielt er mit seinen Küssen kurz inne. »Was kostest du eigentlich?«

»Wie bitte?«

»Na, wenn du als Glücksbringer arbeitest«, erklärte er. »Kann man dich auch langfristig anstellen? Ich hätte da durchaus Interesse.«

»Darüber lässt sich reden. Vielleicht komme ich dir entgegen und mache dir einen guten Preis«, bot ich generös an.

Ich trank einen Schluck Kaffee, während mein Blick über den Garten und den Jasmunder Bodden glitt. Die Sonne malte zarte Orangetöne auf den Morgenhimmel und hinterließ auf den Wellen ein warmes Leuchten. Im Garten nutzten die Vögel die frühe Stunde, um ihr eigenes Konzert zu veranstalten. Obwohl es kein Publikum gab, das ihnen Applaus spenden konnte, zwitscherten sie fröhlich ihre Melodien, um den Tag zu begrüßen.

Mein Leben hatte sich eindeutig zum Positiven gewendet, seit wir nach Rügen gezogen waren und ich Marc kennengelernt hatte. Viel zu lange hatte ich Veränderungen gescheut. Damit hatte ich mich selbst der Möglichkeit beraubt, ein neues Glück zu finden.

»In den letzten Jahren hatte ich oft Angst vor dem, was noch vor mir liegt«, sagte ich in die friedliche Stille hinein. »Denn egal, wie gut das Leben laufen mag, es erwarten einen immer auch Tränen, Trauer und Schmerz.«

»Ja, stimmt. Ohne Leid kommt kein Mensch davon«, erwiderte Marc bedauernd. »So ist das Leben, leider. Das ist der Preis, den wir zahlen müssen.«

Ich nickte. »Doch die schlechten Dinge kommen ganz von allein. Genau deshalb ist es falsch, sich darauf zu fokussieren. Gerade jetzt zum Beispiel bin ich glücklich und möchte diesen Augenblick für immer in meinem Herzen einschließen.«

Marc lächelte. »Ich auch.«

»Dabei hätte ich dieses Glück fast verpasst, weil ich am Anfang Parallelen zwischen dir und meinem Vater zu sehen glaubte«, gestand ich ihm. »Er ist ein Egoist, Lügner und Betrüger. Mein Vater lebt nur für seine Kunst und hat meine Mutter gnadenlos ausgenutzt. Bis vor Kurzem habe ich noch geglaubt, dass er sie kreuzunglücklich gemacht hat. Ich hatte Angst, in einer ganz ähnlichen Beziehung mit dir zu enden. Aber nicht alle Künstler sind verlogene Mistkerle, oder?«

Eigentlich hatte ich die Frage scherzhaft gemeint, doch Marc starrte mich so entsetzt an, dass ich meine Offenheit schon wieder bereute. »Aber du bist natürlich völlig anders als mein Vater«, beeilte ich mich, ihm zu versichern. »Du würdest mir das nie antun. Außerdem glaube ich an dein Talent. Deine selbst komponierten Songs, die ihr gestern gespielt habt, sind beim Publikum großartig angekommen. Dein Erfolg als Musiker wird ganz sicher kommen! Wenn wir irgendwann zusammenziehen und von meinem Gehalt leben müssen, ist das für mich auch in Ordnung.«

»Langsam, Conny!« Marc griff nach meiner Hand. »Ein Schritt nach dem anderen.«

Er hatte recht. Wir hatten gerade unsere erste Nacht miteinander verbracht – und ich redete schon vom Zusammenziehen und einer gemeinsamen Haushaltskasse. Ich zog eine bedauernde Grimasse. »Tut mir leid, ich mache mir zu viele Gedanken. Mal wieder. Manchmal sollte ich einfach die Klappe halten.«

Marc schob die Finger unter mein Kinn und zwang mich, ihm in die Augen zu sehen. »Ich liebe dich, Constanze«, sagte er mit einer Ernsthaftigkeit, die mich überraschte. »Bitte vergiss das nicht! Alles, was ich will, ist, dich glücklich zu machen.«

Für einen kurzen Moment hatte ich das Gefühl, dass Marc mir etwas verschwieg, doch dann schob ich meine Bedenken beiseite. Hatte ich nicht gerade erst beschlossen, mir den Augenblick nicht durch unnötige Grübeleien kaputtmachen zu lassen? Ich lächelte ihm zu.

»Ich liebe dich auch«, konnte ich gerade noch erwidern, ehe Marc meinen Mund zärtlich mit seinen Lippen verschloss.

33. Kapitel

Später an diesem Morgen frühstückten wir ausgiebig mit meiner Familie. Niemand verlor ein Wort darüber, dass Marc und ich gemeinsam das Haus betraten und ich erst einmal nach oben gehen musste, um mir frische Klamotten anzuziehen. Allerdings gab es auf nonverbaler Ebene durchaus einige Reaktionen: Oma Trudi grinste dreckig, meine Mutter zog lächelnd die Augenbrauen in die Höhe, und Ariane zeigte mir augenzwinkernd einen nach oben gereckten Daumen. Aber immerhin beließen sie es dabei. Das war für ihre Verhältnisse erfreulich dezent und zurückhaltend. David hatte ohnehin nur Augen für seine schwangere Ariane, und meine Kinder verhielten sich so wie immer. Schwer zu sagen, ob das einer stillen Zustimmung gleichkam oder ob sie noch zu unschuldig waren, um die richtigen Schlüsse zu ziehen.

Nach dem Frühstück trafen sich alle Beteiligten des Konzerts zum gemeinsamen Abbau. Während wir arbeiteten, ging Ariane mit Hanna und Tom an den Strand, um mit ihnen eine Sandburg zu bauen. Die frische Seeluft schien ihr ein bisschen gegen die Schwangerschaftsübelkeit zu helfen. Die arme Ariane hatte beim Frühstück keinen einzigen Bissen heruntergebracht.

Marc und ich konnten auch beim Abbau nicht die Finger voneinander lassen. Wenn wir mal eine halbe Stunde getrennt voneinander verbringen mussten, bekam ich fast so etwas wie Entzugserscheinungen.

Shanti-Gertrud musterte uns beide mit einem sehnsüchtigen

Seufzen. »Verliebt zu sein muss wirklich schön sein. Leider kann ich mich nur noch nebulös daran erinnern. Ist schon zu lange her.«

Oma Trudi blieb ebenfalls stehen, um uns zu mustern. Keine Ahnung, wieso sie überhaupt mitgekommen war. Jedenfalls nicht, um zu helfen. »Wusstest du, dass Verliebte die gleichen Gehirnwellen wie Psychopathen aufweisen?«, fragte sie Shanti-Gertrud. »Da stehen also zwei Verrückte direkt vor unserer Nase. Das sieht man schon an diesem unnatürlich fröhlichen Lächeln und dem verschleierten Blick. Ich mache mir ernsthaft Sorgen um meine Enkelin.«

Shanti-Gertrud sah Trudi stirnrunzelnd an. »Willst du die beiden etwa auseinanderbringen?«

Meine Großmutter zuckte mit den Schultern. »Das könnte ich natürlich«, sagte sie im Brustton der Überzeugung. »Aber ich habe die realistische Hoffnung, dass Marc ab sofort unseren Rasen mäht. Ich werde ihm dann anbieten, sein T-Shirt zu halten, damit es sich nicht voller Schweiß saugt. Das wird bestimmt ein ziemlich netter Anblick!« Sie lachte anzüglich, und die beiden liefen weiter, um woanders für gute Stimmung zu sorgen.

Stöhnend ließ ich meine Stirn an Marcs Brust sinken. »Gott, meine Familie ist so peinlich! Entschuldige bitte.«

Er lachte. »Ich finde deine Großmutter klasse. Sie nimmt kein Blatt vor den Mund. Außerdem wirst du irgendwann meine Familie in Spanien kennenlernen. Wenn du von ihnen total genervt bist, kann ich dich an Momente wie diesen hier erinnern. Ich sammle somit schon mal Gnadenpunkte.«

Es war das erste Mal, dass er davon sprach, mir seine Familie vorzustellen. In Gedanken sah ich uns schon bei strahlendem Sonnenschein einen romantischen Olivenhain entlangwandern. »Das schreckt mich nicht ab. Ich würde mich freuen, deine

Eltern und Geschwister kennenzulernen. Und deine Tanten, Onkels, Nichten, Neffen, Cousins, Cousinen und den ganzen Rest.«

»Das Kennenlernen ist auch nicht das Problem. Sondern das, was danach kommt«, entgegnete Marc. »Schon mal was von der spanischen Inquisition gehört? Sie werden dich so lange mit Fragen löchern, bis sie wissen, wie der Hund deiner besten Freundin im Kindergarten hieß. Nicht zu vergessen die wichtigsten Punkte: Willst du noch weitere Kinder? Wenn ja, wie viele? Möchtest du mit mir den heiligen Bund der Ehe schließen, und in welchem Land würde die Hochzeit dann stattfinden? Und würdest du zum katholischen Glauben konvertieren?«

Ich schluckte schwer. Okay, jetzt war ich doch etwas abgeschreckt! Aus dem Stegreif wusste ich auf diese Fragen keine Antwort. Zum Beispiel waren David und ich nicht religiös erzogen worden. Eigentlich ging ich nur in eine Kirche, um ein klassisches Konzert zu besuchen oder die Architektur zu bewundern. Vielleicht war es doch besser, das Kennenlernen noch etwas hinauszuzögern. Bis ich wenigstens auf einen Teil der Fragen eine Antwort gefunden hatte.

Am späten Nachmittag waren wir mit dem Abbau fast fertig, und ich sammelte mit Jutta, Sophie und Jule den restlichen Müll vom Strand ein. Eigentlich hätte ich von der anstrengenden Arbeit und dem Schlafentzug hundemüde sein müssen, aber die Glückshormone hielten mich wach.

»Sag mal, Conny, läufst du irgendwie komisch?«, fragte Jutta mich irritiert.

Das hatte sie bemerkt? Leider hatte ein heftiger Muskelkater bei mir eingesetzt. Offenbar hatte mein langjähriges Zölibat zu einem muskulären Defizit im Oberschenkel- und Po-Bereich geführt. Das waren jedenfalls die Stellen, die jetzt höllisch brannten, sobald ich mich in Bewegung setzte. Sollte ich mal einen Artikel über Übungen für den »Bauch-Beine-Po-Bereich« schreiben, durfte Sex auf keinen Fall unerwähnt bleiben.

»Ich habe nur ein paar Gymnastikübungen gemacht«, versuchte ich mich aus der Affäre zu ziehen, ohne zu lügen. »Ziemlich anspruchsvoll. Da spürt man Muskeln, von deren Existenz man vorher keine Ahnung hatte.« Ich bückte mich nach einer leeren Zigarettenschachtel, steckte sie in meine Mülltüte und erhob mich ungewohnt schwerfällig.

»Ja, ja.« Jule grinste über das ganze Gesicht. »Diese gymnastischen Übungen kenne ich.«

»Ich nicht.« Gespielt ahnungslos legte Sophie ihre Stirn in Falten. »Conny, kannst du mir vielleicht mal die Fitness-DVD ausleihen?«

»Ähm …« Hitze stieg in meine Wangen. Rein praktisch gesehen war das kein Problem. Es gab wohl kaum eine Sportart, von der mehr DVDs in Umlauf waren. Ergeben hob ich die Hände. »Na schön, ihr habt mich erwischt. Mein Muskelkater hat rein gar nichts mit Sport zu tun.«

Jule zwinkerte mir zu. »Das haben wir uns schon gedacht.«

»Tut mir leid, Conny!« Sophie zog mich lachend an sich. »Wenn wir dich aufziehen, bedeutet das nur, dass wir dich ins Herz geschlossen haben.«

»Ich euch doch auch«, erwiderte ich grinsend. »Ich bin echt froh, dass ich bei euch verrückten Hühnern gelandet bin.«

Als wir endlich fertig waren, luden Ole und Sophie alle Helfer zu sich in den Garten zum Grillen ein. Ihr schönes altes Reetdachhaus lag nicht weit von der Strandpromenade entfernt. Oles Mutter Nane hatte schon leckere Beilagen und Salate vorbereitet. Ausgehungert stürzten wir uns darauf, noch ehe die erste Wurst gegrillt war. Hanna und Tom beschäftigten sich derweil begeistert mit Jules bewegungsfauler Dogge Muffin. Meine Kinder bemühten sich redlich, Muffin zum Apportieren eines Balls zu bewegen, obwohl Jule sie gewarnt hatte, dass an diesem Vorhaben schon ganz andere gescheitert waren. Wie zu erwarten, verlangte Tom dann umgehend nach einem eigenen Hund. Ich notierte den Wunsch in Gedanken als Punkt 483 auf seiner Liste, gleich hinter der Kindergitarre.

Mit einem frisch gegrillten Steak setzte ich mich schließlich neben Marc. Allerdings in züchtigem Abstand, denn in Gegenwart von Hanna und Tom hielten wir uns wohlweislich zurück. Es gab Dinge, die sollten einem kindlichen Gemüt erspart bleiben. Grundsätzlich schienen meine Kinder kein Problem damit zu haben, dass Marc und ich zusammen waren. Doch ich traute dem Frieden noch nicht richtig. Akzeptierten Hanna und Tom es tatsächlich so einfach, dass ihre Mutter jetzt einen Freund hatte? Ich vermutete, dass das hauptsächlich an ihrer Sympathie für Marc lag und sie mit einem fremden Mann wie Sven weitaus mehr Schwierigkeiten gehabt hätten.

Marc unterhielt sich gerade mit Juttas Mann Mattes, der bei ihrem Auftritt Schlagzeug gespielt hatte. Durch die gemeinsamen Proben hatten sich die beiden angefreundet. Eine Bekannte von ihm war offenbar so begeistert von dem Auftritt gewesen, dass sie Mattes seit gestern quasi unter Tränen anflehte, in ein paar Tagen auf ihrer Hochzeit zu spielen. Doch die sollte in Hamburg stattfinden.

»Sie und ihr zukünftiger Mann würden uns die Fahrt nach Hamburg und die Übernachtung in einem guten Hotel bezahlen«, meinte Mattes. »Wie sieht es bei dir aus? Hättest du Lust?«

Marc zuckte mit den Schultern und trank einen Schluck Bier. »Klar, bin dabei.«

»Klasse, Mann!«

Anscheinend war Marcs Angst vor der Bühne endgültig kein Thema mehr. Das freute mich riesig für ihn. Auch wenn das bedeutete, dass ich nächstes Wochenende zwei Tage ohne ihn auskommen musste. Ich hätte es allerdings schön gefunden, wenn Marc mich gefragt hätte, ob das auch für mich in Ordnung war.

In diesem Moment drehte er sich zu mir um. »Ist das für dich okay, Conny? Oder hast du schon Pläne für uns?«

»Nein, nein«, wehrte ich locker ab, während ich mir ein Lächeln verkneifen musste. »Fahr ruhig! Das wird bestimmt lustig. Hamburg ist eine tolle Stadt. Ich werde schon was finden, um mich zu beschäftigen.«

Mattes nickte bekräftigend. »Jutta hat dich schon fest eingeplant. Sie meinte, ihr und unsere Jungs könntet zusammen eine Pyjama-Party machen und einen Film ansehen.«

»Na bitte!«, erwiderte ich zufrieden. »Dann verbringe ich die Nacht also mit Jutta und zwei gut aussehenden jungen Männern im Dinosaurierschlafanzug.«

»Ich wusste es!« Marc schüttelte betrübt den Kopf. »Diese Frau kann man keine fünf Minuten allein lassen, und schon stehen die nächsten Verehrer auf der Matte.«

Ich warf die Haare zurück. »Tja, da musst du dich eben ranhalten!«

In seinen dunklen Augen blitzte es auf. Er beugte sich zu mir und raunte mir mit tiefer Stimme ins Ohr: »Ich werde dafür sorgen, dass du mich nicht vergisst, solange ich weg bin.«

Da ich mittlerweile eine ziemlich genaue Vorstellung davon hatte, was mich nach diesem Versprechen erwarten würde, lief mir ein wohliger Schauer über den Rücken. Verlangend biss ich mir auf die Unterlippe. »Ich kann es kaum erwarten.«

Schließlich musste ich dringend an meiner körperlichen Fitness arbeiten, oder?

*

Die nächsten Tage schwebte ich auf einer rosaroten Liebeswolke dahin. Ich hatte nicht erwartet, dass es mich in meinem Alter noch einmal so heftig erwischen würde. Es fühlte sich genauso gewaltig, erfüllend und lebensverändernd an wie früher als Teenager. Wenn ich nicht mit Marc zusammen war, konnte ich nicht aufhören, an ihn zu denken. Leider wirkte sich das nicht besonders gut auf meinen Job aus. Ich war unkonzentriert, kam zu spät zu Terminen, und meine Texte hatten nicht den üblichen Biss. Mehr als einmal erhielt ich einen strengen Blick meiner Chefin Natalie, wenn ich wieder zu lange an einem zehnzeiligen Artikel schrieb. Zum Glück hatte ich meine Kollegin Biggi eingeweiht. Immer wenn ich mit entrücktem Lächeln Löcher in die Luft starrte, bewarf sie mich von ihrem Schreibtisch aus mit Papierkügelchen. Für eine Frau besaß Biggi eine bemerkenswerte Treffsicherheit.

Erst ab Mitte der Woche fand ich zu meiner üblichen Professionalität zurück. Darüber war ich selbst erleichtert. Oma Trudi hatte mit ihrer Theorie, dass Verliebte nicht mehr bei Verstand waren, anscheinend nicht ganz unrecht. Zwischen Marc und mir spielte sich im gemeinsamen Tagesablauf eine gewisse Routine ein. Wenn ich von der Arbeit kam, nahm ich mir erst einmal Zeit für meine Kinder und erledigte einige Dinge im Haus. Spätestens zum Abendessen kam er rüber, und anschließend verbrachten wir Zeit mit meiner Familie. Erst nachdem ich die Kinder ins Bett gebracht und meiner Mutter bei ihrer Abendroutine geholfen hatte, gingen wir zu ihm hinüber. Die

Nacht miteinander zu verbringen war bedeutend angenehmer, wenn man sich keine Sorgen um allzu neugierige Familienmitglieder machen musste. Auf anzügliche Kommentare von Oma Trudi beim Frühstück konnte ich gut verzichten! Im Grunde hatten wir mit den nebeneinanderliegenden Häusern die perfekte Wohnsituation gefunden. Falls nachts etwas mit den Kindern sein sollte, konnte mich meine Familie anrufen, oder Tom konnte mir eine seiner Emoji-Nachrichten schreiben – und schon würde ich mit wehendem Bademantel hinübereilen.

Als ich am Freitagmorgen zur Arbeit ging, musste ich mich schweren Herzens von Marc verabschieden, da er später am Tag zu dem Trip nach Hamburg aufbrach. Doch ich bemühte mich, kein allzu großes Theater daraus zu machen. Allerdings war es Marc, der mich immer wieder für »einen letzten Kuss« zurückhielt. Irgendwann musste ich dann aber los. Mich erwartete ein langer anstrengender Tag. Morgens war ich nur kurz in der Redaktion, dann schickte mich Natalie zum Gericht wegen eines brisanten Nachbarschaftsstreits. Anschließend ging es zu einer Hoteleröffnung in Göhren und danach zu einem Interview mit einem Naturschützer wegen des anstehenden Kranichzugs im September. Zwischendurch absolvierte ich noch einen Zahnarzttermin mit den Kindern, und zum Abschluss des Tages hetzte ich zu einem Autounfall auf der L30 bei Dreschvitz, da dort ein Traktor und ein Smart kollidiert waren. Trotz des Größenunterschieds war wie durch ein Wunder niemand zu Schaden gekommen. Die jeweiligen Artikel schrieb ich auf meinem Laptop im Auto und schickte sie Natalie zusammen mit den Fotos von unterwegs. Als ich abends zu Hause ankam, war ich völlig erledigt und nicht allerbester Laune.

»Laut unseres neuen Zahnarzts hat Tom kein einziges Loch«, beschwerte ich mich bei meiner Mutter.

Sie sah von der Pfanne auf, in der sie gerade Bratkartoffeln anbriet. »Das ist doch toll! Wieso ziehst du denn so ein Gesicht?«

»Weil Tom seine Zähne schlecht putzt!«, erklärte ich ihr. »Eigentlich steckt er die Zahnbürste nur in die Backe und wartet drei Minuten, bis die Sanduhr durchgelaufen ist. Deshalb prophezeie ich ihm seit Monaten, dass der Zahnarzt mit ihm schimpfen wird. Hat er aber nicht getan, im Gegenteil. Der Arzt war hochzufrieden. Wie steh ich denn jetzt als Mutter da?«

Ehe sie etwas sagen konnte, gab ich selbst die Antwort: »Total unglaubwürdig! In Zukunft wird Tom jede meiner Warnungen in die Luft schlagen. Egal, ob es sich um die Wichtigkeit von Zahnhygiene, Drogen oder zu schnelles Autofahren handelt.« Ich stieß frustriert die Luft aus und biss in eine Gurkenscheibe. »Nicht einmal auf Karius und Baktus ist in dieser Welt noch Verlass!«

Meine Mutter verdrehte die Augen. »Kaum ist Marc weg, hält die schlechte Laune Einzug«, murmelte sie halblaut.

In diesem Moment klingelte mein Handy. Ein Blick auf das Display verriet mir, dass es meine Chefin war. Ich hoffte inständig, dass es sich nicht um einen Notfall handelte. Tom freute sich schon seit Tagen auf die Übernachtung bei Jutta und ihrem Sohn Jonas. Hanna hatte ich natürlich auch angeboten mitzukommen, aber sie wollte lieber daheimbleiben und lesen. Wie üblich.

»Wo bleibt der Artikel, Conny?«, fragte Natalie, kaum dass ich abgenommen hatte. »Du hast versprochen, ihn mir heute Nachmittag zu schicken!«

Ich spürte, wie mir die Gesichtszüge entgleisten. Denn es ging nicht allein um den verpassten Abgabetermin. Ich hatte nicht den blassesten Schimmer, von welchem Artikel sie sprach.

Nicht einmal an das Versprechen, das ich ihr angeblich gegeben hatte, konnte ich mich erinnern.

»Ähm … der Artikel?«, fragte ich vorsichtig.

»Für deine Reihe *Rügens stille Helden.*« Sie schnappte hörbar nach Luft. »Hast du den etwa vergessen? Du hast mir am Montag gesagt, dass du ihn bis heute fertig haben wirst. Wir brauchen ihn für die Samstagsausgabe. Unsere Leser warten darauf. Sie lieben diese Reihe!«

»Ach, *dieser* Artikel!« Meine Knie wurden weich. Ich ließ mich auf einen Stuhl sinken. Mist, Mist, Mist! Am Montag war ich nicht zurechnungsfähig gewesen. Hatte Natalie das denn nicht bemerkt? Ganz dunkel erinnerte ich mich daran, dass sie mich etwas gefragt und ich mit einem geseufzten »Ja ja« geantwortet hatte. Was sollte ich jetzt nur machen? Ich hatte überhaupt nichts vorbereitet und kein Interview geführt.

»Ich kann dir noch eine Stunde geben, aber länger geht nicht, Constanze. Schaffst du das?« In ihrer Stimme lag eine Schärfe, die sie ansonsten nur bei schlechten Nachrichten vor ihrem ersten Morgenkaffee an den Tag legte. Das war kein gutes Zeichen!

»Ja, klar«, hauchte ich aus reiner Hilflosigkeit.

Natalie legte auf, ehe ich noch etwas sagen konnte. Meine Mutter und Oma Trudi warfen mir besorgte Blicke zu. »Ist was passiert?«, fragten sie fast gleichzeitig.

Ich stammelte eine kurze Erklärung. Wertvolle fünf Minuten verbrachte ich damit, den Schock zu verarbeiten, und weitere fünf Minuten, wie ein aufgescheuchtes Huhn planlos durch die Küche zu rennen. »Was mach ich denn jetzt? Was soll ich denn jetzt machen?«

Oma Trudi betrachtete mich kopfschüttelnd. »Wo ist denn das Problem?«

Ich raufte mir die Haare. »Das Problem ist, dass ich innerhalb von fünfzig Minuten einen Rügen-Helden auftreiben, mit ihm ein Interview führen, Fotos machen und einen passenden Artikel schreiben muss.«

Abrupt blieb ich vor Oma Trudi stehen und packte sie an den Schultern. »Oma, hast du je etwas für diese Insel und ihre Bewohner getan? Bitte, bitte sag Ja!«

Ich ignorierte das sarkastische Gelächter meiner Mutter im Hintergrund. All meine Hoffnungen lagen auf Oma Trudi, die seit fast hundert Jahren auf Rügen lebte!

Sie überlegte kurz. »Nun, ich stehe allen auf dieser Insel mit meiner großen Weisheit und liebevollen Fürsorge zur Seite.«

Ich ließ die Schultern hängen. Das war's dann wohl. Ab sofort war ich arbeitslos.

»So auch dir, meine liebe Enkelin«, ergänzte Oma Trudi mit einem triumphierenden Lächeln. »Denn du hast sehr wohl Material für einen Artikel und auch Fotos.«

Verständnislos sah ich sie an. »Hab ich?«

»Das Benefizkonzert«, half sie mir auf die Sprünge. »Die Bandmitglieder, die ohne Bezahlung aufgetreten sind, um den Kindergarten in Glowe zu retten. Darunter auch dein Marc, der seit seinem Auftritt zu einer kleinen Berühmtheit auf der Insel geworden ist.«

Natürlich, das Konzert! Die Musiker passten perfekt zu meiner Reihe. An dem Abend hatte ich zahlreiche Fotos gemacht, und da ich in die Planung involviert gewesen war, musste ich nicht mal die Hintergründe recherchieren. »Oma, du bist grandios!«, stieß ich begeistert aus.

Leider gab es nur einen klitzekleinen Haken an der Sache. Ich hatte Marc versprochen, keinen Artikel über ihn zu schreiben. Allerdings war es damals um sein Lampenfieber gegangen. Seinen Namen aus den Medien herauszuhalten war notwendig gewesen, damit er kurzfristig einen Rückzieher machen konnte, ohne sich öffentlich zu blamieren. Aber dieses Thema hatte sich mittlerweile eindeutig erledigt. Trotzdem wollte ich kein Risiko eingehen. Ich griff zum Handy, um ihn anzurufen und mir sein Okay geben zu lassen. Leider hatte ich kein Glück. Insgesamt versuchte ich es drei Mal, doch Marc ging einfach nicht ran. Wahrscheinlich waren sie gerade beim Aufbau oder bei der Generalprobe. Verflixt!

»Tick, tack. Die Uhr läuft, Conny«, erinnerte mich meine Mutter. »Du solltest dich entscheiden. Entweder du machst die Musiker zu Rügens Helden oder sagst deiner Chefin, dass sie morgen eine leere Seite in der Zeitung haben wird.«

Okay, so drastisch ausgedrückt wurde mir klar, dass ich im Grunde keine andere Wahl hatte! Außerdem gab es Schlimmeres, als in der Zeitung zu einem Helden Rügens gekürt zu werden, oder? Die Bands hatten es sich sogar redlich verdient. Ehre, wem Ehre gebührte!

Ich gab mir einen Ruck. »Gut, ich mache es.«

Oma Trudi nickte zufrieden. »Dann kannst du auch erwähnen, was für ein Erfolg der Abend war. Schließlich habt ihr in der Zeitung nur eine Ankündigung zum Konzert gebracht. Dabei hättet ihr danach ruhig noch etwas über die überwältigende Besucherzahl berichten können. Es sollte doch gewürdigt werden, dass die Leute hier auf der Insel in der Not zusammenhalten.«

Ich salutierte grinsend. »Zu Befehl, Oma!«

Ich drückte ihr als Dankeschön einen Kuss auf die Wange, schnappte mir als vorläufiges Abendessen noch zwei Gurkenscheiben und sauste hinauf in mein Zimmer.

34. Kapitel

Am nächsten Tag kam ich am späten Vormittag mit Tom von der Pyjama-Party nach Hause. Schon im Flur wurde ich von Hanna mit einem Lob und sogar einer Umarmung begrüßt. »Hast du gut gemacht, Mama«, meinte sie. »Das ist ein toller Artikel geworden.«

»Danke, mein Mäuschen!« Gerührt drückte ich sie an mich und strich ihr über die langen Haare.

Zusammen mit Jutta hatte ich gleich in der Früh einen Blick in die Zeitung geworfen. Auch ich war mit dem Ergebnis zufrieden. Besonders gefiel mir der Anfang: »Dieses Mal sind die stillen Helden Rügens gar nicht so still, im Gegenteil. Im Durchschnitt mit 110 Dezibel brachten vergangenes Wochenende die drei Bands *Keuchhusten*, die *Fischköppe* und *Marc Javier Müller & Band* die Insel zum Rocken – natürlich für den guten Zweck …«

Der Rest der Familie war offenbar ebenfalls mit meiner Arbeit zufrieden, denn jemand hatte den Artikel aus der Zeitung ausgeschnitten und an unseren Kühlschrank geheftet. Das riesige Foto von Marc auf der Bühne, das ich dem Artikel hinzugefügt hatte, würde mir in Zukunft jedes Mal ins Auge fallen, wenn ich vorhatte, mir einen Schokoladenpudding oder ein Stück Torte aus dem Kühlschrank zu holen. Die Bildunterschrift lautete: »Marc Javier Müller aus Spanien spielte sich mit seinen überragenden Gitarrensoli in die Herzen der Zuschauer.« Jutta hatte mich heute Morgen beruhigt, dass ich damit nicht übertrieben hatte. Es war gar nicht so leicht, objektiv über jemanden zu schreiben, an den man gerade sein Herz verloren hatte.

David drückte mir eine Tasse Kaffee in die Hand. Offenbar sah man mir an, dass ich die halbe Nacht mit Jutta über Gott und die Welt gequatscht hatte.

»Hast du heute schon etwas vor?«, fragte er. »Wir könnten zusammen mit den Kindern zum Strand gehen. Das Wetter ist großartig, und Arianes Übelkeit ist am Meer weniger schlimm.«

Marc erwartete ich erst gegen Abend zurück, deshalb nickte ich erfreut. »Gerne! Wenn du mir noch ein oder zwei Stunden zum Ausruhen gibst. Sonst schlafe ich womöglich direkt am …« Ich stockte, denn hinter uns erklang ein Schluchzen. David und ich drehten uns zur Tür um.

Ariane war kreidebleich. Ihr Kinn zitterte, und Tränen rannen über ihre Wangen. »Ich … ich wusste es«, wimmerte sie. »Ich wusste, dass das passieren wird.«

Wir wollten beide gleichzeitig zu ihr stürzen, sodass wir unsanft zusammenstießen. Ich ließ David den Vortritt.

»Schatz, was ist passiert?«

Sie sah zu ihm auf. »Unser Baby«, schluchzte sie. »Ich habe Blutungen. Ich verliere es, David.«

Mein Bruder starrte sie mit schreckgeweiteten Augen an. »Oh nein!« Er schloss Ariane fest in die Arme, und sie klammerte sich schluchzend an ihn.

»Was ist denn hier …?« Ich stoppte Oma Trudi, die gerade zurück in die Küche kommen wollte, mit einer Handbewegung. Wortlos gab ich ihr zu verstehen, dass sie sich zurückziehen sollte.

»Vielleicht hat das gar nichts Schlimmes zu bedeuten?« David strich Ariane über den Kopf.

»Doch!«, widersprach sie fast trotzig. »Schon als mir Dr. Niemeyer gesagt hat, dass ich schwanger bin, habe ich geahnt, dass es kein gutes Ende nehmen wird. So viel Glück kann man einfach nicht haben!«

Hilfe suchend warf mein Bruder mir einen Blick zu. Das war mein Einsatzsignal. Hier war eine Frau gefragt, die während ihrer Schwangerschaften jede Internetseite und jedes Buch zu diesem Thema durchgelesen hatte!

Ich drängte ihn beiseite, packte Ariane an den Schultern und suchte ihren Blick. »Ariane, wie schlimm sind die Blutungen? Ganz heftig? Oder nur so ähnlich wie bei deiner Periode?«

Mit rot geränderten Augen sah sie mich an. »Ja, … so ähnlich wie bei meiner Periode«, stammelte sie. Unsicherheit lag in ihrer Miene. »Vielleicht etwas weniger.«

»Okay, das ist schon mal ein gutes Zeichen. Hast du Schmerzen?«

Sie fasste sich reflexartig an den Bauch und schüttelte den Kopf. »Nein, es fühlt sich ganz normal an.«

»Das ist ebenfalls gut. In der frühen Schwangerschaft können Blutungen durchaus vorkommen«, versicherte ich ihr. »Das muss überhaupt nichts bedeuten.«

Ich sah von ihr zu meinem Bruder. »Ihr beide fahrt jetzt sofort ins Krankenhaus! Ein Arzt soll einen Ultraschall machen und die Ursache für die Blutung herausfinden.«

David straffte die Schultern. »Okay, ich hol den Autoschlüssel!«

Ich wischte Ariane über die tränennassen Wangen. »Zum Weinen ist es viel zu früh, glaub mir!«

»Meinst du wirklich, Conny?« Die Panik in ihrem Blick hatte nachgelassen und einem Funken Hoffnung Platz gemacht.

Ich lächelte ihr aufmunternd zu. »Ganz sicher!«

Ich begleitete die beiden nach draußen und nahm David das Versprechen ab, sich sofort bei mir zu melden, sobald es Neuigkeiten gab. Erst als sein Wagen am Ende der Straße verschwunden war, ging ich wieder hinein.

Zurück in der Küche wischte ich den Kaffee vom Boden auf, der bei der Kollision mit David aus meiner Tasse geschwappt war.

Oma Trudi legte mir von hinten die Hand auf die Schulter. »Das hast du gut gemacht.«

Ich sah nicht zu ihr auf. »Danke.«

»Du hast Ariane Mut und Hoffnung gegeben, als sie es am dringendsten gebraucht hat.«

Ich stand auf und warf das vollgesogene Haushaltstuch in den Mülleimer. Erst jetzt bemerkte ich, dass meine Hände zitterten.

Oma Trudi sah mich mit ihren hellblauen Augen ungewohnt ernst an. Sie schien mit sich zu ringen. »Es könnte aber auch eine Fehlgeburt sein«, sagte sie so leise, dass ich es kaum hörte.

Kraftlos stützte ich mich an der Arbeitsplatte ab. »Natürlich könnte es das«, entgegnete ich mit erstickter Stimme.

*

Ich ging mit den Kindern trotzdem zum Strand. Einfach, um etwas zu tun zu haben. Tom saß mit seinem kleinen Bagger am Ufer und buddelte im nassen Sand nach geheimen Schätzen, doch Hanna suchte in ungewohnter Weise meine Nähe. Die beiden wussten, dass David mit Ariane in die Klinik gefahren war, und meine Tochter hatte sofort begriffen, dass es dabei um das Baby ging. Sie saß mit mir im Strandkorb, hatte die Beine angezogen und umklammerte ihre knochigen Knie. Der

Himmel war strahlend blau, die Möwen kreischten über unseren Köpfen, und die salzige Meeresluft wehte uns um die Nase. Unter anderen Umständen wäre es ein herrlicher Tag gewesen.

»Hat er sich schon gemeldet?«, fragte Hanna zum wiederholten Mal.

Ich blickte auf mein Handy und schüttelte traurig den Kopf. »Noch nicht.«

Dummerweise war mein Akku fast leer, weil meine Mutter ungefähr alle zehn Minuten anrief, um mich zu fragen, ob ich schon etwas von David gehört hatte. Jedes Mal versprach ich ihr, sie sofort anzurufen, sobald ich etwas erfuhr. Aber sie rief trotzdem immer wieder an. Ich konnte es ihr nicht verdenken. Diese Warterei zehrte an den Nerven.

Am späten Nachmittag hielt ich es nicht mehr länger aus. Ich setzte die Kinder kurzerhand ins Auto und fuhr mit ihnen zur Klinik nach Bergen. Sehr zu Toms Leidwesen, denn er wäre am liebsten bis Einbruch der Dunkelheit am Strand geblieben. Trotzig weigerte sich mein Sohn, seinen nagelneuen Dinosaurier-Schwimmring abzulegen. Er hielt ihn an seiner Hüfte fest umklammert, als würde er jederzeit mit einer Sturmflut rechnen. Mit Tom, unseren Strandoutfits und den windzerzausten Haaren gaben wir beim Betreten des Krankenhauses wahrscheinlich ein merkwürdiges Bild ab. Nichtsdestotrotz wurden wir vom Pförtner in die Gynäkologie geschickt, wo uns eine nette junge Schwester half, David zu finden.

Mein Bruder kam zu uns hinaus in den Flur. Ein Blick in sein Gesicht verriet mir, dass die Situation immer noch ernst war. Wortlos nahm David mich in den Arm. »Danke, dass du gekommen bist«, sagte er mit belegter Stimme.

»Ich wollte nicht aufdringlich sein, aber wir haben uns Sorgen um euch gemacht.«

Er ließ mich los und fuhr sich über das Gesicht. »Tut mir leid, dass ich mich nicht gemeldet habe. Es ist alles … etwas viel. Ich habe einfach nicht mehr daran gedacht.«

Das war überhaupt nicht Davids Art. Mehr als alles andere zeigte mir dieses Verhalten, wie sehr ihm die Situation zusetzte.

»Niemand ist deswegen sauer«, beruhigte ich ihn. »Ariane ist jetzt die Einzige, die zählt.«

»Sie muss wahrscheinlich heute noch operiert werden«, berichtete er. »Die Blutung ist durch ein verletztes Gefäß am Muttermund entstanden. Die Ärzte wollten erst einmal abwarten, doch es scheint sich nicht von allein zu schließen.«

»Aber dem Baby geht es gut?«, hakte ich vorsichtig nach.

»Vorerst, ja.« Er blickte auf seine Hände hinab. »Doch Ariane macht mir Sorgen. Sie ist wie erstarrt, liegt in ihrem Bett und spricht kaum ein Wort. Ich komme überhaupt nicht an sie heran. So habe ich sie noch nie erlebt. Was soll ich denn nur machen, Conny? Ich fühle mich so wahnsinnig hilflos.«

Ich griff nach seiner Hand. »Du bist für sie da, David. Das reicht schon aus. Ariane steht unter Schock und hat wahnsinnige Angst um das Baby. Aber immerhin muss sie das nicht allein durchstehen. Denn der Mann, den sie liebt, ist an ihrer Seite.«

Es war David anzusehen, dass ihm das nicht genügte. Er wollte mehr tun, als Arianes Hand zu halten. Die erzwungene Tatenlosigkeit schien ihn innerlich aufzufressen. »Ich denke nur die ganze Zeit …« Er hielt kurz inne. Ein junges Pärchen mit einem Neugeborenen kam an uns vorbei. Die Frau trug einen Bademantel und sah sowohl erschöpft als auch überglücklich aus.

David senkte die Stimme. »Ariane hat mir erst kürzlich erzählt, dass sie sich fast ein halbes Jahr lang Sorgen gemacht hat, unfruchtbar zu sein. Wenn bei der Operation etwas schiefgeht und sie eine Fehlgeburt hat, wird es ihr das Herz brechen, Constanze! Wenn ich sie nur irgendwie beschützen könnte …«

Ich kniff die Lippen zusammen und versetzte ihm einen wütenden Stoß gegen den Oberarm. David zuckte zusammen.

»Hör sofort auf, so negativ zu denken!«, fuhr ich ihn an. »Das Wort ›Fehlgeburt‹ will ich nicht hören. Es wird alles gut gehen! Du bist ja noch schlimmer als Ariane. Wenn ihr so weitermacht, wird das Kind schon mit Depressionen auf die Welt kommen.«

Er rieb sich seinen Arm. »Gemäß dieser Theorie hat Mama, als sie mit dir schwanger war, wohl einen Pro-Aggressions-Kurs belegt«, sagte er ächzend.

»Ich bin überhaupt nicht aggressiv«, entgegnete ich aufgebracht. »Ich verströme hier Optimismus, verdammt noch mal!«

David zog skeptisch die Augenbrauen in die Höhe. Dann mussten wir beide schmunzeln.

»Du hast recht, Conny. Ich sollte positiv denken! Nur so kann ich Ariane helfen.« Er nickte nachdrücklich. »Danke, dass du mir den Kopf zurechtgerückt hast.«

»Gern geschehen!« Ich sah zu ihm auf. »Ist es okay, wenn wir noch ein wenig bleiben? Ich würde mich besser fühlen, wenn ich in eurer Nähe bin. Vorne ist ein Besucherzimmer. Dort warte ich mit den Kindern.« Ich blickte kurz zu den beiden. Hanna und Tom nickten zustimmend, wofür ich ihnen dankbar war.

»Onkel David?« Umständlich griff Tom an seinem Dinosaurier-Schwimmring vorbei in seine Badehose. Er zog eine kleine Muschel daraus hervor. »Gibst du die Ariane? Das ist eine Glücksmuschel. Die wird dem Baby ganz viel Glück bringen.«

David ging vor ihm in die Knie. »Das werde ich machen!« Er nahm die Muschel entgegen und schluckte gerührt. »Danke, mein Kleiner.« Er drückte Tom fest an sich. Und danach selbstverständlich auch Hanna.

»Ich gebe euch Bescheid, sobald ich etwas Neues weiß«, versprach er, ehe er wieder in Arianes Zimmer verschwand.

Im Besucherzimmer richteten wir uns auf eine längere Wartezeit ein. Zum Glück gab es für Tom eine Spielecke, und Hanna fand sogar ein zerfleddertes Buch zum Lesen. Gerade als ich mein Handy gezückt hatte, um mich wie versprochen bei meiner Mutter zu melden, ertönte im Flur eine genervte Frauenstimme: »Ich glaube dir gerne, dass dieser Doktor Bloch bei deinem Herzinfarkt wahre Wunder bewirkt hat, Mama. Aber ein Kardiologe wird Ariane eher wenig helfen können.«

»Aber man könnte ihn doch mal nach seiner Meinung fragen!«, entgegnete eine Frauenstimme. »Ein guter Arzt ist wie ein Sechser im Lotto. Die Quacksalberdichte in einem Krankenhaus ist wahnsinnig hoch. Die meisten Ärzte haben Mühe damit, das Geschlecht ihres Patienten festzustellen. Es würde mich nicht wundern, wenn der Gynäkologe gerade David behandelt.«

»Mama, du treibst mich noch in den Wahnsinn!«

Diese zwei Stimmen kamen mir leider nur allzu bekannt vor. Ich trat hinaus in den Flur, wo ich auf meine Mutter, Oma Trudi und Jutta stieß. Die drei sahen mich überrascht an. »Was macht ihr denn hier?«, entfuhr es mir.

»Dasselbe könnten wir dich fragen«, meinte meine Mutter.

»Ich bin bei euch vorbeigefahren«, erklärte Jutta mir, »weil Tom seinen Teddy bei uns vergessen hat. Da haben mir Astrid und Trudi erzählt, was passiert ist. Und dass sie sich große Sorgen machen, weil sie schon seit Stunden nichts von David gehört haben. Deshalb bin ich mit ihnen hergefahren. Im Übrigen wäre es nett gewesen, wenn ihr mich schon früher informiert hättet! Ariane ist immerhin meine Schwester.«

Diesen Vorwurf hatte ich voll und ganz verdient. Ich stand wohl genauso neben mir wie David. »Entschuldige bitte!«

Jutta holte tief Luft und trat mit besorgter Miene auf mich zu. »Wie geht es ihr?«

Ich berichtete den dreien wortgetreu, was David mir erzählt hatte. Das war leider nicht viel.

»Dann bleiben wir auch hier«, beschloss Trudi. »Daheim auf einen Anruf zu warten, halte ich noch weniger aus.«

Meine Mutter und Jutta waren der gleichen Meinung. Damit wurde es im Besucherzimmer schon deutlich voller. Keine halbe Stunde später tauchten auch Shanti-Gertrud und Sophie auf, die von Jutta informiert worden waren. Gerade als David uns berichtete, dass Ariane gleich in den OP geschoben wurde, eilten Arianes Eltern den Flur entlang. Es war das erste Mal, dass ich Arianes Mutter zu Gesicht bekam, und ich war überrascht, wie wenig sich die beiden ähnelten. Während Ariane mit ihren blonden Haaren, der Pfirsichhaut und ihren tollen Kurven eine natürliche Schönheit war, legte ihre Mutter eindeutig zu viel Make-up auf. Trotzdem war ihr die Sorge um ihre jüngste Tochter deutlich anzusehen. Sie ließ es sich nicht nehmen, vor dem Eingriff noch mal persönlich mit Ariane zu sprechen.

Nun mussten wir erneut abwarten. Ob Marc inzwischen schon aus Hamburg zurück war? Ehe der Akku meines Handys endgültig den Geist aufgab, schrieb ich ihm schnell eine Nachricht, dass wir bei Ariane im Krankenhaus waren.

Irgendwann blickte meine Mutter stirnrunzelnd auf die Uhr. »Sollte die OP nicht schon längst vorbei sein? David hat doch etwas von einem kurzen Eingriff gesagt.«

Tatsächlich hätte meine Bruder schon mit Neuigkeiten aus dem Aufwachraum zurück sein müssen. Die Anspannung im Besucherzimmer war fast greifbar.

»Wir dürfen nicht vergessen, dass die Vorbereitung zur OP

immer einige Zeit in Anspruch nimmt«, versuchte Sophie uns zu beruhigen. »Außerdem wird David bestimmt nicht sofort zu ihr gelassen, nachdem sie aufgewacht ist. Wir müssen Geduld haben!«

»Und wenn sie die Blutung nicht stillen konnten?« Die Stimme von Arianes Mutter klang schrill und hysterisch. »Kann man an so etwas nicht sterben?«

Ihre Frage hing unheilvoll im Raum. Niemand von uns sagte etwas. Von nun an vergingen die Minuten quälend langsam. Shanti-Gertrud hatte die Hand um den Bergkristall an ihrem Hals gelegt und schien mit geschlossenen Augen zu beten. Arianes Mutter knetete ohne Unterlass ihre Finger, während Oma Trudi mit entschlossener Miene einen Punkt vor sich fixierte, als würde sie dem Schicksal gerade die Stirn bieten. Nur Tom spielte völlig unbeschwert in der Spielecke mit einem Parkhaus. Die Optimistin in mir war ins Straucheln geraten. Ich wusste einfach nicht, ob es noch angebracht war, an meinem »Alles-wird-gut«-Mantra festzuhalten. Vielleicht war die Zeit gekommen, der Angst in meinem Herzen freien Lauf zu lassen?

Nun weinte Arianes Mutter auch noch leise. Ihr Mann reichte ihr ein Taschentuch und legte tröstend den Arm um sie. Hastig blickte ich zu Boden. Ich konnte den Anblick ihrer Tränen nicht ertragen. Erinnerungen an Franks Unfall und die Todesnachricht kamen wieder in mir hoch. Das Leid und die Tränen, vor denen ich mich gefürchtet hatte, schienen plötzlich ganz nah zu sein.

»Conny?«

Ich wandte mich um. Marc! Er stand an der Tür und machte ein irritiertes Gesicht. Immerhin befand sich das halbe Dorf im Besucherzimmer. Marcs Hemd war zerknittert, und er sah erschöpft aus. Schnell stand ich auf und ging zu ihm.

»Nachdem ich deine Nachricht bekommen habe, habe ich

mich auf dem Heimweg von Lars gleich vor der Klinik absetzen lassen«, sagte er mit gedämpfter Stimme.

»Danke!«, wisperte ich. Dass er hergekommen war, bedeutete mir unglaublich viel. Mit brennenden Augen erzählte ich ihm, was geschehen war.

Obwohl ich mich bemühte, mich zusammenzureißen, schien Marc zu wissen, wie es mir ging. Er schloss mich wortlos in die Arme. Seine Wärme umhüllte mich, und mit dem Gesicht an seiner Schulter atmete ich tief ein und aus. Sofort schien sich das Gefühlskarussell in meinem Inneren langsamer zu drehen. Marc hatte auf mich eine mindestens ebenso gute Wirkung wie der Bergkristall auf Shanti-Gertrud.

Keine Ahnung, wie lange wir so dastanden. Fünf Minuten, eine halbe Stunde oder länger. Irgendwann ließ mich ein Geräusch vom Flur aufhorchen. Ich sah David auf uns zukommen. Mein Bruder musste nichts sagen. Die Erleichterung, die ich in seinem Gesicht ablesen konnte, sprach Bände. Ariane und dem Baby ging es gut! Ich schlug die Hand vor den Mund und lachte unter Tränen auf. Nun weinte ich tatsächlich.

Die Optimistin in mir hatte recht behalten. Vielleicht hätten wir auch alle mehr auf Toms Glücksmuschel vertrauen sollen!

35. Kapitel

Als wir an diesem Abend zu Hause ankamen, war es schon spät. Da Ariane in der Klinik bleiben musste, hatte David beschlossen, die Nacht neben ihrem Krankenbett auf dem Stuhl auszuharren. Sowohl Ariane als auch die Stationsschwester hatten vergeblich versucht, ihm sein Vorhaben auszureden. Mein Bruder wollte partout nicht von Arianes Seite weichen.

Daheim half mir Marc, die Kinder fertig zu machen, und während ich meine Mutter beim Duschen unterstützte, las er Tom eine Gutenachtgeschichte vor.

Der heutige Tag hatte meiner Mutter sichtlich zugesetzt. Normalerweise konnte sie sich beim Übersetzen vom Rollstuhl aufs Bett ein paar Sekunden selbst aufrecht halten, doch heute knickten ihre Beine einfach unter ihr weg. Zum Glück stützte ich sie ohnehin immer unter den Armen ab, sodass nichts Schlimmeres passierte. Eine Schrecksekunde lang war ich jedoch so überrascht, ihr volles Gewicht halten zu müssen, dass meine Mutter kurz nach unten absackte.

»Entschuldige«, keuchte sie erschrocken. »Das wollte ich nicht. Meine Kraft war urplötzlich weg. Ist es dir jetzt in den Rücken gefahren?«

»Du musst dich nicht entschuldigen, Mama! Das hast du doch nicht mit Absicht gemacht. Meinem Rücken geht es gut, keine Sorge.«

Das schien sie jedoch nicht zu überzeugen. Sie saß auf der Bettkante und musterte mich mit betroffener Miene.

»Eine ruhige Nacht wird dir bestimmt guttun, und morgen ist wieder alles beim Alten!«, versicherte ich ihr. Ich steckte meinen Unterarm unter ihre Kniebeuge, um ihre Beine aufs Bett zu heben.

»Constanze, wir sollten jemanden einstellen, der die Pflege für mich übernimmt«, sagte sie leise, aber bestimmt. »Ich will David und dir nicht zur Last fallen.«

Ich schüttelte den Kopf. »Nein! Ich möchte nicht, dass sich jemand Fremdes um dich kümmert. Wir machen das schon.«

Doch offenbar hatte meine Mutter sich über dieses Thema schon Gedanken gemacht. »Deine Großmutter hat mir von einer netten Pflegerin erzählt, die sich letztes Jahr nach der Herz-OP um sie gekümmert hat. Es würde doch reichen, wenn eine Pflegekraft morgens und abends vorbeikommt, um mir beim Aufstehen, Waschen und Zubettgehen zu helfen.«

»Das ist nicht nötig, Mama.«

Ich wollte nach der Bettdecke greifen, doch meine Mutter hielt meine Hand fest. »David und Ariane bekommen bald ein Kind, Constanze! Und du hast Marc gefunden. Ihr seid noch jung, euer Leben geht weiter.«

Ich wusste nicht, was ich sagen sollte. Dass David wegen des Babys in Zukunft weniger Zeit haben würde, hatte ich nicht bedacht. Ohne ihn würde ich mit der Pflege meiner Mutter tatsächlich überfordert sein. Wahrscheinlich nicht sofort, aber auf Dauer würde meine Kraft für sie, die Kinder, meinen Job und den Haushalt nicht ausreichen.

Meine Mutter warf mir einen eindringlichen Blick zu. »Conny, ich will nicht, dass du mich irgendwann anschaust und nur noch an die Arbeit denkst, die ich dir mache. Ich will nicht, dass ein Teil von dir nach meinem Tod erleichtert ist, weil du eine Last losgeworden bist.«

Schockiert sah ich sie an. »Wie kannst du so etwas nur sagen?«

»So zu fühlen wäre nur menschlich«, erwiderte sie erschreckend nüchtern. »Einen kranken Angehörigen zu pflegen bringt einen an seine Grenzen. Dessen bin ich mir bewusst. Deshalb möchte ich, dass ihr euch Hilfe holt. Meine Krankheit soll nicht unsere Beziehung belasten.«

Ich ließ mich auf die Bettkante sinken. Irgendwie kurios, schoss es mir durch den Kopf. Früher hatte sie mich schlafen gelegt und sich neben mich auf die Bettkante gesetzt. Nun waren die Rollen vertauscht.

Ich legte meine Hand über ihre. Es würde nicht helfen, wenn ich die Augen vor der Wahrheit verschloss. Meine Mutter sollte wissen, dass ich ihren Vorschlag nicht auf die leichte Schulter nahm. Allerdings hatte ich nach einem Tag wie heute nicht mehr die Geduld und die Nerven, solch ein Gespräch zu führen. Ich wollte nur noch ins Bett und mit dem guten Gefühl einschlafen, dass mit Ariane alles in Ordnung war.

»Wenn es so bleibt wie jetzt, bekommen wir das hin, Mama«, sagte ich. »Aber du hast recht. Wir sollten uns mit David zusammensetzen und über die Zukunft sprechen. Wie es sein wird, wenn das Baby da ist oder du einen neuen Schub bekommst. Vielleicht hat David sich schon Gedanken darüber gemacht. Gemeinsam finden wir bestimmt eine Lösung.«

Meine Mutter atmete hörbar auf. »Danke, mein Schatz!«

»Dafür musst du mir wirklich nicht danken.«

Ich stand auf, legte ihre Decke zurecht und stellte ein Glas Wasser auf ihren Nachttisch. »So, jetzt wird geschlafen, junge Dame!«, sagte ich im selben strengen Tonfall wie sie früher.

Meine Mutter schaffte es, in einer perfekten Imitation meines Teenagers-Ichs genervt die Augen zu rollen. »Ja ja.«

»Ich hab dich lieb, Mama.«

»Ich dich auch.«

Als ich nach oben kam, fand ich Marc leise schnarchend in Toms Zimmer. Das Märchenbuch lag aufgeschlagen auf seinem Bauch, und sein Kopf war im Sessel zur Seite gekippt.

»Er ist mitten in der Geschichte eingeschlafen«, murmelte Tom schlaftrunken vom Bett aus.

»Du kennst die Geschichten doch ohnehin alle auswendig.« Ich gab ihm einen Kuss auf die Stirn. »Gute Nacht, mein Kleiner!«

Ich weckte Marc und schickte ihn in mein Zimmer. Heute würden wir zur Abwechslung hier schlafen. Bevor ich ihm folgte, sah ich noch kurz bei Hanna vorbei. Genau wie Marc war sie beim Lesen eingenickt. Ich nahm ihr das Buch behutsam aus den Händen und löschte das Licht. Dann endlich konnte auch ich mich fertig machen und mich zu Marc ins Bett kuscheln.

»Sex?«, fragte er müde.

Ich winkte kraftlos ab. »Oh nein, heute bitte nicht!«

»Gott sei Dank!« Er seufzte erleichtert. »Ich bin so erledigt von dem Auftritt und der langen Heimfahrt, dass du die ganze Arbeit hättest übernehmen müssen.«

Ich grinste. »Das klingt aber ganz und gar nicht nach einem coolen Rockstar. Ich dachte, die wären immer einsatzbereit?«

Er zog mich näher an sich. »Mir genügt es völlig, dich bei mir zu haben und im Arm zu halten.« Bedeutungsvoll fügte er hinzu: »Jedenfalls für heute Nacht.«

»Mir auch.« Ich kuschelte mich an ihn und schlief innerhalb kürzester Zeit ein.

36. Kapitel

Am nächsten Morgen weckten mich laute Stimmen. Sie kamen von unten auf der Straße. Sonntagfrüh in Breege war das ziemlich ungewöhnlich.

Ich rieb mir über die Augen. »Hast du das auch gehört?«, fragte ich Marc. »Was ist denn da los?«

»Pffff«, antwortete er benommen und drehte sich zur Seite. Marc war ein Morgenmuffel und kam früh nur schwer in die Gänge. In diesem Punkt entsprach er voll und ganz dem Klischee eines Musikers.

Der Tumult auf der Straße brach nicht ab. Neugierig geworden setzte ich mich auf. »Da scheinen ein paar Leute ziemlich aufgeregt zu sein.«

Dieses Mal gab Marc nicht einmal eine Antwort. Er war wohl wieder eingeschlafen. Ich stand auf und öffnete das Fenster zur Straße. Sofort entdeckte ich die beiden Männer in Marcs Vorgarten. Einer stand vor der Haustür und begutachtete mit ratloser Miene das Klingelschild. Ein anderer rief einer Frau etwas zu, die neben einem Minivan stand und telefonierte. Er hatte eine tragbare Fernsehkamera geschultert. Was hatten diese Leute in Marcs Vorgarten zu suchen? Ein ungutes Gefühl breitete sich in meinem Magen aus. Das roch nach Ärger. Der andere Typ hatte das Studium des Klingelschilds aufgegeben und ging zum Gartentor zurück. Er trug eine Spiegelreflexkamera mit einem monströsen Teleobjektiv. Mit diesem Ding konnte er wahrscheinlich auf zweihundert Meter Entfernung eine Kellerassel heimlich beim Fortpflanzungsakt fotografieren. Ich musste der Sache auf den Grund gehen!

»Suchen Sie jemanden?«

Die Männer blickten sich ratlos um. Obwohl die perfekt gestylte Frau mit roter Satinbluse und schwarzem Bleistiftrock immer noch am Telefon hing, hatte sie mich sofort entdeckt. Sie schnipste in meine Richtung, und die Typen sahen hoch zu meinem Fenster.

Einer von ihnen setzte umgehend ein falsches Lächeln auf. »Guten Morgen, schöne Frau! Kennen Sie zufällig einen gewissen Marc Morrell?«

»Der Name ist mir unbekannt. Wieso?«, entgegnete ich misstrauisch.

»Vielleicht kennen Sie ihn unter seinem richtigen Namen? Marc Javier Guillermo Goirigolzarri Müller? Uns wurde im Nachbardorf gesagt, dass er hier wohnen würde. Stimmt das?«

Es war zwar erst das zweite Mal, dass ich Marcs vollen Namen hörte, aber ich war mir sicher, dass er genauso geklungen hatte. Okay, offenbar kannte ich Marc Morrell doch! Ich verstand nur noch Bahnhof. Auf alle Fälle mussten Besucher, die Marc willkommen waren, nicht erst im Nachbardorf seine Adresse auskundschaften. »Wieso?«, fragte ich noch misstrauischer als beim ersten Mal.

Das Lächeln des Typen erschlaffte ein wenig. Offenbar nervte ihn meine wenig zugängliche Art. »Wir wollen ein Interview mit ihm führen.« Er deutete auf sich und seine Kollegen. »Wir sind freie Journalisten aus Berlin und im Auftrag einiger wichtiger spanischer Medien hier.«

Damit wollte er mich wohl beeindrucken, doch er bewirkte das genaue Gegenteil. Die feinen Härchen in meinem Nacken richteten sich auf. »Sie sind Paparazzi, oder?«

»Ähm … nun ja.« Er kratzte sich am Hals. »Irgendwie schon. Aber wir sind von der netten Sorte, ehrlich!«

Meine Gedanken überschlugen sich. Was um Himmel willen wollten diese Paparazzi von Marc? Einem mittellosen Musiker aus Spanien, der das Haus seines Großvaters auf Rügen renovierte, um sich was dazuzuverdienen? Hier stimmte etwas ganz und gar nicht! Mein Misstrauen richtete sich mit einem Mal gegen eine andere Person. Ich blickte über meine Schulter zu Marc, der immer noch im Bett lag. Zwar konnte ich sein Gesicht nicht sehen, aber seinen regelmäßigen Atemzügen nach zu urteilen, schlief er tief und fest. Hatte er mich etwa belogen? War er als Musiker in seiner Heimat erfolgreicher, als er behauptet hatte? Anders konnte ich mir die Paparazzi in seinem Garten jedenfalls nicht erklären. Keine Ahnung, was er mir sonst noch verschwiegen hatte. Eine Ehefrau? Geliebte? Kinder? Vielleicht hatte er auch eine kriminelle Vergangenheit? Es musste schließlich einen Grund geben, dass er sich hier auf Rügen versteckte. Ich hatte es doch gewusst! Von Anfang an hatten meine Alarmglocken bei ihm geschellt. Ein bitterer Geschmack breitete sich in meinem Mund aus. Marc war ein Lügner, genau wie mein Vater. »Gestern ist ein Artikel über Marc in den *Ostsee Nachrichten* erschienen, auch als Online-Version«, lenkte der Typ mit dem Teleobjektiv wieder meine Aufmerksamkeit auf sich. Er zückte sein Handy und las vor: »Dieses Mal sind die stillen Helden Rügens gar nicht so still, im Gegenteil. Im Durchschnitt mit 110 Dezibel …«

»Den Artikel kenne ich«, zischte ich.

Ich spürte, wie mir das Blut in die Wangen schoss. Offenbar war ich nicht ganz unschuldig daran, dass diese Aasgeier vor unserem Haus herumlungerten. Mit meinem Artikel hatte ich sie auf Marcs Fährte gelockt. Ich musste dringend mit Marc reden, allerdings in Ruhe. Auf seine Erklärung, wieso er mich wochenlang belogen hatte, war ich wirklich äußerst gespannt. Aber wie wurde ich die Paparazzi jetzt wieder los?

»Sehen Sie, das ist ein Foto von ihm, das ihn bei einem Konzert hier in der Nähe zeigt«, fuhr der Typ fort. Obwohl ich auf die Entfernung überhaupt nichts erkennen konnte, streckte er sein Handy in meine Richtung. »Das ist eindeutig Marc Morrell. Die Google-Gesichtserkennung ist sich absolut sicher.«

Ich knirschte mit den Zähnen und starrte ihn böse an.

»Sie kennen Marc, nicht wahr?« Die aufgetakelte Tussi hatte aufgehört zu telefonieren und musterte mich eindringlich.

»Nein«, versuchte ich es mit einer schamlosen Lüge. »Überhaupt nicht.«

Die Frau lächelte leicht. »Ich würde mich gerne einen Moment mit Ihnen unterhalten. In Ruhe«, entgegnete sie und setzte sich in Bewegung.

Gelähmt vor Schreck musste ich beobachten, wie sie auf unser Gartentor zusteuerte. Jeden Moment würde sie klingeln und das ganze Haus aufwecken! Wie der Blitz rannte ich aus dem Zimmer die Treppe hinunter. Ich hatte die letzte Stufe noch nicht erreicht, als es auch schon schellte. Lange und durchdringend. Offenbar ließ die ungebetene Besucherin ihren Finger auf dem Klingelknopf, da ich dadurch zwangsläufig die Tür öffnen würde. Jetzt wusste ich, weshalb Paparazzi so unbeliebt waren.

Atemlos riss ich die Tür auf. »Hören Sie sofort auf zu klingeln!« fuhr ich sie an. »Und verschwinden Sie von unserem Grundstück! Ich habe kein Interesse, mit Ihnen zu reden. Von mir erfahren Sie nichts.«

Blitzlicht blendete mich. Hinter der Tussi stand der Typ mit dem Teleobjektiv und knipste, was das Zeug hielt. Erst jetzt fiel mir auf, dass ich noch mein altes Schlafshirt trug. Unfrisiert und ungeschminkt, wie ich war, gab ich bestimmt kein besonders attraktives Bild ab. Doch im Moment hatte ich andere Sorgen.

Ich hob schützend die Hand vor mein Gesicht. »Hauen Sie ab! Sofort!«, wiederholte ich meine Aufforderung.

»Gerne«, sagte die Frau mit süßlichem Lächeln. »Wir sind schneller weg, als Sie die Polizei rufen können. Wenn Sie uns verraten, wo sich Marc im Augenblick aufhält! Wir haben ein paar dringende Fragen an ihn.«

Von oben hörte ich Stimmen und Schritte. Auch wenn Marc einen beneidenswert guten Schlaf hatte, so hatte ihn das schrille Klingeln mit Sicherheit aus dem Bett gelockt.

»Na schön, er ist bei seiner Freundin in Göhren«, sog ich mir eine Ausrede aus den Fingern. »Im … Lupinenweg 23. Ortsausgang, verklinkertes Haus, rechte Seite. Können Sie nicht verfehlen. Aber bitte erzählen Sie Marc nicht, dass Sie das von mir haben!« Damit wollte ich ihr die Tür vor der Nase zuschlagen, doch die Frau schob einfach ihren roten Pumps dazwischen.

»Das würde ich Ihnen gerne glauben«, flötete sie. »Aber diese plötzliche Auskunftsfreude lässt mich stutzig werden. Könnte es nicht eher sein, dass Marc sogar ganz in der …«

»Was ist denn hier los?«, erklang eine männliche Stimme hinter mir.

Verdammt! Damit war mein Plan, die Paparazzi abzuwimmeln, endgültig gescheitert. Ich wandte mich zu Marc um. Er war barfuß, hatte sich aber im Gegensatz zu mir in aller Eile Jeans und T-Shirt übergezogen.

Mit einem einzigen Blick erfasste er die Situation. Er nahm meine Hand und schob mich hinter sich, um mich mit seinem Körper vor der Meute zu schützen. Ein Teil von mir war ihm dafür dankbar, ein anderer hätte ihn am liebsten sofort zur Rede gestellt. Doch es wäre dumm gewesen, ihm vor den Paparazzi eine Szene zu machen.

»Herr Morrell, wir sind hier im Auftrag von *Antena 2*«, sprudelte es sofort aus der Reporterin heraus. Sie gab dem Kameramann einen Wink, näher zu kommen, während der andere ein Foto nach dem anderen schoss. »Wieso verstecken Sie sich hier auf Rügen? Sind Sie aus Spanien geflohen, weil Sie die Schuld am Tod ihres Bruders nicht ertragen konnten? Haben Sie etwas zu den Vorwürfen Ihrer Schwägerin zu sagen?«

»Kein Kommentar«, entgegnete Marc ungerührt.

»Ihre Schwägerin hat vor laufenden Kameras behauptet, dass Sie Ihren Bruder Pedro mit Drogen versorgt haben«, fuhr sie unbeirrt fort. »Er wollte angeblich einen Entzug machen und die Band verlassen, um sich nur noch seiner Frau und seinen Kindern zu widmen. Doch Sie hätten das mit aller Macht verhindert. Haben Sie auf die Anschuldigungen Ihrer Schwägerin nie reagiert, weil sie der Wahrheit entsprechen? Welche Drogen haben Sie Pedro beschafft? Konsumieren Sie ebenfalls Drogen?«

»Wenn Sie nicht innerhalb der nächsten sechzig Sekunden das Grundstück verlassen, werden Sie von meinen Anwälten hören«, drohte Marc mit eisiger Stimme. »Sie werden von mir kein Interview bekommen. Gleichgültig, wie viele unverschämte Fragen Sie stellen. Lassen Sie uns in Ruhe!«

Er drehte sich zur Seite, um die Haustür zu schließen. Seine Miene machte deutlich, dass ihn auch der Fuß der Reporterin nicht davon abhalten würde. Diese Seite von Marc kannte ich überhaupt nicht. Es wunderte mich nicht, dass die Reporterin hastig ihren Fuß in Sicherheit brachte. Als die Tür mit einem Knall ins Schloss fiel, atmete ich erleichtert auf. Ohne das grelle Blitzlichtgewitter wirkte der Flur plötzlich ungewohnt düster.

Marc hatte die Hände in die Hüften gestemmt und mir den

Rücken zugekehrt. Die Muskeln in seinem Nacken waren angespannt. Er stieß hart die Luft aus, dann wandte er sich zu mir um. »Wir müssen reden.«

Er griff nach meiner Hand, doch ich entzog sie ihm mit einem Ruck und funkelte ihn wütend an. »Wieso? Willst du mir etwa weitere Lügen erzählen?«, zischte ich. »Du hast mir offensichtlich etwas vorgespielt. Den netten Marc Müller von nebenan, den gibt es in Wahrheit gar nicht. Bin gespannt, was du sonst noch auf Lager hast. Ist das alles vielleicht nur eine dumme Verwechslung? Oder hättest du mir die Wahrheit liebend gerne gesagt, aber der Moment war stets ungünstig?«

Er sah mich mit ernster Miene an. »Bitte, Conny, lass es mich in Ruhe erklären.«

Widerstrebend folgte ich ihm in die Küche. Er warf zwischen den Vorhängen einen Blick in Richtung Straße.

»Sind sie weg?«, fragte ich ohne große Hoffnung.

»So schnell verschwinden die in der Regel nicht«, knurrte Marc. »Aber immerhin lungern sie jetzt nicht mehr in eurem Vorgarten herum.«

Er drehte sich zu mir um. »Ich muss mich entschuldigen, Constanze! Mit so etwas habe ich nicht gerechnet. Ansonsten hätte ich dich vorgewarnt.« Er rieb sich über die Stirn. »Ich hatte geglaubt, das alles hinter mir gelassen zu haben. Doch offenbar hat mich meine Vergangenheit eingeholt.«

»Du bist also ein berühmter Star?«, fragte ich eisig.

»Eher ein nationaler Star«, erwiderte er. »Nur in Spanien. Ähnlich wie bei euch Herbert Grönemeyer, Xavier Naidoo oder Marc Forster. Im Ausland kennt mich niemand.«

»Und wann wolltest du mir das erzählen?«, fragte ich gereizt. »Noch bevor wir deine Familie in Spanien besuchen? Oder vor meiner Konvertierung zur katholischen Kirche?« Ich rang ungläubig die Hände. »Ich blöde Kuh wollte dir sogar noch bei der Jobsuche und deinem Lebenslauf helfen. Das muss dich doch ungemein amüsiert haben!«

»Ich habe dich nicht richtig belogen«, verteidigte sich Marc. »Am Anfang haben wir für unsere Auftritte tatsächlich nur Getränke und ein warmes Essen bekommen. Der spätere Erfolg war allerdings etwas größer, als ich angedeutet habe. Bei unserem Gespräch über mein Einkommen habe ich dir gesagt, dass ich mir keine Gedanken um Geld mache und damit zufrieden bin, ein Dach über dem Kopf und etwas zu essen zu haben. Das stimmt Wort für Wort. Außerdem …«

Ich winkte schnaubend ab. »Tu uns beiden doch bitte den Gefallen und hör mit dieser Wortklauberei auf, Marc! Du hast mich ganz bewusst im Glauben gelassen, dass du kein Geld hast. Dass du ein Niemand bist. Und das war eine handfeste Lüge!«

Er fuhr sich seufzend über das Gesicht. »Zu diesem Zeitpunkt standen wir uns noch nicht so nahe wie jetzt. Ich musste vorsichtig sein. Du bist Journalistin, Conny!« Er deutete vielsagend in Richtung der Paparazzi auf der Straße.

Ich schnappte empört nach Luft. »Du willst mich doch nicht ernsthaft mit diesen Aasgeiern dort draußen vergleichen? Ich bin eine seriöse Journalistin.«

»Dass du vertrauenswürdig bist, weiß ich erst jetzt«, wandte Marc ein. »Nachdem du mir gesagt hast, dass du für eine Zeitung arbeitest, habe ich anfangs wirklich versucht, mich von dir fernzuhalten. Das wäre das Klügste gewesen. Deshalb habe ich deiner Familie erst einen Nachbarschaftsbesuch abgestattet, als du abends ausgegangen bist und dein Pick-up nicht zu sehen war.«

Ich erinnerte mich. An dem Abend war mein erstes Date mit Sven gewesen. Schon damals hatte es mich irritiert, dass Marc sich ausgerechnet dann meiner Familie vorgestellt hatte, als ich weg gewesen war.

»Aber du bist mir einfach nicht aus dem Kopf gegangen.« Er hob die Schultern. »Auch das ist die Wahrheit, Conny. Ich fühle mich magisch von dir angezogen. Natürlich war mir klar, dass ich dir von meinem Erfolg in Spanien berichten muss. Ich wollte dir alles gestehen, aber ...« Er stockte kurz und räusperte sich peinlich berührt, ehe er meine Worte von vorhin aufgriff: »... irgendwie hat sich nie der richtige Moment ergeben. Je länger ich gewartet habe, umso schwieriger wurde es.«

Ich stieß ein sarkastisches Schnauben aus. Plötzlich fühlte ich mich jeder Energie beraubt, als hätte meine Wut mich vollständig ausgebrannt. Ermattet ließ ich mich auf einen Stuhl sinken. »Stimmt denn, was die Reporterin gesagt hat? Dass deine Schwägerin dich beschuldigt, etwas mit dem Tod deines Bruders zu tun zu haben?«

»Das hat meine Schwägerin Maria behauptet«, bestätigte er mit einem knappen Nicken. »Sie konnte Pedros Tod nicht akzeptieren. Vor allen Dingen nicht die Tatsache, dass er ihn selbst verursacht hat. In ihrer Wut und Trauer hat sie nach einem Schuldigen gesucht. Und ihn in mir gefunden. Sie hat behauptet, ich hätte ihn in diesen Sumpf aus Alkohol und Drogen hinabgezogen.« Marc lehnte sich mit verschränkten Armen an die Arbeitsfläche. »Tränenreich hat sie vor den Fernsehkameras behauptet, dass ich Pedro drogenabhängig gemacht hätte, um ihn unter meine Kontrolle zu bringen. Ich hätte ihn mit allen Mitteln vom Ausstieg aus der Band abhalten wollen. Sogar seinen Tod hätte ich dafür in Kauf genommen. Damals habe ich es für das Beste gehalten, nicht auf die Anschuldigungen zu reagieren. Doch in den Augen der spanischen Öffentlichkeit bin ich seitdem der letzte Abschaum.« Er stieß einen Seufzer aus und fügte etwas leiser hinzu: »Ich hatte gedacht, dass längst Gras über die Sache gewachsen wäre.«

Trotz seiner Lügen zweifelte ich keine Sekunde an Marcs Unschuld. »Aber wieso hast du dich nicht verteidigt?«, fragte ich fassungslos. »Du hättest das richtigstellen müssen!«

Er zuckte mit den Achseln. »Zu dem Zeitpunkt war es mir gleichgültig. Ich habe um meinen Bruder getrauert, Constanze! Außerdem habe ich mir tatsächlich die Schuld an seinem Tod gegeben. Immerhin habe ich Pedro in die Band geholt, und es ist mir nicht gelungen, ihn von den Drogen abzuhalten.«

In seiner Trauer hatte Marc wohl geglaubt, er hätte den Hass verdient, den Maria gegen ihn entfacht hatte.

»Diesen ganzen Medienzirkus habe ich ohnehin immer verabscheut«, sagte Marc mit sichtlicher Verachtung. »Wenn man so viele Jahre im Scheinwerferlicht steht wie ich, lernt man schnell zu ignorieren, was über einen gesagt oder geschrieben wird. Lässt man das alles zu nah an sich heran, geht man daran kaputt. Eigentlich wollte ich immer nur auf der Bühne stehen und Musik machen. Die Presse und das viele Geld waren mir nie wichtig.«

»Das viele Geld?« Ich schluckte trocken. »Das bedeutet dann wohl, dass du reich bist?«

Er rieb sich mit der flachen Hand über seinen Bartschatten. Das Thema schien ihm unangenehm zu sein. »Nun ja, ich bin kein Bill Gates. Aber ich muss mir um finanzielle Dinge keine Sorgen machen.«

In meinem Kopf schien sich alles zu drehen. »Aber wieso hast du dann das Haus deines Großvaters renoviert? Du hättest dafür Handwerker engagieren können.«

»Weil ich es selbst machen wollte. Die körperliche Arbeit hat mir gutgetan. Das habe ich dir doch schon erzählt.«

Das hatte er. Aber für mich hatte es so geklungen, als würde er sich durch den höheren Verkaufspreis, den seine Mutter für das Haus erzielen konnte, etwas dazuverdienen. Erneut fühlte ich mich für dumm verkauft. Ich blickte ihn scharf an. »Du hättest mir davon erzählen müssen!«

Er runzelte die Stirn. »Wäre dir die Entscheidung für mich etwa leichter gefallen, wenn du gewusst hättest, dass ich kein verarmter Musiker bin?«

Der indirekte Vorwurf sorgte dafür, dass meine Wut zurückkehrte. Vielleicht weil ein Funken Wahrheit in dem steckte, was Marc gesagt hatte. Durch die Ehe meiner Eltern war seine finanzielle Situation für mich natürlich ein Problem gewesen.

Ich ballte die Hände zu Fäusten. »Du hast mir von Anfang an etwas vorgemacht. Ich wollte einen Mann an meiner Seite, für den das Leben auf Rügen nicht nur eine Art *Urlaub* vom Superstardasein in Spanien ist.«

Die Enttäuschung über sein Verhalten schnürte mir die Kehle zu. »Die Kinder und ich mussten nach Franks Tod verdammt schwere Zeiten durchmachen«, fuhr ich mit gepresster Stimme fort. »Es ist mir nicht leichtgefallen, mein Herz wieder für eine Liebe zu öffnen. Ich wollte etwas Echtes und Wahrhaftiges, Marc. Doch das zwischen uns war nur eine schillernde Seifenblase, die über kurz oder lang platzen musste. Weil du in Wahrheit ein ganz anderer Mann bist.«

Er setzte sich zu mir und griff nach meiner Hand. »Das stimmt nicht, Constanze. Du hast den echten Marc kennengelernt. Von Anfang an hast du nur mich gesehen. Nicht jemand, der Geld hat. Oder der berühmt ist und den du vielleicht beeindrucken willst. Deine Gefühle für mich sind echt.«

Ja, das waren sie. Deshalb tat es mir auch so weh, was er getan hatte. Doch das wollte er offenbar nicht einsehen.

»Wie hätte es dir gefallen, wenn ich dir meine Kinder verschwiegen hätte?« Ich blickte ihn prüfend an. »Hätte ich dir diesen Teil meines Lebens vorenthalten, hättest du mich die ganze Zeit als alleinstehende Single-Frau wahrgenommen und dir eine völlig andere Zukunft mit mir ausgemalt. Dir erst nachträglich von meiner Hanna und Tom zu erzählen wäre nicht fair gewesen, oder?«

Endlich schien Marc zu begreifen. »Nein, das wäre es nicht«, gab er zu.

»Doch genau das hast du mit mir gemacht. Die Wahrheit über dein Leben hätte von Anfang an alles verändert.«

Er lehnte sich mit einem tiefen Seufzer im Stuhl zurück. »Es tut mir leid. Ich habe geglaubt, das macht keinen Unterschied.«

Ich entzog ihm meine Hand und deutete zur Straße, wo die Paparazzi herumlungerten. »Das da draußen macht keinen Unterschied?«, fragte ich mit überschnappender Stimme. »Meine Familie kann sich nicht mehr aus dem Haus wagen. Hanna und Tom sollen vor ihrer eigenen Haustür nicht von Paparazzi abgepasst und fotografiert werden.«

Ich stand auf und tigerte mit verschränkten Armen in der Küche umher. All meine Gefühle für Marc und meine Wünsche für unsere gemeinsame Zukunft schienen plötzlich wie verstreute Puzzleteile vor mir zu liegen. »Eigentlich wollte ich meine Vergangenheit in Spanien hinter mir lassen und hier neu anfangen.« Marc stand auf und stellte sich mir in den Weg. »Es tut mir aufrichtig leid, Conny! Niemals hätte ich dir oder den Kindern absichtlich wehgetan.«

Er strich mir mit dem Daumen zärtlich über die Wange. In seinen Augen lag die aufrichtige Bitte um Vergebung. Aber … ich konnte einfach nicht. Anstatt auf seine Entschuldigung zu reagieren, wich ich seinem Blick aus und schwieg.

»Ich liebe dich, Conny. Nur wenn du in meiner Nähe bist, fühle ich mich vollständig und habe das Gefühl, endlich angekommen zu sein«, fuhr er fort. »Bitte lass nicht zu, dass meine unbedachte Schwindelei alles kaputt macht! Diese Paparazzi kriegen wir bestimmt auch irgendwie wieder los, versprochen! Wenn ich nur wüsste, wie sie mir auf die Spur gekomm…« Er hielt mitten im Satz inne und sog scharf die Luft ein. Sein ganzer Körper schien sich zu versteifen.

Ich folgte seinem Blick und drehte mich zum Kühlschrank um. Dort, wo seit gestern der Zeitungsartikel hing. Mein Herz setzte einen Schlag lang aus, um dann wie wild weiter zu hämmern.

»*Du* warst das?«, fragte er ungläubig.

Ich wagte nicht, ihm in die Augen zu sehen. Für einige quälende Augenblicke vergaß ich sogar zu atmen.

»Constanze, ist der Artikel von dir?«, wiederholte Marc seine Frage. Die Schärfe, die in seiner Stimme mitschwang, ließ mich zusammenzucken.

»Ja, der Artikel ist von mir«, gestand ich ihm kleinlaut.

Ich fasste mir ein Herz, hob den Kopf und erwiderte seinen Blick. Was ich sofort bereute. Marcs Fassungslosigkeit und Enttäuschung sorgten dafür, dass sich mein Magen zu einem schuldbewussten Knoten zusammenzog.

»Es … es war ein Notfall«, stammelte ich. »Ich wollte dich um Erlaubnis fragen, aber ich habe dich Freitagabend auf dem Handy nicht erreicht. Ich musste so schnell wie möglich einen Artikel abliefern, sonst hätte ich meinen Job verloren. Ich … ich dachte, es wäre okay.«

Mit dieser konfusen Erklärung hätte ich wahrscheinlich keinen Pulitzer-Preis gewonnen. Auch Marc wirkte nicht im Geringsten besänftigt. »Du hast es mir versprochen, Constanze.«

Er riss den Artikel vom Kühlschrank und hielt ihn mir vor die Nase. »Du hast versprochen, nicht über mich zu schreiben.«

»Aber das war vor dem Konzert. Dass dir das auch noch hinterher wichtig ist, konnte ich nicht wissen.« Aus reiner Hilflosigkeit ging ich zum Gegenangriff über. »Weil *du* mir die Wahrheit verschwiegen hast.«

Tatsächlich war ich mir nicht mehr sicher, aus welchem Grund Marc mir das Versprechen eigentlich abgenommen hatte. Hatte sein Lampenfieber dabei überhaupt eine Rolle gespielt? Oder war es ihm nur um seine wahre Identität gegangen?

»Aus welchen Gründen man ein Versprechen gegeben hat, zählt nicht.« Er funkelte mich kalt an. »Es zählt lediglich, ob man sich daran hält.«

Prinzipiell teilte ich diese Einstellung. Die Schuldgefühle ließen mein Herz schwer werden. »Das war ganz und gar nicht in Ordnung, ich weiß.«

In diesem Moment klingelte Marcs Handy. Ohne mich aus den Augen zu lassen, zog er es aus seiner Hosentasche und meldete sich unwirsch. Offenbar war es ein Anruf aus Spanien, denn er wechselte sofort die Sprache. Zwar verstand ich kein Wort, doch Marcs Reaktion nach zu urteilen, war es kein erfreuliches Gespräch. Wahrscheinlich sorgte mein Artikel auch in seinem Heimatland für Aufruhr. Da er so viele Monate abgetaucht war, gierten die Medien bestimmt nach Neuigkeiten über »Marc Morrell«.

Nachdem er aufgelegt hatte, herrschte einige Sekunden Stille. Wir beide hatten den anderen tief verletzt. Schuldgefühle und Enttäuschung standen wie eine unsichtbare Mauer zwischen uns im Raum.

»Ich muss einige Dinge klären«, sagte Marc schließlich. Er wandte sich in Richtung Flur, überlegte es sich dann allerdings anders. Statt zur Haustür lief er durchs Wohnzimmer und öffnete die Terrassentür. Wahrscheinlich wollte er den Paparazzi aus dem Weg gehen.

Endlich löste ich mich aus meiner Starre und folgte ihm in den Garten. Obwohl ich nicht wusste, was ich ihm noch hätte sagen können. Ich sah gerade noch, wie Marc sich mühelos über den Holzzaun, der unsere Grundstücke voneinander trennte, schwang. Dann war er auf der anderen Seite verschwunden. Ein Teil von mir wäre ihm am liebsten hinterhergerannt. Aber vielleicht tat uns eine kleine Auszeit ganz gut? Um herunterzukommen, Gedanken zu ordnen und sich über Gefühle klar zu werden?

Schweren Herzens ging ich wieder hinein. In der Küche erwarteten mich schon Oma Trudi, Hanna und Tom in ihren Schlafanzügen.

Ich zog eine Grimasse. »Na, habt ihr alles mitbekommen?«

Sie machten sich gar nicht erst die Mühe, es zu leugnen, und nickten synchron.

»Und was sagt ihr dazu?«

Meine Großmutter zuckte mit den Schultern. »So einen Mann hätte ich nicht einfach gehen lassen.«

»Ich auch nicht«, stimmte Hanna ihr zu. »Außerdem hat er sich entschuldigt und du dich für deinen Artikel überhaupt nicht.«

Verdammt, sie hatte recht! Es hätte doch etwas gegeben, das ich Marc noch hätte sagen können. Stöhnend massierte ich mir meine pochenden Schläfen. Ich brauchte dringend eine kurze Pause. Und einen starken Kaffee.

37. Kapitel

Nachdem ich den ganzen Tag nichts von Marc gehört hatte, ging ich am Abend zu ihm, um meine vergessene Entschuldigung nachzuholen. Meine Emotionen hatten sich abgekühlt, das Chaos in meinem Kopf hatte sich gelichtet, und ich war bereit, noch einmal ganz in Ruhe mit ihm über alles zu sprechen. Bestimmt erging es Marc ähnlich! Doch er reagierte nicht auf mein Klingeln. Da fiel mir auf, dass in seinem Haus alle Rollläden heruntergelassen waren und es seltsam verwaist wirkte.

»Er ist weg«, informierte mich die aufdringliche Reporterin, die mit ihren Kollegen immer noch vor dem Gartentor herumlungerte. »Er hat schon vor ein paar Stunden ein Taxi gerufen und mit einem Koffer das Haus verlassen.«

Eigentlich hatte ich mir vorgenommen, die Paparazzi konsequent zu ignorieren, doch jetzt fuhr ich zu ihnen herum. »Er hat *was?*«

Der Typ mit der Kamera schoss begeistert ein paar Fotos von meinem schockierten Gesicht. Aber das war mir im Moment gleichgültig. Marc wäre doch nicht einfach so verschwunden? Ohne sich von mir zu verabschieden? Allerdings fühlte er sich von mir hintergangen. Weil ausgerechnet die Frau, der er am meisten vertraut hatte, ihr Versprechen gebrochen hatte. Gleichzeitig hatte ich auch noch dafür gesorgt, dass er jede Menge Ärger am Hals hatte.

»Wenn ihr mich fragt, stehen wir hier völlig umsonst«, meinte die Reporterin in Richtung ihrer Kollegen. »Marc ist bestimmt nach Spanien abgehauen. Der kommt nicht mehr zurück.«

Meine Knie wurden weich, und die Welt schien sich um mich herum zu drehen. Wieso hatte ich mich nicht sofort bei ihm entschuldigt? Womöglich wäre er dann noch hier … Halt suchend tastete ich um mich, aber es gab nichts, an dem ich mich hätte festhalten können.

»Tja, Schätzchen, da hast du dich wohl in den falschen Typen verliebt«, meinte die Reporterin mit hämischem Unterton. »Marc hat dich eiskalt sitzen lassen. Wenn du uns ein Exklusivinterview über eure Beziehung geben und ein bisschen Dampf ablassen willst, sind wir gerne dazu bereit. Wir zahlen gut.«

Nicht imstande, ein Wort herauszubringen, schüttelte ich den Kopf. Ich warf einen letzten Blick auf Marcs leer stehendes Haus, dann lief ich wie in Trance zurück zu unserem Grundstück.

*

Irgendwie schaffte ich es, das übliche Abendprogramm abzuspulen. Ich aß mit meiner Familie, brachte die Kinder ins Bett und half meiner Mutter. Schließlich kroch ich in mein Bett und zog mir die Decke über den Kopf. Mein Handy hielt ich fest umklammert, weil ich hoffte, dass Marc mich jeden Moment darüber informieren würde, wieso er so hastig abgereist war. Doch er schrieb nicht und rief auch nicht an. Vergeblich versuchte ich zu schlafen. Immer wieder ging ich in Gedanken unseren Streit durch, und je öfter ich das tat, umso starrsinniger kam mir mein Verhalten vor. Wieso hatte ich mich nur so unversöhnlich gezeigt? Immerhin hatte ich zu diesem Zeitpunkt schon gewusst, dass ich mit meinem Artikel ebenfalls großen Mist gebaut hatte. Schon allein deshalb wäre es angebracht gewesen, Marcs Entschuldigung anzunehmen. War es denn tatsächlich so unverzeihlich, was er getan hatte?

Nachdem ich mich stundenlang im Bett herumgewälzt hatte, nahmen meine Reue und Verzweiflung überhand. Mitten in der Nacht rief ich Marc an. Doch ich erreichte ihn nicht, denn sofort sprang die Mailbox an. Wollte er etwa nicht mit mir sprechen? Hatte ich ihn so sehr verletzt, dass er mir nichts mehr zu sagen hatte? Mein Herz wurde unendlich schwer. Hatte ich ihn etwa für immer verloren? Nein, so etwas durfte ich gar nicht denken! Ich drückte Marcs Kissen an mich, an dem noch immer sein Geruch haftete. Wahrscheinlich würde sich gleich morgen früh alles aufklären! Schließlich hatte Marc gesagt, dass er mich liebte. So etwas warf man doch nicht einfach weg, oder? Marc war ein Mann, der für die Liebe und unsere Beziehung kämpfen würde. In diesem Punkt war ich mir sicher. Mit diesem tröstlichen Gedanken schlief ich schließlich ein.

Doch auch am nächsten Tag hörte ich nichts von Marc. Dafür tauchten noch mehr Paparazzi auf, manche sogar direkt aus Spanien. Allerdings bekamen sie schnell mit, dass Marc seine Zelte auf Rügen abgebrochen hatte und es hier keine Story zu holen gab.

Mit jeder Stunde und jeder Minute, die ohne ein Lebenszeichen von Marc verging, schwanden meine Zuversicht und mein Vertrauen in seine Gefühle. Ganz offensichtlich würde er doch nicht für unsere Liebe kämpfen. Obwohl diese Erkenntnis schmerzte, verbot ich mir jegliche Tränen.

In meinem Leben hatte ich schon weitaus Schlimmeres überstanden, und mein Herz würde auch dieses Mal wieder heilen. Das änderte jedoch nichts daran, dass es unglaublich wehtat. Mechanisch spulte ich mein Programm ab, machte meinen Job und erfüllte meine täglichen Pflichten. Doch Marc fehlte mir unglaublich, und mit jedem Atemzug vermisste ich ihn mehr. Abends saß ich an meinem Erkerfenster und blickte auf seinen verwaisten Balkon. Ich versuchte, mir jedes Gespräch und jede Melodie, die er mir auf seiner Gitarre vorgespielt hatte, ins Gedächtnis zu rufen. Wenigstens in meiner Erinnerung wollte ich das Glück, das ich mit ihm erlebt hatte, zurückholen. Insgesamt rief ich ihn noch weitere sieben Mal auf dem Handy an, doch immer vergeblich. Schließlich blieb mir nichts anderes übrig, als die indirekte Botschaft zu akzeptieren, und ich gab auf.

Wenigstens hatte ich Hanna und Tom. Wir kuschelten uns zusammen und sahen uns sämtliche Disney-Filme an, die wir auf DVD besaßen. Wenn ich gegen Ende anfing, leise zu schluchzen, drückten sich die beiden liebevoll an mich. Trotz meines selbst auferlegten Verbots fanden Tränen offenbar immer ihren Weg nach draußen – selbst wenn sie dafür auf *Arielle, die Meerjungfrau* oder *Die Schöne und das Biest* warten mussten.

In der Bücherei war das Ende des Lesesommers gekommen, und ich begleitete Hanna zur Preisverleihung. Eigentlich hatte ich Natalie zu diesem Anlass um ein paar freie Stunden gebeten, doch meine Chefin gab mir einfach den Auftrag, darüber einen Artikel zu schreiben. Womöglich konnte man dadurch für den kommenden Sommer noch mehr Kinder zum Lesen in die Bücherei locken. Hanna hatte extra ihr schönstes Sommerkleid angezogen und rosafarbenen Lipgloss aufgelegt. Ich war mir sicher, dass sie den ersten Preis gewinnen würde. Schließlich hatte sich meine Tochter diesen Sommer bestimmt drei bis vier Mal pro Woche von David, Ariane oder mir zur Bücherei fahren lassen, um sich mit neuen Büchern einzudecken. Bestimmt war kein anderes Kind derart leseverrückt! Trotzdem schien meine Kleine ziemlich nervös zu sein.

Wir saßen in der ersten Reihe und lauschten der Rede der Bibliothekarin. Dann wurden die drei fleißigsten Leser nach vorne gerufen. Dazu zählten Hanna, ein älteres Mädchen namens Clementine und ein äußerst süßer Junge, der Frederick hieß. Er war in Hannas Alter, hatte blonde zerzauste Haare und ganz entzückende Grübchen, wenn er lächelte. Im Augenblick lächelte er gerade meine Tochter an, und Hannas Wangen färbten sich von einer Sekunde auf die andere dunkelrot. Schüchtern grinste sie zurück.

Blitzartig nahm ich auf meinem Stuhl Haltung an. Mein Blick wanderte zwischen Hanna und Frederick hin und her. Meine Güte, wieso war ich darauf nicht schon vorher gekommen? Meine Tochter war zum ersten Mal verliebt. Gerührt machte ich ein Foto von diesem denkwürdigen Moment. Deshalb hatte Hanna den Lesewettbewerb derart ernst genommen und über die Maßen wütend reagiert, wenn wir keine Zeit gehabt hatten, sie in die Bücherei zu fahren! Sie hatte gehofft, ihren Schwarm dort zu treffen. Das war so unschuldig und süß ... Sofort schossen mir wieder die angestauten Tränen in die Augen.

Hanna belegte mit drei Punkten Abstand den zweiten Platz, denn es zählten nicht nur die entliehenen Bücher, sondern auch die Fragen zum Inhalt, die die Kinder beim Abgeben hatten beantworten müssen. Doch Hanna war mit ihrem zweiten Platz voll und ganz zufrieden. Den ganzen Heimweg über strahlte sie wie der glücklichste Mensch auf Erden. Ich gönnte es ihr aus vollem Herzen.

Obwohl mir eigentlich nicht der Sinn nach Gesellschaft stand, nahm ich am nächsten UGLY-Frauenabend teil. Meine Mutter war mit Tom und Hanna zu Hause geblieben, und ich hatte versprochen, rechtzeitig zum Schlafengehen wieder zurück zu sein. Ariane war inzwischen aus dem Krankenhaus entlassen worden, und es ging ihr den Umständen entsprechend gut. Nur die Schwangerschaftsübelkeit setzte ihr nach wie vor heftig zu. Ihr zuliebe trafen wir uns deshalb nicht in Shanti-Gertruds Garten, sondern am Strand in Glowe. Wenn eine frische Meeresbrise um Arianes Nase wehte, musste sie sich deutlich seltener übergeben. Wir hatten Picknickdecken und Kissen mitgebracht, Yogi-Tee in Thermoskannen und zum Essen ausschließlich geruchslose Dinge, die einer Schwangeren nicht unangenehm in die Nase steigen konnten. Als erster Mann in der Geschichte hatte mein Bruder David von Shanti-Gertrud die Erlaubnis erhalten, am UGLY-Frauenabend teilzunehmen. Ariane hatte ihr nämlich glaubhaft versichert, dass sie David dringend an ihrer Seite brauchte, um ihren Rücken zu streicheln und eine Spucktüte bereitzuhalten.

Schnell stellte ich fest, dass die Buschtrommeln im Dorf bestens funktioniert hatten. Wirklich alle waren schon über mein derzeitiges Liebesdrama informiert. Jule, Sophie, Jutta und Shanti-Gertrud sahen mich mit so mitfühlenden Mienen an, als würden sie jeden Moment meinen totalen Zusammenbruch erwarten. Nur Oles Mutter Nane war höflich genug, so zu tun, als wäre alles in Ordnung.

»Fahr Marc doch nach Spanien hinterher!«, platzte es irgendwann aus Jutta heraus. Offenbar wollte sie nicht mehr länger warten, bis ich endlich den Anstand hatte, ihnen mein Herz auszuschütten.

Sogleich schaltete sich Oma Trudi ein. »Sie hat keine genaue Adresse«, informierte sie die anderen. »Conny weiß nur, dass seine Familie irgendwo aus der Gegend um Pamplona kommt.«

»Wenn er so viel Geld hat, könnte er in Spanien auch mehrere Häuser besitzen«, meinte Sophie und löffelte lustlos in ihrem geruchsneutralen Naturjoghurt herum. »Dann ist es leider so gut wie unmöglich, ihn ausfindig zu machen.«

Jule nickte zustimmend. »Bei dem Medienrummel wäre ich an Marcs Stelle irgendwo untergetaucht.«

Ich starrte schweigend aufs Meer hinaus. In unendlicher Gleichmut rollten die Wellen an den Strand und zogen sich wieder zurück, nur um kurz darauf erneut zu versuchen, das gleiche Stückchen Strand ergebnislos zu erobern. So ähnlich ging es mir mit diesem Gesprächsthema. Wieder und wieder war ich alle Möglichkeiten ergebnislos durchgegangen. Ich hatte daher keine Lust, das Ganze noch einmal durchzukauen. Vielleicht würden die anderen das Thema fallen lassen, wenn ich mich einfach nicht dazu äußerte?

Shanti-Gertrud hielt mir ein Schälchen mit Apfelstücken hin, doch ich schüttelte den Kopf. Seit Marc fort war, bekam ich kaum einen Bissen herunter. »Nein, danke.«

Jutta drückte mich an sich. »Mach dir nicht so viele Vorwürfe! Wenn ich mit Mattes streite, sage ich im Affekt auch oft Dinge, die ich hinterher bereue. Zum Glück haben wir die Pension und zwei Kinder. Schon aus moralischen Gründen kann Mattes sich nicht so einfach aus dem Staub machen.«

Ariane verdrehte die Augen. »Und was für eine Lehre soll sie daraus jetzt ziehen?«, blaffte sie ihre Schwester an. »Dass sie Marc rechtzeitig ein Kind hätte unterjubeln sollen?«

»Du weißt genau, dass ich das nicht gemeint habe!«, gab Jutta schnippisch zurück. Ich wollte nur sagen, dass sie sich wegen der vergessenen Entschuldigung nicht selbst zerfleischen soll. Weil einem hinterher immer tausend Dinge einfallen, die man besser hätte machen können.«

Offenbar funktionierte diese Unterhaltung auch hervorragend ohne mich, denn nun sprang Sophie für mich in die Bresche. »Jetzt gebt doch nicht allein Conny die Schuld!« Sie wandte sich an mich. »Meiner Meinung nach ist Marc genauso für das, was geschehen ist, verantwortlich. Dir das alles zu verheimlichen war ein ganz schöner Hammer. Ich hätte das auch nicht einfach so hingenommen. Er hat es verbockt, du hast es verbockt. Damit seid ihr quitt. Jeder macht mal Fehler, oder? Man muss nur verzeihen können.«

Doch leider stellte sich die Frage, ob ich Marc verzeihen konnte, überhaupt nicht. Er war aus meinem Leben verschwunden.

»Wenn du mich fragst, hättest du es schlimmer treffen können«, meinte Jule. »Du hast erfahren, dass dein Freund kein armer Musiker, sondern reich und berühmt ist. Ich dagegen habe Markus als adligen Schlossherrn kennengelernt, nur um dann zu erfahren, dass sein Schloss eine Geldvernichtungsmaschine und er so gut wie pleite ist. Ohne meine Ersparnisse und das Erbe meiner Tante gäbe es jetzt überhaupt kein *Romantikhotel Schloss Neunwiek*.«

Ich stieß einen tiefen Seufzer aus. Mittlerweile hatte ich mich tatsächlich an den Gedanken gewöhnt, dass Marc reich und berühmt war. Aber niemand hier schien begreifen zu wollen, dass das überhaupt keine Rolle spielte: Marc war weg.

Nun gab auch noch mein Bruder seinen Senf dazu. »Ich habe mir schon gedacht, dass Geld für Marc kein Problem ist. Bei *dem* Motorrad …« Er sagte das so, als müsste man diese Andeutung sofort begreifen. Nur war er in unserer Runde leider der Einzige, der sich derart brennend für motorisierte Fortbewegungsmittel interessierte.

Verständnislos sah ich ihn an. Mein fester Vorsatz, mich nicht am Gespräch zu beteiligen, war dahin. »Was soll das denn bitte heißen? Bei *dem* Motorrad?«

»Marc fährt eine MV Agusta F4CC«, erklärte David, und nachdem ich ihn weiterhin ratlos anblickte, fügte er hinzu: »Für so eine seltene Maschine muss man eine sechsstellige Summe hinblättern.«

Alle schnappten hörbar nach Luft. Diese Information hätte mein Bruder ruhig schon vorher einmal fallen lassen können!

»Wieso hast du mir das denn nicht gesagt?«, pflaumte ich ihn an. »Dann wäre vielleicht alles ganz anders gekommen.«

»Wieso hast du ihn denn nicht rechtzeitig gegoogelt?«, ging mein Bruder zum Gegenangriff über.

»Wie denn?«, fauchte ich. »Bei dem unaussprechlichen Nachnamen? Marc hat ihn mir nur einmal auf dem Parkplatz an den Kopf geworfen. Hätte ich ihn bitten sollen, mir den Namen zu buchstabieren, damit ich mitschreiben und ihn später googeln kann?«

Jutta tätschelte beruhigend meinen Arm und versuchte sich an einem zuversichtlichen Lächeln. »Das sind doch gute Nachrichten! Das bedeutet, Marc kommt garantiert wieder zurück. Schon allein wegen des teuren Motorrads.«

»Na toll.« Ich zog eine Grimasse. Sollte mich das jetzt aufmuntern? Natürlich könnte ich ab sofort vor seiner Garage kampieren, um Marc für den Fall der Fälle abzupassen. Aber wenn er nur wegen des Motorrads zurückkehrte und sich bei der Gelegenheit nicht einmal bei mir meldete, war ohnehin alles verloren. Auch ich hatte meinen Stolz.

»Selbst wenn er wiederkommt, weiß ich nicht, wie ich darauf reagieren soll«, wandte ich ein. »Einfach abzuhauen, ohne ein Wort des Abschieds, finde ich nicht richtig. Das macht man einfach nicht. Ich wäre ja schon über eine WhatsApp-Nachricht froh gewesen. Marc weiß genau, dass ich auf so etwas Wert lege.«

Schließlich hatte er bei der Geschichte mit Sven mitbekommen, dass mir persönliche Aussprachen und ein klarer Schlussstrich wichtig waren.

Ariane nickte verständnisvoll. »Das sang- und klanglose Abhauen in Krisensituationen scheint eine typische Männerangewohnheit zu sein. Ich kenne da jemanden, der Rügen ebenfalls einfach verlassen hat, ohne sich mit mir auszusprechen. Oder mir die wahren Gründe für sein seltsames Verhalten zu nennen.« Sie warf einen vielsagenden Blick auf meinen Bruder.

»Ich hatte dafür meine Gründe«, verteidigte sich David etwas lahm. Das schlechte Gewissen stand ihm ins Gesicht geschrieben. »Du hast damals meine Gefühle verletzt, und ich habe rein impulsiv reagiert. Wahrscheinlich genau wie Marc. Da denken wir Männer nicht mehr allzu viel nach.«

Alle anwesenden Frauen nickten zustimmend.

David sah mich mit ernster Miene an. »Falls er zurückkommt, urteile nicht zu hart über ihn. Du bist indirekt schuld daran, dass Marc jede Menge Ärger am Hals hat. In Spanien wird er bestimmt von einer Horde Paparazzi verfolgt. Wahrscheinlich nicht nur er, sondern auch seine ganze Familie. Er hat jetzt einige Dinge zu klären.«

Ich schluckte schwer. Dass seine Familie ebenfalls unter den Folgen meines Artikels leiden musste, hatte ich nicht bedacht.

»Ich bin sicher, dass Marc sich bei dir meldet, sobald sich alles beruhigt hat«, fügte David optimistisch hinzu. »Bestimmt weiß er im Moment nur nicht, wo ihm der Kopf steht. Gib ihm etwas Zeit!«

»Du hast recht«, sagte ich kleinlaut. Dankbar lächelte ich meinen Bruder an.

Shanti-Gertrud betrachtete David mit neuem Respekt. »Du bist ein guter Ratgeber. Für einen Mann, meine ich. Wenn du möchtest, kannst du öfter an einem Frauenabend teilnehmen.«

David war sichtlich geschmeichelt. »Gerne!«

Sophie starrte derweil unglücklich auf den Rohkostteller, bestehend aus Karotten, Kohlrabi, Gurken und Radieschen. »Also ich nehme erst wieder an den Treffen teil, wenn es etwas Anständiges zu essen gibt. Von all dem geruchsneutralen Zeug kriege ich übelste Blähungen.«

»Zu viel Information, Sophie!«, stöhnte Jule.

Nane, die die ganze Zeit auf ihr Handy gestarrt hatte, stieß einen Jauchzer aus. »Der Download hat endlich funktioniert«, informierte sie uns. »Ich dachte schon, ich bin zu alt, um das hinzukriegen.«

»Was denn für ein Download?«, wollte Oma Trudi wissen.

»Von einer spanischen Webseite«, erklärte Nane. »Ich wollte mal wissen, was für Musik Connys Marc so macht.« Ehe ich sie bremsen konnte, drückte Nane schon auf Play.

Das Intro wurde allein von der Gitarre gespielt. Eine einprägsame Melodie, die schön und melancholisch zugleich war. Dann erklang auch schon Marcs tiefe, samtige Stimme. Sie zu hören fühlte sich an wie ein Messerstich ins Herz. Da er auf Spanisch sang, verstand ich kein Wort, aber es war eindeutig ein Liebeslied. Ich wusste, dass er von einer verlorenen Liebe sang. Von Trauer, Einsamkeit und Schmerz. All meine Vorsätze, stark zu sein, waren dahin. Meiner Kehle entrang sich ein Schluchzen, und Tränen rannen meine Wangen hinab.

38. Kapitel

Ich stürzte mich in die Arbeit, denn das hielt mich vom Grübeln ab. Heute schickte Natalie mich mal wieder von einem Ortstermin zum nächsten, und ich war dankbar dafür. In meiner Mittagspause besorgte ich mir unterwegs lauwarme Pizza vom Bäcker, doch schon nach einem Bissen war mein Magen wie zugeschnürt. Um den Rest meiner Pause herumzubringen, warf ich aus reiner Langeweile mal wieder einen Blick auf meinen Account bei *Einsame Herzen*. Seit Sven hatte ich mich nicht mehr darum gekümmert. Desinteressiert überflog ich die Zuschriften, bis ich auf die schon ältere Antwort von SchmusiHasi99 stieß – dem vollschlanken Bankberater, dem ich aus Pflichtgefühl zurückgeschrieben hatte. In seiner Antwort hatte er mir mitgeteilt, dass ich bei näherer Betrachtung doch nicht ganz sein Typ war. Er mochte es lieber, wenn an einer Frau etwas dran war, und ich war ihm einfach zu dünn. Das entlockte mir immerhin ein Schmunzeln. Auf nettere Weise war ich wohl noch nie abserviert worden. Kurz entschlossen meldete ich mich bei *Einsame Herzen* endgültig ab und löschte mein Profil. Von der Liebe hatte ich erst mal genug.

Nachdem ich am Strand von Binz von der höchsten Sandburg der Welt (siebzehn Metern und elftausend Tonnen Sand) unzählige Fotos geschossen und mit dem zuständigen Rekordrichter gesprochen hatte, führte mich das letzte Interview in den frühen Abendstunden nach Gingst. Ich war zu Besuch bei einem jungen Mann, der beim Angeln eine exotische Wasserschildkröte aus der Ostsee gezogen hatte. Das Tier war wohl ausgesetzt worden und hatte nur dank der sommerlich warmen Temperaturen überlebt. Leider war die Wasserschildkröte durch den Angelhaken verletzt worden, doch der Mann hatte sie sofort zum Tierarzt gebracht. Hilde, wie er die Wasserschildkröte getauft hatte, war inzwischen wieder gesund und lebte nun bei ihm zu Hause in einem artgerechten Aquarium. Das war eine schöne Geschichte, die unseren Lesern sicherlich gefallen würde.

Auf dem Heimweg verließ mich jedoch auch mein letztes bisschen Glück. Allerdings konnte ich nicht behaupten, dass die Katastrophe überraschend kam. Ich fuhr gerade auf einer einsamen Landstraße, als aus dem Motorraum meines Pick-ups plötzlich laute Geräusche drangen. *Wumm!* Ich zuckte zusammen. Nach einem höllischen Knall, der mir durch Mark und Bein ging, erstarb der Motor, und Rauch quoll unter der Haube hervor. Geistesgegenwärtig nutzte ich den letzten Schwung und lenkte den Wagen in die Einfahrt eines Feldwegs, damit ich nicht die Straße blockierte. Mist! Wider besseres Wissen drehte ich den Zündschlüssel und versuchte, das Auto neu zu starten. Doch da tat sich nichts mehr. Also machte ich, was man in solchen Fällen immer tut: Ich stieg fluchend aus und öffnete die Motorhaube. Obwohl ich mich mit diesen technischen Dingen überhaupt nicht auskannte. Große Metallteile, kleine Metallteile, Schläuche, Kabel, Batterie. Alles war noch da. Nur der Rauch war neu. Ich griff nach meinem Handy und rief David an, um ihm die Situation zu schildern.

»Motorschaden«, diagnostizierte er. Im Hintergrund hörte ich Kinderlachen und Oma Trudi, die mit meiner Mutter offenbar mal wieder eine Diskussion ausfocht. Anscheinend war die ganze Familie versammelt. »Genau das, was ich dir schon seit

Monaten prophezeie, Schwesterherz! Jetzt ist die alte Karre endgültig futsch.«

Ich betrachtete den kanariengelben Pick-up mit einem wehmütigen Blick. Damit würde nun auch Franks Auto endgültig aus meinem Leben verschwinden.

»Und jetzt?«, fragte ich David ratlos. Immerhin war das meine erste Autopanne. Er dagegen war mit seinem Oldtimer schon so oft liegen geblieben, dass er vom regionalen ADAC-Dienst zum Kunden des Monats gewählt worden war.

»Da hilft nur noch der Abschleppdienst. Die können ihn gleich zum Schrottplatz fahren. Ich regle das, okay?«, bot er an.

Wahrscheinlich war er mit den entsprechenden Mitarbeitern per Du und bekam Paypal-Punkte fürs Abschleppen. Manchmal war ein großer Bruder durchaus praktisch. »Vielen Dank!«

Ich sah mich auf der einsamen Landstraße um. »Aber was ist mit mir? Ich bin hier in der Einöde zwischen Wald und Wiesen gestrandet. Soll ich etwa abwarten, bis jemand vorbeifährt, bei dem ich per Anhalter mitfahren kann?«

»Das geht doch nur, wenn du ein Handtuch dabeihast«, scherzte David in Anspielung auf den berühmten Douglas-Adams-Roman.

In meiner gegenwärtigen Lage fand ich solche Sprüche nicht hilfreich. »Wenn ihr Schriftsteller einen Witz macht, lacht man sich echt tot«, entfuhr es mir bissig.

»Ach ja? So was, und ich dachte, du willst abgeholt werden!«, gab er trocken zurück.

»David, bitte!«

Er ließ sich erweichen. »Na schön, bevor du von einem Inselschaf angeknabbert …« Er unterbrach sich. Im Hintergrund hörte ich eine gedämpfte Stimme, dann ein begeistertes »Au ja! Au ja!«. Letzteres hatte sich verdächtig nach Ariane angehört.

»Ist was?«, fragte ich misstrauisch.

Mein Bruder lachte. »Nein, nein. Wir sind hier nur … ähm …« Das Satzende ließ er offen. David räusperte sich und widmete sich wieder meinem Problem. »Gut, ich hole dich also ab. Wo bist du liegen geblieben?«

Ich beschrieb ihm meinen Standort so genau wie möglich, dann legte ich auf. Trotz seines seltsamen Verhaltens vertraute ich auf David und ignorierte die insgesamt sieben Autos, die die Straße während meiner Wartezeit passierten. Inzwischen hatte ich all meine persönlichen Habseligkeiten aus dem Pick-up entfernt und mich in einer feierlichen Gedenkminute von dem Wagen verabschiedet. Aber von David war noch immer nichts zu sehen. Dabei dämmerte es bereits, und ich wollte wirklich nicht im Stockdunkeln hier draußen herumstehen. Wo blieb er nur? So weit war die Strecke schließlich auch wieder nicht. Ich verbrauchte meine letzten Akkukapazitäten dafür, mit Monika WhatsApp-Nachrichten auszutauschen. Gerade schoss ich für sie ein Foto vom Motorraum, weil sie meinte, sie würde sich mit Motorschäden auskennen. Das bezweifelte ich allerdings stark!

Das Dröhnen eines leistungsstarken Motorrads ließ mich aufhorchen. Inzwischen erzeugte dieses Geräusch zwei unangenehme Assoziationen bei mir: Zum einen musste ich an gemeingefährliche Todesmaschinen denken, auf die sich Tom niemals setzen durfte. Und zum anderen erinnerte es mich an Marc. Verdammt! Ich konnte nicht mal verloren auf einer Landstraße herumstehen, ohne dass ich an ihn denken musste. Das nervte! Um nicht erneut in Liebeskummer zu versinken, widmete ich mich wieder meinem Handy und schickte das Foto an Monika ab.

Das dröhnende Motorrad kam näher, doch es wurde eindeutig langsamer. Genau hinter dem Pick-up – und somit außerhalb meines Sichtfelds – kam es zum Stehen. *Marc!*, durchfuhr es mich mit klopfendem Herzen. Doch sofort schaltete sich die *verärgerte* Stimme der Vernunft ein: »Marc ist weg, du dumme Kuh! Geht das nicht in deinen Kopf hinein? Es ist weitaus wahrscheinlicher, dass hinter dem Pick-up gerade ein Serienkiller vom Motorrad absteigt, um dir die Kehle aufzuschlitzen.«

Ich wagte es nicht, mich aus meiner Starre zu lösen und um das Auto herumzulaufen. Denn erstens wollte ich nicht diesen bittersüßen Hoffnungsschimmer auslöschen, indem ich hinter dem Auto einen Mann entdeckte, der kein gut aussehender halbspanischer Musiker war. Und zweitens wollte ich auch nicht einem Serienkiller ins Gesicht blicken. Ob ich schon mal vorsichtshalber die Nummer der Polizei eintippen sollte? Schwere Schritte näherten sich mir. Mittlerweile war es schon so dunkel, dass ich kaum die Hand vor Augen sehen konnte. Das mulmige Gefühl in meinem Magen verstärkte sich. Mein Gehirn verfasste ungefragt einen Zeitungsartikel zu meinem tragischen Tod: »Vergangene Nacht ist unsere Journalistin und geliebte Kollegin Constanze Varga unter noch ungeklärten Umständen am Straßenrand in der Nähe von Gingst tot aufgefunden worden. Die Polizei bestätigte uns, dass eine äußerst brutale Gewalttat …«

Wortlos tauchte eine große Gestalt neben mir auf. Ich schrie auf vor Schreck und warf die Arme in die Luft. Der Unbekannte stieß ein überraschtes Grunzen aus. Ich nutzte sein Zögern und schaltete umgehend in den Selbstverteidigungsmodus. Da es zum Rufen der Polizei ohnehin zu spät war, benutzte ich mein Handy als Wurfgeschoss und pfefferte es ihm mit aller Kraft an den Kopf. Danach folgte ein beherzter Tritt in die Kronjuwelen, der ihn mit einem Schmerzenslaut in die Knie gehen ließ. In dieser Position konnte ich bei dem Typen meine Superwaffe anwenden: meinen Dickschädel. David hatte mir nach unserem ganz speziellen Geschwistergruß schließlich versichert, dass sich ein Stoß meiner Stirn wie die Kollision mit einer Betonmauer anfühlte. Ich holte aus und versetzte dem Typen einen Kopfstoß, der es in sich hatte. Leider tat diese Aktion auch mir ziemlich weh, aber ich hatte mein Ziel erreicht. Der Mann ging zu Boden. Wenn ich jetzt noch ein paar gut gezielte Fußtritte in die Magengrube …

»Conny, stopp!«, ächzte er.

Ich erstarrte. »Marc?«

Mein Gehirn benötigte einige Sekunden, um zu verarbeiten, dass ich überhaupt nicht in höchster Gefahr war, sondern gerade brutal den Mann meines Herzens vermöbelte. Verdammt!

Hastig kniete ich mich neben ihn. »Geht es dir gut?«

»Bis vor sechzig Sekunden ging es mir noch blendend«, gab er mit schmerzverzerrter Stimme zurück. »Bis du auf mich losgegangen bist.«

Durch die Dunkelheit konnte ich nicht erkennen, wie schlimm ich ihm tatsächlich zugesetzt hatte. Ich tastete den Boden nach meinem Handy ab und fand es schließlich neben dem rechten Autoreifen. Wie zu erwarten, war das Display gesprungen, aber das Handy funktionierte noch. Das war echte chinesische Wertarbeit! Mit der Lampe leuchtete ich in Marcs Gesicht. An seiner Wange klaffte eine kleine Schnittwunde, die wohl von meinem Handy herrührte. Der Kopfstoß hatte ihn schlimmer erwischt. Aus seiner Nase tropfte Blut.

»Das tut mir so unendlich leid!«, quiekte ich entsetzt. »Ich wollte dir nicht wehtun. Aber ich dachte, du bist ein Serienkiller und willst mir die Kehle aufschlitzen.«

Laut ausgesprochen klang es irgendwie lächerlich. Das hatte ich davon, dass ich mit meiner Mutter und Oma Trudi so oft *Aktenzeichen XY* geguckt hatte!

Mit einem Taschentuch tupfte ich Marc das Blut ab und half ihm, sich aufzusetzen. »Wieso schleichst du dich denn an mich heran? Im Dunkeln und auf einer einsamen Landstraße. Du hättest doch etwas sagen können!«

»Ich wollte dich überraschen«, erklärte Marc und rieb sich stöhnend über das Gesicht. »Das ist mir offenbar auch gelungen. Ich konnte doch nicht ahnen, dass du mich für einen Kriminellen hältst. Eigentlich wollte ich als dein Ritter in der Not auf meinem Ross angaloppiert kommen und dich aus deiner Notlage befreien.« Er machte eine Kopfbewegung in Richtung des dahingeschiedenen Pick-ups.

Dann war es also Marc gewesen, der sich in das Telefonat mit meinem Bruder eingemischt hatte. Kein Wunder, dass Ariane seinen Vorschlag mit einem begeisterten »Au ja, Au ja!« kommentiert hatte.

»Du bist zu mir zurückgekommen«, flüsterte ich.

»Natürlich bin ich das!« Er wirkte ehrlich erstaunt. »Hast du daran etwa gezweifelt?«

Wie aufs Stichwort lagen mir all die Vorhaltungen und Vorwürfe auf der Zunge, die mich seit seinem Verschwinden beschäftigt hatten. Doch dann hörte ich einfach auf mein Herz. Ich fiel Marc um den Hals mit der festen Absicht, ihn nie wieder loszulassen. Noch vor wenigen Minuten hatte ich geglaubt, ihm nie wieder so nahe sein zu können und die Chance zu haben, seinen wunderbaren Duft einzuatmen und seine Muskeln unter meinen Fingern zu spüren. Wie von selbst fanden sich unsere Lippen. Ich war mir sicher, dass ich Marc noch nie mit solcher Leidenschaft und Verzweiflung geküsst hatte. Dabei war es mir völlig egal, dass wir uns mitten im Nirgendwo am Straßenrand befanden und über uns schon die ersten Sterne funkelten.

Marc strich mir liebevoll über das Gesicht. »Du hast mich offensichtlich genauso vermisst wie ich dich«, meinte er zufrieden. »Bist du noch sauer, weil ich dir nicht die Wahrheit über meine Vergangenheit gesagt habe?«

Ich schüttelte den Kopf. »Nein, jetzt bin ich sauer, weil du dich nicht bei mir gemeldet hast«, erklärte ich, doch meiner Stimme fehlte die Schärfe. »Ich dachte, du kommst nie wieder, Marc. Hast du eine Ahnung, was ich durchgemacht habe? Ich konnte nicht schlafen, nicht essen und war nur noch ein Schatten meiner selbst. Die Nächte waren am schlimmsten. Aber die Tage waren auch der Horror. Und in all der Zeit habe ich ständig auf ein Lebenszeichen von dir gehofft.«

Anstatt angemessen Reue zu zeigen, schmunzelte Marc amüsiert. »Conny, ich war gerade mal drei Tage weg«, stellte er richtig. »Drei Tage.«

»Ja«, bestätigte ich. »Eine *Ewigkeit!* Denn ich dachte, es wäre für immer. Vor mir lag ein ganzes Leben ohne dich. Ich dachte, du bist über meinen Artikel und mein gebrochenes Versprechen so wütend, dass du mich nie wieder sehen willst.«

»Wie kommst du denn auf so was?« Er lachte auf. »Ich dachte, du brauchst ein wenig Zeit, um dich abzuregen. Als wir uns das letzte Mal gesehen haben, warst du ziemlich sauer auf mich, und ich hatte nicht den Eindruck, dass du dich so schnell wieder mit mir versöhnen willst.«

»Ich habe *womöglich* etwas überreagiert«, gab ich zu. »Aber nachdem ich darüber nachgedacht habe, bin ich zu dem Schluss gekommen, dass ich dir verzeihen kann. Außerdem kann ich auch damit leben, dass du kein Nullachtfünfzehn-Mann bist. Wäre ja auch irgendwie langweilig.«

Vor nicht allzu langer Zeit hatte ich mich auf die Suche nach einem berechenbaren und konservativen Mann gemacht, bei dem ich mich sicher und geborgen fühlen konnte. Jetzt fand ich diese Sicherheit und Liebe ausgerechnet in den Armen eines ganz und gar nicht konservativen und langweiligen Mannes.

»Du ahnst gar nicht, wie glücklich mich das macht.« Er nahm meine Hände in seine. »Und was ist mit der Tatsache, dass ich kein verarmter Musiker bin? Kannst du damit ebenfalls leben?«

»Ach ja, dein Geld …« Ich verdrehte die Augen und stieß dramatisch die Luft aus. »Eigentlich stehe ich wirklich nicht auf diese schnöden Diamantarmbänder, aber wenn es sein muss, schenkst du mir eben eins zu Weihnachten.«

Marc lachte. »Jetzt bin ich erleichtert. Weihnachten ohne Diamantarmband ist für uns reiche Typen kein richtiges Weihnachten.«

Damit war meine Seite geklärt. Wie Marc über das Geschehene dachte, wusste ich jedoch noch nicht. »Bist du wegen des Artikels noch wütend auf mich?«, wagte ich mich vor. »Denn es tut mir wirklich leid, Marc! Auch dass ich vergessen habe, mich bei dir zu entschuldigen.«

»Als ich gegangen bin, war ich tatsächlich ziemlich sauer auf dich. Deshalb habe ich mich auch nicht verabschiedet. Da ist wohl mein spanisches Temperament mit mir durchgegangen«, erklärte er. »Gleichzeitig war mir auch klar, dass ich diese Geschichte in Spanien endlich abschließen muss. Sonst würde sie mich für immer verfolgen. Kaum war ich in Spanien gelandet, brach das Chaos über mich herein. Du kannst dir gar nicht vorstellen, was dort los war. Die Presse hat meine komplette Familie belagert. Anscheinend herrscht in den spanischen Medien gerade ein Sommerloch. Eine dramatische Familienstory und ein aus der Versenkung aufgetauchter Brudermörder kamen da gerade recht.«

Mein schlechtes Gewissen sorgte dafür, dass sich mein Magen schmerzhaft zusammenzog. Hoffentlich hasste seine Familie mich jetzt nicht!

»Was hast du dann gemacht?«

Marc stieß einen Seufzer aus. »Irgendwie ist die Presse auch an meine Handynummer gelangt. Es hat quasi sekündlich geklingelt, und schließlich habe ich es völlig entnervt weggeschmissen. Ich brauchte einen freien Kopf. Denn ich hatte beschlossen, mit Pedros Frau zu sprechen. Nach all den Lügen, die Maria über mich verbreitet hat, war es nicht leicht, ihr wieder gegenüberzutreten. Aber ich bin froh, dass ich es getan habe.«

Mein Handy schaltete auf Stromsparmodus, und das Licht, das unsere Gesichter erhellte, wurde deutlich schwächer. Wenn unsere Aussprache nicht so wichtig gewesen wäre, hätte ich vorgeschlagen, unser Gespräch zu unterbrechen und zu Hause fortzuführen. Aber immerhin hatten wir hier unsere Ruhe.

»Maria und die Kinder haben keine leichte Zeit hinter sich«, fuhr Marc fort. »Mein Neffe Alejandro hat den Tod seines Vaters nicht gut verkraftet. Er hat Probleme in der Schule und keinen guten Umgang. Maria bereut inzwischen, was sie mir angetan hat. Sie wünscht sich sogar, dass ich mich mehr um meine Patenkinder kümmere, besonders um Alejandro. Ich vertraue ihr zwar nicht, aber wir haben uns ausgesprochen.«

»Du hast dich mit ihr versöhnt?«, entfuhr es mir ungläubig.

»Das war noch nicht alles«, gab Marc zurück. »Mein Manager hat ein Interview mit einem seriösen Reporter arrangiert, und ich habe mich im Fernsehen seinen Fragen gestellt. Zum ersten Mal habe ich meine Version der Geschichte erzählt. Und Maria und meine ehemaligen Bandkollegen haben sie bestätigt. Das dürfte auch die letzten Zweifler überzeugt haben. Die Leute wissen jetzt, dass ich meinen Bruder nicht im Stich gelassen und in den Tod getrieben habe.«

Mir fiel ein Stein vom Herzen. Endlich hatte Marc sich verteidigt und seinen guten Ruf wiederhergestellt. »Ich bin froh, dass du das getan hast. Auch wenn es dir bestimmt nicht leichtgefallen ist, im Fernsehen über den Tod deines Bruders zu sprechen. Aber dich diesen falschen Anschuldigungen zu stellen, warst du dir selbst schuldig.«

Marc warf mir einen eindringlichen Blick zu. »Ich habe es nicht allein deswegen getan, Conny. Sondern auch für uns! In Zukunft werden keine Paparazzi mehr vor unserem Haus auftauchen. Weil es keine Story mehr gibt. Außerdem habe ich offiziell verkündet, dass ich nur noch als Komponist und Produzent arbeiten werde. Und zwar auf Rügen. Ich wollte mit meinem Leben in der Öffentlichkeit ein für alle Mal abschließen, bevor ich zu dir zurückkehre. Von der ersten Sekunde an habe ich mich auf dieser Insel wohlgefühlt und gespürt, dass ich an diesem Ort Wurzeln schlagen kann. Ich will hierbleiben. Bei euch.« Marc beugte sich zu mir und küsste mich zärtlich. »Denn auch ich suche etwas Echtes und Wahrhaftiges, genau wie du.«

Das alles hatte er für mich getan? Für uns? Mir fehlten die Worte. Bevor Marc gegangen war, hatte er gesagt, dass er etwas klären musste. Das hatte er offensichtlich getan! Auf der einen Seite machte es mich überglücklich, dass Marc sich ohne Wenn und Aber für ein Leben auf Rügen entschieden hatte. Auf der anderen Seite keimten jedoch Zweifel in mir auf. »Willst du das wirklich? Ich habe dich beim Benefizkonzert auf der Bühne erlebt. Du gehörst dorthin, das Publikum hat dich geliebt.«

Marc grinste. »Es spricht doch nichts dagegen, dass ich mit den Jungs ab und zu auftrete, oder? Aber eben nur zum Spaß. In erster Linie will ich Musik machen und Songs schreiben.« Er zog mich an sich. »Allerdings nur, wenn mir meine Nachbarin von ihrem Fenster aus zuhört und ihren Senf dazu abgibt!«

»Ich gebe keinen Senf ab, sondern konstruktive, hochprofessionelle Kritik«, korrigierte ich ihn. »Aber ich denke, das lässt sich einrichten. Solange du keine Songs über nervige Freundinnen schreibst, die von dir verlangen, dass du das Bad putzt!«

»Schatz, meine Texte sind hauptsächlich auf Spanisch«, meinte er nachsichtig. »Selbst wenn ich über dich lästere, würdest du es nicht verstehen und es trotzdem toll finden.«

Ich versetzte ihm einen leichten Hieb auf den Oberarm, und Marc lachte amüsiert. Tja, ich musste wohl schleunigst einen Spanischkurs aus dem Netz herunterladen und mir wenigstens die Basics aneignen!

Ich legte den Kopf schräg. »Dann haben wir jetzt tatsächlich alles geklärt? Und unserer gemeinsamen Zukunft steht nichts mehr im Weg?«

Marc dachte einen Augenblick lang nach. »Ich habe nur noch eine Sache auf dem Herzen. Vor etwa zehn Minuten bin ich per Fußtritt kastriert worden und werde wohl keine Kinder mehr zeugen können, Conny!«

Schuldbewusst stöhnte ich auf. »Tut es noch sehr weh?«, fragte ich zerknirscht.

»Nein, ich wollte dich nur aufziehen«, beruhigte er mich. »Der Schmerz war heftig, aber nur von kurzer Dauer. Meine Nase tut allerdings noch immer weh.« Er rieb sich über die besagte Stelle. »Hast du eine Stahlplatte hinter der Stirn?«

»Gut möglich. Vielleicht sollte ich mal einen Arzt nachsehen lassen?«

Marc küsste mich noch einmal, dann nahm er mich bei der Hand und zog mich mit sich. »So, dann fahre ich dich jetzt heim!«

Zuerst folgte ich ihm bereitwillig, doch dann versteifte ich mich, als mir plötzlich eine ungute Ahnung kam. »Moment mal, etwa mit dem *Motorrad?*«

»Natürlich, was hast du denn gedacht? Ich habe extra für dich einen Nierenschutz und einen zweiten Helm mitgebracht.«

»Ich … ich soll auf das Motorrad steigen?« Fassungslos deutete ich auf die wuchtige Maschine. »Das geht nicht. Weil … weil ich erst eine neue Patientenverfügung ausfüllen muss. Falls ich auf die Intensivstation komme und mein Gehirn nur noch Mus ist. Da gibt es doch jetzt geänderte Vorschriften, und wenn man nicht haargenau die korrekten Formulierungen …«

Marc unterbrach mich: »Schatz, ich werde ganz vorsichtig fahren! Schließlich habe ich meine Traumfrau hinter mir, und die will ich garantiert nicht auf die Intensivstation bringen. Vertrau mir einfach, okay?«

Ohne meine Antwort abzuwarten, legte er mir den Nierenschutz um und drückte mir den Helm in die Hand. Misstrauisch starrte ich auf die Höllenmaschine. »Mir wäre wohler, wenn ich fahre. Es ist zwar schon eine Weile her, dass ich den Motorradführerschein gemacht habe, aber dann hätte ich wenigstens die Kontrolle.«

»Entschuldige, ich habe mich wohl gerade verhört«, erwiderte Marc verblüfft. »Mir war kurz so, als hättest du gesagt, dass du den Motorradführerschein gemacht hast.«

»Hab ich auch. Ich war ziemlich wild, als ich jung war. Schließlich bin ich in Prag in einer Künstlerkommune aufgewachsen. Das hat bei David und mir Spuren hinterlassen. Ich habe nicht nur den Motorradführerschein gemacht, sondern auch einen Fallschirmsprung absolviert. Nach meinem Schulabschluss bin ich mit meiner Freundin durch ganz Europa gereist. Per Anhalter!« Ich schüttelte den Kopf. »Wenn ich nur daran denke, dass Hanna auch so einen Blödsinn machen könnte, drehe ich schon durch. Doch ich habe mir damals über so etwas keine Gedanken gemacht. Ich wollte das Leben genießen.«

»Was ist dann passiert?«

»Nichts.« Ich zuckte mit den Schultern. »Ich bin einfach älter geworden. Außerdem habe ich mir einen komplizierten Bruch am rechten Oberschenkel zugezogen. Als ich Mutter geworden bin, wurde ich verantwortungsbewusster, und nach Franks Unfall mutierte ich dann zur Sicherheitsfanatikerin.«

Ich sah wieder zu der Maschine hinüber. Wenn ich die Möglichkeit, auf dem Motorrad zu verunglücken und meine Kinder zu Vollwaisen zu machen, für einen Moment ausblendete, kamen mir allerdings einige schöne Erinnerungen an frühere Motorradtouren in den Sinn. Es hatte mir damals großen Spaß gemacht. Und ich zweifelte keine Sekunde daran, dass Marc ein sehr verantwortungsbewusster Fahrer war.

»Ich kann nicht leugnen, dass es mir erheblich an Fahrpraxis mangelt«, räumte ich ein. »Es ist wahrscheinlich besser, du fährst. Du wirst die wilde Conny heute wohl leider noch nicht kennenlernen.«

Er lachte leise. »Ich glaube, ich habe die wilde Conny schon kennengelernt. Ich hege sogar die Hoffnung, nachher auf sie zu treffen.«

Natürlich wusste ich genau, worauf er anspielte. Sofort breitete sich eine verlangende Hitze in meinem Körper aus. Ein Grund mehr, so schnell wie möglich heimzufahren!

Ich wollte aufsteigen und sah auffordernd zu Marc, doch er rührte sich nicht von der Stelle. »Ist was?«

Er blickte mich nachdenklich an. »Ich glaube, du hast nie einen konservativen Mann gesucht, Conny. Du brauchst jemanden, der dir den Mut gibt, dich wieder ins Leben zu stürzen. Deshalb hast du dich in mich verliebt.«

»Gut möglich.« Ich lächelte ihn an und zog den Helm auf. »Komm jetzt, ich habe heute Nacht noch etwas vor!«

Sofort kam Bewegung in Marc. Wir fuhren los, und das Wunder geschah: Nach nicht einmal fünf Kurven hatte sich meine Angst verflüchtigt. Ich jauchzte auf vor Begeisterung und trieb Marc an, nicht in diesem lahmarschigen Tempo über den Asphalt zu kriechen. Er folgte mit einem ungläubigen Kopfschütteln meiner Aufforderung. Ich genoss den Fahrtwind, die Geschwindigkeit, Marcs Nähe, seine Wärme und das Gefühl, eins mit der Welt zu sein. War das Leben nicht unglaublich schön?

Epilog

Aus Constanze Vargas WhatsApp-Verlauf:

24. November

Conny
Bin gerade auf dem Heimweg. Können wir uns treffen? Bist du zu Hause? 17.23

Marc
Ja, aber ich hab heute keine Zeit für dich. 17.24

Conny
Mein Herz bricht. Ein verlorener Tag … 17.25

Marc
Ich habe keine Zeit, weil ich gerade einen Song für dich schreibe. 17.26

Conny
Wird es ein schöner Song? 17.28

Marc
Willst du mich beleidigen? Es wird ein wunderschöner Song. Vielleicht mein bisher bester. Weil er für dich ist. 17.31

Conny
Ich warte um 22 Uhr am Fenster!!!! Nur du und deine Gitarre … 17.37

26. November

Marc
Mi amor … 9.02

Conny
Ja? 9.05

Marc
Nichts. Du gehst mir nur nicht aus dem Kopf, und ich wollte dir einen meiner Gedanken schicken … 9.07

29. November

Conny
Jetzt bereue ich, dass ich nicht zu eurem Auftritt mitgekommen bin. Wir sitzen auf meinem Bett und vermissen dich! 19.12

Marc
Wir??? 19.16

Conny
Ich, meine Lippen, mein Nacken, meine Haut und meine Brüste … 19.18

Marc
Nur fünf Körperteile??? Das müssten eigentlich deutlich mehr sein! 19.21

Conny
Du hast recht. Mein Ohrläppchen, mein kleiner Zeh, mein Bauchnabel und mein Po vermissen dich auch. 19.22

Marc
Nach dem Auftritt komme ich bei dir vorbei!! Offenbar muss ich mich einigen anderen wichtigen Stellen wieder ins Gedächtnis rufen … 19.24

07. Dezember

Marc
Hast du dich schon vom Kurzurlaub bei meiner Familie erholt? 11.56

Conny
Deine Familie war wundervoll!! Da muss ich mich nicht erholen. 12.02

Marc
Lügnerin! Nach dem ganzen Trubel, Geschrei und Gelächter habe ich das Bedürfnis, mich zwei Tage lang in ein Erdloch zu verkriechen. 12.05

Conny
Na schön, ich gebe zu: Es war ein bisschen laut, und wir hatten kaum unsere Ruhe. Aber dafür waren alle supernett! Vor allem deine Eltern. Dein älterer Bruder sieht übrigens fast so gut aus wie du … 12.07

Marc
Er ist schwul. 12.08

Conny
Ernsthaft?? 12.09

Marc
Nein. Ich hatte gehofft, du fragst nicht nach. 12.11

09. Dezember

Marc
Hilfe! Tom hat mir gerade eine Nachricht geschickt, die ich nicht verstehe. Sie lautet: 🚀🔑✋🔨💥👽
13.12

Conny
Also das bedeutet … äh … Damit will er sagen, dass …
Ach, geh doch einfach schnell rüber und frag ihn! 13.17

10. Dezember

Marc
Du hast heute Morgen ein paar Sachen bei mir vergessen.
Soll ich sie dir nach der Arbeit rüberbringen? 16.45

Conny
Was hab ich denn vergessen? 16.48

Marc
Deinen Lippenstift, eine weiße Bluse, mein Herz. 16.49